MW01707850

WAMPIR Z KC

fabryka słów®
WYDAWNICTWO

MMXVIII

ANDRZEJ
PILIPIUK

WAMPIR Z KC

ILUSTRACJE
ANDRZEJ ŁASKI

fabryka słów®
LUBLIN – WARSZAWA

W serii ukazały się:

- Wampir z M-3
- Wampir z MO
- Wampir z KC

Wakacje

Powietrze nad Warszawą drgało w upale, lecz w starych fabrycznych halach panował miły chłód. Grube, zawilgłe ceglane ściany nie nagrzewały się tak łatwo. Poza tym wampiry słabiej niż ludzie odczuwają wahania temperatury. Ślusarz Marek zostawił kurtkę w szatni, pobrał skrzynkę z narzędziami, przerzucił skórzany pas przez ramię i pomaszerował na swój wydział. Brygadzista, stary majster Piotr, już na niego czekał. Wymienili uścisk dłoni. Wampir podszedł do pierwszej obrabiarki. Na stole leżały cztery detale wymontowane z uszkodzonych maszyn przez nocną zmianę. Obejrzał je krytycznie. Pokruszone, wytarte tryby, wyrobione panewki...

– Sowiecki szmelc – mruknął pod nosem. – Szajsmetal, żelaza ma mniej niż marchewka. Za cara to były zębatki, odlewy w twardym brązie maszynowym...

Ano nic, dorobi się co trzeba ze stali narzędziowej i kolejne dwadzieścia lat maszyny posłużą.

Rozejrzał się po hali i westchnął. Tak po prawdzie cały park maszynowy od dawna kwalifikował się na złom lub do muzeum. Carskie obrabiarki sypały się na potęgę. Do sanacyjnych od dawna brakowało części zamiennych. Sowieckim zbywało na precyzji. Najnowsze, te z lat sześćdziesiątych, też już swoje odsłużyły. Spojrzał na stojące w kącie hali zawinięte w folię maszyny, sprowadzone za Gierka. Westchnął ponownie. Maszyny angielskie nie dość, że nacinały gwinty w odwrotnym kierunku, to jeszcze wyskalowane były w calach. Francuskie, delikatne gówno, nie wytrzymywały skoków napięcia w fabrycznej sieci, a nowych silników nie było skąd wytrzasnąć.

– Wymienić to wszystko – rozmarzył się. – Ujednolicić...

– Z drugiej strony na co niby wymienić!? Z Ameryki sprowadzić? Brak dewiz – skrzywił się Piotr.

– Niemieckie gdyby zdobyć... Chociaż niemieckie niemieckim też nierówne.

– Święte słowa.

Nie musieli rozwijać tej myśli, obaj doskonale pamiętali, jak fabryka dostała do testów jedną maszynę produkcji NRD. Aż do tamtej pory sądzili, że najlepsze są urządzenia produkowane za Odrą, a tu nagle się okazało, że wyroby bratniego kraju są niby niemieckie, ale ich jakość dziwnie odbiega od tego, czego można by oczekiwać.

– To już lepiej niech będzie, jak jest. – Majster zakręcił w imadło detal przeznaczony do obróbki. –

Przynajmniej jak coś strzeli, człowiek przyuczony i od razu wie, co robić.

– No i jakby nic się nie psuło, zanudziłbym się na śmierć – mruknął wampir.

– Z drugiej strony nudny, bezpieczny dostatek też nie jest taki głupi – westchnął brygadzista. – Byłem w zeszłym roku w Szwecji z partyjną wizytą studyjną jako przedstawiciel klasy robotniczej i powiem szczerze...

– Szczerze? Szczerze to lepiej o tej wycieczce nic nie opowiadać! – zaniepokoił się Marek. – To już wprawdzie nie czasy Bieruta, ale jeszcze ktoś podkabluje i będzie nieszczęście!

– To powiem tyle, że co się raz zobaczyło, trudno potem odzobaczyć. – Stary znów westchnął i apatycznie spojrzał przed siebie.

Ale tego dnia Markowi nie było dane w spokoju cieszyć się robotą. Ledwie zdołał z grubsza zeszlifować powierzchnię obrabianego kawałka metalu, gdy w zapylonej hali pojawiła się sekretarka. Zastukała obcasikami szpilek, drobiąc cienkimi nóżkami po betonie.

– Panie Marku, wzywają pana pilnie do działu kadr – zaszczebiotała.

– Przyjdę na przerwie obiadowej – próbował ją zbyć.

Pokręciła głową.

– To podobno naprawdę pilne.

– Zawsze tak gadają, i ci z biura, i zakładowe łapiduchy. Nawet jak dawali życzenia noworoczne i paczki ze słodyczami od dyrekcji, też gadali, że to pilne. A ja mam tu przecież odpowiedzialne zadania w samym sercu naszego zakładu pracy i przy produkcji o znaczeniu strategicznym – burknął.

– Dam radę sam to na razie ogarnąć – westchnął Piotr.

– Pana wzywają z kolei do fabrycznego garażu. I jeszcze pana Igora muszę odszukać – wyjaśniła dziewczyna.

Brygadzista skrzywił się, zatrzymał obrabiarkę, odłączył zasilanie, skontrolował, czy stanowisko pracy jest należycie zabezpieczone, i poczłapał jak na ścięcie. Wampir ruszył w przeciwnym kierunku. Przedreptał przez hale, przeciął dziedziniec i już był w holu biurowca. Wytarł ciężkie robociarskie buciory, powędrował korytarzem.

Jak niby mamy przezwyciężyć kryzys gospodarczy, skoro najwartościowszych pracowników zakładu bez przerwy odrywa się od pożytecznej pracy i zmusza do jakichś biurokratycznych wygibasów? – rozmyślał. Od tego mamy gryzipiórków, żeby prostowali wszystko, co trzeba, w papierach. Zresztą, tak na dobrą sprawę, po co nam oni? Za cara wystarczyło kilku handlowców, księgowy i biuro projektowe. Trzy pokoiki zajmowali! Za sanacji rozpleniło się kołnierzykowych darmozjadów, ale nadal mieścili się w jednej oficynie. A teraz? Biura większe niż hale! Więcej urzędasów w naszej fabryce niż ludzi na produkcji.

Dłuższą chwilę błądził po korytarzach nieznanej dobrze części zakładu. Wreszcie odnalazł odpowiednią wywieszkę i zapukał do drzwi. Usłyszawszy z wnętrza burknięcie zachęty, wszedł. Kadrowa na jego widok przerwała szlifowanie lakierowanych na czerwono pazurków.

– Wreszcie się spotykamy – powiedziała. – Bo tak szczerze mówiąc, nawet nie bardzo wiedziałam, jak pan wygląda.

– Nie było jakoś okazji – bąknął. – Pracuję sobie spokojnie, pożyczek ani zapomóg nie potrzebuję, nie choruję, nie spóźniam się do roboty, nie biorę urlopów, to i dział kadr nie jest mi do niczego potrzebny.

– I tu się pan głęboko myli. – Posłała mu przyjazny uśmiech.

– Znaczy co? – nastroszył się. – Na bruk lecę czy jak?

Zrobił pospiesznie rachunek sumienia, ale ostatnio niczym nikomu nic podpadł. Fabryka nie wytwarzała nic ciekawego, więc i wyrobów ostatnio nie wynosił... Ktoś napisał donos? A niby o czym? No i co najważniejsze – był przecież absolutnie niezastąpiony.

– Coś pan, jakie na bruk? – zirytowała się. – Wręcz przeciwnie. Kierownictwo zawnioskowało o nagrodzenie pańskiej postawy.

– Talon na pralkę? – ożywił się. Wprawdzie wampiry się nie pocą, ale łachy co jakiś czas wypadało wyprać. A w ich pralce silnik już ledwo zipał.

– Aż tak dobrze nie ma. Ale jedziecie na wczasy pracownicze!

– Że niby co?! – wykrztusił. – Ale jak to?!

– Nasza fabryka ma ośrodek wczasowy nad morzem – wyjaśniła kadrowa. – Fakt, duży to on nie jest i nie dla każdego wystarcza przydziałów, ale przejrzałam akta personalne i mam odnotowane, że wy ani wasz kumpel Igor w ogóle nie korzystaliście z wypoczynku. Od dwudziestu lat albo i dłużej, bo stara dokumentacja już na makulaturę poszła.

– Nie potrzebujemy – bąknął. – Dajcie komuś, kto ma dzieci. Albo staremu i zmęczonemu robotą. Niech się cieszy słońcem, jodem, piaseczkiem...

– Polecenie dyrekcji! – W głosie kadrowej zaczęły pobrzmiewać spiżowe tony. – Jako wyróżniający się pracownicy jedziecie na wczasy. Obligatoryjnie. Opalicie się trochę, odpoczniecie na łonie natury – kusiła.

– Opalić się mam?! Po co?

– Dla zdrowia i urody. Bladzi jesteście jak jakiś nieboszczyk. I jeszcze jedno. Domek jest trzyosobowy, możecie zabrać nie tylko Igora, ale jeszcze jedną osobę towarzyszącą z rodziny lub nawet znajomych.

– A kiedy niby miałbym jechać? – zirytował się.

– W najbliższy poniedziałek.

– A jak pod moją nieobecność strzeli coś ważnego? Kto wtedy uratuje plan? Tylko ja znam te maszyny od podszewki. Do obrabiarek prawie nie ma dokumentacji, zwykły ślusarz skicha się, a nie dorobi części. A zamiennych brak. A ja mam doświadczenie. Ja wszystko z pamięci robię, spasowuję, montuję – zaskamlał cicho.

– A czym ty się, człowieku, martwisz? – Kobieta ujęła się pod boki. – Przecież nie od dziś pracujesz w fabryce. Raz się plan przekracza, a raz się zawala. A nawet jak wyprodukujecie ile trzeba tych podajników do snopowiązałek, to i tak bez znaczenia, bo fabryka snopowiązałek też albo plan przekroczy, albo nie wyrobi. Jak przekroczy, to i tak nie zrobicie ile trzeba. A jak nie wyrobi, będą mieli nadwyżkę podzespołów, a wtedy kilka tygodni bez dostaw to dla nich pikuś. Jak wy przekraczacie plan, to oni nie mają gdzie składować, bo magazyn jest gabarytowo do produkcji planowej, więc wasze wyroby rdzewieją pod gołym niebem. A jak mają niedobór, czyszczą z rdzy to, co na placu leży, i taki szmelc montują w maszynach. Normalna rzecz. Zresztą jest już lipiec, więc choćbyście się zesrali i zrobili te podajniki na czas, to oni i tak nie zdążą ich zamontować. A jakby nawet zdążyli, to dystrybucja nie rozwiezie snopowiązałek w porę po kraju. Żniwa zaraz się zaczynają. Zrobicie czy nie zrobicie, i tak już w tym roku przepadło. A nawet jakby jakimś cudem wszystko zgrać, maszyny tak czy inaczej będą stały i zarastały kurzem, bo kto niby to kupi? Rolnikom indywidualnym, nawet jak mają pieniądze, robi się utrudnienia, a kółka rolnicze i PGR-y dawno już przestawiły się na kombajny.

– Nie przeczę. Gospodarka planowa posiada swoją specyfikę. Ale mimo wszystko... – marudził, choć doskonale wiedział, że argumentacja kobiety jest niepodważalna.

– To się nigdy nie łączy jedno z drugim. Mam przyjaciółki w kilku fabrykach, to wiem. Może w kapitalizmie jest inaczej, ale u nas fabryka może mieć dwa tygodnie przestoju i dziury w niebie nie będzie. Taka jest przewaga gospodarki planowej i centralnie sterowanej nad burżuazyjną. Uczyli nas o tym, jak robiłam kursy na WUML-u. W socjalizmie liczy się przede wszystkim człowiek pracy i dlatego nie chcę już słyszeć żadnych wykrętów. Jedziecie na wczasy.

Marek skrzywił się, ale musiał przyznać, że w tym, co kobieta mówiła na temat przestojów w produkcji, było sporo racji. Też miewali wcześniej niedobory surowca, jeśli huta nie wyrobiła planu. I nadwyżki, gdy plan przekroczono. Sam pamiętał, jak dla zdobycia premii wyrobili kiedyś dwieście dwadzieścia procent normy, a kontrahent wziął tylko sto dwadzieścia procent produkcji. Trzy dni zakopywali w starych piwnicach wyprodukowane wałki rozrządowe, bo składować nie było gdzie, a przecież nie mogli ich ot, tak sobie sprzedać prywaciarzom!

– No a gdzie te wczasy będą? – zapytał zrezygnowanym tonem. – Bo morza to mamy z pięćset kilometrów.

– Koło Łeby. Piękny ośrodek, kameralny, tylko osiemdziesiąt domków, blisko morza, nie więcej niż pół godzinki... Tu pokwitujcie. Wyjazd w niedzielę o czternastej spod bramy fabryki. A, byłabym zapomniała. Dyrekcja prosiła, żebyś pan zaszedł do garażu. Zdaje się, że w autokarze zakładowym trzeba to i owo poprawić. Rozumiecie, musi wytrzymać drogę nad morze, no i dobrze by było, gdyby zdołał jeszcze wrócić.

– Od początku czułem w tym jakiś haczyk! – Oskarżycielsko wycelował palec w kobietę. – Czyli żeby jechać na wakacje, muszę najpierw wyremontować tego trupa.

– Po co zaraz takie wielkie słowa i idiotyczne oskarżenia? – fuknęła. – Po pierwsze, nie sami go będziecie remontować. Po drugie, wczasy i tak wam się należą. Po trzecie, gdyby tylko koledzy z dziećmi mieli jechać, to przecież i tak byście pomogli przygotować go do drogi, bo dobry z was człowiek! Po czwarte, nikt inny sobie z tym nie poradzi. Dokumentacji fabrycznej autobusu brak, a taki fachura wszystko z pamięci dorobi, spasuje i zamontuje. Po piąte, dyrektor będzie przecież pamiętał, kto trupa naprawił, a wiecie, że on umie się odwdzięczyć tym, którzy ciężko pracują dla naszej fabryki... Może i talon na pralkę się trafi!

Gdy Marek zaszedł do garażu, Igor i brygadzista Piotr byli już na miejscu. Oglądali pojazd z zafrasowaniem. Stary przegubowy jelcz odsłużył dwadzieścia lat jako autobus miejski i trafił do fabryki „na dorżnięcie" jako zakładowy. Przywitali się, brygadzista wrzucił w paszczę ekstra mocnego, zapalił, zaciągnął się.

– I co pan powie, panie kolego? – zagadnął. – Cacuszko ten nasz autokar, no nie?

– Ja pierniczę, ale szmelc – westchnął szczerze Marek. – Mamy ożywić tego trupa, i to tak, żeby wytrzymał tysiąc kilometrów?!

– Szmelc nie szmelc, innego i tak nie mamy. – Stary wzruszył ramionami. – Lepszego nam nie dadzą. Poza tym nie przesadzajmy. W zasadzie ma wszystko, co potrzeba. Kierownicę, koła, silnik i tak dalej. No właśnie. Zna się pan na silnikach spalinowych?

– O tyle o ile. – Wampir wzruszył ramionami. – Z parowymi szło mi lepiej. A co konkretnie temu dolega?

– Tak po prawdzie to chyba prawie wszystko.

– Od spawania pękniętych bloków to raczej Igor jest specem – zakpił Marek.

– Blok akurat jest w porządku, ja tu co innego mam pospawać – odgryzł się kumpel.

– Coś łomocze przy próbie uruchomienia – uściślił Piotr. – Chyba się połamały tłoki. I olej wycieka. W dodatku jedno tylne koło jest jakoś dziwnie przekrzywione. Oś poszła, albo może tylko felga się wypaczyła?

– Karoseria od spodu kompletnie zeżarta przez sól – burknął Igor. – Praktycznie nie trzyma się ramy podwozia. Sama rama też nadgryziona. Trzeba wyciachać, zeszlifować i wspawać całe arkusze nowej blachy.

– Może być kwasówka?

– W sumie czemu nie?

– Trzy milimetry?

– To ma być pojazd pancerny czy jak? Milimetr maksymalnie. A najlepiej jeszcze cieńsza.

– To też się chyba znajdzie. Idźcie do magazynu i zapytajcie, co mają. Wydadzą, ile trzeba.

Marek obejrzał krytycznie oponę, na której ledwo było widać ślad po wytartym bieżniku. Popukał w obluzowany reflektor. Chciał też zapukać w karoserię, ale przestraszył się, że palec utknie w dziurze, więc zamiast tego popukał w szybę. Uszczelki brakowało, zabrzęczała... Gutaperkowa harmonijka też straszyła szczelinami.

– Tydzień roboty – ocenił. – A wyjazd, zdaje się, pojutrze.

– Tydzień? Mowy nie ma. Panowie, oceńcie, ilu ludzi trzeba do pomocy, ściągamy ich z zakładu i bierzemy się do dzieła.

Marek miał na końcu języka kilka ciętych ripost, ale zmilczał. Po prawdzie nawet spodobało mu się to zadanie. Niosło nowe wyzwania, wymagało pomyślunku, planowania, ale także twórczej improwizacji. Dokładnie tak, jak lubił. Tylko ten pośpiech...

Jak to jest? – rozmyślał, grzebiąc pod maską. Z jednej strony mamy realny socjalizm, co daje nam pewną swobodę z dotrzymywaniem terminów, ale zarazem jak w kapitalizmie, pewne rzeczy muszą być wykonane na czas. Na wczoraj, rzekłbym. Niby gospodarka planowa, ale jakoś nie potrafili zaplanować trybu pracy tak, żeby, powiedzmy, dwa miesiące na spokojnie pomalutku dłubać przy tym wraku. Wszystko na akord...

Marek wrócił do domu dopiero po dwudziestej pierwszej, zmęczony i ponury jak chmura gradowa. Gosia siedziała i bezmyślnie gapiła się w telewizję.

– Co się stało? – zaciekawiła się, odrywając wzrok od ekranu. – Kłopoty w fabryce? Przetrzymali was na nadgodziny jakieś czy co?

– W zasadzie to lubię różne skomplikowane prace, ale dorobienie z marszu trzech tłoków silnikowych, spasowanie ich z korbowodami i cylindrami, dorobienie zużytych panewek i wytoczenie nowej tylnej osi do autobusu to trochę za dużo, jak na jeden dzień – mruknął. – Łap i kręgosłupa nie czuję, a ciepłego toby ta robota zabiła chyba. Igor musiał jeszcze zostać. Karoseria jest skorodowana po dwudziestu sezonach zmagania się z solą. Trzeba spawać z piętnaście łat nowej blachy. Pewnie do rana nie skończy.

– Autobus jakiś naprawiacie? – zdziwiła się.

– Autokar zakładowy. Pojedziemy w niedzielę po południu na wakacje. Dostałem przydział wczasów pracowniczych. W ośrodku naszego zjednoczenia w Łebie. Piasek, morze, las, ruchome wydmy, poniemieckie wyrzutnie V2 i tak dalej. Do tego komary. I ty też jedziesz, bo domek na trzy łóżka nam przyznali.

– Ekstra! – ucieszyła się. – To ja wydziergam sobie bikini.

Ślusarz otworzył torbę i ku zaskoczeniu dziewczyny postawił na stole pięć butelek orzechowej bejcy. A potem znów ciężko westchnął.

– Rozbieraj się i wskakuj do wanny.

Łypnęła na niego, wyraźnie zdziwiona. A potem uśmiechnęła się uwodzicielsko.

– Rozebrać się? Ale tak... do naga?

Potwierdził niecierpliwym kiwnięciem głowy i zabrał się do czytania etykietki na butelce. Gdy po chwili wszedł do łazienki, Gosia stała już na kafelkach zawinięta tylko w ręcznik, a woda z szumem lała się z kranu. Dziewczyna uśmiechała się dziwnie.

– Mamy to wypić? – zapytała, patrząc na butelkę z farbą.

– Co ty bredzisz? – zdziwił się. – Po co?

– No bo... Przyniosłeś bejcę i kazałeś mi się rozbierać, to pomyślałam o Profesorze. Może odkrył, że picie bejcy przywraca wampirom popęd płciowy, to napijemy się i będziemy się bzykać pod prysznicem. Stracę wreszcie dziewictwo, w sumie od biedy może być i z tobą, mówi się trudno.

Marek kolejny raz westchnął, jakoś tak bardzo ciężko.

– Jedziemy na wczasy – wyjaśnił. – Nad morze. Będziesz chciała poleżeć na plaży w kostiumie, a jesteś blada jak mleko. Ciepli, wiadomo, od ultrafioletu robią się brązowi. A ty nie opalisz się, bo nie żyjesz i skóra nie wytwarza melaniny. Głupio byś wyglądała, leżąc taka bladosina wśród normalnych, spalonych słońcem ludzi. Rzekłbym nawet, że nieestetycznie by to wyglądało. A tak dodamy bejcy do kąpieli, pomoczysz się godzinkę, to pigment weżre się głęboko w skórę i pojedziesz na miejsce już z ładną opalenizną.

– Lej na mnie bejcę, chcę być śniada jak Isaura – szepnęła zmysłowo i zaczęła wyplątywać się z ręcznika, ale Marek tylko wzruszył ramionami, postawił butelkę na pralce i wyszedł.

W niedzielne popołudnie dwaj wampirzy pracownicy i Gosia stawili się przed bramą fabryki. Autokar zakładowy wyglądał naprawdę nieźle, bo Igor uwinął się z karoserią. Połatał co trzeba, wyklepał. Spawy zostały starannie wyszlifowane. Lakiernia wygrzebała resztki farb z magazynu. Część blach pokryli lakierem w kolorze jaskrawozielonym, a tam, gdzie nie wystarczyło, położyli warstwę beżowej olejnej. Ktoś obdarzony specyficznym zmysłem estetycznym pociągnął nadkola i zderzaki na różowo. Do tego dział zaopatrzenia zdołał się dogadać z zakładem tapicerskim i za czterysta haków holowniczych do maluchów dostali doskonałe pokrowce ze skaju, które pozwoliły zamaskować opłakany stan siedzeń. Zakład dorobił też nową harmonijkę, z brezentu wprawdzie, ale wyglądała całkiem porządnie. PGR Bródno za dziesięć podajników do snopowiązałek dał cztery niezbyt używane opony, więc i koła okazały się niemal w porządku. Wokół kłębił się tłum pracowników z dziećmi i żonami. Wszyscy dźwigali walizki i plecaki. Z pobliskiej bazyliki przyczłapał ksiądz – staruszek Franciszek. Obejrzał krytycznie pojazd.

– Z Bożą pomocą może dojedziecie – ocenił i westchnąwszy ciężko, pokropił karoserię wodą święconą. – Niech Święty Tadeusz Juda, patron rzeczy niemożliwych i niewykonalnych, was strzeże. – Wręczył kierowcy mały kolorowy obrazek.

Wszyscy przeżegnali się nabożnie i ruszyli zajmować miejsca. Ksiądz popatrzył na trójkę wampirów, pokręcił głową jakby z naganą, ale nic nie powiedział, tylko powędrował z powrotem do kościoła. Gosi wydało się niemożliwe, żeby cała ta czereda upakowała się do jednego pojazdu, ale jak się okazało, brygadzista był prawdziwym mistrzem załadunku. Małżeństwa dostały miejsca na siedzeniach, mniejsze dzieci wzięto na kolana, większe usadowiono na walizkach i tobołkach. Stopniowo wszyscy znikali wewnątrz.

W autokarze zrobiło się ciasno, ale wesoło, niemal rodzinnie. Gosia dostała miejsce przy oknie. Jakaś złamana sprężyna ukłuła ją w pośladek. Obok usadowił się stary brygadzista. Stosy walizek, plecaków i tłumoków wypełniły przejście pomiędzy siedzeniami. Kobiety z dziećmi ulokowały się z przodu, mężczyźni zajęli miejsca z tyłu. Marek z Igorem także usiedli wśród kumpli na końcu pojazdu. Kierowca z namaszczeniem umieścił za szybą tablicę z napisem: „Wczasy pracownicze". Rytualnie splunął przez lewe ramię, przeżegnał się i przekręcił kluczyk. Silnik zagrał, jakby dopiero co opuścił fabrykę samochodów, i pojazd ruszył. Tylna część ledwo, ledwo wyrobiła się na zakręcie, ale przegub wytrzymał. Gdy wyjechali na Kawęczyńską, kierowca mógł już spokojnie dodać gazu. Ludziska, widząc, że pojazd jakoś się toczy, odetchnęli z ulgą, rozsiedli się wygodniej, powyciągali kanapki, flaszki, karty. Ktoś uruchomił przenośne radyjko Sokół.

– Mniej niż zeroooo... Mniej niż zeroooo! – wydarł się głośnik.

Kilka osób próbowało podchwycić pieśń, ale pasażerowie byli jeszcze zbyt trzeźwi, by zabrzmiało to naturalnie.

– Panie ślusarz, zrobimy flaszeczkę? – zagadnął jeden z roboli, wyciągając z kieszeni butelczynę żytniej.

– Możemy, ale wiecie, że jestem wampirem – przypomniał Marek.

– Nam rybka, wampir czy nie, zresztą wampirów przecież nie ma – zbagatelizował drugi, wyjmując pęto kiełbasy. – To tylko bajdy dla dzieciaków.

– Szkoda wódki, na nas to i tak nie działa – wyjaśnił Igor.

– Z nami się pan nie napijesz? – zirytował się pierwszy robol.

– Napić się z wami możemy, jeśli chcecie. Tylko widzicie, sprawa jest taka. My, wampiry, alkohol przyjmujemy, tylko wysysając go z krwią kogoś, kto już jest pijany – objaśnił Marek.

– No ale skoro sami proponujecie, to wy zacznijcie, zrobicie tę butelkę, a jak już alkohol przeniknie do krwiobiegu, to potem my sobie z was podessiemy. – Igor od niechcenia pokazał kły.

Mężczyzna zrobił się nieco zielony.

– Eee... Właśnie sobie przypomniałem, że lekarz zalecił mi ograniczenie picia – bąknął, chowając butelkę.

– A może w karcięta pogramy? – Spawacz wyjął z kieszeni zatłuszczoną talię. – Tak rekreacyjnie, na groszaki albo na zapałki...

– Z przyjemnością.

Nastrój, trochę z początku zwarzony, szybko się poprawił. Grali w karty. Radio wydzierało się pracowicie, pogłębiając nastrój wakacyjnej sielanki. Dymki z papierosów snuły się po wnętrzu. Pracownicy Drucianki, mimo początkowych obaw, wypili też parę kolejek. Oba wampiry zapewniły, że kolegów z roboty nie będą wysysać. Pograli, potem zaśpiewali z radiem... Pojawiła się kolejna flaszeczka. I jeszcze jedna. Zapadła noc. Wreszcie wszyscy przysnęli, znużeni ciasnotą, duchotą, wódką i wstrząsami.

– No i tak to działa – mruknął do Gosi stary brygadzista. – Jak przed wojną.

– To znaczy? – Przerwała szydełkowanie.

– Mieliśmy na zakładzie różnych ludzi. Byli Żydzi, byli Niemcy, było nawet trochę Rosjan, co to nie uciekli z carskimi i zostali, bo nie chcieli do Sowietów. Była ruska biedota, Białorusini, Poleszucy, Ukraińcy, Huculi, co to przywędrowali do Warszawy za jakąś robotą. Ale ludziska popatrzyli, jak kto pracuje, wypili razem flaszkę albo dwie i już nie było problemu, kto Polak, a kto nie. Wszyscy byliśmy kumple z zakładu i tyle. I do dziś tak zostało. Widzą ludzie, że ktoś ciężko tyra, a do tego fachura, widzą, że nosa nie zadziera, to pal diabli wampir, homoseksualista. Każdy, kto umie wejść w kolektyw, jest swojak z naszej fabryki i tyle. Nawet jakby był szpionem nasłanym z USA.

– Wypraszam szobie – burknął rosły Murzyn, wbity w sąsiednie siedzenie. – Sze ktosz szarny, to nie sznaczy od raszu, sze z USA!

– I tak po prostu przeszliście do porządku dziennego nad tym, że pracują z wami wampiry? – zdziwiła się dziewczyna.

– A czemu nie? Człowiek boi się tego, czego nie zna – zauważył filozoficznie majster. – No wiadomo, nie każdemu się to podobało. Były i takie szczurki, co popisały donosy do zjednoczenia, ale kto by tam w dzisiejszych czasach w takie zabobony wierzył... A szczurkom kadry wlepiły robotę na nocnej zmianie, i to akurat wtedy, kiedy nocki odrabiali Marek z Igorem. W dzień to jeszcze kolesie zgrywali twardzieli. Ale nocy z wampirami w jednej hali żaden kapuś nie zaryzykował. Pozwalniali się na własną prośbę. I dobrze, lżej się oddycha. I autokar zakładowy można po cichu poświęcić, a nikt nie sypnie.

Cholera, to może trzeba było wrócić do klasy i skończyć to durne liceum? – zadumała się dziewczyna. Może nawet oceny by mi się poprawiły, bo belferstwo by się mnie bało, a jakby napisali do kuratorium donos, że jestem wampirzycą, nikt by im przecież nie uwierzył. Tylko że pół roku w trumnie leżałam, takiej nieobecności bez papierka od lekarza by mi nie usprawiedliwili. No a niby co bym im pokazała? Akt zgonu?

Wreszcie, ukołysana jazdą, zapadła w sen.

Wstawał świt. Autobus pruł przez kraj, robiąc co najmniej czterdzieści kilometrów na godzinę. Resory jęczały i skrzypiały. Uczestnicy wycieczki już się dobudzili. Dzieciaki marudziły. Mamy powyciągały kanapki, ojcowie pospiesznie sączyli po małym klinie i zapijali zaraz kawą zbożową z termosów. Ten i ów z lubością zaciągał się porannym papieroskiem. Marek wsłuchał się w dźwięki wydawane przez silnik, skrzynię biegów i zawieszenie, po czym uspokojony znów zapadł w drzemkę. Gosia pracowicie dziergała na szydełku swoje bikini.

– Tak właśnie lubię – mruknął brygadzista Piotr, nalewając sobie kawy zbożowej z termosu. – Wakacje... Ta atmosfera niewymuszonej letniej beztroski. I wszyscy w autokarze uśmiechnięci, jak jedna wielka szczęśliwa rodzina. Takie chwile zbliżają ludzi. Żywych i martwych.

– W zasadzie to ja też lubię wakacje – przyznała Gosia. – A mam je jak w powieści Jules'a Verne'a, już dwa lata.

– Zrób kurs maszynopisania, szepnę słówko w dyrekcji, zaczepisz się jako młodsza referentka albo goniec w biurze. Zarobisz parę groszy na włóczkę i kordonek. – Spojrzał przelotnie na jej robótkę.

– Yhum... – mruknęła.

Zajechali na miejsce wczesnym przedpołudniem. Autobus stęknął i zamarł na pokrytym żużlem placyku. Tłum wysypał się z ciasnego wnętrza i rozejrzał ciekawie wokoło. Niektórzy już tu kiedyś byli, inni przyjechali po raz pierwszy. W rzadkim sosnowym zagajniku stały domki. Sądząc z wybrzuszeń ścian, głównym materiałem konstrukcyjnym użytym do ich wzniesienia była płyta pilśniowa lub dykta. Zielona farba olejna łuszczyła się na potęgę, odsłaniając poprzednią warstwę – brązową. Spod brązowej tu i ówdzie przebijały ślady jeszcze wcześniejszych powłok. Z okapów dachów krytych papą zwisały niczym stalaktyty sople zakrzepniętego lepiku.

Po drugiej stronie parkingu wznosił się okazały budynek z betonu, luksferów i tafli zbrojonego szkła, częściowo pociągniętych od środka farbą. W powietrzu walczyły ze sobą wonie starej szmaty, przypalonych kartofli, frytek smażonych na starym oleju i zupy pomidorowej. Ludziska, wiedzeni wakacyjnym instynktem, ruszyli w stronę węzła żywieniowego. Wampiry także rozglądały się z zaciekawieniem.

– Tam w środku jest całe zaplecze socjalne ośrodka. No wiesz, stołówka, kuchnia, prysznice, pokoje kadry, magazyn, recepcja i świetlica z telewizorem – wyjaśnił Markowi stary majster. – A dziś pewnie odbędzie się wieczorek zapoznawczy.

– Ale my się wszyscy znamy!

– Wieczorek zapoznawczy i tak musi być. To taka tradycja.

– Aha... Ale przedtem dostaniemy klucze?

– Tak. No i zameldować się trzeba.

– O cholera... A o tym nie pomyślałem.

Weszli do stołówki. Ślusarz grzecznie ustawił się w kolejce do okienka. Kucharka odhaczała nazwiska na liście. Każdy wczasowicz podawał jej też kartkę na mięso, z której kobieta krawieckimi nożycami odcinała odpowiednią liczbę kuponów.

– Fiu, fiu, zjednoczenie, jak widzę, dba o pracowników – pochwalił Igor, rozglądając się po sali. – Estetycznie tu...

Laminowane stoliki nakryto śnieżnobiałymi obrusami, zabezpieczonymi półprzejrzystą folią. Na każdym stał porcelitowy serwetnik i wazonik ze sztucznymi kwiatami. Podłoga była z lastryko, ale metalowe nóżki stolików i krzeseł owinięto grubo ruską taśmą izolacyjną, by nie szorowały po podłożu. Jedną ze ścian zasłaniała kotara. W głębi pomieszczenia znajdowało się niewielkie podium. W oknach wisiały firaneczki, pod sufitem rozpięto stare rybackie sieci, ozdobione dwiema lampami okrętowymi oraz rybkami wyciętymi ze styropianu. Kolejka wiła się jak na poczcie. Wreszcie przyszła ich kolej. Kucharka, ponura jak listopadowy poranek, spojrzała na nich groźnie. Marek podszedł do okienka i podał kobiecie kartki na mięso – swoją i Igora.

– Reszty nie trzeba – powiedział wielkopańskim tonem, widząc, jak kobieta wprawnym ruchem sięga po nożyczki.

– Co on, zgłupiał? Wczasy dwa tygodnie tylko, niby co będzie żarł przez resztę miesiąca? – Łypnęła na niego podejrzliwie.

– Jesteśmy wegetarianami – pospieszył z pomocą Igor. – Proszę też nie kłopotać się z posiłkami dla nas. Sami się wyżywimy. Korzonkami, ziołami i tak dalej.

Kobieta nagle przestała być ponura i wprawnym ruchem zgarnęła ich kartki do lewej kieszeni ortalionowego fartucha.

– Jakbyście chcieli jakieś marchewki, jabłuszka czy coś, to zachodźcie od zaplecza – szepnęła konfidencjonalnie, wręcz rozpływając się w małozębnym uśmiechu.

Przeszli jeszcze na drugą stronę budynku, do recepcji ośrodka. Portier, starszy mężczyzna o gębusi emerytowanego ubeka, odszukał ich nazwiska na liście.

– Będą potrzebne panów dowody osobiste do zameldowania – burknął, świdrując ich wzrokiem.

– Oto one. – Marek położył na ladzie dwa banknoty po pięć dolarów. – I legitymacja szkolna naszej kuzynki. – Dołożył jeszcze banknot dwudolarowy.

– Łudzące podobieństwo na tych zdjęciach. – Mężczyzna fachowo chuchnął na banknoty i troskliwie umieścił je w kieszonce koszuli. – I z twarzy też. Panowie bracia?

– Kto wie, może i bracia? W końcu z jednej wsi jesteśmy. – Marek wzruszył ramionami. – Wie pan, jak to bywało w ciepłe letnie dni. Wiejskie dziewuchy sypiały na sianie... Wpełzł chłopak nocą na wyżki, a jak następnej nocy znów się pojawił, to skąd mógł wiedzieć, czy dziołcha ta sama? Ciemno było przecież, nietrudno w tych warunkach stodołę pomylić, o dziewczynie nie wspominając, a o latarkach elektrycznych w tamtych czasach nikt jeszcze nie słyszał.

Dostali wreszcie klucze. Sprawdzili na mapce ośrodka, gdzie jest ich domek, i ruszyli obładowani bagażami. Żużlowa dróżka doprowadziła ich prawie pod płot kempingu. Pod drzewami jakiś typek o wyglądzie ciecia kosił trawnik, starannie omijając rozłożyste kępy szarozielonych liści. Kilka podobnych krzaczków wyrastało wprost ze ścieżki. Inne zaburzały kompozycję pobliskiego kwietnika. Marek popatrzył na to i podrapał się po głowie.

– Mikołajek nadmorski – wyjaśnił koszący. – Te chwasty są pod ścisłą ochroną, dlatego muszę je zostawić. Kolczaste paskudztwo...

Wampiry pokiwały ze zrozumieniem głowami i pomaszerowały dalej. Domek stojący pod rozłożystym świerkiem był niewielki i najlepsze lata miał już za sobą. Drzwi trochę się spaczyły, okno opadło na zawiasach i widać było, że lepiej go nie otwierać. Ale przynajmniej i tutaj dach świeżo pokryto nowiutką papą. Za domkiem stała wygódka, chyba nieczynna, bo solidnie przygnieciona pochylonym drzewem. Ale ostatecznie nie była im przecież do niczego potrzebna.

Wnętrze domku powitało ich swojskim zaduchem stęchlizny, z lekką nutką smoły i mysich siuśków. W pokoiku znajdowały się trzy zapadnięte łóżka, niewielka, zwichrowana szafa, kulawy stolik z porysowanym blatem i trzy krzesła. Tapczany przy naciśnięciu wydawały żałobny dźwięk. Podłoga z desek, pokryta dywanopodobną wykładziną, lekko uginała się pod stopami, ale za to nie trzeszczała. Z miłym zdziwieniem zauważyli, że szybki w oknach ktoś przetarł niedawno szmatą. Gosia rzuciła plecak na łóżko.

Marek rozpakował swoje bagaże. Odwinął z gazety małe imadło ślusarskie i przykręcił je do stołu. Obok ustawił zegarmistrzowskie kowadełko. Z zawiniątka wyjął kawałek stali narzędziowej i garść pilników. Rozłożył je na blacie, układając od najgrubszych po najdrobniejsze. Oddzielnie umieścił rysunki techniczne i arkusze papieru ściernego.

– A to po co? – zdumiała się dziewczyna, śledząc jego poczynania. – Zadali ci terminową robotę do domu czy jak? Przecież mamy wakacje...

– Głupieję bez ulubionej pracy – wyznał, gniotąc w dłoni motek wełny stalowej. – Weekendy jeszcze jakoś wytrzymuję, ale dwa tygodnie by mnie chyba zabiło. No, w przenośnym sensie, rzecz jasna.

– Mamy tu wypoczywać... A jak ktoś się czepi, że zamiast leżeć na leżaku, pracujesz? Albo jeszcze donos napisze? – zaniepokoiła się.

– Jak kto będzie pyszczył, to mu powiem, żeby spadał! To się nawet nazywa odpowiednio: wczasy pracownicze. A poza tym ślusarka to jest moje hobby. Każdemu wolno na wakacjach zajmować się swoimi zainteresowaniami.

– Też mi hobby, całe życie z pilnikiem w łapie. Lepiej byś czasem jakąś mądrą książkę postudiował i dowiedział się czegoś o świecie, w którym żyjesz – burknął Igor, wyjmując z bagaży zaczytany do cna egzemplarz „Kapitału" Marksa. – A swoją drogą, cholerna szkoda, że nie mogliśmy zabrać video i telewizora.

– Za pół godziny jest obiad – zameldowała Gosia, studiująca nalepione na ścianie wywieszki: plan dnia i regulamin ośrodka. – Skoro my nie jemy tego, co ciepli, to chyba znaczy, że w tym czasie mamy wolne?

– Nie wiem, jakoś tak się złożyło, że nigdy nie byłem na wczasach – wyznał ślusarz. – Ale tak na logikę, to chyba rzeczywiście możemy robić, co chcemy... Może zatem pójdziemy nad morze? Jest za tymi pagórkami.

– To się nad morzem nazywa wydmy – pouczyła go dziewczyna. – Chodźmy!

Przeszli przez ośrodek, mijając kolegów ciągnących z rodzinami ku jadłodajni. Pomaszerowali przez las pełen komarów. Pokonali piaszczyste podejście. Nie minęło piętnaście minut i mrużąc oczy, stali już przy betonowych słupkach ozdobionych zardzewiałym drutem kolczastym. Wiatr targał kępami lichej trawy.

– Wieki całe nie byłem nad morzem – mruknął Marek, obserwując fale. – Ale wcale nie tęskniłem do tego widoku.

Minę miał przy tym nieco zdegustowaną, jakby wcale nie cieszył się z wyjazdu.

– A konkretnie to ile lat? – zaciekawiła się Gosia.

– Ostatnio byliśmy nad Bałtykiem w czterdziestym piątym, jak zdobywaliśmy Kołobrzeg – wyjaśnił Igor. – Dowódca kazał wysadzić szkopski bunkier, żeby utorować drogę piechocie. Nie było jak podejść, szkopy walili do wszystkiego, co się ruszało. Nie chcieliśmy, żeby chłopaki z oddziału poginęli, tośmy we dwóch poszli i szwabów unieszkodliwili. Nocą się podkradliśmy i wykonaliśmy zadanie. A właściwie sam wykonałem, bo Marek się zagapił, podlazł gdzie nie trzeba i czterdzieści kul z automatu oberwał. Chwila minęła, zanim się pozbierał.

– Więc sam wysadziłeś ten bunkier?

– Nie wysadziłem, bo z tych nerwów zapomniałem trotyl zabrać i zapalniki. Ale jak przez szczelinę celowniczą zobaczyli moje zęby, to większość uciekła, a pozostali... No cóż, nie powiem, dobrze byli wypasieni tym, co w Polsce zrabowali, całkiem kaloryczna krew, choć z takim paskudnym blaszanym pruskim posmakiem. – Skrzywił się na wspomnienie.

– Wtedy poznaliśmy Dziadka Weterana – dodał Marek. – To znaczy nie tamtej nocy, tylko dwa dni później, jak nasz pluton go rozstrzeliwał. I też na plaży.

– Rozstrzeliwaliście go?! – zdumiała się Gosia.

– Póki zabijał Niemców, dowództwo go chwaliło. Jak zabijał, a potem kastrował i skalpował, przymykali oczy. Jak kastrował i skalpował, a dopiero potem zabijał, też jeszcze nie było problemu. Ale jak zaczął kastrować, skalpować, a potem puszczać żywych, uznali, że choć to fantastycznie podkopuje morale wroga, to jednak dość tego łamania konwencji genewskiej.

– Kastrował i skalpował!? – zdumiała się.

– Miał po prostu do nich jakiś osobisty żal – mruknął Igor. – Nie wypadało pytać.

– No i sama rozumiesz, rano go rozwaliliśmy, a następnego dnia wieczorem widzimy, jak się zgłasza na ochotnika do naszego oddziału, przebrany w cywilne łachy i udając byłego robotnika przymusowego. Zrozumieliśmy, że to wampir, jak my... – dodał ślusarz. – W każdym razie nie podobało nam się nad morzem. Cała plaża zaminowana, wszędzie trupy się walały, flaki wisiały na zasiekach i śmierdziało, bo przed klęską iperytu Niemcy narozsypywali. A do tego tu i ówdzie ruskie i szkopskie czołgi się paliły, więc duszący dym szedł od ropy i tego, co zostało w środku. Sceneria jak z horroru jakiegoś, tyle że to wszystko było naprawdę. – Wzdrygnął się na wspomnienie.

– Patrząc obiektywnie, to może nie podobało nam się, bo to był marzec i pogoda pod zdechłym Azorkiem – zauważył jego kumpel. – Teraz jest lipiec. I min nie ma, trupy też zakopane, albo może foki ciała zjadły... Choć zasieki, jak widzę, nadal są w użyciu, tylko już bez rozwłóczonych flaków. – Igor popatrzył w zadumie na rząd słupów i naciągnięte pomiędzy nimi druty kolczaste.

– To nie zasieki, tylko takie zabezpieczenie, żeby ludzie po wydmach nie łazili i nie wydeptywali chronionych gatunków roślin – wyjaśniła ich towarzyszka. – Popatrzcie lepiej, jak tu ładnie. Słoneczko świeci. Piaseczek i fale... Mewy krzyczą. Wraków nie ma, bunkrów ani trupów.

– Chcesz powiedzieć, że niepotrzebnie się wtedy zraziliśmy? – Ślusarz poskrobał się po głowie. – Może i masz rację... No nic, dwa tygodnie mamy. Tak jak radzisz, połazimy, popatrzymy, przemyślimy. Może to nie taka głupia rzecz te wakacje, tylko, cholera, ręce same szukają jakiegoś zajęcia.

– Jak chcesz, możemy zajść jutro do przetwórni ryb przy porcie, zapytamy, czy im jakaś maszyna nie strzeliła, to ją w czynie społecznym naprawisz – zaproponował Igor. – Zresztą na kutrach też pewnie dużo rzeczy się psuje.

Marek wyraźnie poweselał. Zeszli nad wodę. Piasek był miękki i ciepły. W oddali po lewej widzieli wieżę domu wczasowego Neptun. Tamta część plaży była mniej dzika, w oddali majaczyły kolorowe wiklinowe kosze plażowe. Brzeg zabezpieczono rzędami poczerniałych drewnianych pali, tworzących falochrony i ostrogi. Obiad chyba dobiegł końca, bo z ośrodka nadchodzili coraz to nowi ludzie. Rozkładali koce, stawiali parawany... Gosia jednym ruchem ściągnęła szarą płócienną sukienkę. Ufarbowana bejcą na złocistobrązowo i w kolorowym bikini zrobionym na szydełku wyglądała bardzo ładnie. Nie tak pięknie wprawdzie jak Isaura, ale też nieźle.

– Jedno jest fajne w byciu wampirem – powiedziała, wchodząc po łydki w morze. – Nie odczuwa się, jaka ta woda jest lodowato zimna.

Marek usiadł na brzegu, znalazł kawałek kija i teraz w zadumie strugał go scyzorykiem. Igor klapnął obok. On też czuł się dziwnie, nie mogąc niczego zespawać.

– Nudzi mi się – marudził ślusarz. – Tu nie ma kompletnie nic do roboty. Ciepli to wiadomo, przyjadą na plażę, pogapią się na babeczki w strojach kąpielowych, poczują przyjemne mrowienie tu i ówdzie. Potem wypiją piwo albo dwa, zapalą papieroska, radia posłuchają i czas im zleci. Dzieci zamki z błota budują i w morzu się taplają. Chłopcy obłapiają się w wodzie z dziewczynami. Babki się opalają i czytają romansidła. A my? Kompletnie nic.

– Też możemy popatrzeć na babeczki w bikini. – Igor łypnął okiem na pluskającą się Gosię. – Niezła sztuka ta nasza lokatorka. Apetyczna, rzekłbym. Choć po prawdzie bez popędu płciowego gapienie się na nią nie jest aż takie przyjemne. A piwo w sumie możemy wypić, nie zaszkodzi nam przecież, i tak go nie strawimy.

– Myślisz?

– Nie wiem. Nie próbowałem od stu lat. Przeleci przez organizm... Kurde! W sumie to fajnie byłoby sobie przypomnieć, jak to jest, gdy się sika.

– A jeśli w środku już wszystko pozarastało? Ja bym nie ryzykował. W końcu jesteśmy nieżywi. A co, jeśli piwo zostanie w żołądku, skwaśnieje, namnoży się w nim bakterii i zaatakują nas od środka? Nasze ciała, odpukać, nie gniją i wolałbym, żeby tak zostało!

– Fakt... To i petów lepiej nie palmy. Niby kiedyś lekarze zalecali palenie tytoniu jako środek pomagający w razie uporczywego kaszlu... ale cholera wie jak martwe płuca zareagują na smołę.

Połazili brzegiem godzinkę, nudząc się jak mopsy. Doszli aż do Neptuna, popatrzyli na dziewczęta grające na brzegu w siatkówkę, zawrócili... Popatrywali pod nogi, ale bursztynów nie było. Gosia już się nacieszyła wodą, leżała teraz na piasku i udawała, że się opala. Przechodzący brzegiem młodzieńcy muskali ją spojrzeniami. Ciepli z zakładu, jak to przewidział Marek, po swojemu zagospodarowywali czas wolny. Pili piwo, ciskali puste butelki za wydmę, palili papieroski i beztrosko rozrzucali niedopałki wokoło. Kobiety czytały babskie gazety albo książki. Ktoś włączył radio, po chwili dwóch innych poszło w jego ślady.

– Nie bądź frajerem, kup bułkę z serem! Lepsze bułki z jagodami niż chleb i salami! – wiatr niósł okrzyki. To przez plażę, dysząc w upale, szli dwaj wędrowni sprzedawcy niosący plastikowy transporter z drożdżówkami. Mimo dość wyśrubowanych cen zbyt mieli niezły, ale wampiry, patrząc, jak handlarze z mozołem drepczą po gorącym piachu i co chwila ocierają pot z czoła, wcale nie zazdrościły im zarobku.

– Chyba wolę się nudzić w ośrodku niż na tym słońcu – westchnął Igor. – Poza tym jesteśmy już tak starymi wampirami, że trzeba zacząć uważać z ultrafioletem!

I poczłapali ukryć się w domku. Może godzinę później pukanie do drzwi wyrwało Marka z zadumy. Odłożył pilnik, starł rękawem opiłki metalu ze stołu i otworzył. Na progu stał jakiś kafar, opalony na brąz, z teczką w ręku. Na szyi dyndał mu trenerski gwizdek, zawieszony na sznurówce. Twarz gościa wyrażała niezachwiany optymizm.

– Panowie Marek, Igor i panienka Małgorzata – mruknął bysio, odhaczając coś w papierach. – Po obiedzie było zebranie na temat oferty kulturalnej i sportowej.

– Że niby co?! – zdumiał się Marek.

– Że nie byliście na zebraniu – cierpliwie wyjaśnił kafar.

– Pierwsze słyszę, żeby na wczasach były jakieś zebrania – zirytował się Igor. – A w ogóle kto pan niby jest?

– Mówcie mi Sebastian. Jestem instruktorem kulturalno-oświatowo-wychowawczym tego ośrodka. – Nieznajomy wypiął pierś szeroką jak łom granitu.

– Nie czuję potrzeby instruowania mnie w dziedzinach kultury i oświaty – mruknął ślusarz. – Sam sobie radzę z jednym i drugim. Co do wychowania, zadbały o to pospołu mamusia i szkoła, do której uczęszczałem.

– Zjednoczenie zatrudniło mnie, żebym ujął wypoczynek pracowników w pewne ramy organizacyjne...

– Są wakacje – Igor wsparł kumpla. – Jak pan nie wiesz, co to znaczy, sprawdź pan sobie w słowniku.

– Popełniacie poważny błąd. – Twarz osiłka jakby lekko stężała. – Wymigując się od zajęć wspólnych, ryzykujecie zebranie punktów ujemnych.

– Czego niby!?

– Przecież kierownictwo ośrodka musi wystawić dla zakładu opinię o wszystkich wczasowiczach i jak za rok zechcecie jechać na wakacje, to kadrowa zajrzy do akt i oceni, czy zasługujecie.

Marek zaczął rechotać.

– To wpisz pan od razu, że jesteśmy leniami, malkontentami, alkoholikami, dopuszczamy się tu rozkładu moralnego z nieletnią oraz w rozmowach prywatnych kontestujemy ustrój socjalistyczny i nie zasługujemy na żadne więcej wakacje – powiedział wreszcie, gdy skończył się śmiać. – A od kadr oczekuję, żeby się odwaliły i pozwoliły mi spokojnie pracować! Ja się na żadne wczasy nie prosiłem!

– Z tym ustrojem to tylko on kontestuje tak na poważnie – dodał Igor. – Bo ja zasadniczo jestem bezpartyjnym sympatykiem. Uważam, że socjalizm i komunizm są, mimo pewnych wypaczeń, całkowicie OK. A jedyne, czego bym się czepił, to że mamy za mało prawdziwego socjalizmu w naszym realnym socjalizmie. Marks i Lenin widzieli ten etap zupełnie inaczej.

– Tak czy inaczej, skoro już nas przywlekli nad to morze, chcemy wypoczywać w spokoju. Odczep się pan i pozwól nam robić to po naszemu – zakończył ślusarz.

– Mamy naprawdę fajne propozycje przyjemnego spędzania czasu. – Osiłek jakby posmutniał.

Ale wampir zatrzasnął mu drzwi przed nosem i wrócił do szlifowania stali wkręconej w imadło. Igor przesiadł się pod okno, gdzie było lepsze światło. Otworzył „Kapitał" Marksa w miejscu założonym banknotem jednodolarowym i oddał się lekturze. Gosia wyciągnęła z walizki sczytany do cna numer „Burdy" sprzed kilku lat i kartkowała go, szukając ciekawych wzorów do wydziergania. Popołudnie leniwie zmieniało się w wieczór. Z daleka, to znaczy od strony stołówki, wiatr przyniósł rytmiczne dudnienie.

– Dwudziesta – zauważyła Gosia, patrząc na zegarek.

– To co? – zdziwił się ślusarz.

– Chodźmy na wieczorek zapoznawczy – przypomniała.

– A po co? – zdumiał się Igor. – Przecież już wyjaśniliśmy, że my tu wszystkich znamy, bo przecież z jednej fabryki jesteśmy. A poczęstunek i wypitka to nie dla nas przecież.

– Ale skoro jest taka tradycja... Muzyki posłuchamy, potańczymy... – kusiła dziewczyna.

– Taka tam teraz muzyka – machnął dłonią Marek. – Przed wojną to była muzyka.

– Przed pierwszą czy przed drugą? – zaciekawiła się Gosia.

– Przed mandżurską – zakpił Igor. – I przed rewolucją tysiąc dziewięćset piątego. Dzisiejsza muzyka to nie dla nas w każdym razie. A ty jak chcesz, to idź.

– No to idę – mruknęła. – Bo ja nie znam ani waszych kolegów, ani ich żon i dzieci. – I faktycznie poszła.

– Cholera – westchnął Marek. – Coś z racji to ona ma.

– Co takiego?

– Facetów znamy, bo w końcu to koledzy z roboty. Ale żon ani dzieci na zakład nie przyprowadzali, to może wypadałoby poznać.

– To co? Idziemy?

– Po tym, jak wykpiliśmy jej pomysł, trochę mi głupio – wyznał ślusarz. – Ale może odczekamy, a potem niepostrzeżenie wmieszamy się w tłum. I wtedy się pozapoznajemy.

Wieczorek zapoznawczy urządzono w jadalni. Zdjęto kotarę, odsłaniając lustrzaną ścianę. Pod sufitem zawieszono kulę dyskotekową. Na podeście ulokowało się trio. Jeden muzykant brzdąka rozpaczliwie w struny gitary, drugi wybijał staccato na talerzach perkusji, trzeci bębnił palcami po klawiszach keyboardu. Instrumenty wydawały dźwięki jak kot ciągnięty za ogon. Zadudniły głośniki. Jakiś babsztyl w obszytej cekinami kiecce wypłynął zza kotary i ujął w dłoń mikrofon.

– Daaaaj mi tę noc, tęęęę jedną noc! – kobieta zapiała dyszkantem.

Ludziska wylegli na parkiet. Robotnicy tańczyli kiepsko, jakby mieli połamane nogi. Ich żony i podrośnięte potomstwo płci obojga nieco lepiej. Gosia, w kusej mini i bluzce z dekoltem sięgającym niemal do pasa, zaczęła kręcić się po parkiecie. Na szczęście dziury w piersi, które wystrzelał jej z pepeszy Radek, już zarosły, pozostawiając tylko ledwo widoczne blizny. Tańczyła, niestety, sama. Wprawdzie chłopaków w zbliżonym wieku kilku by się na sali znalazło, ale zachowywali się jakoś dziwnie. Gdy uśmiechała się do nich albo puszczała oko, bledli i kryli się po kątach lub za plecami mamuś.

Nagadali im bzdur o wampirach, domyśliła się. Tchórze i frajerzy! Przecież ładna jestem, a na sali pełnej ludzi wysysanie im nie grozi!

Zmarkotniała i zaczęła się nawet zastanawiać, czy nie wrócić do domku, gdy nieoczekiwanie jak spod ziemi wyrósł przy niej kaowiec. Oczy miał maślane, może po małej wódeczce, a może to widok dziewczyny tak na niego podziałał...

– Zatańczymy? – zagadnął.

– W sumie czemu nie? – Wzruszyła ramionami. – A umiesz?

– Dziecino, ja jestem od lat niekwestionowanym królem tutejszego parkietu! Niejedną wczasowiczkę wyszkoliłem.

Gosia łypnęła na niego, rozejrzała się po sali. Przy tak marnej konkurencji zostać królem nie było trudno. Może faktycznie mówił prawdę? Poza tym, skoro nikt inny nie chciał...

– To tańczmy.

Kaowiec faktycznie okazał się doskonałym tancerzem. Obracał Gosią z ogromną wprawą, wkładał w to masę wysiłku, aż pot perlił mu się na czole. Ona wręcz przeciwnie, w ogóle się nie męczyła. Ale było jej bardzo przyjemnie, bo od licealnych dyskotek nie miała okazji tak poszaleć na parkiecie.

– Józek, nie daruję ci tej nocy! – Kobieta na podium dyszała do mikrofonu.

Bardziej dynamiczny taniec przeszedł w spokojny z przytulankami.

– Aleś ty chłodna – mruknął kaowiec i niczym ośmiornica oplótł ją opalonymi na brąz, umięśnionymi ramionami. – Ale trochę potańczysz, kilka drinków ci postawię i od razu się rozgrzejesz.

– Pewnie się nie uda, trzeba by przyspieszyć tempo przemian chemicznych, ale możemy spróbować – zgodziła się.

Dłuższą chwilę spokojnie kiwali się w rytm muzyki.

– Moglibyśmy pójść potem do mnie – szepnął jej do ucha. – Mam magnetofon i znacznie lepsze nagrania niż te... Mam też butelkę dobrego wina. Z Pewexu.

Dłoń muskająca plecy dziewczyny jakby od niechcenia zawędrowała niżej i przykleiła się do jej pośladka.

– Lepiej zabierz tę łapę – doradziła mu życzliwie Gosia.

– Oj, nie bądź taka niedotykalska – burknął.

Zamiast odpowiedzieć, tylko uśmiechnęła się lekko i w tańcu zawinęła nim tak, że znaleźli się obok lustrzanej ściany.

– Popatrz tam – szepnęła mu do ucha.

Spojrzał ponad jej ramieniem i zamarł. Zamrugał. Spojrzał jeszcze raz. W lustrze odbijał się tylko on. Zerknął na swoje ramię oplatające dziewczynę. Raz jeszcze popatrzył w zwierciadlaną taflę. Jego ręka, dziwacznie wygięta, wisiała w powietrzu. Pod nią nie było nic.

– Co jest grane, do cholery?! – Wybałuszył oczy. – Dlaczego ty nie masz odbicia?!

– Mądrzy ludzie twierdzą, że srebro to święty metal, który nie przyjmuje wizerunku istot potępionych.

– Że niby co? – Chyba nie zrozumiał.

– Zgadnij. – Uśmiechnęła się kusząco, pokazując kły. – A co do propozycji wspólnego posłuchania płyt, to chyba jestem zainteresowana. Idziemy do ciebie?

Nie spodziewała się, że ciepły tak łatwo może zemdleć. Zobaczyła, jak oczy wywracają mu się do góry białkami, poczuła, jak stalowe mięśnie wiotczeją, i bysio runął na parkiet niczym podcięte drzewo. Gdyby go w ostatniej chwili nie podtrzymała, pewnie rozwaliłby głowę o klepki. Zrobiło się zbiegowisko. Muzyka ucichła, wokalistka oderwała się od mikrofonu.

– Czy jest lekarz na sali? – zawołała jakaś kobieta.

– Ja miałem kurs BHP w dziedzinie wypadków przy pracy. – Brygadzista Piotr przepchnął się przez tłum.

– Pan instruktor chyba za dużo wypił, zagapił się w lustro i potknął – wyjaśniła ludziom wampirzyca.

Stary majster przyklęknął, zmierzył puls nieprzytomnego. Otworzył mu oko i spojrzał na źrenicę.

– To chyba tylko omdlenie – zawyrokował. – Gorąco tu, duchota. A on chyba przez godzinę wywijał po parkiecie. To i nic dziwnego, że zakręciło mu się w głowie. Wynieście go na zewnątrz przed stołówkę i bawmy się dalej.

Kilku najsilniejszych robotników dźwignęło z trudem osiłka i opuściło z nim salę. Zespół znów zaczął dokazywać na instrumentach, a śpiewaczka podjęła skowyt. Przed jadalnią niosący kaowca natknęli się na Marka i Igora.

– Co mu się stało? – zdumiał się ślusarz.

– Tańczył ze mną i nagle się przewrócił – wyjaśniła Gosia, nieznacznie puszczając do niego oko.

– Dajcie go tu na ławkę, połóżcie na wznak, zaraz pewnie dojdzie do siebie – zakomenderował Igor. – A jak się nie ocknie, to mam z wojska przeszkolenie felczerskie, docucę go. A w najgorszym wypadku zadzwonimy po pogotowie.

– To zostawiam go w pańskich rękach – ucieszył się brygadzista.

Kaowiec, rozciągnięty na twardych dechach, faktycznie westchnął, stęknął, odetchnął głębiej i zaczął poruszać powiekami. Wreszcie otworzył oczy. Wczasowicze, widząc, że nic mu nie jest, wrócili do przerwanej zabawy.

– Józek, nie daruję ci tej nocy! – wydzierała się piosenkarka.

Bysio spojrzał na otaczającą ławkę trójkę. Zmarszczył czoło, jakby nie do końca pewien, czy to, co go spotkało przed chwilą, wydarzyło się naprawdę.

– Masz za swoje, stary oblechu – warknęła Gosia, znów pokazując ząbki. – A ostrzegałam, nie pchaj się z łapami, frajerze.

Nie odpowiedział, przerażony wpatrywał się w ziemię. Latarnia oświetlała otoczenie. Każda najlichsza nawet trawka rzucała ciemny, konkretny cień. I tylko oni stali bez choćby najmarniejszego skrawka czerni koło stóp.

– Wy... wy... wy... – krztusił się kaowiec. – Je...je...

– Jesteśmy wampirami – warknął Marek. – Cała trójka. I zapamiętaj sobie, że przyjechaliśmy tu wypocząć. Ty się nie czepiasz nas, my się nie czepiamy ciebie. W twoim grafiku gier i zabaw ruchowych nie istniejemy.

– Ale... – zaczął.

– Bo jak będziemy robić gimnastykę, zmęczymy się. A zmęczony wampir staje się głodny, bardzo głodny... – Igor oblizał wzrokiem szyję osiłka.

– A jak się będziesz dostawiał do naszej koleżanki, to cię tak wyssiemy, że staniesz się zombiakiem – dodał ślusarz. – Będziesz łaził, cuchnąc, i gubił odłamujące się paluchy, aż cię kościółkowi dopadną, a nie chciałbyś wiedzieć, jak inkwizycja likwiduje żywe trupy.

A potem zostawili go przerażonego, wtulonego w oparcie ławki i poszli sobie – Gosia jeszcze potańczyć, a oni zapoznawać się z żonami i dziećmi kolegów z fabryki.

Kolejny dzień wlókł się niemiłosiernie. Wampiry nie miały kompletnie nic do roboty. Mogły tylko z zazdrością popatrywać, jak kaowiec dwoił się i troił. Po śniadaniu zorganizował dla dorosłych turniej siatkówki i koszykówki. Dzieciaki natomiast strzelały z łuków i odbyły bieg w workach. Najstarsi wiekiem robotnicy, którym ani w głowie był nadmiar wysiłku, wzięli udział w konkursie kalamburów. Wszyscy świetnie się bawili. Instruktor, mimo koszmarnych przeżyć poprzedniego wieczora, najwyraźniej doszedł do siebie. Był w swoim żywiole i dawał z siebie wszystko. Jedynym śladem nocnej przygody była okazała główka czosnku, którą nanizał na sznurek od gwizdka. No i co jakiś czas oglądał się nerwowo przez ramię.

– Chyba popełniliśmy zasadniczy błąd i niepotrzebnie zraziliśmy do siebie tego w gruncie rzeczy miłego człowieka – westchnął wreszcie Marek, opuszczając zasłonkę.

– To nie nasza wina. – Igor bezradnie rozłożył ręce. – Nie byliśmy nigdy na wczasach, to skąd mogliśmy wiedzieć, jak tu jest?

– Trzeba było kłaść uszy po sobie i naśladować bywalców – dogryzła im Gosia. – Postraszyłam go tyci, tyci i by wystarczyło. Niepotrzebnie się wtryniliście. A w tenisa sama bym zagrała!

Po południu kaowiec zorganizował na plaży rodzinny konkurs na najpiękniejszy zamek, a dzieciaki grały w nogę w kopnym piachu, co stało się przyczyną wielu radosnych upadków. Potem trenowały skok w dal i wzwyż. Dla najlepszych przewidziano nagrody, a wszyscy uczestnicy dostali lody.

Przed wieczorem, gdy upał nieco zelżał, trójka wampirów ruszyła na spacer. Najpierw szli drogą na wschód, wzdłuż brzegów jeziora, a potem odbili w lasku morzu.

– Podsłuchałam, że jutro ma być wycieczka do parku narodowego, pogadanka historyczna na terenie wyrzutni hitlerowskich rakiet V2 i oglądanie ruchomych wydm w rezerwacie – marudziła Gosia. – Ale nas nie zaprosili.

– Może by tego instruktorka choć pro forma przeprosić? – westchnął Igor.

– O nie! – burknął Marek. – Nie damy się kupić przechadzką po stosach piachu. Mamy swój honor!

– No to trzeba będzie nudzić się dalej.

Nagle ślusarz przystanął w pół kroku, schował się za krzakiem i uciszył pozostałych gestem.

– Popatrzcie, to chyba nasza kolacja – szepnął. – Ostrożnie tylko!

Zapadli za krzewy jałowca. W dolince pomiędzy wydmami wśród chaszczy rozłożyła się na kocu trójka harcerzy w wieku późnonastoletnim. Chłopak z gitarą i dwie dziewczyny. Harcerki przez chwilę mościły się na pledzie, a potem ściągnęły mundurki. Jak się okazało, pod nimi miały stroje kąpielowe. Ich towarzysz też po chwili był już w samych kąpielówkach. Dziewczyny zaczęły nacierać się kremem do opalania. Chłopak niby to odwrócił się bokiem, ale popatrywał na koleżanki kątem oka. Minę miał rozanieloną... Z plecaka wydobył butelkę wina i trzy plastikowe kubeczki.

– No nie – mruknął Marek zbulwersowany. – Za moich czasów harcerze naprawdę nie pijali alkoholu!

– Może to jak z milicją, że jak taki zdejmie mundur i czapkę, to już nie jest na służbie? – rozważał jego przyjaciel. – Ale z drugiej strony harcerz w kąpielówkach nadal pozostaje nieletni. A to podpada pod ustawy o wychowaniu w trzeźwości i tak dalej.

– Igor?

– Taaa?

– Powiedz mi taką rzecz... Lubisz posmak jabola we krwi?

– Nieszczególnie.

– No to musimy się pospieszyć. My wysysamy dziewczyny, a ty chłopaka – polecił Gosi. – Obejdziemy ich od tyłu przez te krzaczory i skaczemy na karki. Szybko, zanim smak popsują! – dodał, widząc, że chłopak nalewa już koleżankom pierwszą kolejkę.

Zeszli z wydmy i chyłkiem pomaszerowali przez las, by dużym łukiem zajść ofiary od tyłu. Na szczęście wydmy i chaszcze ułatwiały zadanie.

Skradamy się zupełnie jak Indianie, pomyślała z zachwytem Gosia, wpinając sobie we włosy piórko mewy.

Chyba po raz pierwszy od zwampirzenia czuła się naprawdę dobrze. Lato, słoneczko, zapach igliwia i perspektywa fajnej kolacji... Wydmy trochę ich zasłaniały, za to w krzakach za harcerzami leżała masa uschniętych gałęzi. Nie było innego wyjścia, jak ostrożnie przepełznąć ostatni odcinek. Na szczęście grupka ignorowała nadciągające zagrożenie. Chłopak usiłował obejmować koleżanki, one uchylały się, chichocząc, ale nie uciekały. Tanie wino najwidoczniej buzowało im już we krwi, nie zwracali uwagi na wampiry czyhające w lesie.

Marek gwizdnął, dając sygnał do ataku. Gosia doskoczyła do upatrzonego chłopaka. Zadziałał wampirzy instynkt. Dziabnęła go zębami w szyję z taką wprawą, jakby przez całe życie nic innego nie robiła. Bezbłędnie trafiła w tętnicę. Harcerz szarpnął się ze trzy razy, ale zaraz zwiotczał w jej uścisku i oklapł nieprzytomny. Pociągnęła delikatnie dwa hausty krwi.

– Delicje – westchnęła, puszczając ofiarę.

Krew smakowała jakby trochę wędzonką, ale też ziołami, wiatrem, pieczonymi kartoflami i dymem wieczornego ogniska. Orzeźwiała, delikatnie szczypała w podniebienie. Doznanie kojarzyło się nieco z piciem wody sodowej. Kątem oka Gosia spostrzegła, że Marek i Igor także poradzili sobie bez problemu ze swoimi ofiarami. Ich twarze wyrażały najgłębszą błogość. Widać im też smakowało.

– Uwielbiam harcerzy – westchnął ślusarz, ostrożnie odkładając podessaną nastolatkę na piach. – Prowadzą bardzo zdrowy tryb życia. Odżywiają się też nieźle. Stąd ich krew ma wspaniały bukiet. Jak najlepsze wino.

– Mnie osobiście posiłek na łonie natury zawsze poprawia humor – wyznał Igor, trąc wargę oparzoną na srebrnym łańcuszku. – Choć nie powiem, jeszcze fajniej byłoby dopaść ich w nocy, przy ognisku, słuchając brzdąkania gitary.

– Daj spokój – przestraszył się Marek. – Też masz pomysły! Przy ognisku to siedzi ich cała kupa. Chcesz się bić w pojedynkę z całym zastępem uzbrojonych w finki, wysportowanych...

– Nie chcę! Tak tylko się rozmarzyłem.

– Wakacje, posiłek w plenerze, czego jeszcze chcieć od życia? – westchnęła dziewczyna.

– Przecież nie żyjemy, wampiry są martwe – zauważył trzeźwo ślusarz.

– Hmmm... no tak. Zapomniałam – zawstydziła się. – Ale wolę być martwa jako wampir niż jako zombie!

– No ba! Igor, a pamiętasz tamtą akcję w czasie wojny?

– Wysysaliście harcerzy z Szarych Szeregów? – oburzyła się Gosia.

– Nie, ale raz trafiliśmy na obozowisko tych niemieckich podróbek z Hitlerjugend – wyjaśnił spawacz. – Nie była to jakaś poważna akcja partyzancka, raczej drobny psikus, żeby się w okupowanym kraju nie czuli zbyt pewnie. Zaatakowaliśmy w biały dzień. Strasznie zabawne to było. Ja trzymałem i wysysałem instruktora, Marek zrywał sztandar ze swastyką z masztu, a te małe blond naziolki uciekały do lasu. Stratowali namioty, pogubili furażerki, poplątali się w linkach i tak rozpaczliwie wrzeszczeli: „Hilfe, Hilfe". Zabawa była przednia! Ale naszym nigdy byśmy takiego numeru nie wycięli – spoważniał.

– Niedługo odzyskają przytomność, nie ma się co rozsiadywać – zauważył jego kumpel.

Ułożyli ofiary w cieniu, następnie opróżnili butelkę jabola, wylewając zawartość w krzaki. Każdemu harcerzowi wcisnęli w dłoń opróżniony kubeczek.

– Będą mieli nauczkę, czym grozi łamanie prawa harcerskiego – zachichotała Gosia. – Pijaństwo nie popłaca!

– Nie będą mieli, bo przy wysysaniu jako efekt uboczny występuje impotencja i zaniki pamięci – wzruszył ramionami Marek.

– Ale ona ma rację! – cieszył się Igor. – Jak się ockną, będą skołowani. Rozejrzą się i pomyślą, że za dużo wypili na upale. Czysta robota.

– To może nawet zadziałać wychowawczo – zadumała się dziewczyna. – A w każdym razie przestaną pić taki zajzajer. Czyli połączyliśmy przyjemne z pożytecznym.

W dobrych humorach przebyli łańcuch wydm i wyszli na zupełnie dziką część plaży. Tu nie było wiklinowych koszy ani innych podobnych sprzętów. Nikt nie grabił wieczorami plaży, piasek usiany był patykami i muszelkami. Słońce powoli zniżało się, by zatonąć w falach Bałtyku. Stanęli na brzegu. Krew przyjemnie wypełniała żołądki, dając uczucie sytości i odprężenia.

– Tak sobie myślę... – mruknął Marek. – Tam po drugiej stronie wielkiego, zimnego morza jest taki kraj, Szwecja...

– No jest, i co z tego? – wzruszyła ramionami Gosia. – Bo to mało różnych krajów na świecie?

– Hmm... Tak sobie myślę... – powtórzył. – Bo z mapki w ośrodku wynika, że tam nad jeziorem – machnął dłonią za siebie – jest wypożyczalnia kajaków. Gdybyśmy tak jeden po cichu zaiwanili i zawlekli nocą na brzeg morza... Kilka godzin wiosłowania na północ i jesteśmy wolnymi obywatelami wolnego świata!

Zapadła cisza. Pierwszy poukładał to sobie w głowie Igor.

– Marek?

– Taaa?

– Pamiętasz, co było przed pierwszą wojną światową?

– No, w sumie coś tam z tego pamiętam.

– Jak przyjechał do naszej wsi ten Żydek Ajzyk z Ciechanowca i namawiał do emigracji. Oferta do wyboru, do koloru, Brazylia, Argentyna, USA, Kanada... W Brazylii każdy osadnik mógł dostać czterdzieści mórg ziemi całkowicie za darmo. Tylko dżunglę wykarczuj i gospodaruj na zdrowie. I bilet do Rio de Janeiro fundowali. W USA ziemi wprawdzie nie dawali, ale za to oferta obejmowała przeszkolenie, kwaterę i robotę w fabryce. Nie trzeba było żadnej głupiej wizy... W Argentynie cwaniaczki szukali ludzi konkretnych zawodów, za to fundowali przejazd na miejsce. No i oczywiście program premiera Stołypina, osadnictwo na stepach południowej Syberii. Ziemi, ile strzyma, choćby i czterdzieści hektarów, a co zaorzesz i będziesz uprawiał przez minimum pięć lat, jest twoje, do tego pięćset rubli kredytu na zakup narzędzi i zwierząt gospodarskich. Nieoprocentowane i raty rozłożone na dwadzieścia pięć lat... A w latach międzywojennych było jeszcze zagospodarowywanie osuszanych bagien Polesia. I też przejazd z całym inwentarzem fundowali, i trochę kasy na początek od rządu.

– Do czego zmierzasz?

– Skoro wtedy, zamiast wyemigrować do Ameryki, pojechaliśmy tylko do Warszawy, to dlaczego teraz chcesz do Szwecji?

– Bo mi się znudziło. Cały ten syf. – Marek gestem objął wydmy, niewidoczny stąd ośrodek i zapewne resztę kraju.

– A co konkretnie masz na myśli?

– Tu jest szaro, brzydko, ponuro. Nasza fabryka to idiotyczne muzeum, pełne doraźnie remontowanych wraków przedpotopowych urządzeń. To, co w niej wytwarzamy, już w chwili opuszczenia taśmy jest technologicznie przestarzałe o kilka dekad. Nasza kamienica to stara rudera, klatkę odmalowali ostatnio trzydzieści lat temu. Ba, cała Warszawa wygląda gorzej niż przed wojną! Dobija mnie też ta mączno-kartoflana dieta, od której krew smakuje jak stara ścierka. I jeszcze płacą nam gównianie. Tyle dobrze, że nie musimy jeść, bo nie wiem, jak związalibyśmy koniec z końcem. Zamiast w pocie czoła budować socjalizm, chcę się znaleźć w kraju, gdzie już go zbudowano!

– To Szwecja nie jest krajem kapitalistycznym!? – zdumiała się Gosia.

– I jest, i nie jest, i nie do końca tak to jest – wyjaśnił mętnie Igor. – Marek, ale ty wiesz, że bez dokumentów nie zdołamy w żaden sposób zalegalizować pobytu? Ba, gdybyśmy poprosili o azyl, Szwedzi nie wyrobią nam żadnych własnych papierów, bo po prostu wampira nie da się sfotografować.

– Zwisa mi to i powiewa. Będziemy wędrowali po wielkim, pięknym kraju i wysysali płowowłose, wesołe, młode, wysportowane Szwedki, wypasione mięskiem renifera i żurawinami. – Ślusarz uśmiechnął się do swoich marzeń. – Nie powiem, te nasze harcereczki też były niczego sobie, ale to jednak nie to samo.

– Nigdy nie wysysałeś Szwedek, więc skąd możesz to wiedzieć!?

– Może i nie wiem, ale mam przeczucie graniczące z pewnością. A Norweżki mogą być jeszcze smaczniejsze, bo więcej łososia w diecie. I malin moroszek!

– Trawa zawsze wydaje się zieleńsza tam, gdzie nas nie ma – westchnął ciężko Igor. – Darujmy sobie tę Szwecję. Na ile pamiętam książki Astrid Lindgren, to oni jadali zupełnie zwyczajne rzeczy. Pierożki, klopsiki, kiełbasę dobrze obsuszoną i inne takie. Jedyne, co mi kołacze z bardziej egzotycznych potraw, to cukierki ślazowe, cholera wie co to takiego...

– Chcę sprawdzić osobiście walory smakowe szwedzkiej krwi!

– A może skorzystamy z okazji i pojedziemy wyssać dzieci z Bullerbyn? – ożywiła się Gosia. – To by było coś wspaniałego, nietuzinkowe pożywienie. I chyba wspaniałe przeżycie, osobiście wyssać bohaterów ulubionej powieści.

– Niby można, ale pewnie już dawno dorosły, to książka napisana jakoś zaraz po wojnie – ostudził jej zapał spawacz.

– A może mają już własne dzieci albo i wnuki? – zadumała się. – No nic, sprawdzi się! Ale tej całej Pippi Langstrump tobym wolała nie spotykać. Zdziczałe jakieś dziewuszydło i silne jak kobyła. Skoro potrafiła człowieka wrzucić na dach, to i z nami by sobie poradziła.

– E, to chyba tylko fikcja literacka. Podobnie jak Filonek Bezogonek. Zresztą generalnie nie polecam wysysać kotów. Ich krew specjalnie smaczna nie jest, w dodatku drapią i sierść się potem lepi do zębów – pokpiwał Igor. – A co do Szwecji, słyszałeś kiedykolwiek o szwedzkich wampirach? – zwrócił się do kumpla.

– Tak po prawdzie chyba nigdy.

– Ja też nie. Nie dotarły też nigdy do mnie telepatyczne echa z północy. To może oznaczać, że ze Szwedów wampiry nie powstają albo że są szybko i skutecznie likwidowane przez tamtejsze służby. U nas pół biedy, oddelegowano do uprzykrzania nam życia tego palanta Nefrytowa. Ale tam może być gorzej. Znacznie gorzej.

– Może i masz rację. – Marek, słuchając wywodów przyjaciela, zmarkotniał. – Ale z drugiej strony... być tak blisko i nie zobaczyć choćby, jak tam jest? I nawet nie próbuj mi wyskakiwać z głupimi gadkami o ratowaniu naszej zasranej fabryki. Wszystkie te urządzenia powinny dawno temu trafić na złom, budynki trzeba zburzyć, a co do planu, mam go w dupie! Snopowiązałki to już i tak przeżytek! Zresztą brakuje traktorów, żeby je holować po polu! Nastała era kombajnów!

– Ale ty marudzisz – burknął Igor.

– Poza tym mam urodziny.

– Za miesiąc z hakiem.

– Być może. Ale nie obchodziłem ich od stu lat. Więc należy mi się jakiś mały prezent. Za te wszystkie lata. Symboliczny. Jedna miła, wysportowana, płowowłosa, nastoletnia Szwedka do delikatnego podessania...

– Żebyś był ciepły, to po takiej gadce uznałbym, że jesteś jakimś pedofilem – westchnął spawacz z naganą. – No dobra, jak ci na tym aż tak bardzo zależy, możemy zajrzeć, co jest po drugiej stronie morza, ale zaraz wracamy ratować fabrykę i plan produkcji podajników. No chyba że tam naprawdę jest jakoś wyjątkowo fajnie, wtedy zastanowimy się na miejscu, czy nie zostać dłużej.

– Wiedziałem, że mogę na ciebie liczyć. – Ślusarz był wyraźnie wzruszony.

– Zaraz będzie ciemno – zauważyła Gosia. – Idziemy ukraść ten kajak od razu czy może czekamy do północy?

– Ale czemu do północy? – zirytował się Igor. – Północ to godzina duchów, a my jesteśmy przecież wampirami. To już lepiej do trzeciej nad ranem, bo wtedy sen ciepłych jest najgłębszy. Ale myślę, że trzeba mieć jak najwięcej czasu na ucieczkę, znaczy się trzeba wykorzystać noc, żeby odpłynąć jak najdalej od brzegu.

– Czyli kradniemy od razu – podsumował Marek.

– Sam nie wiem, czy tak można. Marks i Lenin w swoich pracach zwracali uwagę, że kradzież to patologia, występująca wyłącznie w społeczeństwach prymitywnych, a wynika z chciwości, nędzy, ciemnoty i zacofania. Jako zjawisko schyłkowe całkowicie zaniknie po zbudowaniu komunizmu.

– To przestań marudzić, przecież wszystko się zgadza. Żyjemy biednie, wykształcenie mamy marne. Znaczy się jesteśmy ciemni i zacofani, a i komunizmu wokoło jeszcze nie zbudowano. Czyli Marks z Leninem dają nam zielone światło! – Ślusarz zatarł ręce. – A poza tym jesteśmy ex definitione istotami potępionymi, więc dziesięć przykazań i tak nas nie obowiązuje.

Igor zamyślił się głęboko.

– Hercen i Bakunin wprawdzie uważali, że moralne jest wszystko, co służy rewolucji, ale nie wiem, co by powiedzieli klasycy myśli lewicowej na sytuację, w której klasa robotnicza kradnie łódkę, żeby uciec do kapitalistów, gdzie zostanie poddana bezlitosnemu wyzyskowi.

– Ależ wy kombinujecie jak konie pod górę. Przecież bez dokumentów nie zdołamy się tam zatrudnić. A jak nie będziemy pracować, to i wyzysk nam nie grozi – zauważyła trzeźwo ich wychowanka. – Zatem uszczkniemy coś z ich dobrobytu, lecz oni nic z nas nie wyduszą. Ich kamienice, ale nasze ulice...

Ruszyli przez ciemniejący las i nie minęło pół godziny, jak zapadli w krzakach pomiędzy wypożyczalnią kajaków a obozem harcerskim. Nad wodą płonęło ognisko. Wesoły śpiew z kilkudziesięciu młodych gardeł niósł się wokoło. Wampiry, choć opite krwią jak bąki, poczuły przyjemne mrowienie w dziąsłach, ale się opanowały. Wypożyczalnia była już oczywiście zamknięta na głucho. Budynek i przyległa szopa ledwo majaczyły w mroku, tylko nad drzwiami połyskiwała marna żarówka.

– Do roboty – zarządził ślusarz.

– No nie wiem. – Igor miał jeszcze skrupuły. – Mimo wszystko to jednak trochę nieładnie. Wprawdzie komuniści głosili hasło „grabcie zagrabione", ale w sensie takim, że podczas rewolucji można się częstować dobrami należącymi do kapitalistów. A to państwowy ośrodek sportowy. – Wskazał tabliczkę. – I rewolucji też nie ma.

– Igor...

– Taaa?

– A nasza fabryka jest państwowa czy prywatna?

– No państwowa przecież.

– A mało to razy wynosiliśmy z niej różne potrzebne rzeczy?

– To nie do końca tak – bronił się komunista. – Płacili nam kompletnie nieadekwatnie do nakładu pracy, odbieraliśmy tylko w naturze należny deputat!

– Tu zachodzi podobny przypadek – rąbał słowo po słowie Marek. – Jako obywatele PRL-u jesteśmy współwłaścicielami wszystkich państwowych instytucji. W tym także ta wypożyczalnia w jakimś tam procencie należy do nas. Po prostu zabieramy ze sobą niewielką część przypadającej na nas własności! Zresztą zostawiamy znacznie cenniejsze mieszkanie. Jeśli nie wrócimy, to je przecież skonfiskują. O cholera!

– Co się stało?

– Video zostawiliśmy, też je skonfiskują. Szkoda sprzętu...

– Nie pieprz. To twoje video to używany trup z zatartymi głowicami, szmuglowany z Berlina Zachodniego. I zapłaciłeś za nie cwaniaczkom ze Skry trzy razy więcej, niż było warte. W Szwecji za jedną wypłatę dziesięć nowiutkich kupisz! Bardziej mnie martwi, że kradzież kajaka to mimo wszystko poważne naruszenie norm etycznych.

– Ależ wy jojczycie, jak stare baby – fuknęła Gosia poirytowana. – Poza tym, jak to was tak strasznie uwiera, to zapiszecie sobie adres i jak się tam urządzimy, odeślecie w kopercie sto dolców, kupią sobie dwa nowiutkie kajaki.

– Pod tym warunkiem faktycznie ma to sens – uspokoił się Igor. – Zresztą i tak pewnie wrócimy, to oddamy.

Przesadzili lichy płotek z pordzewiałej siatki.

– Kajaki są pewnie w tym hangarze – wydedukował Marek.

Obejrzeli kłódki.

– Ulala – syknął ślusarz. – Niemieckie, na klucze kodowe... Tego nie otworzę ani mokrym ręcznikiem, ani narzędziami. I kabłąk hartowany.

– A wytrychem? – zaciekawiła się Gosia.

– Dziecko, jaki znów wytrych? – Marek pokiwał głową z politowaniem. – To trzeba ciąć szlifierką kątową albo użyć tak zwanego urywka. A takiego skobelka łomem nie urwiesz, tu by trzeba lewarka. Takich narzędzi ze sobą nie zabrałem.

– Może wyskoczymy jutro pociągiem do Lęborka czy Słupska i kupimy co trzeba? – zasugerował Igor.

– Szkoda czasu! Jutro o tej porze chcę być już po tamtej stronie Bałtyku.

Marek obszedł szopę, oglądając uważnie ściany i małe okienka. Dechy przybito solidnie i wzmocniono jeszcze łączenia metalowymi kątownikami. Okienka były małe, zakratowane i zabite gwoździami.

– Przydałby się chociaż głupi łom – westchnął.

– Na filmie widziałam, jak złodzieje piłują kraty pilnikami, a przecież zabrałeś tego pół walizki – zauważyła Gosia.

– No niby tak... Tylko widzisz, to na filmie tak ładnie wygląda, w rzeczywistości do przecięcia kraty potrzebna jest raczej piłka, bo pilnik ma szeroką powierzchnię roboczą i masa wysiłku idzie na marne. No i czas. Dali tu pręty zbrojeniowe i pospawali. Minimum pół godziny roboty na każdy... To już lepiej z kłódką próbować.

Nieoczekiwanie jego uwagę przykuł ciemny kształt leżący w krzakach za wypożyczalnią. Marek przywołał resztę cichym gwizdnięciem. Podeszli.

– Ale jaja! – szepnął Igor. – Los nam sprzyja. Kajak, i to trzyosobowy! Dokładnie taki, jak nam trzeba! Widocznie przegapili go, gdy chowali na noc pozostałe. Dobra nasza!

– A może to pułapka? – zaniepokoił się jego przyjaciel. – No wiesz, my go ciągniemy, a tu włącza się alarm...

Przyklękli i obejrzeli burty. Nie było widać żadnych sznurków ani drutów mogących prowadzić do czujników. Igor pociągnął ostrożnie za dziób. Kajak przesunął się z trudem. Nic nie zawyło.

– Dobra nasza – zameldował Marek. – Jeszcze tylko wiosła. Widziałem, że kilka sztuk leży pod płotem! Tam, na lewo od bramki.

Wampiry prawie nie odczuwają zmęczenia, Marek i Igor byli silni i nieźle zbudowani, ale mimo to przewleczenie kilkudziesięciokilogramowej krypy przez szosę i wydmy na brzeg morza zajęło im ponad trzy godziny. Wreszcie dobrze po północy dotarli na plażę.

– Przydałaby się mapa morska i kompas – zauważyła Gosia.

– Furda! – uspokoił ją ślusarz. – Szwecja jest na północy i to naprawdę wielki kraj. Powierzchni ma ze trzy razy tyle, co Polska, i jest rozciągnięty. Nie sposób nie trafić. A nawet jakby nas mocno zniosło, to obok są Dania i Finlandia, też przecież państwa kapitalistyczne!

– No ale jakiś ogólny choćby kierunek... – Dziewczyna mimo wszystko miała pewne wątpliwości.

– Popłyniemy w kierunku Gwiazdy Polarnej, a w dzień będziemy orientować się na podstawie położenia słońca – uciął jej rozterki Marek. – To bardzo proste. Rano musimy mieć słońce za plecami, a po południu po lewej stronie. I na pewno nie pobłądzimy.

– Ale która gwiazda to jest ta Polarna? – zaciekawiła się dziewczyna.

Pytanie trochę zbiło ślusarza z pantałyku. Długo badał wzrokiem nieboskłon, marszcząc brwi. Coś tam pamiętał ze szkoły, ale nie bardzo potrafił odnaleźć właściwe gwiazdozbiory. Po prawdzie od tak dawna żył w mieście, że zdążył nawet zapomnieć, ile gwiazd można zobaczyć w letnią noc.

– Wielki Wóz, tylna oś... – mruczał pod nosem. – Odmierzyć pięć odległości ku górze... Szwecja jest mniej więcej w tamtą stronę – zawyrokował wreszcie, machając dłonią w nieokreślonym kierunku. – Żegnaj, jałowa polska ziemio. Opuszczamy cię nie bez pewnego żalu i może kiedyś jeszcze tu wrócimy. Ale na razie zmieniamy dietę na bardziej kaloryczną.

– Choć krew harcerzy była taka smaczna – westchnął Igor. – A siedzi ich w tym obozowisku nad jeziorem jeszcze cała masa... Nudziło nam się na wczasach i właśnie kiedy znaleźliśmy sobie kulturalną rozrywkę, ty zarządzasz wyjazd! Pomyśl sam, jaka przygoda nas ominie! Moglibyśmy każdej nocy zakradać się do ich namiotów i ssać, ssać, ssać... A w dodatku można jeszcze zaiwanić im sztandar z masztu i wymienić na jakieś fajne fanty.

– Szwedzcy harcerze, pionierzy, skauci, czy co tam mają, na pewno są jeszcze smaczniejsi! – zgasił go kumpel. – Zresztą, jak chcesz, to możesz zostać.

– Samego cię przecież nie puszczę, domniemany braciszku.

– Witaj, przygodo z kapitalizmem – dodała ich towarzyszka. – Pomyślcie, tam każdy sklep będzie jak nasz Pewex! A ich Pewexy z pewnością będą jak... – zadumała się, szukając odpowiednio mocnego porównania, ale nie znalazła.

– To tam są Pewexy? – zdziwił się Marek. – A zresztą, wkrótce sprawdzimy.

Zepchnęli kajak na wodę. Gosia umościła się jako pierwsza. Wampiry poholowały go kawałek dalej i nie bez trudu wdrapały się do środka. Łódka rozkołysała się i omal nie zaliczyli wywrotki. Wreszcie jakoś sobie poradzili. Cała trójka ujęła wiosła.

– No to razem – zakomenderował ślusarz. – Niech północne wiatry owieją moje genialne czoło. A, jeszcze jedno. Gdyby dogoniła nas straż przybrzeżna, udajemy trupy zagubionych na morzu kajakarzy.

Początkowo wiosłowanie nie bardzo im wychodziło, ale niebawem zgrali rytm. Powoli robiło się jaśniej, ale na morzu zaległa dziwna gęsta mgła. Słońce wstało, jednak ona jakoś nie chciała się rozwiać. Zegarek pokazał ósmą.

– He, he – zarechotał Marek. – Pomyślcie sami, płyniemy ku swobodzie, a nasi koledzy z fabryki teraz właśnie wstali, jedzą śniadanie i zaraz będą musieli słuchać poleceń tego durnego kaowca! Może nawet zarządził gimnastykę poranną. Pajacyki robią albo coś równie durnego. A my wolni i radośni jak ptaszki wypuszczone z klatki.

– Dzisiaj to miała być ta fajna wycieczka – burknął Igor.

Był nie w humorze, nie wyspał się, w dodatku od siedmiu godzin nieustannie robił wiosłem. Nawet jak na wampira, było to trochę za wiele.

– Tak się zastanawiam – odezwała się Gosia. – Niby fali nie ma i nic nie chlapie, ale jakoś mi tu mokro.

– To raczej żaden z nas, bo przecież wampiry nie sikają – zauważył Marek.

– Cholera, to czółno przecieka – wkurzył się spawacz, patrząc na dno łajby. – Pewnie dlatego kajak leżał oddzielnie.

– Utoniemy?! – przeraziła się dziewczyna.

– Nie bój żaby, nawet jeśli, to co z tego? Bardziej nieżywi od tego nie będziemy – uspokoił ją Marek. – Biega tylko o to, że lepiej byłoby zostać na powierzchni, bo idąc po dnie, będziemy brodzili w mule i cholera wie ile czasu zajmie nam doczłapanie do najbliższego brzegu.

– W dodatku na dnie będzie ciemno i nie wiem, jak w tych warunkach znaleźć właściwy kierunek –

dodał Igor. – Wprawdzie wampiry świetnie widzą w ciemności, ale nie wiem, czy w wodzie też.

– W tej mgle też nie znajdziemy kierunku – zauważyła trzeźwo Gosia. – Swoją drogą, dziwna ta mgła, taka gęsta... i zimna.

– Mgła, dziurawa łódka i trójka wampirów... – zadumał się Marek. – Scena jak z horroru.

– A gdzie tam – odburknął jego kumpel. – Wampiry na morzu? Oglądałem ze sto horrorów, ale takiego nigdy! Przecież my tu w ogóle nie pasujemy do scenografii.

– Fakt. Ale taki horror o mgle też kiedyś widzieliśmy. Było coś z księdzem, kościółkiem na wzgórzu, zatopionym okrętem... Załoga wracała po latach, żeby mordować mieszkańców i szukać swojego złota.

– To się na stałym lądzie działo!

– A tę wodę to może trzeba powylewać – zasugerowała Gosia. – Skoro zależy nam, żeby utrzymać się na powierzchni.

W tym momencie we mgle zamajaczył jakiś kształt.

– Chyba jesteśmy uratowani! – ucieszył się Igor. – To jakiś statek. A przy odrobinie szczęścia może szwedzki, co zaoszczędzi nam masę roboty z wiosłowaniem!

– Tylko czy na statku można poprosić o azyl?

– Załoga spoglądała przez reling, gdy nieoczekiwanie z mgły wynurzyła się łódka pełna wampirów... – powiedziała grobowym tonem dziewczyna. – Kto wie, może nasze przygody posłużą za kanwę scenariusza pierwszego horroru o pływających po morzu wampirach!

– Może. Ale marynarzy nie wysysamy! I w dupie mam, co na ten temat mówią horrory. Po prostu nie wypada.

– Zamknij się i wiosłuj, bo jeszcze ta łajba odpłynie! – syknął Marek.

Naparli na wiosła i niebawem podpłynęli bliżej. Początkowo sądzili, że to jakiś kuter rybacki, ale statek okazał się dziwniejszy, niż mogliby przypuścić. We mgle czerniały drewniane burty, gęsto nabite żelaznymi ćwiekami. Gdy spojrzeli w górę, spostrzegli zwisające ponuro poczerniałe żagle i poszarpane liny.

– Hmm... – zadumał się ślusarz. – To dziwne... Nie wydaje mi się, żeby po Bałtyku pływało wiele żaglowców. I to jeszcze w tak marnym stanie technicznym.

– Może to Dar Młodzieży zerwał się z cumy? – zasugerowała Gosia.

– Albo to legendarny Latający Holender – dodał Igor. – Amsterdam jest w Holandii, no nie? – Wskazał złocone niegdyś litery na burcie.

– To by pasowało – kiwnęła głową dziewczyna.

– Szczerze powiedziawszy, nie bardzo się znam na morskich legendach. Wiem, że spotkanie tego czegoś przynosi pecha, ale co się tak konkretnie dzieje na pokładzie, nie mam pojęcia.

– Dobra – zdecydował Marek. – Okręt widmo czy nie, pies trącał. Jesteśmy w sytuacji, że się tak wyrażę, podbramkowej. Wchodzimy na górę, pytamy załogę, czy mogą nam sprezentować coś do uszczelnienia kajaka, a w ostateczności miedziany rondelek do wylewania wody. Jeśli wezmą nas za ciepłych i zechcą narobić kłopotów, wyprowadzamy ich grzecznie z błędu i niezależnie od wszystkiego raczej nie przeciągajmy wizyty.

Obok nazwy okrętu zachęcająco kiwała się drabinka linowa. W burtę wbito żelazny pierścień, w sam raz do przywiązania łódki. Drabinka okazała się zaskakująco solidna. Po chwili stali na spękanych deskach śródokręcia. Przed nimi wznosił się dziób, z tyłu połyskiwały okienka kasztelu. Na pokładzie walały się różne śmieci. Żagle łopotały na słabym wietrze, rozsiewając woń stęchlizny.

– Chyba nikogo tu nie ma – zauważyła dziewczyna. – Pusto, cicho, martwo.

– Herbaciany kliper – mruknął pod nosem Igor, rozglądając się. – Takimi pływali do Indii po herbatę i przyprawy. Zarabiali na tym kupę pieniędzy. Może warto przeszukać tę łajbę? Coś z tej forsy mogło zostać w kasie okrętowej.

– Skąd wiesz, że to herbaciany kliper? Znasz się na tym czy co? – zdziwił się jego kumpel.

– Powąchaj, jak strasznie zajeżdża tu herbatą.

Olinowanie zaskrzypiało ponuro. Podeszli do luku. W powietrzu unosiła się bijąca z trzewi łajby woń gnijącego drewna i zapleśniałej herbaty. W półmrok ładowni prowadziły zniszczone drewniane schodki. Pod pokładem majaczyły skrzynki i worki, poukładane wzdłuż wąskiego przejścia, biegnącego zapewne od dziobu do rufy.

– Jest tu kto? – zawołał spawacz.

Odpowiedziało mu ironiczne milczenie.

– Nie wygląda to dobrze. – Jego przyjaciel kontemplował liczne brązowe plamy zdobiące pokład, schodki i podłogę ładowni. – Tak mi się zdaje, że to krew. I to z niejednego brutalnego morderstwa.

– Chyba masz rację. – Igor podniósł walające się przy relingu podarte i pokrwawione jeansy. – Działy się tu paskudne rzeczy. Jacyś ciepli tu trafili i chyba długo nie pożyli. Choć, zdaje się, stawiali opór... Bo to mi wygląda, jakby podpalony poltergeist dla ugaszenia ognia skoczył przez dechy. – Przyglądał się plamie kopcia zdobiącej pokład.

– Mogło tak być. – Marek kiwnął głową, a potem pociągnął nosem.

Gdzieś spod pokładu dobiegła nowa, dziwna i niepokojąca woń. Świdrowała go w nozdrzach, a ponieważ martwe ciała słabo reagują na zapachy, musiała być naprawdę intensywna.

– Czujecie? – zagadnął.

– Coś jakby stare skarpetki! – wysunęła teorię Gosia. – A może onuce?

– W każdym razie bardzo wiekowe lniane szmaty, dobrze zakiszone w starych gumiakach. A to mi się kojarzy... a to mi się cholernie źle kojarzy!

– Dobra, pies to trącał, zbieramy się – burknął Igor, jakby przestraszony, i ruszył w stronę relingu.

Podszedł do drabinki, wyjrzał i zamarł. Przebiegł na drugą burtę i też wyjrzał. Gdy się odwrócił, był blady, nawet jak na wampira.

– Nie chcę was martwić, ale nasz kajak... zniknął – wykrztusił.

– Nasza łódka też – dobiegło z tyłu. – A teraz, wampirze syny, odwróćcie się i spójrzcie śmierci w oczy, bo to jednak pewien obciach strzelać w plecy. Nawet gdy się strzela do martwiaków.

Głos był zachrypnięty, jakby dobiegał nie z ludzkiego gardła, tylko dobrze wygarbowanej cholewy starego buta. Odwrócili się i zamarli. W czasie gdy oni szukali swojego kajaka, z rufowego kasztelu wyłonili się dwaj malowniczo obdarci starcy. Niższy miał na nogach schodzone gumofilce, spodnie uszyte chyba ze starego worka oraz powyciągany, połatany i sprany waciak.

– Mówiliście, że Wędrowycz to tylko głupia legenda! – jęknęła Gosia.

Egzorcysta amator stał w lekkim rozkroku, w każdej ręce krzepko dzierżąc napiętą kuszokołkownicę. Osikowe bełty ponuro bielały na prowadnicach. Lekka poświata wskazywała, że zostały poświęcone, a może wręcz wymoczone przez kilka dni w święconej wodzie. Dziewczyna zadrżała na widok zniszczonej przez czas i alkohol, niedogolonej mordy. Ale najstraszniejsze były oczy. Młode, wręcz młodzieńcze, płonące zimnym blaskiem planowanej eksterminacji. Obok Wędrowycza stał jego równie sfatygowany przydupas, Semen. Odział się w obszarpany carski mundur i spodnie z lampasami, a na głowę mimo upału założył karakułową papachę. Jego oczy dla odmiany przypominały ślepia stepowego wilka. Wygłodzonego stepowego wilka.

– Panowie, nas kołkiem? Ależ tak nie można – powiedział zirytowany Marek, jednym ruchem wpychając Gosię za Igora.

– Nie tylko można, ale wręcz trzeba! Łapy do góry! A może jeszcze powiesz, że to pomyłka i że wcale nie jesteście wampirami? – zarechotał Jakub.

– E, zaprzeczanie oczywistym faktom nie ma większego sensu. Jesteśmy wampirami jak najbardziej i nawet jesteśmy z tego dumni. Chodziło mi raczej o to, że Polacy mogą się między sobą kłócić, ale za granicą, zwłaszcza w konflikcie z obcymi, mamy obowiązek trzymać się razem. Swojak to swojak, rzecz święta.

– Ale czy my jesteśmy za granicą? – zirytował się egzorcysta.

– Oczywiście. Wedle prawa morskiego okręt pozostaje częścią terytorium kraju, pod którego banderą pływa. Od strony czysto administracyjnej właśnie jesteśmy w Holandii.

– Nie wiedziałem, że to tak... – Egzorcysta przeniósł pytający wzrok na Semena.

– Tak jest przyjęte – potwierdził kozak.

– No skoro tak mówi prawo, to w tym, co gadacie o swojakach za granicą, jest nieco słuszności – mruknął Jakub, jakby trochę zawstydzony. – Zrobimy tak: wy tu się ładnie ustawicie rządkiem do egzekucji, ale dziabnie was Semen, bo on jest rosyjskim kozakiem, więc nie będzie konfliktu moralnego.

– Ani etnicznego – dodał skromnie jego przyjaciel.

– I pan zamierza obojętnie stać, gdy na pokładzie holenderskiego statku jakiś rusek będzie mordował pańskich rodaków, w tym kobietę, a poniekąd nawet dziecko?! – zdumiał się Igor.

– Cholera... – Jakub skonfundował się po raz kolejny. – Macie rację! To kompletnie niedopuszczalne!

– Ale sam przecież... – zaczął Semen.

– Obronię tradycję i honor Polaka! – syknął Wędrowycz i zamalował kumpla w mordę.

Semen odruchowo mu oddał. I po chwili oba dziady tarzały się po przegniłym pokładzie, szarpiąc się za odzienie, kopiąc kolanami w jaja i żwawo okładając po gębach kułakami. Wreszcie Polak zwyciężył. Wstał, otrzepał kufajkę, poprawił czapkę uszankę.

– Przylutowałem mu zdrowo – oświadczył z dumą. – Jesteście bezpieczni. A ty się nie bocz. – Pieszczotliwie kopnął kumpla w tyłek. – Musisz zrozumieć, są pewne nienaruszalne pryncypia. Golnijmy teraz na zgodę i kombinujmy całą piątką, jak się z tej kabały wykaraskać.

Semen pomacał łuk brwiowy i puchnącą wargę. Skrzywił się.

– No dobra, tym razem ci odpuszczam, ale jedynie w imię wyższych wartości humanistycznych. A to picie na zgodę ty stawiasz.

– Nieodmiennie. – Kumpel podał mu manierkę z samogonem.

Siedli na zwoju liny.

– Zasadniczo sytuacja jest taka, jak widać – westchnął egzorcysta. – Przed nami pewnie trafili tu jacyś ludzie. Dedukuję to z plam krwi na ścianach i resztek, które znaleźliśmy w różnych zakamarkach. Ci turyści, czy kim tam byli, chyba stawiali opór, bo mamy tu także kilkanaście plam spalonej ektoplazmy.

– Nie spotkaliśmy żadnego ducha – zauważył Marek.

– Jest dzień, to się pochowały – tłumaczył Jakub cierpliwie. – Światło słoneczne je parzy, a potem szybko zabija. To, co tu łazi, to standardowe poltergeisty, podtyp, jak sądzę, cztery B lub cztery F. W sprzyjających warunkach luźna ektoplazma zestala się w kłąb twardych mięśni i ścięgien, zapewne humanoidalny, ale z łapami wyposażonymi w rogowe pazury długości – spojrzał na rysy zdobiące maszt – e, nie takie straszne, nie więcej niż trzydzieści centymetrów. Do tego inteligencja osiemnastowiecznego holenderskiego marynarza. I oczywiście ta pochodząca z osobników urodzonych później.

– Nie bardzo rozumiem – bąknęła Gosia.

– To taka jakby... infekcja – wyjaśniał starzec. – Jak poltergeisty załatwią kogoś, dajmy na to, w nawiedzonym domu, to on tam zostaje jako kolejny poltergeist. Im dom jest bardziej nawiedzony, tym więcej ich tam siedzi. A im więcej ich tam siedzi, tym łatwiej wykańczają kolejnych turystów. Po stu latach może być ich nawet kilkadziesiąt, bo oczywiście idzie fama, że tam straszy, a wtedy różni chojracy ciągną jak muchy do miodu sprawdzić, czy to prawda. Oczywiście giną. Tak frajerzy sami dodają się do puli zła i plugastwa.

– I długo tak? – zdziwiła się dziewczyna.

– Teoretycznie w nieskończoność. Praktycznie nie więcej, niż kubatura zamku czy dworu pomieści. Ale najczęściej w jednym miejscu mieszka nie więcej niż kilkanaście, bo oczywiście są na świecie fachowcy, którzy dbają o to, żeby ogniska zarazy w porę likwidować. – Egzorcysta poklepał się po zapadniętej piersi.

– Głównie to oczywiście zadanie fachowców kościółkowych – dodał Semen. – Ale sami nie daliby rady wszystkiego wytępić, więc w czynie społecznym pomagamy jak umiemy.

– A czasami po prostu ludzie płacą i wtedy pomagamy. Trudno wszystko w życiu robić za darmochę.

– I panowie przybyli na pokład tego okrętu, żeby... – zaczął ślusarz.

– Tak zasadniczo trafiliśmy tu przypadkiem – mruknął Jakub. – Płynęliśmy do Szwecji sprzedać bimber. Praprawnuk mojego przyjaciela poszedł na, tfu! studia do Warszawy. To nie jest tania sprawa. Pomóc potomkowi rzecz święta. A że groszem nie śmierdzimy, postanowiliśmy podreperować budżet, i to od razu w twardej walucie.

– Chcieliśmy mu tradycyjnie sprezentować mieszkanie i auto, żeby miał jak podrywać miejskie dziewuchy. Ale on powiedział, że nie chce mieszkania ani samochodu, bo w mieście studenci żyją w akademikach i jeżdżą autobusami. Nie chciałem, żeby koledzy z niego kpili, postanowiliśmy więc zarobić trochę grosza, żeby mu kupić, jak wszystkim miastowym, akademik i autobus – wyjaśnił kozak. – A tam, po drugiej stronie Bałtyku, wódka jest po trzydzieści pięć dolarów za butelkę. Dobre przebicie na każdej flaszce.

– Liczyliśmy, że bimber pójdzie nie taniej niż po dwadzieścia dolców za litr. Zapakowaliśmy pięćset butelek i w drogę. Tylko że ta Szwecja leży ciut dalej, niż sądziliśmy. Albo raczej to morze jest za wielkie. W każdym razie, żeglując, pobłądziliśmy we mgle i wpadliśmy na tych holenderskich zasrańców. No dobra, trochę w tym i nasza wina, bo sami wleźliśmy na górę. Rozumiecie, to zawsze ciekawe obejrzeć statek, który teoretycznie powinien dawno leżeć na dnie morza. W dodatku mój uczony przyjaciel rozpoznał, że to herbaciany kliper – ciągnął bimbrownik. – Wiecie, w szesnastym wieku takie pływały do Indii po herbatę. Kupcy ją sprzedawali i zarabiali na tym niewyobrażalną kasę, żeby potem pławić się w niewyobrażalnym luksusie. Postanowiliśmy sprawdzić, czy coś z tego luksusu tu zostało i czy dałoby się go trochę uszczknąć, a tu gówno.

– Chcieliśmy zejść, ale okazało się, że gdy zwiedzaliśmy krypę, wcięło nam łódkę, a wraz z nią pięć hektolitrów najlepszego produktu. No a zaraz potem złapali was.

– Rozumiem – westchnął Marek. – Nie wiem, czy z wampira da się zrobić poltergeista, ale chyba nie mam ochoty czekać tu jak owca na rzeź.

– Ektoplazma pali się tylko w postaci rozproszonej – zauważył Igor. – Jedyna szansa, żeby załatwić takiego, to chwila, gdy po przejściu przez ścianę dopiero zaczyna proces materializacji. Trzeba zamknąć luk i sukcesywnie podpalać każdego, który będzie próbował przeniknąć przez pokład.

– Można go też chwilowo rozproszyć, używając relikwii lub sakramentaliów, i wtedy podpalić – dodał fachowo egzorcysta. – Kłopot w tym, że chyba nie mamy nic takiego.

– Duchy zasadniczo nie lubią ultrafioletu, więc do zapadnięcia zmroku nie wylezą – rozważał Semen. – W górnych ładowniach też nie czują się teraz szczególnie dobrze, bo pokład tak się rozsechł, że przez szpary wpada do środka dużo słoneczka.

– A nie prościej byłoby sprawdzić, gdzie mieszkają, zrobić dziurę i wpuścić tam światło? – zagadnęła Gosia. – Zajączek lusterkiem czy jakoś tak.

– Na moje oko siedzą w tych zapleśniałych paczkach herbaty – mruknął egzorcysta. – Ale jest ich tam kilka tysięcy. Poltergeisty ważą przeciętnie pięćdziesiąt do sześćdziesięciu gramów. Bez wagi laboratoryjnej trudno rozpoznać, w którym pakunku jest czynnik duchowy, a w którym nie.

– A poza tym nie wiemy, na ile Holendrzy standaryzowali swoje pakunki i czy w każdej paczce jest taka sama ilość herbaty.

– Rozpierniczać po kolei wieka skrzynek, woreczki i paczki? – zasugerował Marek. – Herbatę możemy spalić na pokładzie albo lepiej wywalić do wody. Ektoplazma nieźle znosi wilgoć, ale nie w nadmiarze. W dodatku sól jest dla niej bardzo szkodliwa. Duchy utoną i zginą. To jest przejdą w inne formy niebytu.

– Niegłupio kombinujesz, wampirowaty – pochwalił Jakub. – Ale kilka tysięcy pakunków po kilkanaście kilo to nie dla mnie robota. Taka ilość pracy fizycznej jest dla człowieka po prostu szkodliwa. Proponuję rozwiązanie prostsze. Nasza łódka zniknęła. Wasza też...

– My kajakiem – sprostowała Gosia.

– Na jedno wychodzi. Możliwości są dwie. Albo gospodarze tej łajby odcięli cumy i je zatopili, albo wciągnęli do środka i gdzieś skitrali. Proponuję na początek spróbować odnaleźć nasze środki transportu i opuścić to miejsce, a na odchodnym ewentualnie wykręcić im jakiś wredny numer... – Uśmiechnął się do swoich myśli.

Semen wyjął z kieszeni stary, odrapany, carski jeszcze granat i przez chwilę z wprawą podrzucał go w dłoni.

– Gdyby wrzucić go gdzieś głęboko, tak żeby detonował w zęzie i zrobił dziurę, to cała łajba pewnie zatonie – zaproponował. – I po problemie.

– Na to akurat bym nie liczył. To coś pływa po morzach od setek lat, z całą pewnością dno jest magicznie zabezpieczone przed przeciekaniem.

– Złazimy tam? – Marek spojrzał na podniesioną klapę luku i schodki wiodące pod pokład. W jego głosie słychać było wahanie.

– A co, cykor cię obleciał? – zakpił kozak. – Przecież i tak nie żyjesz. Nic gorszego od śmierci już cię raczej nie spotka... A naszą łódkę wypada odzyskać z uwagi na ładunek. Dwa miesiące pędziliśmy, nie odpuścimy! No i potrzebujemy tej kasiory.

– Nie mówmy hop – burknął jego kumpel. – Bo jeszcze zapeszymy!

Zeszli po schodkach i zaczęli się rozglądać po różnych zakamarkach. Niestety, kajak gdzieś wcięło. Znaleźli za to klapę prowadzącą niżej, na dolny pokład ładowni – ale była starannie zabita gwoździami.

– Bez narzędzi tego nie wyważę – burknął Marek. – A nawet gdybym miał narzędzia, to chyba nie miałbym ochoty!

– Oj, nie lubią duchy gości, nie lubią – wycedził egzorcysta, trącając klapę gumofilcem. – Albo światło przeszkadza... – Uniósł wzrok.

Popękany sufit nad ich głowami przypominał rozgwieżdżone niebo. W ładowni mrok już jednak zgęstniał. Nad paczkami z herbatą unosiły się cienkie jeszcze smużki ektoplazmy. Niektóre, te najgrubsze, chwilami materializowały się w dłonie, a nawet całe ręce, uzbrojone w koszmarnie wyglądające sierpowate szpony, by po chwili powrócić do stanu oparu.

– No ładnie – syknął Jakub. – Kilkaset ich tu siedzi. A jest jeszcze przecież dolny pokład. I tam jest znacznie ciemniej. Te tutaj to jakiś trzeci sort, najmniej ważne, frajerzy, cwele i zdechlaki, najniżej w hierarchii, dla których nie starczyło miejsca głębiej. Albo takie, co podpadły reszcie, wykopane tu na stopniowe wykończenie przez światło dzienne.

– Tak właściwie ile miejsca zajmuje jeden poltergeist? – zaniepokoił się Marek.

– W stanie uśpienia, upakowany, ze trzy litry mniej więcej – błysnął wiedzą fachową egzorcysta. – Zależy od gęstości materii. Trzy litry to optimum, jak siedzi na przykład w starej wazie na zupę albo w pustym wazonie. Jak się musi rozpuścić w granicie, to i ze dwadzieścia litrów może być mało.

– To znaczy, że może ich tam na dole siedzieć...

– Teoretycznie, biorąc pod uwagę kubaturę dolnej ładowni, nawet kilkanaście tysięcy – obliczył błyskawicznie Semen. – Ale jak się rozproszyły w herbacie, to pewnie o połowę mniej. Spierniczamy na górę, nic tu po nas.

Jakiś pazur próbował go zahaczyć o nogawkę spodni, ale wtedy egzorcysta doskoczył, depnął gumofilcem i złośliwie zakręcił się na obcasie. Z wnętrza paczki dobiegł rozdzierający jęk, a macka sczerniała i oklapła.

– Dziękuję – szepnął kozak wzruszony. – Po raz dwieście osiemdziesiąty szósty ratujesz mi życie.

– Oj, już nie przesadzaj, ze sto razy sam byś się wykaraskał. – Jakub uśmiechnął się skromnie, aż nienawykła do takich grymasów gęba zatrzeszczała na zaczepach mięśni.

Wdrapali się na pokład i zajrzeli do kasztelu. Nie było tu kompletnie nic ciekawego. Śmieci, połamane meble, resztki rozwłóczonych pokrwawionych ubrań...

– Wiecie co? – mruknął Jakub, oglądając kłąb dziwnych przedmiotów wiszący na haku w kącie pomieszczenia. – To coś to tak zwane pasy korkowe. Jak byłem mały, czasem ich używano na morzu. Pamiętam, że jak płynąłem na Titanicu, akurat mieli już kamizelki, ale starsze jednostki takie rzeczy posiadały jeszcze na wyposażeniu.

– No, też pamiętam coś podobnego – kiwnął głową Marek. – Ostatni raz takie widziałem... cholera, chyba w tysiąc dziewięćset dziesiątym, na zawodach towarzystwa wioślarskiego w Warszawie, wtedy gdy Bolesław Prus osobiście dawał medale najlepszym.

– Jeden ma wyporność rzędu sześćdziesięciu kilogramów. Dawać wszystkie na zewnątrz. Wyłamiemy deski z pokładu, przywiążemy od spodu pasy korkowe i zrobimy sobie tratwy! – zakomenderował Wędrowycz.

– Tratwę? – zagadnął Igor.

– Dwie tratwy – burknął egzorcysta. – Jesteście chwilowo moimi sojusznikami, ale zarazem jesteście też wampirami. Jak na was patrzę, ręka sama mi sięga po osikowy kołek. Nie zrozumcie mnie źle, to nic osobistego, odruch taki mam. Tylko wiecie, trudno się powstrzymywać w nieskończoność. No i w dodatku niezdrowo, bo z tłumienia naturalnych potrzeb ciała nerwicy można się nabawić. Poza tym sami mówiliście, że za granicą Polacy powinni trzymać się razem. To jest wedle prawa morskiego część Holandii. – Tupnął w podłogę, przy okazji rozdeptując kolejną mackę. – Ale tratwa to już Polska będzie... Zatem załatwiamy problem nawiedzonego okrętu i się rozstajemy. W przyjaźni, ale bez zbędnej zwłoki.

– Jeśli chcemy zdążyć przed zmrokiem, trzeba się pospieszyć – powiedział Semen.

– Koło masztu leży zardzewiały topór – zauważył Marek.

– Rąb deski! I wiosła trzeba zaimprowizować – zakomenderował egzorcysta.

– Się wie! Nie jestem dzieckiem – odwarknął ślusarz, choć wcześniej nawet nie pomyślał o żadnych wiosłach.

Niespełna godzinę później, używając sparciałych lin, z trudem spuścili obie tratwy na wodę. Igor zeskoczył na dół i trzymając się drabinki linowej, pilnował, by nie odpłynęły. Czas na ewakuację był już najwyższy, bo niewyraźne cienie pazurzastych łap unosiły się nad pokładem. Egzorcysta wyciągnął z kieszeni manierkę z samogonem, a zza pazuchy drugą. Semen sięgnął do cholewek oficerek i wydobył kolejne dwie. Jakub odkręcił, w szyjkę każdej wetknął lont z kawałka nasączonej bimbrem okrętowej liny i podpaliwszy, kolejno wrzucił je przez otwory w pokładzie. Po chwili z ładowni buchnęły gęste kłęby dymu, rozległo się zawodzenie i coraz głośniejsze jęki poltergeistów.

– Ja pierniczę, tyle dobrego bimbru na zmarnowanie – westchnął kozak. – I jeszcze tamte zaginione pięćset litrów! No ale z drugiej strony to ofiara niezbędna dla ratowania ludzkości, a jeśli nawet nie ludzkości tym razem, to przynajmniej naszych bezcennych zadków.

– Napędzimy nowego, nie żałuj. No proszę, nigdy bym nie przypuścił, że herbata też się pali – zauważył pogodnie jego przyjaciel, zaglądając w dziurę. – Pewnie dlatego, że zazwyczaj miałem z nią do czynienia w postaci wodnego roztworu.

Zeszli spiesznie na pokład tratwy i odepchnęli się od burty nawiedzonego okrętu. Wiosłując deskami, skierowali się na prawo. Marek wybrał lewy kierunek. Byli już w odległości kilkudziesięciu metrów, gdy płomień wreszcie przebił się przez pokład. A chwilę potem okrętem wstrząsnęła długa seria eksplozji.

– Mój zaginiony samogon! – ryknął Jakub. – Ha, wiedziałem! Martwi czy nie, marynarze nie zatopiliby takiej ilości gorzały! Zachomikowali go sobie, a teraz, gdy się dobrze rozpaliło, flaszki strzelają jak przepalone żarówki.

Kolejna seria wybuchów roztrzaskała pokład i wyrzuciła w niebo płonące paczki z herbatą. Wiosłowali pospiesznie, by jak najszybciej oddalić się od niebezpieczeństwa. Nie minęło pięć minut, a Latający Holender płonął jak pochodnia. Zarazem mgła, stanowiąca jego magiczną osłonę, rozwiewała się. Obie tratwy dzieliło już ze sto metrów i dystans szybko się powiększał.

– Koniec rozejmu – ryknął Jakub. – Gińcie, pieprzeni krwiopijcy!

Wampiry w ostatniej chwili padły na deski, a Igor przytomnie podciął Gosię, więc pierwszy pocisk z kuszokołkownicy tylko niegroźnie śmignął im nad głowami.

– O zezulce, w dupę sobie możecie wsadzić te kołki! – Ślusarz poderwał się i pokazał ciepłym gest Kozakiewicza, lecz zaraz znów klepnął na dechy, unikając kolejnego osikowego bełtu.

– Wampiry świry, nie myślcie, że to koniec, jeszcze was dopadniemy! Do abordażu! – wrzeszczał egzorcysta, wymachując bronią, ale jego druh Semen cierpliwie wiosłował w przeciwną stronę.

– Wy wsioki obiboki, jeszcze zobaczycie, co to znaczy zadzierać z praskimi wampirami! – Igor dopełnił rytuału wzajemnego znieważania się.

– O, patrzcie go, mieszczucha z odzysku – ryknął Semen. – Nas od wieśniaków wyzywa, a słomę z butów gubi. Sami żeście ze wsi wyszli, a do miasta nigdy nie doszli!

Okręt widmo w tym czasie majestatycznie poszedł na dno. Na powierzchni unosiły się jeszcze skrzynki i worki, ale woń palącej się herbaty już słabła. Jakub coś jeszcze krzyczał, jednak szum fal zagłuszał wyzwiska.

– O ja pierniczę – westchnął Marek. – To dopiero była przygoda! Jesteśmy teraz herosami światowego kalibru. Jesteśmy bohaterami takimi, że możemy piersi po ordery wypinać! Jeden tylko problem... chyba żaden wampir nam nie uwierzy. – Posmutniał.

– No fakt, nie co dzień widuje się nawiedzone statki – pokiwała głową Gosia. – A uciec z takiego to dopiero wyczyn.

– Chrzanić tego Latającego Holendra, ja nie o tym przecież. Pomyśl sama! Przeszliśmy właśnie do legendy wampirzego ludu i zdobyliśmy szacunek na skalę ogólnoplanetarną! Jako jedyni na świecie dokonaliśmy niemożliwego! Zadarliśmy z Wędrowyczem, w dodatku odgadł, że jesteśmy wampirami, wkurzyliśmy go, zwyzywaliśmy nawet, a mimo to nadal żyjemy!

– Przecież nie żyjemy – przypomniał mu przyjaciel. – No ale fakt, to było naprawdę coś wielkiego. A teraz nie myśl o wieńcach laurowych, spuść wodę sodową uszami i lepiej pomóż wiosłować. Do tej Szwecji jeszcze pewnie kawał drogi!

– No dobrze, ale w którą stronę płynąć? – zadumał się ślusarz.

– No, wedle słońca...

– Tylko że słońca nie widać – bąknęła Gosia.

Faktycznie, niebo zasnuwały szare, jakby deszczowe chmury.

– Myślę, że to będzie tam. – Marek wskazał kierunek. – Wędrowycz i jego kumpel stracili kontrabandę, więc popłynęli do Polski po nowy zapas. To Szwecja będzie w przeciwnym kierunku. Zobaczcie, mewy tam lecą, a to znaczy, że nałowiły ryb i niosą w dziobach dla piskląt w gniazdach na lądzie!

Spawacz zrobił minę, jakby chciał coś powiedzieć, ale tylko potarł brodę, splunął w dłonie i zabrał się do wiosłowania. Płynęli i płynęli. Mewy przelatywały nad ich głowami to w jedną, to w drugą stronę, ale było ich coraz więcej, zatem chyba rzeczywiście zbliżali się do brzegu. Było już prawie zupełnie ciemno, gdy w oddali spostrzegli kilka światełek i majaczący niewyraźnie ciemny pasek lądu.

– Widać Szwecję – zameldował Igor.

– Nareszcie – westchnął z ulgą Marek. – Precz z komuną! Od dziś jesteśmy wolnymi wampirami wolnego świata!

– Wyłazimy na brzeg i ruszamy w głąb kraju sprawdzić, kto teraz mieszka w Bullerbyn! – zapaliła się Gosia. – Dorośli czy dzieci, wyssiemy wszystkich na chwałę Astrid Lindgren! A ją na deser!

Powoli ich oczom ukazały się szczegóły. Najpierw spostrzegli znajomą sylwetkę domu wczasowego Neptun. Potem ujrzeli rzędy drewnianych pali, plecione z wikliny kosze plażowe i wydmy porośnięte sosenkami. Tylko kaowca nie było już na brzegu, pewnie poszedł spać.

Wycieczka

Piętnastostopniowy mróz ścisnął Warszawę w okrutnych objęciach. Zima całkowicie zaskoczyła drogowców. Piachu zabrakło po trzech dniach, a soli do sypania ulic nie było jak dowieźć. Gdyby nawet nie zabrakło piachu, i tak brakowało taboru, by posypać choć główne ulice. Benzyny też by nie wystarczyło. Transport samochodowy padł. Tramwaje jeździły katastrofalnie przepełnione. Starzy ludzie mówili, że nawet przyroda wreszcie się zbuntowała i podstawia komunistom nogę. Na szczęście większość pracowników Drucianki mieszkała opodal swego zakładu i mogła dotrzeć tam na piechotę. Fabryka miała też zapas węgla i surowców, w halach pełnych pracujących maszyn zawsze było ciepło. Produkcja szła normalnie.

Ślusarz Marek, pogwizdując, odłączył zasilanie, wykręcił śrubki, zdjął obudowę, a na koniec zdemontował konika tokarki. Obejrzał go uważnie i westchnął. Mocowanie było kompletnie wyrobione, gwint diabli wzięli i część teoretycznie nie kwalifikowała się już do naprawy.

– No to kicha – burknął stary brygadzista Piotr, obserwujący jego poczynania. – Dobra maszyna była, ale jej czas dobiegł końca. Bo zapasowego konika do tak starego sprzętu nie zdobędziemy. Chyba że w muzeum techniki.

– Przecież nie oddadzą nam własnego eksponatu.

– Ale jakby tak z tokarki w muzeum wykręcić konika, a w zamian dać im tego? Przecież po wierzchu nie widać, że uszkodzony.

– Spoko wodza – mruknął ślusarz. – Obędziemy się bez pomocy muzeum. Tu się nawierci, Igor wspawa jakąś grubszą mutrę z odpowiednim gwintem, dociągniemy śrubą i będzie jak nowe.

– Spawy są kruche, a tu mamy do czynienia z naprawdę poważnymi obciążeniami. A jak znowu strzeli?

– To się znowu pospawa. Bo to niby pierwszy raz? To dobra tokarka, carska jeszcze, nie to, co późniejszy szmelc... sanacyjny szmelc – uściślił na wszelki wypadek Marek. Wprawdzie majster niby był swojak i znali się nie od dziś, ale wampir uznał, że ostrożność nie zawadzi.

– A jak kontrola BHP przylezie?

– To i tak tego nie wypatrzą wśród pięciu tysięcy znacznie poważniejszych uchybień. Zwłaszcza że musieliby rozkręcić maszynę i zajrzeć od spodu. A nawet jak wypatrzą, zwalimy na naszych poprzedników, bo ten złom stoi tu już osiemdziesiąt lat, chyba od dnia otwarcia Drucianki. A jak kto się czepi, to nic nie wiemy. Od zawsze tak było. Kto wie, może to nawet hitlerowcy naprawili? - pokpiwał ślusarz. - O, już wiem! Igora poprosimy, niech wytłoczy na spawie swastykę i jakąś lipną datę.

- Pan to ma łeb! - pochwalił majster.

- Życie nauczyło...

- Tylko co zrobimy, jak strzeli podczas pracy? - zafrasował się nagle Piotr. - Jak się obrabiany materiał zerwie przy kilkunastu tysiącach obrotów... Ludzie mogą poginąć.

- To wojna o rozwój i uprzemysłowienie kraju. Na wojnie trzeba się liczyć ze stratami w ludziach i sprzęcie! A tak poważnie, nic nie strzeli, bo złapię jeszcze tu i tu śrubami. - Marek wskazał miejsca nowych mocowań. - Mamy coś jeszcze?

- Są luzy w imaku. Szyna boczna strasznie wyrobiona. I futerko w wiertarce, tej dużej, radzieckiej.

- Zobaczymy, co da się zrobić. Najlepiej byłoby dać nowe, a nawet chociaż coś z odzysku... - Propozycja zawisła w powietrzu, jednak z miny brygadzisty wampir wyczytał, że wymiana uszkodzonych detali nie wchodzi w grę.

Rozplanowali pracę, podzielili się zadaniami. Jeden z robotników skoczył do magazynu po surowiec i już mieli brać się do roboty, gdy jak spod ziemi wyrósł goniec z biura.

- Panie Piotrze, proszą pana do kadr.

- No to idę - westchnął poirytowany majster.

Marek został sam. Przez kolejny kwadrans pracował spokojnie i z przyjemnością. Robota była na tyle prosta, żeby nie męczyć, i zarazem na tyle skomplikowana, że się nie nudził. Brygadzista wrócił po dwudziestu minutach z kwaśną miną i naburmuszony.

– Co się stało? – zapytał ślusarz, widząc minę zwierzchnika.

– Też wymyślili, debile kopani. Wycieczkę do lasu i grzybobranie mamy zorganizować dla naszego wydziału! – odburknął majster. – To znaczy ja mam zorganizować, a ty mi pomożesz.

– Przecież mamy styczeń... Aż taki poślizg planu wyszedł? Jak niby mamy zbierać grzyby, kiedy wszędzie leży metr śniegu? – zdumiał się ślusarz.

– W kadrach mówią, że dopiero teraz zjednoczenie przysłało materiały do zorganizowania wycieczki, które mieliśmy dostać w czerwcu. O! – Brygadzista wyjął z siatki atlas grzybów i cztery zakrzywione nożyki.

Ślusarz ujął jeden i bez wysiłku wygiął w palcach klingę.

– O ja pierniczę, ale szajs... – westchnął.

– No faktycznie, gówniane. Ale może wystarczą? Ostatecznie grzyby są miękkie. Choć o tej porze roku to już raczej zamrożone będą... – zadumał się majster. – No i jak niby mamy ich szukać pod śniegiem?

– Ech, wy, miastowi. – Marek pokiwał głową z politowaniem. – W ogóle nie ma szans. Grzyby zbiera się jesienią, a czego się w porę nie zbierze, to robaczki, ślimaki i sarenki zjedzą. Pomijając wszystko inne, nasz zakładowy autokar to kompletny trup. Zakładając, że w ogóle da się odpalić, dotoczyć to on się może co najwyżej do Ząbkowskiej. Do żadnego lasu nie ma szans. – Od naprawy latem dla tego złomu minęły już wieki. Ślusarz zdążył zapomnieć, że autokar w ogóle działał.

– To co robimy? – burknął majster.

– Normalnie chyba... Autobus zakładowy wyjedzie za bramę i stanie gdzieś niedaleko. Paliwo kierowca wymieni w sklepie na piwo. Załoga wypije po dwie butelki, pogra sobie w karcięta, poczyta gazetki. Radia się posłucha... A my spiszemy protokół, że wycieczka się odbyła i zrobiono dystans dwustu osobokilometrów po lasach, przy czym zebrano trzydzieści kilo grzybów jadalnych. Papierek do akt i można o sprawie zapomnieć.

– Dwadzieścia procent tego, co niby zbierzemy, musi trafić do stołówki – mruknął majster. – Takie są wytyczne pionu kulturalno-socjalnego zjednoczenia. Że niby ci, co pojechali, wykazują w ten sposób troskę o tych, którzy zostali.

– Suszone grzyby mają na Różycu, ale po świętach dużo to ich tam nie ma. I pewnie za bajońskie pieniądze... Z młodości pamiętam, że suszone moczyło się w mleku. Wyglądały potem i smakowały prawie jak świeże. Ogarniemy to jakoś, tylko mniej paliwa wymienimy na piwo. Zleje się do kanistra ze trzydzieści litrów, podjadę na bazar i wymienię na suszone borowiki. Kompromis po polsku: wilk będzie głodny i owca rozszarpana.

– No to załatwione. – Piotr z wyraźną ulgą zabrał się do demontażu uszkodzonych detali.

– Obejdę wydział, przygotuję listę chętnych uczestników i zaniosę do zatwierdzenia.

Minęła przerwa obiadowa. Marek i Piotr popracowali może kwadrans. Skończyli naprawę tokarki i właśnie robili próbny rozruch, gdy nieoczekiwanie pojawiła się sekretarka dyrektora.

– Pan dyrektor prosi panów w sprawie wycieczki – zaszczebiotała.

– I to pewnie jeszcze pilnie? – westchnął ślusarz, wyłączając zasilanie.

– Oczywiście, że pilnie, przecież to dyrektor. – Uśmiechnęła się.

Otrzepali się z kurzu i opiłków metalu, umyli nawet ręce. Ostatecznie kierownictwo to nie dział kadr. Pomaszerowali jak na ścięcie. Szef fabryki przyjął ich w swoim biurze. Zachęcił, by rozsiedli się w fotelach, polał kubańskiego rumu do rżniętych kryształowych szklaneczek.

– Przekazano panom informacje o planowanej wycieczce – zaczął. – Dowiedziałem się właśnie, że poinformowali panowie wydział, zebrali listę uczestników i tak dalej. Ja się bardzo cieszę z panów zaangażowania w organizację, ale... jest pewien kłopot.

– Nawet dwa. Po pierwsze, autokar to zimny trup, po drugie, pora roku skrajnie nieodpowiednia – westchnął brygadzista. – Ale to nas nie odstrasza. W kadrach powiedziano mi, że to polecenie ze zjednoczenia, a panu bardzo zależy. No to robimy. Mamy już wszystko z grubsza zaplanowane tak, żeby nikt się nie czepił... – Zreferował, co zaplanowali.

Dyrektor słuchał uważnie.

– Panowie, nie będę owijał w bawełnę. Ta sprawa ma drugie dno. Frakcja mojego patrona w zjednoczeniu przemysłowym została rozgromiona w ramach walk koterii i sitw wewnątrzpartyjnych. Teraz zwycięzcy wycinają wszystkich naszych ludzi. Na mnie też widać szukają haka. To pułapka doskonała. Jestem ugotowany. Jeśli wyślę wycieczkę zakładową do lasu, zrobią ze mnie idiotę, który wysyła załogę w styczniu na grzyby. Jeśli wycieczki nie wyślę, oskarżą mnie o łamanie praw pracowniczych i ignorowanie poleceń.

– To za takie duperelki można odwołać dyrektora ze stanowiska?! – wytrzeszczył oczy Piotr.

– Odwołać mnie chcą i tak. Ale żeby to zrobić w białych rękawiczkach, musi być jakaś podkładka. Nawet idiotyczny zarzut, byle oparty na niepodważalnych faktach.

– W czym problem? – nie zrozumiał Marek. – Wystarczy, że znajdziemy te grzyby, choćby tylko na papierze, i wrogowie stracą argument, żeby się pana czepiać.

– Też mi się tak z początku wydawało. Niestety, nie da się na papierze. Zjednoczenie podsyła do nas dwóch inspektorów, którzy mają wziąć udział w wyprawie. Lipny protokół tym razem nie przejdzie. Obawiam się, że jestem udupiony na dobre. Chyba że panowie coś wymyślicie. Ja nie mam pomysłu, jak się z tej kabały wyplątać.

– Jedyne, co mi przychodzi do głowy, to zagrać tę partyjkę i mimo że grają z nami znaczonymi kartami, wygrać ją w wielkim stylu – mruknął Marek. – Tak, żeby pomysł zimowej wycieczki na grzyby okazał się wcale nie taki głupi.

– Ale to niewykonalne... Nie sfałszujemy sprawozdania, bo nasłani kapusie go nie podpiszą. Może gdyby dało się zdobyć świeże grzyby, wetknie się je w zaspy śniegu... W Australii teraz mają lato chyba... Tylko jak je sprowadzić z tak daleka? – zadumał się brygadzista. – No i pewnie twardą walutą trzeba by zapłacić. Dolarami australijskimi albo czymś podobnym.

– Mam pewien plan... Tylko muszę go do końca wymyślić. – Ślusarz zmarszczył czoło.

– Panowie, po robociarsku i bez owijania w bawełnę – powiedział dyrektor. – Nie wnikam w szczegóły planu, daję panom wolną rękę. Nie uda się, trudno. Ale jeśli uratujecie mi tyłek, umiem się odwdzięczyć. Prosiłbym tylko bez mokrej roboty.

– Się wie, będzie pan zadowolony. – Wampir wstał.

– Gdyby było coś potrzebne... Proszę dysponować zasobami magazynowymi wedle własnego uznania. Spirytusem dezynfekcyjnym też.

Poranek wstał mroźny, na szczęście tego dnia było nie więcej niż minus dwanaście stopni. Robotnicy zebrali się na dziedzińcu. Przytupywali butami Relaks i gumofilcami, dociągali paski płaszczy i kożuchów, wciskali głębiej na uszy czapki uszanki. W dłoniach, chronionych grubymi rękawicami, trzymali wiadra i kosze na grzyby. Igor wyciągnął listę uczestników i sprawdzał obecność. Piotr otworzył wrota garażu i zapuścił silnik. Autokar zakładowy, dzięki wstawieniu pożyczonego akumulatora, udało się jakoś tam na chwilę ożywić. Wprawdzie z obu tylnych kół uchodziło powietrze, ale od przodu prezentował się znośnie.

Dyrektor pojawił się na chwilę, obrzucił uczestników wycieczki gospodarskim spojrzeniem. Westchnął ciężko i wzruszył ramionami.

– Niech pan się nie przejmuje – uspokoił go Marek. – Wszystko jest pod kontrolą i zgodnie z planem. Ta wycieczka to pikuś, nie takie rzeczy się w życiu robiło!

– Jak tu się nie martwić? – bąknął szef i zniknął w budynku biura.

Dwaj kontrolerzy ze zjednoczenia wyrośli jak spod ziemi. Mieli przeciętne, szare urzędnicze twarze, na zimową wyprawę do lasu założyli wysokie wojskowe opinacze i watowane narciarskie spodnie. Garnitury ukryli pod jeansowymi kurtkami na sztucznym misiu. Szyje owinęli tureckimi szaliczkami w barwach odblaskowego różu.

– Witajcie, towarzysze, na naszej wycieczce. – Igor pierwszy ruszył ku nieznajomym. – Jak widzę, nie przynieśliście własnych koszyków na grzyby, na szczęście mamy zapas i służymy pomocą.

Obcy skrzywili się jak na komendę, ale zdawkowo uścisnęli wyciągniętą prawicę. Drobne, ptasie dłonie zawodowych gryzipiórków zniknęły w szerokiej jak szufla robociarskiej łapie. Spawacz zauważył, że lewe ręce mieli odrobinę dłuższe, jak to urzędnicy...

– No to w drogę – zakomenderował brygadzista. – Darzbór, jak to mawiają. Jutro na obiad w naszej stołówce zupa grzybowa!

– Ciekawe niby jak? – Wyższy inspektor skrzywił się kpiąco.

– Normalnie, w lesie rosną grzyby, my ich nazbieramy, a dwadzieścia procent, zgodnie z rozdzielnikiem, przekażemy kucharce. – Marek zachował kamienny wyraz twarzy.

Obcy uśmiechnęli się ironicznie, ale nic nie powiedzieli. Wnętrze autokaru przywitało ich iście tropikalną temperaturą. Wszyscy od razu pościągali kurtki, czapki i szaliki. Nasłani kapusie poszli za przykładem robotników. Igor wskazał im najczystsze siedzenie, a sam wraz z przyjacielem zajął miejsce za nimi.

Kierowca udał, że wrzuca bieg. Marek i Igor nachylili się. Dziab, dziab. Kumple z roboty na widok kłów wbitych w szyje inspektorów nieco pozielenieli na twarzach. Co innego pracować z wampirem w jednej fabryce, a co innego zobaczyć takiego „przy obiedzie". Krew urzędników smakowała myszami, lakiem, konopnym sznurkiem, starym papierem, tuszem do pieczątek i kurzem.

– Paskudztwo, ale mówi się trudno. Normalnie urzędasów omijamy szerokim łukiem. Ale wszystko dla dobra ukochanego zakładu. – Marek puścił nieprzytomnego gogusia i otarł powalane posoką wargi.

– Nie bójcie żaby, wysysanie nie jest dla ciepłych niebezpieczne, ani nawet szczególnie szkodliwe – zwrócił się do przestraszonych kolegów Igor. – Na jakiś czas stracili przytomność. Jak dojdą do siebie, będą mieli niewielkie luki w pamięci i tydzień do dwóch impotencji jako skutek uboczny. I tyle.

Kumple z roboty przybrali miny wskazujące, że przegrzebują pamięć, szukając w niej luk i epizodów nagłej niemocy seksualnej, ale najwyraźniej żaden nic podobnego nie odnotował, bo wszyscy szybko się odprężyli. Brygadzista otworzył drzwi. Gosia wskoczyła do wnętrza. Zdjęła płaszcz. Była w mini, kabaretkach i bluzce z możliwie najgłębszym dekoltem. Uszminkowała się na czerwono, a przy oczach położyła niebieskie cienie. Wyglądała, jakby uciekła prosto spod latarni... Zmieniła botki na szpilki. Wściekła czerwień bucików przyjemnie współgrała z barwą usteczek i dorosłe wampiry naraz pożałowały, że wkręciły w aparat kliszę ORWO, zamiast kupić w Pewexie coś lepszego.

– Dobra, wskakuj na kolana temu wyższemu – zakomenderował Marek. – I zrób minę, jakbyś stawiała niezdecydowany opór. Tak wiesz, niby że zaprosili cię na wycieczkę, a tu nagle wystartowali z łapami.

– Się wie – ucięła.

Nieprzytomny inspektor przelewał się w rękach, ale zdołali tak go upozować, jakby dobierał się do nastolatki. W jedną dłoń wetknęli mu flaszkę opróżnioną do połowy, drugą umieścili na udzie dziewczyny.

– Tak będzie dobrze? – zapytał spawacz, dyskretnie trzymając gogusia z tyłu za ubranie.

– Idealnie. Przesuńcie tylko trochę tę łapę z flaszką, żeby było widać etykietkę. – Marek wyciągnął z torby aparat Zenit. – Uwaga, robię!

Błysnął flesz. Marek dyrygował, Gosia pozowała... Wkładała w to dużo zapału.

W sumie to szkoda, że wampiry nie mają popędu płciowego, pomyślał Igor. Ale z drugiej strony może i lepiej? Z seksu czasem powstają dzieci, a przedłużać te geny to chyba jednak byłby błąd... Lepiej niech zostanie, jak jest.

– Jednego nie rozumiem – odezwał się brygadzista. – Wy przecież nie odbijacie się w lustrach, bo to święty metal i tak dalej. Kiedyś wspominaliście też, że z tego samego powodu nie da się zrobić fotografii wampira...

– Da się – wyjaśnił Marek. – Znajomek z USA nam podpowiedział. Trzeba tylko pomalować odsłonięte części ciała cielęcą krwią i przypudrować krochmalem. I wampir robi się widoczny w lustrze, cały, razem z ubraniem.

– Z ubraniem? – zdziwił się któryś z robotników.

– Normalnie jak się wampir nie odbija, to z lustra i ze zdjęć znika razem z tym, co ma na sobie. Magia taka, a może nawet mimikra. Tylko oczy stanowią ciągle problem, jeszcze nie umiemy ich sfotografować. Ale to już drobiazg, poprawi się przy retuszowaniu. Dobra, jeszcze garść fotek plenerowych w parku i kończymy zabawę.

– Bierzemy palantów na nosze czy jak? – zapytał Piotr.

– E, wystarczy przebrać się w ich łachy. Potrzebuję dwóch ochotników o w miarę podobnych sylwetkach... Reszta może już wracać do roboty.

Otworzył starą blaszaną skrzynkę wyciągniętą z magazynu. Lufy dwóch przedwojennych miotaczy ognia ponuro rozbłysły w półmroku.

– To ja ich popilnuję. Tylko uważajcie, żeby nie spalić całego parku – westchnął Piotr.

Piątkowy wieczór w mieszkaniu wampirów upływał w miłej konspiracyjnej atmosferze. Na zewnątrz cicho padał śnieg. Przyjemnie było posiedzieć przy ciepłym

kaloryferze i wśród przyjaciół. Dyrektor, ubrany w zwykły sweter, wraz z brygadzistą Piotrem pociągali sobie ze szklaneczek armeński koniak. Rozglądali się dyskretnie, ostatecznie nie mieli wcześniej okazji znaleźć się w prawdziwym gnieździe wampirów. Marek nalał sobie krwi alkoholika i jednym palcem stukał w klawisze wiekowej maszyny do pisania. Igor, zabarykadowany w łazience, wywoływał fotografie. Gosia szydełkowała z zapałem. Wreszcie spawacz wynurzył się ze swojego laboratorium zadowolony i z plikiem wysuszonych odbitek w ręce.

– Jakość żyleta – pochwalił. – Wyszło też cholernie realistycznie, niczego poza oczami nie musiałem retuszować.

– To są haki, że słonia można na nich za jaja powiesić – zachwycił się brygadzista, oglądając zdjęcia.

Dyrektor też był pod ogromnym wrażeniem.

– Uwaga, czytam, a wy od razu mówicie, jakby trzeba było poprawić. – Marek wykręcił z wałka maszyny kartkę.

My, niżej podpisani robotnicy fabryki Drucianka, uważamy za swój obywatelski obowiązek poinformować o rażąco nieodpowiednim zachowaniu inspektorów zjednoczenia biorących udział w wycieczce na grzyby, podjętej przez nasz zakład w ramach akcji „Wrześniowy Borowik 1988". Na początek pragniemy zaznaczyć, że wyżej wymienieni w celach alkoholowo-seksualnych przemycili na naszą wycieczkę nieletnią płci żeńskiej, co więcej, niefigurującą na liście uczestników. Jest to o tyle oburzające, że ograniczona liczba miejsc siedzą-

cych była ściśle rozdysponowana pomiędzy szczególnie zasłużonych pracowników fabryki. Robotnicy, jako sami posiadający córki w wieku nieletniej, wyrazili swoje oburzenie odnośnie do prób jej wykorzystania seksualnego, na co inspektorzy kazali im się, cytujemy, „odpierdolić", po czym demonstracyjnie okazywali rozkład moralny, kontynuując swoje ekscesy erotyczne.

Zważywszy, że mamy styczeń, po dotarciu do lasu aktyw robotniczy zgodnie z poleceniem dyrekcji Drucianki skupił się na poszukiwaniach grzybów dwu gatunków: płomiennica zimowa i uszak bzowy, jako rosnących na drzewach powyżej poziomu zalegania pokrywy śnieżnej, a zarazem jadalnych i owocujących zimą – zatem możliwych do pozyskania i konsumpcji. Wyżej wymienieni przedstawiciele zjednoczenia zareagowali na to wulgarnymi kpinami, następnie dobyli zabranych ze sobą hitlerowskich (!!!) miotaczy ognia, którymi zaczęli topić śnieg w celu, jak to określili, „odsłonięcia powierzchni ściółki", na której spodziewali się widocznie ujawnić borowiki. Na uwagi robotników, że jest to zachowanie idiotyczne, a przy tym niebezpieczne i szkodliwe dla środowiska naturalnego, wymienieni ponownie zareagowali kpinami i wulgaryzmami.

Aktyw naszej fabryki, uświadomiony ekologicznie i przeszkolony BHP w zakresie ochrony przeciwpożarowej, odebrał im narzędzia zniszczenia, a następnie obezwładniwszy, przetransportował do izby wytrzeźwień. W trakcie szamotaniny nieletnia ofiara przemocy seksualnej zbiegła z miejsca wycieczki, znikając w lesie, co uniemożliwiło odstawienie jej na posterunek Milicji Obywatelskiej celem złożenia zeznań i wniesienia skargi.

W wyniku wycieczki pozyskano dwadzieścia kilogramów grzybów jadalnych, z których część przekazano do stołówki zakładowej celem urozmaicenia posiłków regeneracyjnych.

Na zakończenie pragniemy raz jeszcze wyrazić stanowcze oburzenie wobec mikrego poziomu intelektualno-ideologicznego wyżej wymienionych inspektorów zjednoczenia przemysłu ciężkiego. Nie dysponując magnetofonem, nie mogliśmy utrwalić licznych treści antypaństwowych i antysocjalistycznych, jakie będąc w stanie upojenia alkoholowego, wygłaszali już podczas powrotnej jazdy autokarem zakładowym, załączamy jednak obszerną dokumentację fotograficzną ukazującą poziom ich rozkładu moralnego.

– Panie Marku, jest pan geniuszem! – Dyrektor otarł łzę wzruszenia. – No to załatwił ich pan na perłowo! A ja jestem uratowany, za co postaram się odwdzięczyć. Jakie ma pan życzenia?

– Przydałby mi się talon na pralkę – wyznał ślusarz.

– Dam radę załatwić! – obiecał szef. – Ale jednej rzeczy nie rozumiem. Przecież na obiad w stołówce były grzyby. Faktycznie nazbieraliście tych uszaków? Ja to nawet nie wiedziałem, że takie grzyby istnieją i że to się je.

– My też tylko o nich słyszeliśmy. A to, co na obiad... W sklepie warzywniczym wymieniliśmy paliwo, którego nie zużyliśmy. Dobre, często są u mnie w domu na obiad – bąknął brygadzista, wyjmując z torby słoik. – A o! Koncentrat pieczarkowy o smaku borowikowym.

Skarb

Nad warszawską Pragą zapadł paskudny jesienny wieczór. Gosia, zerkając w szyby zmywane deszczem, dziergała na szydełku tunikę według wzorów z upolowanej na bazarze „Burdy". Marek z Igorem grali w szachy. Niewielkie figury wręcz nikły w ich spracowanych robociarskich łapach. W telewizji jakiś garniturowiec przekonywał ludzi, że nie warto likwidować książeczek mieszkaniowych, inflacja bowiem jest zjawiskiem przejściowym i nie zagraża zgromadzonym wkładom.

– Chrzanienie – podsumował ślusarz. – Identycznie pisali w gazetach w tysiąc dziewięćset piętnastym. Że nie warto wymieniać papierowych rubli na złote monety i żeby kupować obligacje pożyczki wojennej, bo jak Rosja wygra, to car zapewni odsetki bodaj cztery i pół procent rocznie.

– Pamiętam – mruknął Igor. – I zabezpieczenie obligacji dawali w złocie... A potem co? W piecach ludzie tymi papierami palili.

– Może teraz są inne czasy? – zauważyła Gosia.

– To niewątpliwe, ale wydaje mi się, że jednak wcale nie lepsze... A i taka jeszcze różnica, że obecnie obligacji niczym nie zabezpieczają, że o złocie nie wspomnę.

– Szach i mat! – Ślusarz wykorzystał nieuwagę kumpla.

Za oknem z chrzęstem i brzękiem przetoczył się tramwaj. Koleś w telewizorze zmienił temat. Piętnował nawyki higieniczne rodaków, strasząc żółtaczką jako „chorobą brudnych rąk".

– Wyprodukujcie ile trzeba mydła i proszku do prania, to się skończą problemy – burknął Marek. – A jak nie umiecie wyprodukować, kupcie za granicą.

– A ja myślę, że część winy za te niedobory ponoszą podróżnicy w czasie – mruknął Igor.

– Że niby kto!? – Marek łypnął okiem na kumpla, żeby sprawdzić, czy ten mówi poważnie.

– Pomyśl sam. Dopiero co dolar był po pięćset złotych, teraz cinkciarze chcą ponad siedemset. Ceny wszystkich towarów dramatycznie idą w górę. Pensje też niby rosną, ale znacznie wolniej...

– Do czego zmierzasz? – zdziwiła się Gosia.

– Myślę, że tak za dziesięć lat dolar będzie wart z pięć tysięcy złotych, a miesięczna płaca wyniesie pewnie z osiemdziesiąt tysięcy – ciągnął spawacz.

– Masz fantazję, chłopie – westchnął jego przyjaciel. – Taka inflacja to była po pierwszej wojnie światowej, w obecnych czasach jest kompletnie niemożliwa. A nawet jeśli, jak to sobie niby wyobrażasz?

– To bardzo proste, bierzesz jedną wypłatę z roku dziewięćdziesiątego ósmego, skaczesz wehikułem czasu do naszej epoki, kiedy ceny są jeszcze relatywnie niskie, i kupujesz jak w amoku, co ci w ręce wpadnie. Cokolwiek, co tylko się da bez reglamentacji. Wszystko jest dla ciebie tanie jak barszcz. Dlatego towary znikają bez sensu. Raz nie ma mydła, zaraz potem brak sznurowadeł czy makaronu... A ty tymczasem z pełnymi siatami w rękach już u siebie.

– Widzę poważną lukę w tym rozumowaniu. – Marek demonstracyjnie popukał się w czoło. – Tacy podróżnicy w czasie wymietliby też do czysta bazar Różyckiego. Towary są tam wprawdzie dwa razy droższe, ale dla nich nadal pięciokrotnie tańsze niż w ich epoce! Dlatego myślę, że budowa wehikułu czasu jest niemożliwa.

Dalsze uczone rozważania przerwało pukanie do drzwi. Pukano delikatnie, jakby stukający nie miał zbyt dużo siły. Wampiry popatrzyły po sobie zaniepokojone. Nie spodziewały się wizyty o tej porze.

– Cholera wie kto to – burknął ślusarz. Podszedł do drzwi i zaciekawiony spojrzał przez judasza. – A, to tylko ten idiota – mruknął uspokojony, przekręcił klucz i wpuścił do pokoju hrabiego Xawerego Pruta.

Arystokrata ściągnął z siebie waciak i czapkę uszankę, powiesił je na kaloryferze. Połamany parasol umieścił w kącie i zzuł relaksy. Wampiry spostrzegły, że kupił sobie nową flanelową koszulę w kratę i skarpetki też założył odświętne. Tylko złachany smoking zwisał tak samo żałośnie jak zwykle. Widać było, że gość ma jakąś sprawę, jednak nie bardzo wie, jak zacząć. Pomógł mu telewizor. Znów zaczęli gadać o pieniądzach, tym razem o zaletach kont bankowych. Hrabia słuchał przez chwilę, z uznaniem kiwając głową.

– Panowie, nasza sytuacja finansowa przedstawia się absolutnie fatalnie – powiedział ponuro i uroczyście.

– Jak się chodzi do roboty, nie jest znowu tak źle – zauważył filozoficznie Marek. – Fakt, wypłaty rosną ostatnio znacznie wolniej niż ceny, ale do wytrzymania jeszcze. W osiemdziesiątym roku było gorzej. I w siedemdziesiątym. I w pięćdziesiątym trzecim. I w czterdziestym siódmym. A i przed wojną też bywało kuso. A w czasie wojny to już w ogóle masakra... Można powiedzieć, że teraz jest nawet nieźle. Choć jeszcze bardzo daleko nam do poziomu życia w Czechosłowacji czy na Węgrzech, że nie wspomnę o Turcji... Za to lepiej u nas niż w Rumunii i Albanii.

– Zwłaszcza że ciepli większość kasy muszą wydawać na jedzenie, a to ono drożeje najszybciej. A my jeść nie musimy, więc nam ten problem odpada – dodał Igor. – Znajdź sobie, hrabio, jakąś robotę, to i pieniądze się pojawią. Możesz udawać wampira w wesołym miasteczku albo zaczepić się w teatrze dla dzieci. Wygląd masz odpowiedni.

– W moim wieku, młody człowieku, nie myśli się o pracy, tylko o zasłużonej emeryturze. W waszych latach, nawiasem mówiąc, też powinniście to rozważyć. Każdy z was ma już z dziesięć krzyżyków na karku, albo i lepiej.

– Zasłużonej emeryturze? – burknął Marek, taksując arystokratę wzrokiem. – A jakież to zasługi się ma na koncie, żeby teraz gadać o emeryturze?

– My to przynajmniej staż pracy mamy jak w mordę dał – burknął Igor. – Od osiemdziesięciu lat zapieprzamy w fabrykach. I dodatek kombatancki za rewolucję dziewięćset piątego i za dwie wojny światowe mogą nam dać. A ty przecież nigdy nie pracowałeś. Ani nie walczyłeś. Dezerter jesteś, bumelant i dekownik, używając języka obecnych czasów.

– Byłem senatorem Rzeczpospolitej! – napuszył się hrabia Prut. – W najtrudniejszych latach, gdy istnienie naszego kraju zawisło na włosku...

– Ty ten włosek ochoczo przeciąłeś – zarechotał spawacz.

– I to za pieniądze carycy – uzupełnił jego przyjaciel.

– ...obdarzony zaufaniem społecznym, pełniłem najwyższe funkcje państwowe. – Głos arystokraty ociekał godnością.

– I zawiodłeś to zaufanie, podpisując papier o rozbiorach naszego kraju. – Głos ślusarza ciął jak nóż tokarki.

– A co miałem zrobić? Trzymali nas w tym Grodnie bez kolacji tyle godzin. Ani jedzenia, ani wina, tylko kawę nam podali, ale bez cukru, łajdaki! Do czwartej rano siedzieliśmy pod strażą! No tośmy podpisali. W tych tragicznych warunkach każdy by podpisał! A jakbyśmy nie podpisali, tobyśmy do południa pewnie głodni i o suchych pyskach cierpieli. Zresztą było, minęło! Odkupiłem swoje domniemane winy przez dwieście lat, wysysając krew wrogów naszej ojczyzny oraz ich kobiet i dzieci.

– Już to widzę – burknął Marek. – No ale jak wyssałeś setki ludzi, to faktycznie raz na jakiś czas zgodnie z prawami statystyki mógł się trafić jakiś konfident, zdrajca czy renegat.

– No i sami widzicie – napuszył się hrabia. – A może mnie też się należy ten dodatek kombatancki?

– A takiego dostaniesz. – Marek zacisnął robociarską łapę w wielki kułak. – Zresztą emerytury też nie, bo nie posiadasz żadnych dokumentów. Z punktu widzenia systemu w ogóle nie istniejesz! Przepadłeś bez wieści, jeszcze zanim doszło do wojen napoleońskich.

– Nie bez wieści i wcale nie przepadłem. Wręcz przeciwnie, udałem się do możnych przyjaciół, żeby zabiegać o ratowanie mojej ojczyzny albo chociaż o odszkodowania za utracone...

– Przejdźmy do meritum – poprosił Igor.

– Przyszedłem do was, albowiem choć nie grzeszycie bystrością umysłów oraz brak wam elementarnej kindersztuby, wykształcenia i obycia, to jesteście moimi najlepszymi ludźmi – rzekł hrabia z patosem.

– Twoimi... kim?! – parsknął śmiechem Marek, ale przyjaciel, najwyraźniej zaciekawiony, uciszył go gestem.

– Tak leżałem w trumnie, dumałem i doszedłem do wniosku, że będąc nestorem i przywódcą klanu warszawskich wampirów, muszę zadbać o was, jako poddanych powierzonych mojej opiece. Kto feudał, ten żywi swój lud. No i o swoje interesy przy okazji oczywiście też muszę zadbać. Poprawcie mnie, jeśli się mylę, ale wszyscy potrzebujemy pieniędzy. Potrzebujemy ich rozpaczliwie.

– E, żeby zaraz rozpaczliwie, to, jak już mówiłem wcześniej, lekka przesada – wzruszył ramionami Marek.

– Ale tak w sumie to trochę kasy ekstra by się jednak przydało – westchnął Igor. – Na wczasy do Bułgarii i tak wprawdzie się nie wybieramy, ale kupiłbym sobie nową kurtkę i buty. I parę kaset video. I teczkę. Jak się idzie do pracy, lepiej mieć pod pachą teczkę. Człowiek poważniej wygląda i budzi pewien szacunek. Jako poważny fachowiec powinienem o siebie trochę zadbać.

Gosia spojrzała na niego podejrzliwie, niepewna, czy błaznuje, czy mówi poważnie.

– Panowie! – Arystokrata dla zwrócenia ich uwagi stuknął palcami w blat stolika. – Przejdę do meritum. Wiem, gdzie jest zakopany, a właściwie zamurowany bezcenny artefakt z czasów mojej burzliwej młodości. To, że bezcenny, jest oczywiście pewną przesadą, ale kilkadziesiąt tysięcy dolarów może być wart. A nawet więcej.

– Kilkadziesiąt tysięcy... dolarów!? – Na dziewczynie informacja wywarła ogromne wrażenie.

– Jakiż to artefakt? – zagadnął Marek.

– Cudowny klejnot rzadkiej urody! Brylantowa kolia włoskiej roboty. Duże kamienie pierwszej czystości oprawione w złoto – rzucił hrabia dumnie. – Całość już wtedy kosztowała, że ho, ho... Na pewno można było za to nabyć kilkanaście wiosek wraz z chłopami pańszczyźnianymi. A dziś jeszcze więcej. Sprawimy sobie blok mieszkalny! Tylko bez chłopów, bo pańszczyzna zniesiona – zreflektował się.

Igor spojrzał na arystokratę badawczo i z frasunkiem poskrobał się po głowie. Stary wampir wyglądał na podnieconego opowieścią o skarbie. Czyżby w tej z pozoru fantastycznej historii kryło się jakieś ziarenko prawdy?

– I tak nagle sobie przypomniałeś, gdzie to jest ukryte? – burknął podejrzliwie.

– Pamiętałem cały czas, ale trzymałem tę informację na czarną godzinę. – Głos hrabiego był posępny, jakby dobiegał z wnętrza grobowca. – Oto nadeszła.

– A czemu sam tego nie wygrzebiesz? – zaciekawiła się wampirzyca.

– Bo to nie takie łatwe. Kolia została ukryta.

– Od razu wiedziałem, że jest w tym jakiś haczyk! – Igor skrzywił się ostentacyjnie.

– Jak ukryta, to może wynajmijmy Pana Samochodzika – zaproponował Marek. – To prawdziwy profesjonalista. I niewiele bierze. A fachura, aż dech zapiera, oczywiście pod warunkiem, że trzeźwy. Pamiętacie, jak szybko i sprawnie odnalazł nam „Necronomicon"?

– Prawie „Necronomicon" – sprostował jego przyjaciel. – Poza tym nie zapominaj, że to nieobliczalny alkoholik i erotoman. Wolę nie myśleć, co zrobi na widok złota i brylantów. A jeśli zechce odzyskać posadę w ministerstwie i przehandluje odkrycie za przywrócenie do łask? Nie, jeśli mamy ugryźć ten temat, musimy to zrobić samodzielnie.

– Może dacie panu hrabiemu dojść do słowa? – bąknęła Gosia. – Może to nie taka trudna do odnalezienia kryjówka?

– Dziękuję ci, dziecko. – Prut skinął głową. – Gdy ci bandyci od Kościuszki i kmioty Kilińskiego zajęli wiosną Warszawę...

– Mówimy o insurekcji kościuszkowskiej? – upewnił się Marek.

– No właśnie. Gdy tylko rozpanoszyli się po mieście, od razu zaczęły się akty kompletnego barbarzyństwa i zdziczałego terroru. Pamiętam jak dziś ówczesny strach. Ten łajdak Kościuszko kazał wyłapać i powiesić najlepszych patriotów, którzy własną piersią bronili wolności i tradycji naszego narodu, a w dodatku pozyskali jako sojuszniczkę w tym zbożnym dziele Jej Wysokość carycę Katarzynę.

– Rozumiem, że nasze oceny postaw postaci historycznych mogą się trochę różnić, ale ja bym jednakowoż nie nazywał wodzów Targowicy patriotami – zarechotał Igor.

– A co ty możesz o tym wiedzieć? Tyle, co w książkach wyczytałeś. A ja na własne oczy widziałem, co się wyrabiało, zamordowanych znałem osobiście, sam brałem czynny udział w ratowaniu kraju przed popadnięciem w otchłań bezrozumnej rewolty. Przestaniecie mi wreszcie przerywać? Bo mogę iść po pomoc do zombiaków, utopców albo i gdzie indziej – zaperzył się Prut.

– Dobra, dobra, gadaj, już nie przerywamy.

– W każdym razie siepacze Kościuszki rewidowali pałace, nie pomijając siedzib najzacniejszych obywateli, i wywlekali z nich bezbronne ofiary, które potem służalczy sąd ochoczo skazywał na śmierć. Gdy zobaczyłem, że ci zbrodniarze nie uszanowali nawet hetmanów naszej armii i świętobliwego biskupa Kossakowskiego, będąc w strachu o los powierzonych mojej opiece kobiet, zdecydowałem się ukryć i przeczekać ten straszny czas. Zebrałem grupkę przyjaciół i przyjaciółek. Spakowaliśmy co się dało żywności, wina, miodu, gorzałki, oliwy do lamp i świec. Następnie, zebrawszy się nocą w umówionym miejscu, zapadliśmy w niedostępne lochy.

– Lochy? – podchwycił Marek.

– Kojarzycie park romantyczny księcia Kazimierza Poniatowskiego?

– To był ten rozrzutny braciszek króla Stanisława Augusta? Coś tam obiło mi się o uszy, ale może zreferujesz własnymi słowami? – zaproponował Igor.

– To było wielkie założenie, wspaniałe... Ogrody romantyczne ciągnęły się od miejsca, gdzie teraz jest Muzeum Wojska Polskiego, aż za Muzeum Ziemi. Były pełne fontann, altan i pawilonów w różnych stylach. Książę kazał postawić tam powozownie, akwedukty, sztuczne ruiny... Bywało tam najlepsze towarzystwo. Mieliśmy też własny teatr i lożę masońską, słowem, wszystko, co było potrzebne do szczęścia. – Hrabia uśmiechnął się do swoich wspomnień. – A gospodarz... Książę podkomorzy miał gest. Gdy jego brat został królem, wyprawił bankiet dla warszawiaków. Woły pieczono na rożnie, z fontann płynęło wino, wstęp wolny, żryj i pij, ile chcesz! Nikt nie patrzył, kto chłop, kto czeladnik, a kto obywatel czy szlachcic. Muzycy przygrywali na placach. Nie żałowano na fajerwerki. Całe miasto się bawiło wraz z nami. Bez Żydów tylko, bo dla nich większość przekąsek była niekoszerna.

– Mówił pan o lochach – napomniała Gosia.

– Ano tak. W tych ogrodach było kilka dobrze wyposażonych sztucznych grot, do których można było zaciągnąć upatrzoną damulkę, żeby w romantycznej scenerii uprawiać miłość. Były tam wstawione łóżka i wymalowane na ścianach inspirujące obrazki. W każdym razie, gdy ci nisko urodzeni bandyci się rozochocili, pomyśleliśmy, że zapadniemy tam jak lisy w norze i przeczekamy niedobry czas.

– A ludzie Kościuszki nie aresztowali księcia? – zagadnęła wampirzyca. – Przecież jego brat, król, przyłączył się do Targowicy, i to, zdaje się, w chwili gdy Kościuszko odpierał pod Dubienką atak pięciokrotnie silniejszej armii carskiej.

Marek łypnął na wychowankę. Tym razem naprawdę go zaskoczyła. Czyżby zapamiętała coś z lekcji historii?

– Aresztować księcia Kazimierza? – zirytował się Prut. – A za co niby? Kompletnie nieszkodliwy i przyjacielsko nastawiony do całego świata. Polityką nigdy się nie zajmował, to był radosny opój, hulaka i wielki romantyk.

– Nieszkodliwy romantyk, ale wojewodę Adama Tarłę w pojedynku zastrzelił – burknął zirytowany Marek. – Uprzednio śmiertelnie obraziwszy jego kobietę.

– Nawet trochę śpiewał i tańczył – ciągnął niezrażony hrabia. – Ale to *ars amatoria* była zdecydowanie jego najmocniejszą stroną. Cały harem zebrał, najładniejsze chłopki ze swoich rozległych dóbr... Tak sympatycznego człowieka nawet kmioty w rodzaju Kilińskiego lubili. No i lud warszawski pamiętał, kto go karmił i poił. Nie daliby swemu dobroczyńcy krzywdy zrobić.

– Dobrze, podsumujmy – poprosił ślusarz. – Zatem książę Kazimierz was przytulił w swoich jaskiniach rozpusty. I tam zamurowaliście swoje skarby.

– Dokładnie tak było.

– A potem już po to nie wróciliście. I jesteś pewien, że nikt ich nie wygrzebał?

– Pewności mieć nie mogę, ale to raczej mało prawdopodobne. Po tym trzecim rozbiorze Warszawa stała się nudna. Wyjechały wszystkie przedstawicielstwa dyplomatyczne, które wcześniej wypłacały nam co miesiąc pensyjki, smutno się zrobiło i pusto. Kto mógł, pakował manatki i jechał w świat. Do Drezna, Berlina, Petersburga, gdzie puls życia nadal bił mocniej, gdzie bale, rauty i kariera na obcych dworach. Książę Kazimierz pozostał w stolicy, ale chorował na płuca, wilgoć lochów dawała mu się we znaki, więc porzucił podziemne groty i wolał robić orgie w swoich pałacach. O jaskiniach zapomniano. Myślę, że nikt tam już później nie właził. Zatem bierzcie kluczyki do auta, narzędzia i jedziemy po kolię!

– Tak od razu, na łapu-capu? – zdziwił się Marek.

– A macie coś ciekawszego do roboty? – fuknął zirytowany arystokrata.

Trójka wampirów popatrzyła po sobie i jak na komendę wzruszyła ramionami. Tak po prawdzie niczego specjalnego na ten wieczór nie planowali. Partyjka szachów została już zakończona. Co więcej, w telewizji też nie było co oglądać.

– Czekaj, nie rozpędzajmy się tak. – Igor uniósł dłoń. – Czego będziemy potrzebowali? Świdry górnicze? Kilofy? Spychacz ukradniemy, czy może koparkę?

– Tam jest taka duża płyta z kamienia, którą trzeba podnieść. I do tego jeszcze mur do rozwalenia, ale niezbyt gruby i cegły posklejane gliną, bo nie mieliśmy zaprawy – wyjaśnił Prut. – Pół godzinki roboty.

Wampiry popatrzyły na siebie z zafrasowaniem.

– Jakoś mi ta cała sprawa brzydko pachnie – burknął Marek. – No nic, łomy są, lewarek weźmie się z auta. Latarki...

– Mamy cztery sztuki, całkiem niezłe, fabryka kiedyś dla wojska robiła. Baterie też chyba się znajdą – zameldował Igor.

Przeryli pawlacz, powyciągali skrzynki z różnościami spod wanny i powoli skompletowali cały sprzęt. Marek narzekał, że nie ma w domu młotka murarskiego, ale znaleźli zwyczajny i wybijak. Nie posiadali kasków górniczych, więc założyli robociarskie uszanki. Na brak kilofów nic nie zdołali poradzić.

Dochodziła dwudziesta trzecia, gdy zajechali z fasonem i zaparkowali przed Muzeum Wojska Polskiego. Budynek stał ciemny i milczący. Nad dziedzińcem i skarpą niczym śmiertelny całun zawisł nastrój gorzkiej melancholii. Lufy eksponowanych na trawniku armat sterczały ponuro, wygrażając gwiazdom.

Rakieta Scud bezużytecznie drzemała na lawecie, pozbawiona silnika i głowicy atomowej. Czołgi rdzewiały, wspominając boje z hitlerowcami. O zapalniki min morskich nie rozbijały się już fale przyboju. Dałoby się tędy przejść bez problemu, a potem tylną bramą do parku, ale o tej porze – rzecz jasna – wszystko było zamknięte na głucho. Marek na pewno poradziłby sobie z kłódkami, ale bali się narobić hałasu.

– Obejdziemy od tyłu – zadecydował Igor.

Schodami wewnątrz pylonu mostu zeszli do parku u podnóża skarpy i pomaszerowali alejką na południe. Za ogrodzeniem smutno zwieszały skrzydła stare wojskowe samoloty. Drzewa w parku stały czarne i milczące. Wiewiórki dawno zasnęły w swoich dziuplach.

– Czwórka wampirów przemyka się chyłkiem nocą przez uśpione miasto, wypatrując w parku spóźnionych przechodniów – zachwyciła się Gosia. – Jakie to nieziemsko romantyczne!

Marek spojrzał na nią ciężko, ale nie zdobył się na komentarz. Niebawem dotarli do murowanej rotundy dawnego wodozbioru, stojącej pośrodku opróżnionej na zimę sadzawki. Obeszli ją bokiem. W skarpie za budynkiem widać było niewielki betonowy portal. Prześwit zamurowano przed laty, ale oczywiście młodzi poszukiwacze przygód zdążyli wywalić w murze dziurę. Wampiry zapaliły latarki i dłuższą chwilę przypatrywały się otworowi. Nie wyglądało to zachęcająco.

– Oto macie przed sobą wejście do korytarza prowadzącego ku reliktom Elizeum – powiedział wzruszony hrabia. – Tylko sztucznej groty obok nie ma, bo się zawaliła. Pamiętam jak dziś. Tam rosły ananasy. –

Machnął dłonią gdzieś w ciemność. – A tu, gdzie ta sadzawka, książę podkomorzy miał hodowlę małp. Na drzewkach pomarańczy wisiały lampiony, ćwierkały papużki i kanarki. Młode damulki, rozgrzane tańcami i winem, bez większych oporów pozwalały się prowadzić.

– Małpy w klatkach i lampiony to jeszcze rozumiem. Ale jakie, do cholery, pomarańcze w naszym klimacie? – zirytował się Igor.

– Drzewka w donicach. Zimę spędzały w oranżerii, a wiosną służba wywoziła je i ustawiała. – Arystokrata dumnie podniósł głowę. – Podobnie jak palmy. W Łazienkach i u księżnej Izabeli Czartoryskiej na Powązkach było podobnie. Ona nawet łabędzie kazała farbować na różowo, żeby wyglądały jak flamingi.

– A te papużki to w klatkach czy jak?

– Przyczepiano je za nóżki na łańcuszkach. Rano służba przychodziła i rozwieszała ptaszki na drzewach, a na noc zabierała do ptaszarni.

– Ja pierniczę, co za porąbana epoka – zauważył Marek. – Ptaszki na pomarańczach rozwieszać... Taniej by wyszły wypchane!

– Żyliśmy z rozmachem, poszukując szczęścia i wyższych doznań estetycznych. Przyziemne sprawy finansowe nie zaprzątały naszej uwagi – prychnął hrabia. – Mówiło się wtedy: „Żyj ponad stan, a środki się znajdą".

– A jak zabrakło, to was carski ambasador wziął na listę wypłat.

– Ależ nie, wziął nas znacznie wcześniej, bo nas lubił i szanował! I podziwiał. Zresztą czasem go zapraszaliśmy, żeby dzikus mógł zakosztować eleganckich i wyrafinowanych rozrywek rodem z Europy Zachodniej.

– A w zamian uchwalaliście, co kazał... – bezlitośnie drążył temat ślusarz.

– Przyjacielowi trzeba się czasem odwdzięczyć, zrewanżować, pomóc w jego sprawach! To oczywiste dla każdego uczciwego Polaka!

Marek i Igor westchnęli jakoś szczególnie ciężko.

– No to do środka – zaproponowała Gosia. – Bo jak tu będziemy sterczeć, jeszcze nas jakiś patrol zaskoczy.

– Słusznie – poparł ją arystokrata. – I spójrzcie na zegarki, bo za godzinę od tej pory będziemy bogaci.

– Gucio tu znajdziemy, nie brylantową kolię – mruknął Marek, pakując się do środka. – Przed nami buszowało tu pięciuset poszukiwaczy skarbów.

Kumpel podał mu przez dziurę plecaki ze sprzętem, pomogli przedostać się hrabiemu, na koniec przez otwór przeskoczyła Gosia. Krótki korytarzyk doprowadził ich do rozległej podziemnej rotundy ozdobionej niszami ściennymi. Ukryty w głębi ziemi budynek najlepsze lata miał już zdecydowanie za sobą. Wszędzie wokoło straszyły nagie, zawilgłe cegły. Resztki tynków trzymały się jedynie tu i ówdzie. Kominek ktoś przed laty wyrwał. Posadzkę pokrywało grube namulisko złożone z błota, śmieci i okruchów tynku. Otwory prowadzące gdzieś dalej były nieregularne i straszyły potrzaskaną cegłą, jakby ktoś siłą wyrwał ozdobne framugi drzwi.

– Elizeum... – szepnął hrabia, jakby wzruszony. – Nie byłem tu... prawie dwieście lat!

– Za nowości pewnie wyglądało nieco lepiej – westchnęła dziewczyna, patrząc na zawilgłe mury i resztki barwnych dekoracji, widoczne tu i ówdzie na pozostałościach tynków.

– No ba... Były tu piękne sztukaterie, marmurowe kolumny, rzeźbione drzwi i kasetony na suficie. A od góry był świetlik w formie latarni. I wszędzie paliły się świece. W niszach stały łoża z jedwabną pościelą, nad nimi pyszniły się freski, a w galeryjce na górze przygrywali muzykanci. – Arystokrata wskazał ciemny otwór w połowie wysokości ściany. – Do tego było tu wówczas sucho i ciepło, na kominku płonęły cedrowe polana, a pośrodku stał suto zastawiony stół. Wino czerwieniło się w kryształowych pucharach. Na występach gospodarz umieścić kazał popiersia rzymskich cesarzy. Wy tego nie rozumiecie, ale Neron, Tyberiusz, Kaligula byli nam w szczególny sposób bliscy. W chwilach erotycznych uniesień, zwłaszcza gdy kosztowaliśmy technik seksualnych niedostępnych zwykłym śmiertelnikom, czuliśmy się poniekąd ich uczniami i następcami. Piliśmy ich zdrowie. Wznosiliśmy też toasty ku czci boga Bachusa, a i hoże bachantki mieliśmy u boku.

– Łoża, wino, muzyka, świece, bachantki? Domyślam się, po co wam było to wszystko, ty stary zbereźniku – burknął ślusarz z naganą. – Czy w tych twoich czasach zajmowaliście się czymś jeszcze poza wywalaniem pieniędzy w błoto, seksem i sprzedawaniem własnego kraju?

– Oczywiście. Spędzaliśmy czas ciekawie, przyjemnie i na ekscytujących rozrywkach. Nie mieliśmy czasu na nudę. Polowaliśmy, chodziliśmy do teatru, na koncerty, oddawaliśmy się hazardowi, nałogowi tytoniowemu i alkoholizmowi, bo narkotyki nie były jeszcze zbytnio popularne. Chodziło nam o to, żeby przeżyć nie tylko całą długość życia, ale również, że się tak wyrażę, całą jego szerokość. Ale dość o minionych luksusach. Gdy sprzedamy kolię, sami podobnych zakosztujecie! Chodźcie, skarb czeka!

Przez otwór w ścianie hrabia wyprowadził ich do korytarza obiegającego rotundę. Kilkadziesiąt schodków wiodło do korytarza piętro wyżej.

– To tutaj. – Zatrzymał się w niewielkim pomieszczeniu, w którym zapewne kiedyś siedzieli muzykanci.

– Tutaj? – zdziwił się Marek. – Tu nic nie ma.

– Tak by się mogło wydawać. Ta płyta – Prut wskazał posadzkę – waży może ćwierć tony. Można ją unieść i odsłania tajne przejście do kolejnego ukrytego pomieszczenia.

– Gosiu, poświeć.

Wampirzy robotnicy uklękli i obmacali krawędź kamienia. Potem ujęli łomy. Wspólnymi siłami odrobinę podważyli. Teraz przydał się lewarek samochodowy. Powoli unieśli głaz... Odsłoniło się wąskie przejście, schodki prowadziły w głąb skarpy. Marek oświetlił ceglany strop korytarzyka, ale wyglądało na to, że trzyma się mocno. Tylko wody zaskórne rozpuściły przez lata wapienną zaprawę i z sufitu zwisały niewielkie stalaktyty.

– Idę pierwszy – zdecydował hrabia.

Śmiało zagłębił się w tunelu. Echo odbijało klaskanie jego relaksów w błocie. Podążyli za nim gęsiego, bo przejście było wąskie. Jakieś dziesięć metrów brodzenia w błocie doprowadziło ich do kolejnego pomieszczenia. Sala była mniejsza niż rotunda Elizeum, ale też całkiem spora.

– Co za dziwne miejsce. – Ślusarz oświetlił latarką podziemną komnatę.

W kącie nadal stał wrak fortepianu, we wnękach pod ścianami można było spostrzec resztki kilku łóżek. Na dużym stole stały talerze pokryte jakimś zaskorupiałym osadem, zmętniałe kielichy i puste flasze po winie. Ogrzewanie zapewniał pierwotnie marmurowy kominek. W palenisku nadal leżały resztki węgli drzewnych. Z czterech pałacowych świeczników zdobiących stół sterczały smętnie resztki świec. Z dywanu nakrywającego kamienną posadzkę niewiele zostało. Cała czwórka od razu pojęła, że od niemal dwustu lat nie postała tu noga żadnej istoty, żywej czy martwej. Do tej pory cała ta gadka o ukrytych skarbach wydawała się dość naiwna, ale teraz spoważnieli.

– Tu właśnie się ukrywaliśmy przez cztery miesiące, od kwietnia do listopada przeklętego roku tysiąc siedemset dziewięćdziesiątego czwartego – wyjaśnił hrabia z dumą. – Samotni, w ciemnościach rozświetlanych tylko słabymi płomykami nielicznych świec i lamp oliwnych. Udręczeni strachem i brakiem wolności, do której przywykliśmy. Trzymani przy życiu jedynie dzięki nadziei, że ten insurekcyjny koszmar kiedyś się skończy. Dopiero dziewiątego listopada Rosjanie wkroczyli do stolicy, kończąc naszą gehennę.

– Jak siedzieliście tu od egzekucji hetmanów i biskupa w kwietniu do pierwszych dni listopada tamtego roku, to chyba przez siedem miesięcy? – policzył Marek.

– Cztery, bo latem na dwa miesiące wyjechaliśmy do Vichy zażyć, jak co roku, wód mineralnych. Sami rozumiecie, wojna wojną, ale przecież o zdrowie trzeba dbać. No i na podróż do Francji zeszło po dwa tygodnie w każdą stronę – wyjaśnił z godnością arystokrata.

– Nie pieprz głupot – zirytował się Marek. – Vichy jest we Francji, a tam od pięciu lat mieli krwawą rewolucję, a od czerwca terror jakobinów. Gilotynowali kogo popadło, a takich jak ty w pierwszej kolejności! Przyznaj się, pojechałeś do swoich dóbr polować, sypiać do południa i uganiać się za hożymi wieśniaczkami.

Hrabia spiorunował go spojrzeniem.

– Być może lata poplątałem – burknął. – W każdym razie możecie sobie wyobrazić, jak straszliwie cierpieliśmy – wrócił do tematu. – Warunki były okropne, gdy służba spuszczała nam ukrytą windą jedzenie z kuchni księcia Kazimierza, gotowane w domku mauretańskim. Było już prawie wystygnięte... No i ta nuda. Mieliśmy tylko francuskie poezje i ten jeden głupi fortepian. Ileż można w kółko czytać, pić wino, grać w karcięta i słuchać muzyki? Wymienialiśmy się, rzecz jasna, kochankami, odgrywaliśmy sceny zazdrości, udawaliśmy płomienne romanse, ale i to nam po pewnym czasie spowszedniało do tego stopnia, że pod koniec rozważaliśmy nawet, czy nie oddać się homoseksualizmowi, byle tylko krew żywiej krążyła.

– Hmmm... A cóż to jest takiego? – Igor oświetlił jeden z kątów pomieszczenia.

W dużej wnęce ustawiono marmurowy stół. Nad nim na ścianie wymalowano wielki odwrócony krucyfiks. Na stole żółciły się trzy czaszki kozłów, mimo upływu stuleci nadal ozdobione rogami. Na pożółkłej kości czerniały malowane pentagramy. Przewrócony, zaśniedziały kielich, zardzewiały sztylet i resztki wypalonych świec dopełniały obrazu.

– Odprawialiśmy tu czarne msze – pochwalił się hrabia. – No wiecie, picie krwi ofiarnych zwierząt, przyzywanie demonów, malowanie kabalistycznych znaków na nagich ciałach dziewcząt, a po wszystkim rytualna orgia do białego rana.

– O fuj! – Spawacz wyglądał na naprawdę zdegustowanego. – A po co to robiliście?

– Taka była moda w wyższych sferach – wyjaśnił Prut z godnością. – Należało do dobrego tonu wstąpić do masonerii i zajmować się czarną magią. No a jak tu siedzieliśmy ukryci, to jeszcze odprawiliśmy kilka czarnych mszy w intencji, żeby diabli wzięli tego całego Kościuszkę.

– A to? – Gosia podniosła ze stołu rozdarte, zetlałe koronkowe majteczki.

– Złożyliśmy demonom wojny ofiarę w postaci dziewictwa służącej. No i pomogło! Rosjanie gada dorwali pod Maciejowicami. I zaraz potem cała ta awantura wreszcie się skończyła.

– Znaczy się weszli ruscy, zajęli stolicę, rozbroili powstańców, zaorali kraj i przystąpili do trzeciego rozbioru – prychnął Igor.

– Czegoście się czepili historii jak pijany płotu! – Arystokrata chyba się obraził. – Intencje mieliśmy szlachetne, caryca też nas lubiła i szanowała. Prowadziliśmy tu rozgrywkę dyplomatyczną o najwyższym stopniu wyrafinowania! Kościuszko, wyrywny idiota, wszystko spieprzył! I jeszcze ten Kiliński. Do dziś mi się ta prostacka gęba śni po nocach. Szewc przygłup, a wziął się do polityki. To nie mogło się dobrze skończyć. I te ćwoki z kosami na sztorc. Ich bezrozumne ataki na przedstawicieli przyjaznego nam narodu...

– Ta, jasne, a zabór rosyjski powstał, żeby ratować część Polski przed wpadnięciem w łapy Prusaków – burknął ślusarz, mocno już poirytowany.

– Ażebyś wiedział! Zresztą nie życzę sobie w ogóle rozmów na te tematy. Znacie się na polityce jak kura na pieprzu! Pojęcia nie macie o realiach i uwarunkowaniach moich czasów. Ja wam przeszłości nie wypominam!

– Bo i nie ma czego wypominać! – prychnął Igor. – Nasza przeszłość jest nieskazitelna. Od małego tymi rękami uczciwie na chleb zarabiałem!

– Khmm... – Marek obracał majtki w dłoniach, a teraz przymierzył wzrokiem znalezisko do pupy podopiecznej. – A ile lat miała ta służąca?

– Nic, co ludzkie, nie było nam obce! – Nestor wampirzego rodu dumnie uniósł głowę. – Poza tym każdy ma prawo do błędów młodości, a że byłem wtedy bogaty, to i błędy czyniłem z należytym rozmachem – dodał już bardziej polubownym tonem.

Oba wampiry skrzywiły się z naganą.

– Uczyłam się w szkole na lekcjach historii, że arystokracja i klasy posiadające były zdegenerowane, ale nie sądziłam, że aż tak – zdumiała się Gosia.

– A co wy tam wiecie o degeneracji! Te czarne msze i orgie to jeszcze pikuś, nie takie rzeczy robiliśmy – puszył się hrabia. – Wpadaliśmy na tak fantastyczne pomysły, że sam cesarz Kaligula by się zgorszył, a ten frajer Neron mógłby za nami teczkę nosić.

– Przed chwilą twierdziłeś, że czuliście się ich uczniami? – zdziwił się Marek.

– Owszem, ale byliśmy pojętnymi uczniami, którzy szybko przewyższyli swoich mistrzów! Nie bez przyczyny wielu arystokratów z naszych kręgów po śmierci stało się wampirami. Ale było, minęło, liczy się teraźniejszość. A nasza teraźniejszość to kolia ukryta w tym mrocznym labiryncie.

Igor miał minę, jakby chciał coś powiedzieć, ale zmilczał.

– Prowadź do tych brylantów – westchnął.

– Tędy. – Hrabia powiódł ich kolejnym niskim i wąskim korytarzykiem.

Na jego końcu stał mur wzniesiony z krzywo położonych cegieł, spojonych gliną. Wystarczyło kilkadziesiąt uderzeń łomem, by wyrąbać dziurę. Wreszcie ściana runęła. Trzy wampiry przecisnęły się do wnętrza niedużej komory. W ścianach miała kolejne trzy wnęki. W dwóch stały jeszcze resztki łóżek, trzecia zasłonięta była kotarą. Tkanina wisiała jak bura szmata, w całości trzymała się chyba jedynie dzięki metalowym nitkom ozdobnych haftów. Hrabia wyciągnął rękę, by ją zerwać.

– Chwileczkę – bąknął Marek. – Nie chciałbym być niedelikatny, ale to mi jakoś tak przypomina miejsce pochówku. Zamurowane wejście i zasłonięte łóżko...

– No to co? – zdziwił się hrabia. – Owszem, jedna z moich wysoko urodzonych przyjaciółek nie wytrzymała życia w tych grotach i monotonnej diety.

Nie bardzo mieliśmy jak pozbyć się ciała, to poświęciliśmy jedno z gniazdek miłości.

– Nie wspominałeś, że ta brylantowa kolia wartości kilku wiosek jest ukryta na szyi trupa jakiejś twojej kochanki – warknął Igor.

– Zapomniałem.

– Gadaj zdrów. Takich szczegółów się nie zapomina!

– No dobra, pamiętałem. A nawet jeszcze inaczej: pamiętałem pogrzeb, a dopiero dziś przypomniałem sobie, że przecież pochowaliśmy naszą drogą trzpiotkę Nicolettę z jej naszyjnikiem. I co? Zadowoleni?

– Nasza umowa nie przewidywała obrabiania umarlaków!

– Przewidywała, tylko wyście o tym nie wiedzieli. Ta błyskotka to masa spadkowa moich czasów, niewielki okruch przeszłości, cudem zachowany przez wszystkie burze dziejowe aż do tej epoki nędzy i upadku moralnego.

– I ten okruch zostanie tutaj! – syknął ślusarz. – Nie zrobisz z nas hien cmentarnych!

– Tak wam się wydaje? – warknął Prut.

Odchylił połę waciaka i odpiął od pasa antyczny zraszacz do kwiatków. Szklana butla miała około litra pojemności, miedziana dysza została wyczyszczona chyba papierem ściernym, bo w świetle latarek błyszczała, jakby świeżo opuściła fabrykę.

– A co to takiego? – roześmiał się Igor.

– Śmigus-dyngus będzie dopiero po Wielkanocy – zauważył ślusarz.

– To woda święcona, doprawiona azotanem srebra! – ostrzegł hrabia. – Nie zmuszajcie mnie, żebym tego użył.

Marek poczuł strach, chyba po raz pierwszy od zwampirzenia. Igor też pobladł. Wyglądało na to, że ich szlachetnie urodzony kumpel nie żartuje.

– A po co ten azotan? – zaciekawiła się Gosia, zaglądając przez dziurę.

– Dla uzyskania całkowitej pewności straszliwej i bolesnej zagłady – warknął hrabia. – To nic osobistego, po prostu idąc po taki skarb, musiałem się jakoś zabezpieczyć, na wypadek gdybyście coś kombinowali. W końcu należycie do klas niższych... A Igor jest nawet komunistą.

– Czarujący brak zaufania – prychnął Marek. – Może i jestem prostym robolem z fabryki, ale swojaka nigdy bym nie okradł ani nie wyrolował.

– A ja mimo opresyjności sytuacji, choć ustępuję wobec brutalnej siły, stanowczo potępiam naruszanie spokoju nieboszczyków, a zwłaszcza kobiet! – powiedział z godnością Igor.

– Mordy w kubeł, frajerzy! – Prut wymachiwał spryskiwaczem, aż śmiercionośna ciecz rozbijała się o ścianki.

– Nie bądź taki Wędrowycz i przestań tym machać – burknął spawacz. – Bo jeszcze się rozszczelni i będzie nieszczęście. Pół biedy, jak twoje paluchy spali, ale jest z nami niewinne dziecko!

– Ustępujecie? – Arystokrata skierował dyszę w ich stronę.

– Dobra, dobra – burknął ślusarz. – Rób sobie, co chcesz. Aczkolwiek, szczerze powiedziawszy, to, co wyrabiasz, jest oburzające, a prywatnie dodam, że kanalia z ciebie straszna.

– No, no, o umarłych mówimy albo dobrze, albo wcale. – Hrabia pogroził mu dyszą. – Ale znajcie pana, jak spylimy kolię, dostaniecie obiecany udział. Patrzcie i uczcie się, pięć minut strachu i jesteśmy milionerami. I bez wyrzutów sumienia mi tutaj! Jesteśmy w sytuacji krytycznej, a mojej przyjaciółce to już i tak niepotrzebne.

A potem jednym szarpnięciem zerwał resztki kotary. We wnęce stała zniszczona leżanka, nakryta smętnymi resztkami przegniłej pościeli. Obicie mebla zetlało przez te wszystkie lata, ozdobne frędzle, wyplecione zapewne z mosiężnej nitki, pozieleniały. Ale na łóżku nie było ani kościotrupa, ani nawet brylantowej kolii. Za to na poduszce leżała stara jak świat butelka.

– Ale jak to? – Hrabia odstawił spryskiwacz na posadzkę i nachyliwszy się nad posłaniem, zaczął grzebać w resztkach tkanin, końskiego włosia i trawy morskiej, niegdyś wypełniających siennik.

– Jak się wszystko uspokoiło, któryś z twoich kumpli wrócił, ciało zabrał i godnie pochował gdzie indziej – wysunęła teorię Gosia. – A kolię pewnie sam zaiwanił. A może w tej butelce jest list z jakimś wyjaśnieniem?

– Istotnie!

Hrabia ujął butelkę za szyjkę i jednym ruchem roztrzaskał o kamień. Z wnętrza faktycznie wypadł zwinięty w rulon pożółkły ze starości papier. Wampir rozprostował go, uniósł do oczu i mrugnął kilka razy.

– Strasznie marne to światło – poskarżył się. – Może ktoś młodszy...

– No to daj. – Marek wyciągnął dłoń.

Rozwinął list i oświetlił go latarką. Atrament przez te wszystkie lata nieco zbrązowiał, papier też zetlał i stał się łamliwy, ale na szczęście wszystkie litery były czytelne.

Warszawa, 20 marca 1799

Prut, ty żałosny bankrucie. Byłam pewną, że przyjaciele zadbają o mój pochówek, i jak widzę, nieco mnie zawiedli. Zachowali się jednak o tyle przyzwoicie, że nie oskubali moich zwłok z klejnotów i dopilnowali, żebyś i ty nie oskubał. A przynajmniej nie podczas pogrzebu. Skoro czytasz te słowa, dedukuję, iż wróciłeś po jakimś czasie z rydlem i świeczką oraz zatkniętym za pasek płóciennym woreczkiem na łupy. A tu figa z makiem, obejdziesz się smakiem. Rozczarowałeś się, mój drogi? O, z pewnością... Zastanawiasz się zapewne, co też się wydarzyło, że stoisz tu z pustymi rękami i dumasz, jak to możliwe, że czytasz list od nieboszczki? Informuję cię zatem, francowata kreaturo – zostałam wampirzycą i właśnie opuszczam ruiny naszej sponiewieranej Ojczyzny, by rozpocząć nowe życie w koloniach, możliwie daleko od takich mend jak ty.

Niegdyś twoja – Nicoletta

– Wszystko przewidziała... co do joty. – Igor z trudem stłumił śmiech. – Chyba dobrze cię znała. Dogłębnie i na wylot, rzekłbym.

– Głupia dziwka! – ryknął hrabia i ze złością kopnął pierwszą rzecz, jaka nawinęła mu się pod nogę.

Pech chciał, że był to spryskiwacz. Szklany zbiornik uderzył w ceglaną ścianę i rozprysł się na kawałki. Ciecz wewnątrz musiała znajdować się pod ciśnieniem, bo strzeliła wokoło, tworząc w powietrzu chmurę zawiesiny. Marek w ostatniej chwili odbił się od posadzki i wyskoczył przez otwór w murze, wypychając przed sobą zaskoczonego Igora. Padli w błoto korytarza. Huknęło jak odpalana na wiejskiej zabawie górnicza petarda. Ognisty podmuch przemknął im nad głowami, blask płomieni poraził oczy. Woda święcona w zetknięciu z ciałem hrabiego zachowała się jak napalm. Wnętrze komory rozgorzało niczym piec martenowski. Po chwili płonęło już wszystko. Hrabia, resztki łoża i kotary. Wampiry, cofając się przed nieznośnym żarem, usiłowały dojrzeć cokolwiek wewnątrz, ale w oślepiającym blasku dostrzegły tylko kości jednej nogi, które podmuch rzucił w pobliże otworu. Płomień wyskoczył na korytarz.

– Chodu! – ryknął ślusarz.

Pobiegli. W powietrzu kotłował się czarny, cuchnący dym, więc przestali oddychać. Na szczęście płomień szybko przygasł. Nie pogubili latarek i niebawem znaleźli się w tunelach za rotundą. Zatrzymali się w pierwszej odkrytej grocie.

– Wszyscy cali? – zapytał Igor.

– Mnie nic nie jest – uśmiechnęła się Gosia. – Stałam daleko.

– U mnie wszystko gra. – Marek ściągnął kurtkę. Na plecach miała wypalone kilkanaście dziur, biały syntetyczny miś podpinki też się nadtopił, na szczęście woda święcona ani ogień nie wdarły się głębiej.

Spawacz miał nieco przypalone włosy na potylicy oraz brwi, ale nie uległ poważniejszym poparzeniom.

– Nie podziękowałem – bąknął. – Chyba uratowałeś mi życie...

– Drobiazg. – Marek lekceważąco machnął ręką. – Nie pierwszy raz, nie ostatni zapewne... Ale hrabia nie miał szans.

– On na pewno nie żyje? – wykrztusiła Gosia.

– Był martwy od niemal dwustu lat. A jeśli ci chodzi o to, czy zakończył egzystencję, to tak – westchnął ślusarz. – Ogień zabija wampiry definitywnie i na śmierć. Był w epicentrum, zapłon mieszanki nastąpił w kontakcie z jego ciałem. Żadnych szans. I nie odrodzi się. Gnida była z niego straszna, sam nie wiem, jakim cudem tyle lat z nim wytrzymaliśmy... Chociaż jednak trochę szkoda chłopa.

– Niech spoczywa w spokoju – mruknął Igor. – A właściwie... – Spojrzał na czaszki kozłów zdobiące satanistyczny „ołtarz". – Może powinienem powiedzieć: „Niech go diabli umieszczą dalej od ognia piekielnego"...

– Z tym piekłem i potępieniem to nie wiem, czy do końca jest tak – zadumał się Marek. – Ostatecznie, zanim zniknął z tego świata, skąpał się w święconej wodzie, a i ogień przecież oczyszcza duszę, co praktykowała już święta inkwizycja. Tak czy siak, to nie był dobry człowiek, może i lepiej, że już po nim? Z drugiej strony stanowił pewien łącznik między naszą epoką a czasami świetności Rzeczpospolitej...

– Z tą świetnością bym nie przesadzał. Sam słyszałeś, co gadał. Dupczenie, hazard, alkoholizm... I spiskowanie z zaborcami pod płaszczykiem patriotyzmu.

– Ale przed rozbiorami tacy jak on byli jednak cholernie bogaci. Może skoro już tu jesteśmy, poszukamy skarbów? – zaproponowała Gosia. – Może coś zostało? Na przykład złota tabakierka, zapomniana bransoletka albo sakiewka, która wpadła za łóżko.

– A po co mamy szukać, skoro na wierzchu stoją? – Ślusarz wskazał kandelabr. – Cztery pałacowe świeczniki z osiemnastego wieku. Ze dwa kilo lanego srebra na każdy poszło. I są tu, jak widzę, herby Poniatowskich, pewnie to księcia Kazimierza było. Widocznie pożyczyli i nie oddali. Desa zapłaci za to dobrą cenę. Albo może zaoferujemy muzeum w Łazienkach? Z pewnością przydałyby się im na ekspozycji w pałacu Na Wodzie.

– Dwa kilo srebra? Łał... – Ucieszona Gosia wyciągnęła rękę, ale Marek w ostatniej chwili złapał ją za dłoń.

– Czyś ty zgłupiała, dziewczyno?! To przecież srebro! Spali ci ciało do kości. Przez szmatę trzeba, a jeszcze lepiej przez gumę... I ostrożnie do plecaka.

– Pracowita nocka była, ale rzecz się opłaciła – zrymował spawacz, wyciągając z kieszeni skórzane rękawice ochronne. – No, nie ma się co zasiadywać, baterie w latarkach już długo nie pociągną. Swoją drogą, nasz były przyjaciel miał co do jednego rację. Minęła godzina i jesteśmy bogaci.

Zapakowali znalezisko do plecaka i z ulgą wyszli z pomieszczenia. Marek z Igorem umieścili ruchomą płytę na miejscu i jak tylko mogli zamaskowali ślady jej wyważania. Po zatarciu krawędzi błotem wyglądała, jakby leżała tu od zawsze.

– Sama rozumiesz – wyjaśnił ślusarz podopiecznej. – Wolałbym, żeby przez kolejne trzysta lat nikt tam nie właził. Prawda historyczna to rzecz wyjątkowo cenna, ale chyba lepiej, żeby badacze naszych dziejów nie plugawili kart swoich ksiąg akurat takimi szczegółami jak czarne msze i gwałcenie nieletnich służących.

Przyświecając sobie słabnącymi latarkami, przeszli rotundę Elizeum i korytarzem dotarli do wejścia. Wyjrzeli w mrok nocy i długo nasłuchiwali, czy w pobliżu nikt się nie kręci. Głupio byłoby stracić cenny łup... Wreszcie z ulgą opuścili duszne lochy. Ruszyli wzdłuż płotu muzeum. Opodal po moście przejechał pociąg. Nad parkiem po nocnym niebie wiatr przetaczał ciemne deszczowe chmury. W powietrzu dawało się już wyczuć nadchodzącą zimę.

– Trzeba zwołać walne zebranie wszystkich warszawskich wampirów – westchnął Igor. – I tym razem demokratycznie wybrać wodza... Ty byś się nadawał. – Łypnął na przyjaciela. – Masz łeb na karku i doświadczenie. Bo Profesor, choć posiada znaczną wiedzę z dziedziny biologii i neurobiologii, to jednak straszny świr.

– Myślę, że Dziadek Weteran będzie lepszym kandydatem – zaoponował Marek. – To łebski gość i bohater wojenny. Do tej pory najstarszy szefował, choć po prawdzie hrabia nie wydawał żadnych rozkazów i w ogóle raczej miał nas w dupie. Chyba że czegoś potrzebował. No ale trochę dziwnie tak demokratycznie wybierać.

– Zacznijmy się przyzwyczajać, coś mi się zdaje, że idą zupełnie nowe czasy. Czuję w powietrzu takie napięcie... Ludzi też ogarnia dziwna gorączka. Jak wtedy, w tysiąc dziewięćset piątym. Myślę, że niebawem coś się w tym kraju zmieni – powiedział spawacz. – I może tym razem na lepsze?

I miał rację. Szły zmiany i nic już nie miało być takie jak dawniej.

Drzewko

Pracownia wyglądała klimatycznie, całkiem jak z dobrego zagranicznego filmu. Oba wampiry musiały przyznać, że nie spodziewały się czegoś podobnego w zwykłym gierkowskim bloku. Na starych rzeźbionych regałach stały zegary, mikroskopy, zestawy do destylacji mokrej i suchej oraz zagadkowe urządzenia astronomiczne. Księgi dumnie prezentowały pokryte skórą i okuciami grzbiety. Kilka ludzkich czaszek szczerzyło w uśmiechu resztki zębów. Czarownik miał nawet wypchanego krokodyla, zawieszonego pod sufitem. W szklanych tubach bliżej okna rosły dziwne pnącza. Pachniało starym papierem, kawą, kadzidłem i odczynnikami chemicznymi, albo nawet alchemicznymi.

– Panowie – głos maga był ponury i uroczysty – uratowaliście mi życie.

– Oj tam – machnął ręką Marek. – Nie ma o czym mówić. Po prostu mamy z milicją trochę na pieńku, zatem połączyliśmy przyjemne z pożytecznym.

– Sam pewnie też by się pan wykaraskał – dodał Igor kurtuazyjnie. – Ale dać w mordę tajniakowi tak, żeby się nogami nakrył, a potem skopać po nerkach to czysta radocha. Mamy z nimi porachunki jeszcze od tysiąc dziewięćset piątego.

Czarodziej przeszedł się po pracowni.

– Chciałbym się jakoś zrewanżować – powiedział, rozglądając się wokoło.

Jego wzrok przesuwał się po urządzeniach, aparatach, półkach i pudełkach. Gdy odwrócił się w ich stronę, miał nieco bezradną minę.

– Naprawdę nie trzeba – uśmiechnął się ślusarz. – Ludzie ze Szmulek po prostu powinni sobie w biedzie pomagać, ot tak, z bezinteresownej życzliwości. I w ramach społecznego oporu przeciw systemowi.

– A przynajmniej przeciw jego wypaczeniom – dodał Igor.

– Nie mam, niestety, niczego, co mogłoby być przydatne dla wampirów. Dla łowców wampirów coś by się jeszcze znalazło, jakieś sole srebra i takie tam rzeczy, ale w drugą stronę nijak. Chyba że... – Mag zatrzymał się w pół kroku, jakby tknięty nagłą myślą. – Sądzę, że jest jeden drobiazg, który będzie dla panów i ciekawy, i pożyteczny. – Uśmiechnął się szeroko. Wyjął z intarsjowanej szafy drewniane pudełeczko, kryjące szklaną fiolkę, zakorkowaną watą. Wewnątrz znajdowała się mała, jakby trochę włochata pestka. – Panowie, w dowód mojej dozgonnej wdzięczności chciałbym ofiarować wam jeden z najcenniejszych i najrzadszych okazów botanicznych, jakie zdobyłem w życiu – znów uderzył w pompatyczny ton.

– Dziękujemy. Ale co to właściwie jest? – zapytał Marek.

– Nasionko drzewka zwanego sierotnikiem. Obok mówiącego szczawiu i łaminóżki plamistej jest to najciekawsza chyba roślina magiczna, którą można uprawiać w naszej strefie klimatycznej.

– Sądząc po nazwie, jest trochę toksyczna? – zasępił się ślusarz.

– Trochę? To mało powiedziane. Każda jej część zawiera atropinę i nikotynę w znacznych stężeniach, do tego cyjanidy i arseniany – potwierdził czarownik. – Groźniejszy od niej jest chyba tylko czarny lotos. Dlatego sierotniki bezwzględnie należy siać w miejscach niedostępnych dla zwykłych ludzi.

– Zawiera nikotynę... Czyli papierosy można z liści ukręcić? Albo cygara może? – Ślusarz poskrobał się po głowie. – My, wampiry, nie palimy, bo i po co?

– Cygara? A niech ręka boska broni! – Mag ostrzegawczo uniósł dłoń. – Nikotyny zawiera setki razy więcej niż tytoń. Jedno zaciągnięcie się takim dymem powaliłoby słonia!

– Nie bardzo więc rozumiem, po co nam to? Nie mamy aż tylu wrogów – bąknął Igor.

– Chrzanić nikotynę i inne trucizny! To w ogóle bez znaczenia. Daję panom tę pestkę, bo drzewko to ma jedną bardzo cenną właściwość. Posiada zdolność ewaporacji i transmutacji metali z gleby, a zarazem mimikry liści i owoców.

– Eeee... tylko widzi pan, my prości robole z fabryki jesteśmy, a tu tyle uczonych słów – bąknął Marek.

– Prosilibyśmy ciut jaśniej. Gdyby wytłumaczył nam pan to zwykłymi słowami dla zwykłych ludzi... – dodał jego kumpel.

– Ależ oczywiście. Ta roślina dzięki swoim korzeniom pozyskuje z ziemi atomy różnych metali nieszlachetnych i w wyniku procesów biologicznych zamienia je w czyste złoto. Co więcej, nie zamienia go ot tak, w liście czy gałązki, ale od razu w złote monety. Jeśli rozszczepicie pień i umieścicie w nim odpowiedni pieniążek, drzewo go skopiuje i powieli.

– Że niby co?! – zdumiał się Igor.

– Popatrzcie na to. – Czarownik znów podszedł do szafy, założył rękawiczki ochronne, otworzył sporą metalową skrzynkę i położył na stole gałązkę.

Wśród lekko pożółkłych liści na szypułkach ze złotych drucików wisiało kilkanaście złotych dwudziestodolarówek... Marek ujął gałązkę w dłoń.

– Ostrożnie. – Mag ponownie ostrzegawczo uniósł rękę. – Tu nawet kora jest toksyczna. Najmniejsza ranka na palcu grozi...

– E, bez paniki, jesteśmy przecież wampirami – uspokoił go Igor. – Bardziej martwi już nie będziemy.

– Fantastyczne. – Jego przyjaciel obracał gałąź w różne strony. Początkowo był przekonany, że rozmówca robi ich ordynarnie w konia, teraz jednak, widząc na przełomie plątaninę cienkich jak pajęczyna złotych drucików wrośniętych w drewno, uwierzył. Z tego, co pamiętał, złota amerykańska dwudziestka ważyła około uncji...

– Teraz kwestie techniczne. Trzeba w noc świętojańską zasiać to nasionko. – Mag położył na stole próbówkę. – I podlać tą miksturą. – Postawił obok omszałą flaszę. – Grunt wokoło należy nawieźć.

– Czym? – zainteresował się ślusarz. – Bo chyba nie obornikiem?

– Odpadkami różnych metali, jak żelazo, miedź, ołów... Tak osiem do dziesięciu kilogramów. Najlepiej w postaci drobnych kawałków, strużyn albo metalicznego pyłu.

– To bez problemu wyniesiemy z fabryki – ucieszył się Igor. – Wystarczy syf spod obrabiarek powymiatać.

– Dużo nie ma sensu dawać, bo roślina posiada ograniczoną zdolność owocowania. Będzie tego złota około kilograma, ale nie więcej. W każdym razie, gdy drzewko będzie miało pięć lat, trzeba ostrym nożykiem rozszczepić pionowo kawałek pnia, umieścić wewnątrz złotą monetę na wzór, następnie ścisnąć, najlepiej posmarować korę smołą i obwiązać szmatką, żeby uchronić roślinę przed czynnikami zewnętrznymi. Po dwudziestu pięciu latach od wysiania, także w noc świętojańską, drzewko zakwitnie... Jeszcze jedna uwaga. Po zbiorach trzeba je bezwzględnie wyciąć i spalić. Najlepiej z korzeniami. Owocuje i tak tylko raz, a potem umiera. Ale gdy kończy egzystencję, zawarte w nim trucizny stają się jeszcze bardziej zjadliwe, nic ich już nie trzyma w kupie, zaczynają się rozprzestrzeniać z wiatrem, zatruwać wody gruntowe i powierzchniowe. Krótko mówiąc, mogą zniszczyć nawet hektar lasu.

– Zapamiętamy i dziękujemy – uśmiechnął się Igor. – Jest tylko jeden kłopot. Nie mamy złotych dolarów, a ich zdobycie z pewnością łatwe nie będzie. Czy do tego pomnażania mogą być carskie pięciorublówki?

– Nawet dukaty. Co zdobędziecie, to pomnożycie. Życzę udanych zbiorów.

Dwadzieścia pięć lat później

– I tak właśnie to było – zakończył opowieść Marek. – Mag mieszkał jeszcze kilka lat przy Otwockiej. Czasem go spotykaliśmy, aż wreszcie wyemigrował. Zasialiśmy nasionko w niedostępnym miejscu, w samym sercu rezerwatu w Lasku Bielańskim. Po pięciu latach, zgodnie z instrukcją, rozszczepiliśmy pień i umieściliśmy w nim złotą carską piątkę. A teraz zbliża się czas, żeby przeniknąć do lasu i poczęstować się kilkoma garściami złotych monet.

– Wy w to naprawdę wierzycie?! Co za kosmiczna bzdura! – Gosia złapała się za głowę. – Przecież ten koleś was normalnie w jajo zrobił, a wy się daliście nabrać jak przedszkolaki. Czytaliście kiedyś taką książkę o pajacyku Pinokiu?

– Ano, jak by to powiedzieć... – Ślusarz spojrzał bezradnie na przyjaciela, ale ten tylko rozłożył ręce. – Tak ogólnie to wiemy, że w bajkach dla dzieci jest taki drewniany koleś, ale czytać nie było okazji. A może zreferujesz nam własnymi słowami?

– E... no więc jest tam taka scena, gdzie pajac Pinokio zdobywa kilka złotych monet. Chce je zanieść swojemu ubogiemu ojcu, ale spotyka oszustów Lisa i Kota, którzy mu sugerują, że jak zakopie monety na polu, to w jedną noc wyrośnie z nich drzewko obsypane pieniążkami. Pajac oczywiście posłuchał. Zakopał forsę, a jak sobie poszedł, oni cichcem ją wykopali i gucio miał, a nie zyski.

– Ale jakby nie wykopali, to może by wyrosło? – zadumał się Marek.

– Jesteście naiwni jak dzieciaki! – fuknęła. – Cwaniak dał wam nasionko, wyrosło drzewko. Wsadziliście w pień monetę, a on przyszedł i wyciągnął. I tyle waszych biznesów.

– Ale po co miałby to robić? – zirytował się Igor.

– Żeby was orżnąć, okraść i jeszcze mieć z tego radochę. Dorosłe chłopy, a takie durne...

– Ja bym mu jednak zaufał. – Marek pokręcił głową. – Uratowaliśmy go z łap milicji. Miał powody, żeby okazać nam wdzięczność.

– Czary nie istnieją – uśmiechnęła się Gosia.

Ślusarz spojrzał na nią ciężko. Westchnął i pokręcił głową, jak nauczyciel mający do czynienia z bardzo tępą uczennicą. Już jakiś czas temu uznał, że dziewczyna jest przypadkiem beznadziejnym.

– Jesteś głupia jak but, a do tego uparta jak osioł – powiedział znużonym głosem. – Jeśli czary nie istnieją, to jak wyjaśnisz to, co się dzieje z twoim kumplem Gregiem?

– No, wilkołakiem jest, znaczy zamienia się w wilka. To tylko biologia, ale taka pokręcona albo, ja wiem... Genetyka może? Na pewno da się to całkowicie racjonalnie wyjaśnić – odszczeknęła się.

– A wtedy, gdy ratując ci skórę, zamieniłem się w stado wiewiórek? To też da się wyjaśnić biologią i genetyką?

Zamyśliła się głęboko.

– No, to może nie... Hmmm... OK. No dobra, skoro tak się upierasz, przyznaję, że magia chyba rzeczywiście istnieje – skapitulowała. – Ale religia to już na pewno tylko kościółkowy zabobon! Poza tym co innego zamienić człowieka w zwierzę, a co innego zmiotki spod tokarki w złoto!

Ślusarz westchnął raz jeszcze i postanowił wrócić do tematu.

– W każdym razie mag dał nam nasionko i uwarzoną miksturę. Zrobiliśmy wszystko, jak trzeba, ściśle zgodnie z instrukcją. Minęło równo ćwierć wieku. Zatem w noc świętojańską, czyli dziś o północy, drzewko zakwitnie pieniędzmi. – Zatarł dłonie. – Pójdziemy, pozrywamy pieniążki, spylimy na Różycu i będziemy bogaci.

Gosia łypnęła. Wyglądało na to, że wampir mówi poważnie.

– To aberracja – bąknęła. – Uwierzę, jak zobaczę.

Czerwcowy wieczór nadszedł niespiesznie. Oba wampiry przygotowywały się do wycieczki jak na wojnę. Marek naostrzył bagnet, żeby był jak brzytwa. Igor wypastował dwie pary ciężkich robociarskich trepów i ściągnął z pawlacza plecak.

– To jest las – tłumaczył Gosi. – Będziemy szli po bezdrożach, deptali po uschłych gałęziach i błocie... W dodatku nocą na trawie jest rosa. Ty też załóż coś innego niż szpilki.

– I porządne spodnie, a nie pończoszki do miniówy – dodał jego przyjaciel. – Bo wystarczy jeden pęd jeżyn i będziesz miała oczka. Nie tylko w rajstopach, ale i w skórze.

– Dobra, dobra, nie jestem dzieckiem, wiem, co to jest las! – fuknęła.

Oba wampiry pochyliły się nad mapą, wyrysowaną na pożółkłym kawałku papieru. Widniały na niej pozostałości carskiego fortu i zabudowania klasztoru kamedułów oraz szereg linii i cyfr.

– Nie bardzo możemy używać latarek – bąknął ślusarz. – W końcu to rezerwat. Ktoś może się czepić, że łazimy tam po nocy. A jak nas wezmą za kłusowników, to w ogóle będziemy mieli przechlapane. Trzeba zaparkować w jakimś miejscu, gdzie nie będziemy się rzucali w oczy, a potem ostrożnie przeniknąć do lasu.

Było dobrze po dwudziestej drugiej, gdy zaparkowali auto opodal cmentarza żołnierzy włoskich. Poszli wzdłuż muru, przesadzili jakieś ogrodzenie i zagłębili się w mrok pomiędzy drzewami. No, może mrok to pewna przesada, łuna nad miastem barwiła niebo na czerwonawo...

– Trochę tu strasznie – bąknęła Gosia, widząc, jak w ciemności błyszczą światełka jakichś owadów.

– Nie przesadzaj – ofuknął ją Igor. – Człowiek jest dominującym drapieżnikiem na tej planecie. A wampiry są drapieżnikami żerującymi na dominującym drapieżniku. To oznacza, że w tym lesie to my jesteśmy najgroźniejsi! A duchy i inne takie są raczej po naszej stronie. Wiesz, takie niepisane przymierze martwych. Wampiry, utopce, zombie, duchy... Pokój i przyjaźń. Nie wchodzimy sobie w drogę.

– Ale wilkołaków przecież nie lubicie?

– Bo nie są martwe!

– Jednakowoż szarżujący dzik może nas stratować – burknął Marek. – Dominacja dominacją, ale to teoria raczej, a w praktyce uważać trochę trzeba!

Wdrapali się na wał dawnego carskiego fortu i rozglądali wokoło. Ale niewiele było widać. Zapalili na chwilę latarki, żeby obejrzeć mapę, i wybrali jedną ze ścieżek. Prowadziła przez jakieś wądoły. Miejscami pod ich stopami kląskało błoto. Wreszcie ścieżka w ogóle zanikła i nawet w świetle latarek nie zdołali jej odnaleźć. Zatoczyli krąg, cofnęli się do miejsca, gdzie widzieli ją po raz ostatni, ale to nic nie pomogło.

– Północ minęła – rzucił ze złością spawacz, patrząc na zegarek. – Chyba możemy sobie darować. Już za późno.

– Nie przesadzaj, o północy zakwita, przekwitnie pewnie o świcie. Mamy jeszcze trochę czasu – uspokoił go kumpel. – Ale faktycznie lepiej się pospieszyć. Może teraz w lewo?

– Po ciemku wszystko wygląda identycznie. W zasadzie może być i w lewo... Trzeba było za dnia poszukać tego miejsca i zostać do nocy przy drzewku – błysnął spóźnionym pomysłem Igor. – Pamiętam, że to była taka płaska polanka, a wokoło grube drzewa rosły. Grubsze niż tutaj. Tyle że minęło ćwierć wieku, z polany do tego czasu mógł powstać zagajnik.

– No co ty nie powiesz? – burknął Marek. – No nic, ten las szczególnie duży nie jest, jakoś znajdziemy. A jak już nazbieramy tych rubelków, to wymienimy je na dolary, kupimy lepszy telewizor, taki z Pewexu, ze czterdzieści kaset video, autko jakieś fajne, może dużego fiata albo i poloneza... – rozmarzył się.

– Albo założymy butik z importowanymi ciuszkami – zadumała się Gosia. – Jeżdżą ludzie do Turcji, przywożą różności. Sami nie pojedziemy, bo paszportów nie mamy, ale gdyby wejść w spółkę z jakimiś ciepłymi... A gdyby tak używane łaszki z Niemiec Zachodnich? To jest ekstratowar! I demobil z USA.

– A ja sobie kupię... – zaczął ich towarzysz, ale potknął się i zarył twarzą w ściółkę.

Przy okazji zgubił bagnet wetknięty zawadiacko w cholewkę i minęła dłuższa chwila, zanim go odszukał w mchu. Przez kolejną godzinę wędrowali po jakichś wądołach, przemoczyli buty i zachlapali błotem nogawki, ale chwilowo nic nie wskazywało na to, że wkrótce będą bogaci.

– O fuj! – syknął Marek, przystając nagle. – Ale paskudztwo!

Pośrodku kępy paproci na długiej, włochatej szypułce chwiało się coś, co wyglądało zupełnie jak ludzkie oko. Łypało na nich jakby ironicznie, ale gdy oświetlili je latarką, spuściło powiekę ozdobioną długimi, jakby kobiecymi rzęsami.

– Błe – jęknęła wampirzyca. – A co to takiego?!

– Kwiat paproci zapewne – zauważył filozoficznie Igor.

– Chyba tak, w końcu noc świętojańska jest... – Jego przyjaciel ze zdegustowaną miną oświetlał znalezisko latarką. – W życiu czegoś podobnego nie widziałem. Inna sprawa, że nocą po lasach raczej się nie włóczyłem.

– Wedle bajek dawał bogactwo czy coś tam. Tylko nie można się nim było podzielić, bo wtedy wszystko znikało... – zadumał się spawacz. – Kurde, dawno temu o tym czytałem, nie pamiętam już dobrze. Były w każdym razie jakieś haczyki.

– Z tym dawaniem bogactwa toby się nawet zgadzało – mruknął Marek. – Idziemy w końcu po złoto.

– To zrywamy to coś, żeby nam pomogło, czy jak? – zagadnęła Gosia.

– No jak „zrywamy", skoro to rezerwat? – ofuknął ją ślusarz i pomaszerowali dalej.

Las przecinały górki i dołki. Wszystkie drzewa po ciemku wyglądały identycznie. Gosia szybko się zorientowała, że oba wampiry kręcą się w kółko.

– Pobłądziliście? – zagadnęła.

– Nie, tylko nie możemy trafić na to miejsce – westchnął Igor.

– Czyli pobłądziliście?

– Nie, bo jak się pobłądzi, to się nie wie, jak wrócić do domu, a my tylko nie możemy znaleźć tego pieprzonego drzewka! Myślę, że to bliżej Wisły było...

Zawrócili. Drzewa wokoło stały się grubsze.

– Czujecie? – Ślusarz przystanął.

– Coś cuchnie – zawyrokowała Gosia.

– Dwutygodniowa zdechła sarna w pełni rozkwitu – zawyrokował Igor. – Hmm... A gdyby iść za węchem?

– Pogięło cię? Przecież pieniądz nie śmierdzi! A już na pewno nie zdechłą sarną – zakpił jego przyjaciel.

– Tylko że wiesz, nasze drzewko jest trujące jak cholera. Jeśli sarenka skubnęła kilka listków z tą atropiną, nikotyną, cyjanidami i arszenikiem... Podobno kropla nikotyny zabija konia.

– Hmm... może i masz rację.

– Swoją drogą, ciekawe, jak to sprawdzili, przecież konie nie palą papierosów? – zadumała się ich towarzyszka.

Przeszli jeszcze kilka kroków i wtedy ją spostrzegli. Zdechła sarna leżała w zagłębieniu gruntu, napuchnięta jak balon. Na sierści pojawiły się mokre plamy w miejscach, gdzie ciecze będące wynikiem rozkładu utorowały sobie drogę przez skórę. Wampiry mają słaby węch, ale i tak fetor wwiercał im się w mózgi.

– Pamiętasz, jak poszliśmy kiedyś na wagary i znaleźliśmy w lesie tego zdechłego cielaka od Kowalowej? – zagadnął Igor. – Ale była zabawa...

– No, coś tam pamiętam. Do czego zmierzasz?

– Można by, jak wtedy, zrobić z boku dziurkę i podpalić gazy gnilne – zasugerował spawacz, dłubiąc ostrzem sprężynowca pod paznokciem. – Widowiskowo wygląda taki pióropusz ognia, zwłaszcza w nocy.

– A daj spokój, zabawa dobra dla dzieciaków – burknął Marek. – Zresztą zobacz, jaka rozdęta. A jak wybuchnie?

– Tu jest tego więcej. – Gosia zapaliła latarkę, oświetlając ściółkę.

Teraz dopiero wampiry zrozumiały, że to, co trzeszczało im pod stopami, to nie były gałęzie, ale drobne kostki. Wokoło leżały szkielety zajęcy, myszy, ptaków i innej drobnej zwierzyny.

– Musimy być blisko! – ucieszył się Igor.

Poszukiwaną roślinę znaleźli pięć minut później. Drzewko sierotnika rosło pośrodku niewielkiej polany. Wyglądało dość paskudnie. Było niewysokie, miało pokręcony pień, gałązki przypominające rozczapierzone paluchy i mięsiste liście, porośnięte drobnym meszkiem. W promieniu półtora metra pień otaczała goła ziemia. Najmniejsze nawet źdźbło trawy nie wyrastało z gleby. Toksyny wydzielane przez roślinę musiały zlikwidować wszelkie życie. Nawet z daleka widać było, że wśród liści rozkwitają wielkie rozetkowate kwiaty. Cała trójka podeszła bliżej.

– Znaleźliśmy – szepnął wzruszony Igor.

Teraz dopiero spostrzegli, że kwiaty zamiast zwykłych płatków miały banknoty ułożone w wachlarze. Spawacz podszedł i oświetlił jeden z nich latarką. Złapał ostrożnie krawędź w palce i lekko rozprostował.

– A niech mnie! – gwizdnął. – Fioletowy pięciorublowy, emisja z tysiąc dziewięćset dziewiątego! Pamiętasz, Marek? Wypłatę takimi dostawaliśmy!

– No pamiętam – burknął zgryźliwie jego przyjaciel.

– Niesamowite! One mają znaki wodne i kolejne numery serii! Prawdziwe banknoty, jak w mordę dał –

zdumiała się Gosia, też oglądając z bliska niezwykłe zjawisko.

– No i co z tego?! – wybuchnął ślusarz. – Miało być złoto, a dostaliśmy makulaturę! Gówniane papierki, które wyszły z obiegu podczas pierwszej wojny światowej! Do dupy taka magia!

Nastrój trochę przygasł.

– Mimo wszystko, gdyby ich nazrywać... – zaczął Igor. – Carska Rosja była najpotężniejszym imperium świata, a rubel stanowił twardą walutę, honorowaną przez wszystkie kraje. Jak kiedyś ruscy się zbuntują, pogonią czerwonych i wróci car...

– To i tak przecież każe wydrukować nowe banknoty! Możemy się tym podetrzeć. – Marek ze złością kopnął w pień.

– Po co niby się podcierać, skoro jesteśmy wampirami i w ogóle nie korzystamy z kibla? – zdziwiła się Gosia. – Nie przeczę, ciekawy eksperyment, ale albo mag was oszwabił, albo moneta była lewa, albo wy coś spieprzyliście.

– Co dalej? – burknął spawacz.

– Dalej? Skoro eksperyment nam się tak malowniczo usrał, trzeba pozbyć się tego paskudztwa, czyli zlikwidować zagrożenie dla ekosystemu rezerwatu. – Marek wydobył z plecaka dwie saperki, siekierkę i trzy butelki nafty.

Gosia przyświecała latarką, gdy rozgrzebywali ściółkę. Odsłonięte korzenie przypominały żmije, były cienkie i oślizgłe. Przecięli je zręcznie, a potem ciągnąc we trójkę za pień, wyrwali magiczną roślinę z ziemi. Obtłukli saperkami ziemię z bryły korzeniowej, odkorkowali butelki. W powietrzu rozszedł się ostry zapach nafty.

– Nie podpalmy tylko całego lasu – bąknęła Gosia.

– Spokojna marchewka, wokoło są całe metry dobrze zroszonej trawy. – Marek pstryknął zapaliczką.

Płomień buchnął i zaraz się zmniejszył, a po chwili drzewo zapłonęło jak pochodnia. Kwiaty zwijały się z żaru, liście, najwidoczniej przesycone olejkami eterycznymi, strzelały na boki płomykami, niczym wyschnięta skórka pomarańczowa. Dym, który unosił się ku niebu, zdawał się smoliście czarny, śmierdział jakby papierosami, a trochę smołą. Na szczęście wiatr od strony Wisły porywał go i rozpraszał. Wreszcie z sierotnika pozostała tylko kupka bladego popiołu.

– No i załatwione – ziewnęła wampirzyca. – Wracamy?

Rozejrzeli się wokoło. Po lewej było nieco jaśniej, a teren wyraźnie opadał. Po prawej było chyba równo.

– Tam w dół będzie Wisła – wydedukował Igor. – To musimy iść w drugą stronę i na prawo. Albo dojdziemy do ulicy, albo do fortu, albo do cmentarza.

Ominęli zdechłą sarnę i pomaszerowali przez ciemny, groźny las. Krzaki czepiały się ich ubrań, pod nogami tu i ówdzie kląskało czarne błoto. W ciemności kilka razy zalśniły jakieś ślepia, ale bez większych przygód dotarli do parkanu od strony ulicy.

Fiacik mknął przez uśpione uliczki Żoliborza. Nastrój w pojeździe panował dość grobowy. Co tu dużo gadać, cała trójka zaplanowała już, na co wyda zdobyte bogactwo, a tu figa.

– Oszukał nas ten dziad! Po prostu nas oszukał! – Marek był naprawdę wkurzony. – My mu z dobrego serca pomogliśmy, a on nas oszwabił!

– A może jednak... – zaczął Igor.

– To nie może być nasza wina. Wszystko zrobiliśmy jak trzeba... Moneta na pewno była prawdziwa. Dam sobie za to rękę uciąć!

– Hmm... A może i nie? – zadumał się jego kumpel.

– No jak nie? Jak nie?! – Wkurzony wampir odruchowo depnął pedał gazu, autkiem zarzuciło. Maluch minął latarnię o milimetry.

– Moneta może i była dobra, ale my chyba sfrajerzyliśmy... Pamiętasz, jak to było? Pokazał nam tamtą gałązkę. Dolarów rosło na gałązkach kilkadziesiąt... I co powiedział?

– Że kwitnie w noc świętojańską.

– Kwitnie, bałwanie! Kwitnie! Kwitnie zapewne wiosną banknotami, wtedy trzeba przyjść i sprawdzić, czy wszystko gra. A idę o zakład, że owocuje jesienią, jak normalne drzewa! Nie dałeś mi chwilę pomyśleć, tylko wszystko na łapu-capu. Od razu musiałeś wyrywać z korzeniami i naftą... Że niby zagrożenie dla ekosystemu. Ech, a ja durny, że cię posłuchałem, ty ekologu za dychę...

Marek nic nie odpowiedział, tylko pobladł i w bezsilnej złości znów dodał gazu.

Łowcy

Nowy Jork, kilka tygodni wcześniej

Wnętrza głównej siedziby Fundacji Van Helsinga urządzono ze smakiem i bez ostentacyjnego przepychu. Posadzki pokrywały zwykłe dębowe parkiety. W pomieszczeniach widać było trochę barwnych marmurów w postaci odrzwi i parapetów. Witraże w oknach, lampy z ręcznie kutego brązu i malachitowe wazy w dyskretnie podświetlonych niszach ściennych nadawały pomieszczeniom elegancję. Obrazy, głównie holenderskich mistrzów, wiszące na ścianach pochodziły z rezydencji zlikwidowanych wampirów. Zewnętrzne mury pałacyku przecinały ciemniejsze paski – w tynk wtopiono uzwojenia srebrnych drutów – twórcy budynku zabezpieczyli się w ten sposób przed próbami telepatycznego przeniknięcia do wnętrza.

Także rury wodociągowe i kanały wentylacyjne wykonano z tego metalu. Przez pierwsze lata działalności co rusz zapychały się kośćmi nietoperzy, ale gdy na wyloty założono siatki, problem zniknął.

Gruby perski dywan – dowód wdzięczności przesłany kiedyś przez szacha Iranu – tłumił kroki rosłego młodzieńca, który z kuszokołkownicą na ramieniu dumnie maszerował złożyć raport. Światło słońca, przefiltrowane przez barwne szybki witraży, kładło kolorowe zajączki na starannie wygolonej głowie i białym futerale altówki, którą trzymał w dłoni.

Rzeźbione drzwi gabinetu otworzyły się gładko. Zza biurka podniósł się inżynier Piotr Chudoba, prezes fundacji.

– Peter Chrupek we własnej osobie – uśmiechnął się szef na widok gościa. – Już się zastanawiałem, czy nie zamawiać za ciebie mszy żałobnej.

– Raz jeszcze udało się przeżyć, panie prezesie. – Chłopak potrząsnął workiem, a znajdujące się wewnątrz czaszki wampirów zaklekotały żuchwami. – Cztery dziabnąłem. Ekipa przetrząsa ich willę w poszukiwaniu sejfów, antyków i kosztowności.

– Brawo, moja szkoła – pochwalił inżynier.

Wypakował osmolone czaszki i umieścił w przeszklonych gablotach obok trzystu im podobnych. Przez chwilę w milczeniu patrzył w puste oczodoły. Wspominał sukcesy i porażki. Jak na sto lat istnienia organizacji, tych ostatnich było niewiele. Wampirów ginęło zdecydowanie więcej niż łowców. Nekrologi, portrety oraz gabloty z bronią osobistą poległych zajmowały zaledwie połowę sąsiedniej ściany. Ozdobą kolekcji były medaliony z wypreparowanymi łbami wilkołaków i dekoracyjna kryształowa urna, do której zsypywano popiół ektoplazmy zlikwidowanych duchów.

– Szykuje się jakaś nowa robota? – Młody łowca wyraźnie palił się do czynu.

Inżynierowi bardzo podobał się jego zapał.

– Owszem, ale nie będzie to łatwe – westchnął. – Znacznie trudniejsze niż tamta wyprawa do Idaho. Obawiam się, że nową misję będę musiał objąć osobistym kierownictwem.

– Będzie dla mnie zaszczytem pracować pod pańskimi bezpośrednimi rozkazami! Czy mogę prosić o szczegóły?

Szef uprzejmym gestem wskazał chłopakowi jeden z foteli przy stoliku.

– Dostaliśmy nietypowe zlecenie – powiedział, wyjmując z ukrytej pod blatem lodóweczki butelkę burbona.

– Chyba wszystkie nasze zlecenia są nietypowe? – zdziwił się Chrupek.

– To jest szczególne. Zazwyczaj dostajemy cynk, że gdzieś jest problem z wampirami albo wilkołakami. Jedziemy, robimy rozpoznanie, wkraczamy, likwidujemy gniazdo. A po wszystkim wystawiamy rachunek. Czasem od szczególnie wdzięcznych klientów dostajemy jeszcze datek na fundację. Tylko że zawsze dzwonią ludzie...

– A tym razem?

– Tym razem zadzwonił do nas wampir. I zapłacił z góry.

– Wampir samobójca, który chce, żeby go zlikwidować!? – zainteresował się Chrupek.

– Nie. Eduard Coollen. Kojarzysz?

– Tan palant i kłusownik? Szefie, a może wreszcie go stukniemy? Ja rozumiem, że to ciekawe doświadczenie, długofalowa obserwacja zresocjalizowanego wampira, który nie wysysa krwi z ludzi, ale naprawdę powinniśmy w końcu go zlikwidować. Jego rodzinka przetrzebiła pogłowie saren już chyba w piętnastu stanach.

– Dokładnie ten sam. Wyobraź sobie, postanowił wynająć nas przeciw innym wampirom. Przysłał tysiąc dolarów.

– Że niby co? – Szczęka młodego łowcy opadła. – Jakiś inny klan nadepnął mu na odcisk i zamiast samemu załatwić swoje sprawy, postanowił wynająć nas!? I to jeszcze zaoferował tak śmieszne grosze? To bezczelność.

– W pewnym sensie tak, z drugiej strony to oznacza też, że docenia naszą fachowość. No i jest to ciekawy precedens. Zresocjalizowany wampir ma do nas na tyle zaufania, żeby prosić o pomoc.

– Ale tysiąc dolarów!? To śmieszne!

– Owszem, jednak weź poprawkę, że to znany skąpiec. Jeśli wyłożył aż tyle, to znaczy, że musi mu szczególnie zależeć. Ale jest jeszcze jeden bardzo ciekawy aspekt tej sprawy. To będzie robota wyjazdowa. Cel do likwidacji znajduje się za granicą.

– Czyli to honorarium nie pokryje pewnie kosztów przejazdu...

– Owszem. Ale jest jeszcze jeden problem – westchnął prezes Chudoba. – Cele mieszkają w Polsce, konkretnie: w Warszawie. To będzie precedens, pierwsza robota fundacji przeprowadzona za żelazną kurtyną. Wyjątkowa okazja, żeby poznać lokalną specyfikę kraju totalitarnego i być może podpatrzyć metody działania komunistycznych służb zajmujących się tym, co my. Ale i pewne ryzyko. Do komuchów nie tak łatwo wjechać, ale jeszcze trudniej wyjechać.

– Nie byłem nigdy w, jak to się mówi, starym kraju – bąknął Chrupek. – Jakoś nie nadarzyła się okazja... Ale język znam.

– Wiem. Ja wyjechałem dwadzieścia pięć lat temu, jeszcze gdy chodziłem do szkoły podstawowej. Byłem tam kilka razy u dalszych krewnych, ostatnio jeszcze przed wprowadzeniem stanu wojennego. Ale przebywałem w Krakowie, a cele do likwidacji są w Warszawie. W każdym razie obaj znamy język, ja znam realia, myślę, że jakoś sobie poradzimy.

– Też mi się tak wydaje. W końcu to nie jest ani dżungla nad Amazonką, ani przełęcze Himalajów. A te cele do likwidacji?

– Sześć. Po pierwsze, wampiry Marek i Igor, pracują jako robotnicy w fabryce na warszawskiej Pradze. Przy okazji zlikwidujemy też ich wychowankę Małgorzatę.

– Wampiry robole?! – Młody wytrzeszczył oczy.

– Też mi się to wydało dziwaczne. Widać taka specyfika kraju komunistycznego. Nie można ich lekceważyć, mają ponad sto lat. Jeśli do tego czasu uniknęły łowców, to znaczy, że mają cholerne doświadczenie. Numer cztery na liście to wampir zwany Dziadkiem Weteranem. Bardzo niebezpieczny, a przy tym wyjątkowo żywotna sztuka. Jego obecność odnotowali hitlerowcy z Ahnenerbe. Wedle przejętych po wojnie archiwów ich łowcy zasadzali się na niego pięć razy i za każdym razem byli przekonani, że go zlikwidowali.

– Bydlę ma aż taką odporność!? – zdumiał się agent.

– Nie, ci nazistowscy łowcy to były dupy wołowe, a nie fachowcy. Walili do niego z karabinów posrebrzonymi kulami. Pociski przechodziły na wylot i nie robiły trwałych szkód, w każdym razie nie na tyle, żeby go trwale unicestwić. Za to wkurzyli go do granic możliwości. Ich wywiad odnotował, że szedł na Berlin z Drugą Armią Wojska Polskiego. Gwałcił, skalpował, kastrował, wyrywał żywcem serca i wątroby...

– Typowy przypadek wampira, który ma o coś focha wobec ciepłych.

– Nietypowy, bo zwykle wampir, jak wpadnie w szał, morduje, co się nawinie, a ten likwidował tylko Niemców. Przypadek piąty to wampir zwany Profesorem. Z tym będzie duży zgryz, bo podobno zdobył i przestudiował „Necronomicon". – Inżynier wyraźnie spoważniał.

– Myślałem, że „Necronomicon" to tylko głupia legenda!

– Też mi się tak wydawało, ale Coollenowie twierdzą, że jednak nie. W każdym razie musimy się liczyć z możliwością działań magicznych, i to na niewyobrażalną, nienotowaną dotąd skalę. Numer sześć to Xawery hrabia Prut.

– Wreszcie jakiś arystokrata!

– Ale nie ma co liczyć na łupy, w dodatku komuchy nie pozwalają wywozić antyków ani dzieł sztuki.

Wedle naszych informacji mieszka sobie w pałacyku na terenie dawnego ogrodu królewskiego w Łazienkach. Musiał się jakoś dogadać z władzą, co oznacza dla nas dodatkowe trudności. Trzeba gada zgasić tak, żeby nie powiązali tego z nami. To będzie chyba nasz najgroźniejszy przeciwnik. Ma blisko dwieście lat. Zwampirzył się prawdopodobnie w okresie wojen napoleońskich albo trochę wcześniej. Nasi historycy ustalili, że to kompletny renegat, kilkakrotnie zdradził swoją ojczyznę. Konkretnie, zdradzał ją z każdym, kto chciał płacić, a jak nie płacili, i tak zdradzał, bo taki miał już nawyk.

– Może dałoby się go namówić, żeby wystawił nam pozostałych? Zaproponujemy mu pieniądze, a po wszystkim go zlikwidujemy?

– Jest to zaczątek naprawdę dobrego planu.

– Czyli jedziemy i robimy, co trzeba. – Młody zatarł ręce. – Paszport mam, trzeba załatwić wizę i bilety. Bierzemy naszą fundacyjną furgonetkę, sprzęt z magazynu...

– Kłopot w tym, że kraj komunistyczny ma swoją specyfikę. Kraje za żelazną kurtyną posiadają naprawdę wredne służby specjalne.

– USA też takie posiada...

– Ale do mokrej roboty, do użerania się z duchami, wilkołakami i wampirami CIA wynajmuje nas. Podstawowa różnica jest taka, że w USA wolno wierzyć w wampiry, wolno legalnie zamówić ich likwidację i nawet władze nie kwestionują ich istnienia. Po prostu mało kto wierzy w istnienie bytów bionekrotycznych, ale liczy się, że wystawiamy rachunki i płacimy podatki od tej działalności. Ci, których likwidujemy, przeważnie i tak oficjalnie nie istnieją, reszta nikogo nie obchodzi. W krajach bloku sowieckiego wampiry też oficjalnie nie istnieją i nikt z członków władzy nie przyznaje się, że w nie wierzy. Ponieważ jednak są i sprawiają kłopoty, powołano w różnych krajach zakonspirowane agendy państwowe zajmujące się ich zwalczaniem – wyjaśnił inżynier. – W Polsce Ludowej funkcję tę pełni Wydział Z Służby Bezpieczeństwa. Z jak zabobony. Ponieważ władza sama przed sobą nie przyznaje się do wiary w wampiry, oficjalnie ta komórka zajmuje się likwidacją jedynie zabobonów i ich skutków.

– Czyli robią to, co my, ale z przyczyn politycznych używają innej terminologii – podsumował Chrupek. – Możemy liczyć na ich współpracę?

– Nie wiem. Na czele agendy stoi major Adolf Nefrytow. – Inżynier rzucił na blat biurka zdjęcie. – Trudno ocenić, jakie ma umiejętności. W zasadzie nic o nim nie wiemy. Jakieś sukcesy na koncie musi mieć, skoro już ładne kilka lat zajmuje to stanowisko. Aktualna sytuacja międzynarodowa działa na naszą korzyść. Bo wpuścić nas muszą. A co potem, zobaczymy. Sporządziłem wstępną listę sprzętu, który musimy zabrać. Kłopot w tym, że jego części zapewne nie pozwolą nam wwieźć, zatem musisz poupychać to w skrytkach.

– Się wie!

– Przepatrz spis, pomyśl, czy coś jeszcze może się przydać. Bierz, co chcesz, to robota na swój sposób prestiżowa, nie możemy się zbłaźnić. A zwłaszcza nie możemy się zbłaźnić na oczach komuchów. Musimy się zaprezentować jako fachowcy najwyższej klasy. Chłodni perfekcjoniści.

Siedziba Wydziału Z urządzona była nieelegancko, a o przepychu można było w ogóle zapomnieć. Lastrykowa podłoga straszyła pęknięciami i ubytkami, lamperie wykonano z farby olejnej burego koloru, a odrzwia i framugi okien z blaszanych profili, niegdyś polakierowanych na biało, znaczył już trąd korozji. Okna zarosły brudem i pajęczynami. Cóż, wydział był ściśle tajny i nie można było wpuścić do środka sprzątaczek, a samym ubekom syf jakoś szczególnie nie przeszkadzał. A w każdym razie nie na tyle, by męczyli się z myciem szyb czy podłogi. Tylko zawiasy drzwi chodziły gładko, jako że smary do spluw były pod ręką, a skrzypienia nikt nie lubi. Obrazów ani dywanów w pomieszczeniach nie było. Nawet jeśli w trakcie akcji bezpiece coś takiego przykleiło się do łap, zabierali łup do domu albo sprzedawali pokątnie na Skrze i Różycu. Major Nefrytow zdusił niedopałek w przepełnionej popielniczce i wrzuciwszy między wargi kolejnego sowieckiego kosmosa, odpalił go burżujską plastikową zapalniczką z Pewexu.

– Słuchajcie, Brona, mamy problem... – westchnął, wypuszczając zgrabne kółeczko.

– To chyba... dobrze? – Radek zamrugał. Oczy piekły go od dymu.

– Że niby co? – zdumiał się Nefrytow. – Jak to „dobrze”?

– Jesteśmy ubecją. Sam pan mówił nie raz, że naszą zaszczytną służbę powołano do rozwiązywania problemów, z którymi nie radzi sobie partia, milicja, ZOMO ani Ludowe Wojsko Polskie. Skoro mamy problemy, to znaczy, że wszystko jest na swoim miejscu, oni sobie nie radzą, a więc nasz wydział znów może się wykazać.

– Myślicie niby poprawnie, ale bez polotu – westchnął major. – Patrząc dialektycznie, chodzi o to, żeby problemy były obecne, ale ich spiętrzenie utrzymywało się na stałym, niezbyt dokuczliwym poziomie. Naprawdę chce wam się nieustannie ganiać jak kot z pęcherzem, żeby wykonywać kolejne zadania?

Kapuś przez chwilę przetwarzał w mózgu słowa zwierzchnika, po czym uśmiechnął się radośnie na znak, że załapał.

– Więc na czym konkretnie polega problem, który ze stanu spiętrzenia mamy doprowadzić do stanu spłaszczonego? – zapytał.

– Fundacja Van Helsinga – rzucił major Nefrytow.

– Cóż to takiego? – zdziwił się Radek.

– Łowcy wampirów z USA. – Ubek westchnął ciężko i skrzywił się. – Zawodowi. Fachowcy podobno najwyższej klasy. Tacy, których CIA wysyła tam, gdzie im nie wypada się babrać osobiście. Albo do likwidowania rzeczy, których sami nie mogą zlikwidować, bo to by głupio wyglądało w raporcie. Powiedzmy, że jest to w pewnym sensie imperialistyczno-kapitalistyczny odpowiednik naszego Wydziału Z.

– Czyli nasi koledzy po fachu?

– Jacy znowu koledzy?! – Major aż się zapowietrzył. – *Gus' kabanu nie towariszcz!* Toż mówię wyraźnie: imperialiści! Do tego pierdoleni prywaciarze, którzy robią to za pieniądze! – Aż się wzdrygnął z obrzydzenia. – Co gorsza, za dolary!

– Prywaciarze!?

– Taaa... Jak się ma kłopot z poltergeistem w piwnicy, można do takich zadzwonić, przyjeżdżają, likwidują co trzeba, wystawiają rachunek, biorą czek czy z karty kredytowej może pobierają...

– To aberracja. A jak ktoś nie ma pieniędzy?

– To nie przyjadą. Kapitalizm, nic nie poradzisz... Nie masz dolarów, to jesteś tam w Ameryce nikim i sam musisz się z wampirami użerać. Teraz widzicie, Brona, wyższość moralną i intelektualną socjalizmu nad światem zgniłego Zachodu. Wydział Z nie jest firmą usługową. Ubecja jest służbą. Pomagamy społeczeństwu jak straż pożarna czy poradnia skórno-wenerologiczna. Każdemu potrzebującemu za darmo. – Major wypiął z dumą pierś.

– To pan nie dostaje żołdu?! – Kapuś rozdziawił usta.

– E, no nie przesadzajmy, coś tam przecież płacą. – Ubek poczuł, że beznadziejnie zaplątał się w zeznaniach. – Ale płacą nam z budżetu, a nie z kieszeni nieszczęsnych ofiar. No i płacą złotówkami, a nie dolarami. Chwytacie różnicę?

– Czy ci Amerykańcy to nasza konkurencja?

– Jaka tam znowu konkurencja? – prychnął oficer. – Oni działają u siebie, a my u siebie. Oni nie wpuszczają nas, my nie wpuszczamy ich. Aż do teraz.

– A co się stało?

– Teraz mamy ich wpuścić.

– A więc to wrogowie? – dociekał student. – Przepraszam, muszę to sobie ułożyć w głowie... Po co właściwie są nam tu potrzebni?

– Nie są potrzebni, ale przyjadą i oficjalnie nic na to nie możemy poradzić. Słuchajcie mnie uważnie. Pod względem klasowym oczywiście to są wrogowie. Od strony politycznej jak najbardziej. Jednakowoż jest jeden cholerny problem. Zapewne nie wiecie – ściszył głos – ale towarzysz Pierwszy po cichu negocjuje z Amerykańcami, po pierwsze, żeby znieśli nam te idiotyczne sankcje, po drugie, żeby pożyczyli jeszcze trochę kasy, bo nie starcza na zbrojenia. Negocjacje wkroczyły właśnie w bardzo delikatną fazę...

– Nie rozumiem? Towarzysz Pierwszy i reszta delegacji dyskutują z ich Kongresem. Jak się to ma do działań Wydziału Z? Nasza chata z kraja. Nijak nie możemy socjalistycznej ojczyźnie na tym polu pomóc.

– I tu się właśnie, Brona, cholernie mylicie. Możemy pomóc. Musimy pomóc. I, co gorsza, nawet pomożemy. Towarzysz Pierwszy musi zapunktować w Waszyngtonie, że taki przyjacielski i otwarty.

– My mamy udawać przed nimi!? – oburzył się kapuś. – Od kiedy wilki obchodzi, co o nich myślą barany!?

– Od kiedy głupie barany mają dolary, a szlachetne wilki, przyduszone baranimi sankcjami, cienko przędą! W każdym razie, jak będziemy dla nich przez chwilę mili, może skapnie z tego jakaś kasa. Na zbrojenia, na zakup masła w Finlandii i inne takie.

Może i nam coś się też na końcu dostanie. Musimy tych dziadów od Van Helsinga tu wpuścić, żeby sobie mogli pobuszować. Na znak naszej przyjaźni i otwartości wobec pieprzonych Amerykańców.

– Znak przyjaźni wobec imperialistów? – Młody się skrzywił.

– Brona, ogarnijcie się wreszcie, bo was w łeb strzelę! Udawanej przyjaźni! Jak tylko dostaniemy tę cholerną pożyczkę, możemy pokazać kły, ale nie wcześniej.

– Kły? – Radek pomacał swoje uzębienie. – Ale jak pokażemy kły, nie będąc wampirami!?

Major westchnął ciężko. Jego podwładny nigdy nie grzeszył przesadną inteligencją, ale teraz ubek zaczął się zastanawiać, czy decyzja o jego zwerbowaniu w ogóle miała sens. Z drugiej strony chłopak może i nie był zbyt kumaty, jednak polecenia jakoś tam wykonywał.

– Tą kwestią zajmiemy się później. Na razie mamy być przyjacielscy i współpracować. Oczywiście współpracować musimy tak, żeby – ściszył głos – w miarę możliwości koncertowo zrobić ich w ciula. I z drugiej strony musimy zachować szczególną ostrożność. Chodzi o to, żeby zrobić ich w ciula, ale żeby tego nie czuli. Żeby ewentualne kłopoty, których im narobimy, wytłumaczyć inercją systemu.

Radek poskrobał się po głowie.

– Taki nawał trudnych słów... – bąknął. – Jestem studentem, a nie profesorem.

– Trzymajcie się mnie, wykonujcie rozkazy, nie zadawajcie głupich pytań, a kiedyś i profesorem zostaniecie! – warknął major.

A potem zamyślił się głęboko nad własnymi słowami. Niby można było popchnąć chłopakowi karierę, jak się to zwykle robiło z kapusiami, tylko tak właściwie po co?

Nie. Tej kariery pilotować nie będę. Nawet jak na warunki naszego kraju, profesor byłby z niego jak z koziej dupy trąba, westchnął w duchu major.

Radek zagapił się w okno, zamalowane do połowy białą farbą olejną.

– To mimo wszystko dziwne, wpuścić ich na nasz teren – bąknął wreszcie. – Nawet jeśli będziemy szeroko sabotowali ich działania, to przecież...

Zamilkli. Major dopalił peta i wyciągnął sobie nowego z pudełka.

– Myślę, że dla dobra sprawy z pożyczkami zagranicznymi trzeba dać naszym niechcianym gościom szansę na odniesienie jakiegokolwiek sukcesu – westchnął.

– Znaczy się żeby kogoś jednak zlikwidowali? – ucieszył się kapuś. – Proponuję moją siostrę! Trzeba ją tylko wywabić z Kawęczyńskiej i wystawić Amerykańcom.

Zwierzchnik spojrzał na niego i westchnął ciężko.

– Myślę, że lepiej będzie ich poszczuć na Profesora.

– Dlaczego? – Zdezorientowany Radek znów zamrugał.

– Bo z całej tej ferajny to właśnie on jest najniebezpieczniejszy. Dla wydziału, dla systemu... dla naszego kraju.

– Że niby co?

– Ci zasrani krwiopijcy de facto są niegroźni. Pracują, nie bawią się w opozycję. Nie mamy z nimi kłopotów. Czasem kogoś wyssą, ale niegroźnie. Dopuszczalne straty. Jednak, co najważniejsze, mamy ich pod kontrolą. Jeśli coś nafikają, to się ich zlikwiduje, i tyle. Profesor to inna para kaloszy. Odcyfrowuje „Necronomicon". A wy wiecie, Brona, co to jest „Necronomicon"?

– Eeee... no, taka księga, którą zdobyli.

– Nie jakaś tam księga! To jest... – Major wzniósł wzrok ku sufitowi. – To jest pierońsko niebezpieczny artefakt o potencjalnej sile rażenia bomby atomowej!

– Ale jak to?

– Co wiemy o wampirach? Jeśli sięgniemy do literatury, to strach się bać. Silniejsze niż kobyła pociągowa. Biegają szybciej niż stumetrowcy. Dogonią każdego. Potrafią wypuszczać szpony, zamieniają się w nietoperze, umieją zmienić się w mgłę, przeniknąć przez dziurkę od klucza i znów się zmaterializować. Potrafią przeniknąć do snów swoich ofiar. Potrafią zahipnotyzować każdego...

– A może to tylko bajdurzenia pisarzy od horrorów?

– Niestety, to wszystko prawda. A teraz popatrz na nasze. Niezbyt silne. Krzepy trochę mają, bo zapieprzają fizycznie w fabryce, ale nie mają żadnych supermocy. W nietoperza się nie zamienią, roweru nie dogonią. Ze zdolności metapsychicznych trochę posługują się telepatią... A teraz sobie wyobraź, że zdobywają umiejętności magiczne, których dotąd nie miały.

I jesteśmy ugotowani... Na razie grzecznie chodzą do roboty. Ale jak coś im się przestanie podobać, załatwią każdego, kto się nawinie: ciebie, towarzysza Pierwszego, a jeszcze, nie daj Boże, mnie!

– No, to faktycznie brzmi groźnie.

– Profesor jest z nich wszystkich najbystrzejszy. Gdy zostanie skasowany, „Necronomicon" przestanie być groźny. Reszta może się skichać, a i tak nie odczyta.

– A nie dałoby się, żeby zlikwidowali i jego, i moją siostrę? – zagadnął proszącym tonem Radek. – Dwie pieczenie przy jednym ogniu...

– Brona, nie denerwujcie mnie, bo was palnę. Grzejcie do archiwum po teczkę tego palanta, a ja muszę zadzwonić.

Niedzielne popołudnie przy Kawęczyńskiej upływało spokojnie. Październikowe słoneczko odbijało się w szybach. Gosia dziergała sobie sweterek na zimę, Marek z Igorem siedzieli nad partyjką szachów. Ślusarz przyniósł z wypożyczalni kasetę z filmem „The Evil Dead", ale planowali obejrzeć to arcydzieło dopiero wieczorem. Igorowi co jakiś czas odbijało się jakby wodą kolońską, dwa dni wcześniej popełnił fatalny błąd – wyssał pracownicę fabryki kosmetyków z ulicy Szwedzkiej.

– To pewnie estry – tłumaczył mu przyjaciel. – Jak siedziała przy taśmie i pakowała te kremy do słoików, nawdychała się różnego paskudztwa. Substancje zapachowe przeniknęły do krwi i masz taki efekt... Przejdzie za kilka dni.

– Łatwo ci mówić, ja już za życia nie znosiłem kwiatków!

Nieoczekiwanie zadzwonił telefon.

– O! – zdziwiła się Gosia.

W zasadzie nikt nigdy do nich nie dzwonił. Gospodarze sprawili sobie aparat głównie po to, żeby dodawał mieszkaniu splendoru.

– Halo? – Marek podniósł słuchawkę.

– Mówi Adolf – rozległo się z drugiej strony.

– Co za Adolf!? – zdumiał się wampir. Głos wydał mu się dziwnie znajomy, ale nie potrafił rozpoznać.

– Major Adolf Nefrytow.

– Z ubecją nie gadam! – Oburzony wampir wdusił widełki i odłożył słuchawkę.

– Co znaczy „nie gadam"?! – rozległ się głos majora. – Jesteśmy ubecją, a to znaczy, że to my decydujemy, z kim gadamy, o czym gadamy i jak długo gadamy!

Głos dobiegał zza szafy. Zdumiony ślusarz pchnął mebel i przesunął, odsłaniając wiszącą na ścianie membranę z zatopionym uzwojeniem.

– Sukinsyny przełączyli podsłuch na nadawanie – zauważył filozoficznie Igor. – Nie wiedziałem, że to możliwe. Chyba musi mu bardzo zależeć na przekazaniu tej informacji. Ja bym na twoim miejscu jednak...

– A gówno! – Marek zerwał urządzenie i podeptał ze złością.

– Uspokoicie się wreszcie i posłuchacie!? – zabrzęczał bojler wiszący w kuchni. – Tu chodzi o całość waszej dupy!

Wampiry zamarły i popatrzyły po sobie zaskoczone.

– Eeee... no to może i trzeba? – bąknął ślusarz.

– Wraże siły imperialistyczne z USA wyekspediowały do naszego miłującego pokój kraju... – zaczął z patosem major. Rezonująca blacha bojlera jeszcze ten patos pogłębiała.

– Gadaj pan po ludzku, o co chodzi! – warknął Igor.

– Coollenowie zlecili Fundacji Van Helsinga waszą eliminację. W tym celu jadą do Polski dwaj najwyższej klasy amerykańscy fachowcy od likwidacji bytów bionekrotycznych. Musieliśmy ich wpuścić. To tajemnica państwowa! Trochę im podstawię nogę, ale musicie się liczyć ze śmiertelnym zagrożeniem i stratami własnymi. Podziękujecie, jak przeżyjecie.

Urządzenie brzdęknęło, jakby ubek odłożył słuchawkę, i zapadła cisza.

– Eeee...? – zdziwił się Igor. – Co on, zdurniał do reszty? Ktoś chce odwalić za niego mokrą robotę, a ten nas ostrzega?

– Żaden gliniarz nie lubi konkurencji na swoim terenie – mruknął jego przyjaciel. – A zwłaszcza fachowców, którzy radzą sobie lepiej od niego.

– Co to jest Fundacja Van Helsinga? – zdziwiła się Gosia.

– Co ty, horrorów nie oglądasz? Taka organizacja międzynarodowa – wyjaśnił spawacz. – Jak ktoś ma problem z takimi jak my, dzwoni do nich, płaci, a oni przyjeżdżają i odwalają mokrą robotę.

– To brzmi groźnie – zaniepokoiła się.

– E tam. – Marek machnął lekceważąco ręką. – Gówno nam mogą zrobić. Nie tacy próbowali. Swoją drogą, ci Coollenowie to kompletni zasrańcy – prychnął. – Żeby wynajmować ciepłych przeciw swojakom...

– Jacy tam z nich swojacy – burknął Igor. – Ja się nie poczuwam do związków z tymi popaprańcami. Bardziej mnie martwi, co im do łbów strzeliło, żeby nas załatwić.

– Myślę, że jak Adalbertus nie wrócił, to podejrzewają nas o jego likwidację!

– Myślisz, że mają aż takiego focha, żeby zlecić naszą likwidację Fundacji Van Helsinga? To przecież dla wampirów kompletnie żenujące tak spoufalać się z łowcami!

– Tak czy inaczej, trzeba aktywować system obronny. Potrzebujemy kratę wódy i jakąś lepszą bombonierkę. Ile mamy kasy?

Parking urzędu celnego przy lotnisku na Okęciu nie był szczególnie rozległy. Za to otaczał go podwójny płot, ozdobiony u góry pętlicami z drutu kolczastego. Obok ciągnęły się magazyny na różne skonfiskowane dobra. Pośrodku zaparkowano granatową furgonetkę Forda. Przyleciała tu wczoraj transportowym samolotem. Celnicy ryli w niej całą noc.

Obaj Amerykanie stali obok. Wysoki, szczupły mężczyzna w garniturze był zapewne inżynierem Piotrem Chudobą, a ten niższy, ogolony na łyso i trzymający pod pachą futerał altówki, to z pewnością był jego pomocnik Peter Chrupek. Major podszedł i choć był po cywilnemu, odruchowo zasalutował. W postawie inżyniera była jakaś wrodzona elegancja i godność. Ubek zbeształ się w myśli. Przecież miał przed sobą wrogów. I to najprawdziwszych, krwiożerczych biznesmenów – kapitalistów prosto z wrażej Ameryki.

A nawet jeszcze gorzej, pomyślał. To pieprzeni polonusi, ludzie, którzy nie docenili szansy, jaką było życie w rozwiniętym socjalistycznym kraju, uciekli na Zachód i tam skumali się z najgorszą imperialistyczną swołoczą z CIA! A kogo chcą zlikwidować? Nasze polskie wampiry, w zasadzie niegroźne, do tego przedstawicieli klasy robotniczej, pracujących w fabryce. Z dwojga złego Marek i jego ferajna są mi klasowo bliżsi niż te dwa typki!

Palce zaświerzbiły. Gdyby tak wyciągnąć spluwę, kropnąć jednego z drugim... Powstrzymał się tytanicznym wysiłkiem woli.

– Dzińdoberek – powiedział ponuro. – Nazywam się Adolf Nefrytow, a konkretnie major Adolf Nefrytow, i zostałem oddelegowany, żeby zapewnić panom opiekę podczas wykonywania misji w naszym kraju.

– Peter Chrupek – przedstawił się ten młodszy, ogolony na łyso. – Jestem łowcą wampirów, Fundacja Van Helsinga.

– Inżynier Piotr Chudoba – przedstawił się starszy, o dystyngowanym wyglądzie. – Prezes fundacji.

Mówili nieźle po polsku, ale z mocnym amerykańskim akcentem.

– Wiem – westchnął major. – Niestety, mam z panami poważnie do pomówienia. Panów furgonetka została po przylocie sprawdzona przez służby za to odpowiedzialne. Szczerze powiedziawszy, jej zawartość, zwłaszcza to, co upchnięto w skrytkach, bardzo się naszym celnikom nie spodobała... Ale po kolei. Strzelby gładkolufowe w Polsce są traktowane jak broń. Podobnie laski z ukrytymi ostrzami. Musieli je skonfiskować. Azotan srebra to niebezpieczna trucizna, też oczywiście został zabezpieczony. Srebrne łańcuchy, sztylety, kołki, sztyfty i miecze samurajskie oczywiście wolno panom wwieźć, ale nie wpisano ich do deklaracji celnej. Pójdziemy jednak panom na rękę i pozwolimy je zatrzymać, oczywiście pod warunkiem zapłacenia należnego cła w kwocie... – Zajrzał do ściągawki. – Grosze na szczęście, dwanaście tysięcy osiemset dolarów. Sami rozumiecie, Polska Rzeczpospolita Ludowa jest państwem prawa, wszystkich obowiązują pewne przepisy.

– Dlaczego to robicie? – warknął młodszy łowca. – Przyjechaliśmy zabijać wampiry. Pan reprezentuje Wydział Z. Też likwidujecie wszystko, co paranormalne. Nasze cele są zbieżne. I możecie przy okazji skorzystać z naszego bogatego doświadczenia!

– Wy uważajcie, Chrupek, bo za przypadkowe poznanie tajemnicy państwowej to u nas i czapę można dostać – warknął major. – Mój wydział jest tak ściśle tajny, że w ogóle nie powinniście o nim wiedzieć... A skoro już wiecie, to buziuchna w kubeł i ani mru-mru, bo na razie patrzymy na wasze działania przez palce, ale za rozpowszechnianie tej informacji będziemy musieli wyciągnąć konsekwencje. Wracając do tematu, trochę się nie zrozumieliśmy. Jestem tu właśnie po to, żeby wam pomóc i współpracować.

– Eeee? Konfiskując nasz sprzęt!? – skrzywił się inżynier Chudoba.

– Toż nie ja go skonfiskowałem, tylko celnicy. – Major bezradnie rozłożył ręce. – Ja oczywiście przymknąłbym oko, ale jesteśmy krajem demokracji ludowej, Służba Bezpieczeństwa nie może ingerować wedle własnego widzimisię w pracę innych organów państwowych. A tu jeszcze w dodatku próbowaliście wwieźć dwa rewolwery Magnum, naboje, osiem kilogramów trotylu i zapalniki, a to już znacznie grubsza sprawa. Ale przekonałem celników, żeby poszli panom na rękę, wpisze się w protokole, że wrogowie to panom podrzucili. Podobnie jak ten pistolet maszynowy. W każdym razie, drodzy przyjaciele, gdyby nie moja interwencja, już siedzielibyście w ciupie, i zapewniam, że nie byłby to areszt deportacyjny.

– Czyli z całego sprzętu pozostawiacie nam tylko łańcuchy, miecze i kołki? – Agent Chrupek wyglądał na załamanego.

– Jeszcze młotki. Za młotki nawet nie naliczyliśmy cła. Polska Rzeczpospolita Ludowa to państwo robotniczo-chłopskie, tu się narzędzi pracy nie odbiera! Nawet nieproszonym gościom. A wy przecież możecie czuć się gośćmi zaproszonymi! I kusze panom zostawiliśmy. Wymogłem, żeby wpisali je do protokołu jako sprzęt sportowy do prywatnego użytku. Przywiozłem wam też kartki na benzynę.

– A nie dałoby się załatwić zwrotu chociaż rewolwerów? – zapytał nieoczekiwanie inżynier. – Nasza praca jest skrajnie niebezpieczna, w związku z tym...

– Zwrócić skonfiskowane? Nie da się. Brak odpowiednich przepisów wykonawczych. Nasze prawo tego nawet nie przewiduje. Ale co do wyposażenia panów w broń palną, oczywiście, że by się dało coś zrobić. Gdy tylko się dowiedziałem, że panowie do nas przyjadą, osobiście o to zadbałem. Mamy dla panów odłożony cały arsenał! Pistolety Makarowa, automaty Kałasznikowa, pistolety maszynowe Rak. Nawet rusznicę przeciwpancerną zdobyłem. – Nefrytow wypiął dumnie pierś. – Problem z nią był jak cholera, wojsko nie chciało dać. Do tego wszystkiego zapewniamy oczywiście amunicję grubo powleczoną srebrem.

– Uff... – Inżynier Chudoba wyraźnie się odprężył.

– Trzeba tylko podanie napisać i przejść standardowe procedury.

– Procedury? – podchwycił Chrupek.

– No wiecie, badania psychologiczne, testy ze znajomości przepisów, kurs obsługi i konserwacji broni, ćwiczenia na strzelnicy. Ale mamy swoich ludzi w milicji, wepchniemy panów na kursy poza kolejnością, a po testach klepną pozwolenie niemal od ręki. Trzy miesiące i po sprawie. Ekspresowo, na polecenie samego towarzysza Jaruzelskiego.

– Trzy miesiące?! – Inżynier wytrzeszczył oczy.

– Aż się zdziwiłem, że to w ogóle możliwe! – Major pokraśniał z dumy. – Normalnie milicjanci w czynnej służbie na sam kurs czekają po dwa lata.

– Ale my mamy wizy na cztery tygodnie – bąknął Chrupek.

– Na to już nic nie poradzę. – Nefrytow bezradnie rozłożył ręce. – Niby można spróbować przedłużyć, ale w tym celu musieliby panowie wrócić do USA i załatwiać to w naszej ambasadzie. Niestety, sprawy wizowe są kompletnie poza moim zasięgiem.

– A nie dałoby się jakiejś spluwy załatwić nieoficjalnie? W zasadzie preferujemy tradycyjne metody likwidacji. Potrzebujemy broni tylko jako zabezpieczenia. Po akcji oddamy – zaproponował nieoczekiwanie prezes fundacji, jakby od niechcenia wyciągając z kieszeni rożek banknotu studolarowego.

– Panowie, ja tego w ogóle nie słyszałem! – przestraszył się major. – Przekazanie służbowej broni w niepowołane ręce!? Ja się za Ural nie wybieram! Ale przejdźmy do rzeczy. Czym konkretnie panowie chcą się zająć?

– Wedle naszych informacji w Warszawie aż się roi od bytów bionekrotycznych – wyjaśnił Chrupek. – Planujemy dokonać ich eksterminacji.

– Z tym rojeniem się to lekka przesada. – Major zrobił obrażoną minę. – Trzymamy rękę na pulsie i systematycznie redukujemy pogłowie.

– Konkretnie, na początek planujemy wytropić sześć wampirów. Jeden jest bardzo stary, hrabia Prut.

– Słyszałem o nim. Żyje od osiemnastego wieku. Cwana bestia, zasadzaliśmy się na niego od lat...

– Drugiego nazywają Dziadkiem Weteranem.

– Coś mi się obiło o uszy.

– I jeszcze dwa stare, około stuletnie wampiry o imionach Marek i Igor – uzupełnił inżynier. – I ich służąca albo ktoś taki, niejaka Małgorzata. Wiemy, że mieszkają gdzieś na terenie dzielnicy Praga-Północ. Coś nie tak? – dodał, zaniepokojony miną ubeka.

– Praga-Północ to raczej specyficzny teren. Służby nazywają go czasem trójkątem bermudzkim. To coś jak wasz amerykański Bronx czy Harlem. Milicja i służby zapuszczają się tam raczej sporadycznie. Niewiele będę mógł panom pomóc – westchnął Nefrytow. – Ale oczywiście zrobię, co tylko mogę – zapewnił. – Proponuję panom teraz udać się do hotelu i wypocząć. Jutro od rana ruszajcie w teren.

– Myśleliśmy, że polowanie zaczniemy już dzisiaj w nocy – zauważył Chrupek.

– Wedle życzenia, ale ja w takim razie nijak nie będę mógł panom pomóc. Pracuję tylko do szesnastej. – Major rozłożył ręce. – Ja wiem, że w USA jest inna specyfika, ale zrozumcie, panowie, Polska to kraj socjalistyczny, tu drobiazgowo przestrzega się kodeksu pracy i praw pracowniczych. Jakby się wydało, że pomagam wam po godzinach urzędowania, miałbym grubsze nieprzyjemności ze strony wojewódzkiej inspekcji pracy. Oczywiście zrobię, co mogę, żeby ułatwić wykonanie zadania, ale przepisy to u nas rzecz święta... Macie panowie jeszcze kogoś na liście?

– Taki młody wampir o ksywie Profesor...

– Tego znam, pracuje w kotłowni jednego z budynków warszawskiego zoo, a przy okazji robi tam trochę za nocnego stróża. Mamy go rozpracowanego i na liście do odstrzału. Ale jeśli panowie sobie życzą, odstąpimy go wam. Tak na rozgrzewkę, przed przystąpieniem do poważniejszych zadań.

– Jak możemy go wytropić?

– A po co tropić? Proszę, tu jest jego dossier. – Nefrytow wyjął z aktówki szarą teczkę. – Bez zdjęcia oczywiście, ale jest portret pamięciowy wykonany przez milicyjnego rysownika. Jest tam też plan zoo z zaznaczonym miejscem, gdzie najłatwiej go dopaść. Nocą co parę godzin patroluje teren, ale zawsze wraca do swojej kanciapy, żeby się zagrzać.

Apartament w hotelu Nowa Praga składał się z pokoju i małej łazienki. Obaj łowcy rozgościli się, odświeżyli i byli gotowi do narady.

– No cóż... – odezwał się inżynier. – Poproszę o krótkie podsumowanie sytuacji i planujemy kolejne działania.

– Generalnie to jesteśmy w czarnej dziurze – westchnął Chrupek. – Skonfiskowali nam prawie cały sprzęt. Wykonanie misji w tej sytuacji będzie niezwykle trudne.

– Ale możliwe – burknął szef.

– Na szczęście ten ubek to najwyraźniej służbista. Pilnuje nas tylko do szesnastej. A to się doskonale składa, bo większość naszych działań lepiej przeprowadzić nocą – rozważał agent.

– Hmm... Na ile znam specyfikę krajów totalitarnych, to on tylko powiedział, że pracuje do szesnastej, a w rzeczywistości musimy liczyć się z tym, że będziemy śledzeni dwadzieścia cztery godziny na dobę. I to przez zmieniających się ludzi. Co więcej, furgonetka jest na parkingu hotelowym. Jeśli się stąd ruszymy, ktoś pewnie zadzwoni gdzie trzeba i doczepią nam ogon... – zadumał się.

– Auto najbardziej przydatne jest w sytuacji, gdy trzeba ruszać w pościg albo przemieścić się daleko poza miasto – zauważył młody. – Na duży cmentarz w środku miasta z pewnością można dojechać komunikacją publiczną. Podstawowy sprzęt zmieścimy w dwóch plecakach. Ewentualnie możemy sobie złapać taksówkę. Trzeba jednak wziąć poprawkę, że to państwo policyjne i taksówkarz też może nas podkablować.

– Wolałbym, żeby miejscowe służby nie wnikały zanadto w nasze metody działania – westchnął inżynier. – Z drugiej strony znajdujemy się w niemal idealnym punkcie wypadowym. Blisko stąd i do zoo, gdzie ma swoją melinę Profesor, i na cmentarz Bródnowski, gdzie mamy stuknąć Dziadka Weterana. Jest już po dwudziestej. Co ty na to, żeby zrobić piorunujące wrażenie na tubylcach i dziś jeszcze kropnąć pierwszego zamówionego klienta?

– Jestem za! – Młodszy agent poderwał się jak sprężyna. – Którego bierzemy na pierwszy ogień?

– Profesora łatwiej będzie namierzyć. Zlikwidujemy go na rozgrzewkę przed trudniejszymi zadaniami. Kompletujemy podstawowy zestaw i ruszamy!

W gabinecie majora Nefrytowa było chłodno i mgliście. Po prawdzie chłód brał się z tego, że kaloryfery zarosły kamieniem, a mgła unosząca się w powietrzu była w rzeczywistości dymem papierosowym. Radek nie przywykł pracować o tej porze, ale wobec infiltracji stolicy przez wrogi element każda para rąk była potrzebna.

– Widzicie, Brona, jest taka sprawa... – westchnął major. – Nie zrozumcie mnie źle, choć to, co powiem, może wam się w pierwszej chwili wydać dziwne albo wręcz niezgodne z zasadami, które rządzą naszą rzeczywistością. Musicie zrozumieć, że ubecja to służba bardzo specyficzna. Zawsze walczymy na pierwszej linii niewidocznego frontu. To, co robimy, jest niezbędne, ale pewne kategorie działań, zarówno naszego wydziału, jak i innych, raczej nie uzyskałyby aprobaty czynników państwowych. Po prostu w PZPR i MO są całe masy idealistów i naiwniaków, którzy nie rozumieją, że historia ostatnio znacznie przyspieszyła i nie da się zrobić omletu bez tłuczenia ekstremistom jajek.

– Ja to rozumiem i aprobuję – zapewnił Radek.

– Cieszy mnie to niezmiernie. W każdym razie zdajecie sobie sprawę, że nasze działania, jeśli mają być skuteczne, nie mogą być wymierzone w ciemno. Nasze oczy i uszy to agentura. Te ćwierć miliona informatorów idących na krótkiej smyczy... Opłacamy ich w ramach puli przyznanych środków, ale niestety, czasem pojawia się konieczność zapłacenia za informacje szczególnie cenne, a co za tym idzie szczególnie drogie. Czasem musimy prosić naszych agentów o przysługi dalece wykraczające poza normalne zobowiązania. No i za to też wypada się odwdzięczyć jakoś ekstra.

– To bardzo miłe z pana strony – ucieszył się Radek.

Major spojrzał na niego tak ciężkim wzrokiem, że student od razu zapomniał o wymarzonym fiaciku.

– W każdym razie nasza służba potrzebuje odrobiny swobody w dysponowaniu środkami. Nie wszystkie wydatki możemy księgować i kwitować, a przecież nie wyczarujemy pieniędzy z powietrza. Co za tym idzie, żeby budżet oficjalny nie doznał uszczerbku, musimy dysponować też pewną pulą środków nieoficjalnych. Innymi słowy, od czasu do czasu... – Nefrytow zawahał się, szukając w myślach odpowiednich słów.

– Trzeba odwalić jakąś szmalcowną lewiznę – dokończył jego podwładny.

– O fuj! Brona, cóż za paskudne sformułowanie! Ale tak, zasadniczo muszę przyznać, że trafiliście w sedno. Obecność naszych przyjaciół... eeee... chciałem powiedzieć, wizyta narzuconych nam przez naczalstwo gości z USA otwiera pewne możliwości zwiększenia zasobów dewizowych naszej instytucji. Za obopólnym zadowoleniem.

– To brzmi z pozoru reakcyjnie. Ale gdy się temu bliżej przyjrzeć, ma głęboki sens – kiwnął głową kapuś. – Już Lenin zauważył, że kapitaliści sprzedadzą nam sznurek, na którym ich kiedyś powiesimy, ale żeby ten sznurek od kapitalistów kupić, potrzebne są przecież dolary.

– Wy, Brona, czasem potraficie ruszyć głową. Szkoda, że tylko czasem. Cieszę się, żeśmy się zrozumieli.

Dlatego teraz weźmiecie to. – Wyjął z sejfu pudełko. – I raniutko pojedziecie do Amerykańców.

– A co to takiego? – Kapuś ostrożnie potrząsnął paczką.

– Dwa pistolety.

– O Boże... Towarzyszu majorze, ja rozumiem wszystko, ale myśmy mieli sznurek kupić do wieszania kapitalistów, a nie sprzedawać kapitalistom broń, z której mogą nas zastrzelić!

– Brona, nie bądźcie dzieckiem, nie zastrzelą nas. Po pierwsze, dlatego że nie mają powodu. Po drugie, te spluwy są gówno warte, iglice dorobiliśmy ze stopu drukarskiego. Po trzecie, amunicja też jest spreparowana, wysypaliśmy proch i napchaliśmy do środka plasteliny. Po czwarte, nie zapominajcie, że to my jesteśmy ubecją. A ubecy od zwykłych ludzi różnią się tym, że to oni strzelają, a nie do nich się strzela! A na koniec, i tak im je skonfiskujemy, żeby mieć na nich dodatkowego haka.

– Damy i skonfiskujemy? – zamyślił się Radek. – A to ich nie zdziwi?

– Nie, bo spluwy damy niby my dwaj, prosząc o bezwzględną dyskrecję, a skonfiskuje nasłana przez nas milicja. Dzięki temu krecha będzie podwójna. Nie będą mogli oddać nam broni i będą mieli sprawę sądową.

– Szefie, jest pan geniuszem! Sam Lenin mógłby za panem tecz... eee... z pewnością by panu pogratulował – student w ostatniej chwili ugryzł się w język.

– W każdym razie spylicie im je po dwieście pięćdziesiąt dolarów. Dla nich to grosze, a nam się opłaci.

Zwłaszcza że po wszystkim spluwy i tak wracają do magazynu.

Wampir Marek odstawił karton czystej na wycieraczkę i zapukał do drzwi sąsiadów z naprzeciwka. Szczęknął judasz, soczewka wizjera stała się na chwilę różowa – to z drugiej strony łypnęło bardzo przekrwione oko. Widać został rozpoznany, bo zachrobotał łańcuch i drzwi się uchyliły. Bazarowy kombinator łypnął na wampira pytająco.

– Czego potrzeba, sąsiad? – wychrypiał, rozsiewając wokół woń przetrawionej wczorajszej wypitki i dzisiejszego klina.

– Miałbym małą prośbę – powiedział Marek, trącając od niechcenia nogą karton, w którym tkwiło dwanaście półlitrówek czystej. Butelki wydały dźwięk niczym szklane dzwoneczki.

– O, to chyba grubsza prośba będzie – zadumał się sąsiad. – Nie wiem, czy podołam. Mokra robota to raczej nie moja działka... – Łypnął okiem i oblizał się.

– Żadna tam mokra robota – wzruszył ramionami ślusarz. – Po prostu lubię was, więc pomyślałem, że za drobną przysługę dam litra, a zważywszy na pewne niedogodności w wykonaniu, dołożę jeszcze kilka butelek ekstra.

– No, gadaj – burknął żul. – Co potrzeba? Ryja komuś skuć czy jak?

– To swoją drogą, ale jest mały haczyk. Generalnie mamy drobny problem. Przyjechały z Ameryki dwa ciule, które mają do nas wąty. Wcześniej czy później tu przylezą. Gdyby tak się dało na kilka dni zamienić numerki na drzwiach. Chodzi o to, żeby zamiast do nas zapukali do was.

– Nie ma sprawy, sąsiad. A jak już zapukają, to zrobić im mordoplastykę z łamaniem kości?

– Gdybym mógł prosić, może bez łamania, tylko oklep.

– Tak, powiedzmy, tydzień w szpitalu?

– Wystarczy, jak przez tydzień nie będą mogli spojrzeć do lustra.

– Załatwione, szefuńciu, my dla ciebie wszystko! Sąsiedzi muszą się przecież wspierać w tym brutalnym świecie, pełnym zła i bezsensownej przemocy!

Wampir zszedł jeszcze na parter i zapukał do drzwi wyposażonych w stalową sztabkę.

– Dzień dobry, pani Więckowska – uśmiechnął się do staruszki, która mu otworzyła.

Uśmiechnął się chyba ciut zbyt szeroko, bo babinka odruchowo zacisnęła dłoń na krzyżyku różańca zawieszonego na szyi.

– Niech się pani nie boi, sprawę mam – powiedział Marek, wręczając zaskoczonej sąsiadce okazałą bombonierkę.

– Bać się ciebie? – zarechotała staruszka. – Chłopcze drogi, daj se siana. Ja byłam kurierką AK, nie bałam się ani esesmanów, ani gestapowców, a oni byli znacznie gorsi od wampirów. Zresztą sam wiesz najlepiej.

– Cieszę się. Bo widzi pani, miałbym malutką prośbę. Pani zawsze w oknie siedzi albo w bramie...

Prawdopodobnie pojawi się tu dwóch Amerykańców. Będą o mnie pytali...

– Posłać do diabła czy w konkretne miejsce? – zapytała.

– Wręcz przeciwnie, szykujemy im małe powitanie, więc proszę im spokojnie podać numer mojego mieszkania.

– Uuuu... to grubo. Trupy będą?

– Nie, zamówiłem tylko przeróbkę ich gębuś na kotlety.

– Ale mielone czy schabowe? – Uśmiechnęła się. – Załatwione, synku, o nic się nie martw. To są Szmulki, tu żaden obcy swojakom bruździć nie będzie!

– Jeden problem jest, nie bardzo wiem, jak wyglądają.

– O nic się nie martw, Angola czy Amerykańca to ja rozpoznam z zawiązanymi oczami. Sprzedali nas w Jałcie pieprzonym kacapom, to teraz zobaczą, co to znaczy zadrzeć z Polakami. – Oczy staruszki zabłysły wrogo.

Obaj łowcy, objuczeni plecakami ze sprzętem, wyszli z hotelu i ruszyli uliczką przed siebie. Po chwili wyprowadziła ich na plac imienia Juliana Leńskiego.

– Szefie, niech szef powie, tu zawsze był taki syf?

Młodszy łowca patrzył pod nogi mocno zdegustowany. Wiatr przetaczał po bruku jakieś śmieci, wszędzie poniewierały się niedopałki papierosów.

– To i owo zmieniło się ostatnimi laty na gorsze – westchnął inżynier. – A nieliczne aspekty na lepsze. –

Odprowadził wzrokiem autobus ruszający z przystanku. Gdy był ostatnio w Polsce, wszędzie królowały jeszcze garbate jelcze – tak zwane ogórki, teraz widział pudełkowate ikarusy.

Latarnie świeciły na pomarańczowo.

– Ćwierć mocy, nie więcej – ocenił inżynier. – Widać oszczędzają w tym kraju, na czym tylko mogą. Kryzys i tyle. Nie dziwię się, że ich pierwszy sekretarz znów żebrze u nas o pożyczkę.

– Byle tylko wydali te pieniądze na poprawę bytu poddanych, a nie na zbrojenia – westchnął Chrupek. – Czy ten chodnik musi być taki krzywy!?

– Kładli na akord albo nie utwardzili podłoża pod spodem...

Dotarli do końca placu i ruszyli wzdłuż ulicy na północ. Po lewej mieli torowisko tramwajowe, a za nim wysoki płot z metalowych płaskowników.

– To już ogrodzenie zoo – wyjaśnił inżynier. – Ale tam dalej zacznie się mur. Łatwiej go będzie sforsować.

Wiatr targał koronami drzew. Niebo nad miastem było lekko czerwonawe, bezlistne gałęzie na tym tle wyglądały jak wycięte z czarnego papieru.

– Sceneria jak z horroru – zauważył agent Chrupek.

– I to właśnie najbardziej lubię w tej robocie. Takie wieczory w akcji. Noc, księżyc zbliżający się ku pełni, wiatr goniący chmury po niebie, cmentarny ziąb, lasy, bagna, stare, na wpół opuszczone cmentarze. Dla wampirów to naturalne środowisko, czują się tam swojsko i bezpiecznie jak w domu. I wtedy wkraczamy my, łowcy. Wypowiadamy wojnę krwiopijcom. Na ich terenie, na ich warunkach. I zwyciężamy.

– Pięknie powiedziane!

Ominęli podejrzany lokal, rozbrzmiewający pijackimi okrzykami, skręcili wraz z ogrodzeniem i wreszcie znaleźli się w odpowiednim miejscu. Między płotem zoo a nasypem biegła dróżka z płyt chodnikowych. Jedyna latarnia oddalona była o kilkadziesiąt metrów.

– No cóż, oto plan sytuacyjny. – Inżynier wyjął kartkę i oświetlił ją latarką. – Za tym murem znajduje się kwarantanna. Trzymają tu zwierzęta chore, emerytowane, takie, które dopiero do nich trafiły, ewentualnie te, które gdzieś chcą wysłać. Kwarantannę od reszty terenu zoo oddziela mur. Tu jest brama, a tu furtka. Po drugiej stronie jest taki niewielki budynek. To stara szklarnia, a przy okazji na jej końcu znajduje się kotłownia i kanciapa pracownika obsługującego obiekt.

– Niezłe miejsce na kryjówkę – ocenił młody.

– Owszem. Tak czy siak, popatrz sam. Coollenowie ustalili telepatycznie, gdzie siedzi, i narysowali szkic, od CIA zdobyłem szpiegowskie zdjęcia satelitarne, które potwierdziły rozmieszczenie obiektów – mówił z pewną dumą starszy łowca. – Na tej podstawie opracowałem mapę. I jak się okazuje, bardzo dokładnie pokrywa się z tym, co dostałem od miejscowych. – Pokazał młodemu kartkę od majora.

– Zatem wkraczamy!

Mur nie był wysoki, miał może dwa i pół metra. Wzniesiono go z tandetnej białej cegły. W dodatku wystająca podmurówka ułatwiała wspinaczkę.

– Bułka z masłem – ocenił Chrupek. – Wskoczę na górę i wciągnę plecaki ze sprzętem, a potem pana.

– Aprobuję.

Młody łowca stanął na występie i złapał rękami za krawędź. Już miał się wywindować do góry, gdy nagle syknął, jęknął i cofnął palce. Zeskoczył z powrotem na ziemię.

– Coś nie tak? – zaniepokoił się jego szef.

– Wsadziłem łapę w coś ostrego.

Młody uniósł dłoń i oświetlił ją latarką. Z opuszek sączyły się grube krople krwi. W dodatku skórę miał utytłaną jakąś podejrzaną mazią.

– Towot albo lepik – ocenił, usiłując zetrzeć substancję chustką.

Inżynier tymczasem wspiął się na palce i oświetlił latarką koronę muru.

– Potłuczone szkło z denek starych butelek, zatopione w betonie i zalane jakimś świństwem – syknął. – Budowałem już mury wokół więzień, ale w życiu czegoś takiego nie widziałem.

Pogrzebał w swoim plecaku. Najpierw znalazł rozpuszczalnik. Przepłukał dłonie młodego i opatrzył skaleczenia. Na szczęście nie było ich wiele i nie wyglądały szczególnie groźnie. Potem zarzucili na mur koc wzmocniony kevlarem i dopiero wtedy wdrapali się na górę.

Za murem były jakieś chaszcze, z daleka wiaterek niósł woń siana i płytko zakopanych zwierzątek, które najwidoczniej nie wytrzymały życia w niewoli. Ponadto zajeżdżało swojsko obornikiem. Budynek kwarantanny stał ciemny i z pozoru martwy. Pod murem też zalegały głębokie cienie. Obaj łowcy, chcąc nie chcąc, wyciągnęli wojskowe latarki i omietli teren mocnymi snopami światła. W dole rosły jakieś chaszcze.

– Skaczę pierwszy – mruknął Chrupek.

Opuścił się w ciemność, coś trzasnęło, do uszu zaniepokojonego szefa dobiegł łomot, a potem wymyślne przekleństwa.

– Co się stało? – zapytał szeptem Chudoba.

– Diabli nadali! Ktoś tu położył deskę nabitą gwoździami i przyprószył liśćmi – dobiegło z dołu. – A do tego rozciągnął potykacz z drutu kolczastego!

– Jesteś ranny?

– Nie, mam w podeszwach butów tytanowe płytki, na szczęście wytrzymały. Tylko kto i po co mógł zrobić coś podobnego?

– Może to zabezpieczenie przed złodziejami? – zadumał się inżynier.

– Ale po co ktoś miałby się włamywać do zoo!?

– No wiesz, to trochę inny kraj niż nasz. Bieda, kryzys, mięso jest dostępne tylko na te dziwne talony.

– Na kartki – podpowiedział Chrupek.

– No właśnie, na kartki. A tu tyle zwierzaków do skłusowania.

Prezes zeskoczył obok. Ruszyli przez chaszcze, ostrożnie wypatrując kolejnych pułapek. Wreszcie dalszą drogę przegrodziła im zardzewiała siatka. Przeszkoda była wysoka może na półtora metra.

– Jakiś wybieg – mruknął agent. – Może spróbujemy obejść bokiem?

– Nie ma się czego obawiać. Zwierzęta z pewnością są zamykane na noc w budynku.

Przesadzili przeszkodę. Ruszyli na przełaj przez zroszony trawnik.

– Coś tu zajeżdża – zauważył młody. – Jakby zwierzęce łajno...

– Roślinożerców – uspokoił go zwierzchnik. – Lamy może albo alpaki? Albo i wielbłądy. – Przystanął na chwilę i usiłował w świetle księżyca przyjrzeć się kupie bobków zdobiących glebę. – Widziałem coś podobnego w czasie misji w Andach.

Przeskoczyli kolejną siatkę i znaleźli się przy murze z betonowych kształtek, oddzielającym teren kwarantanny od reszty zoo.

– Tu gdzieś powinna być furtka – mruknął szef fundacji. – A dalej prosto. Na razie, odpukać, idzie nam jak z płatka.

Faktycznie wypatrzyli zardzewiałą bramkę z siatki. Przedarli się przez rosnące za nią krzaki i znaleźli na placyku manewrowym, wyłożonym trylinką. Przed nimi wyrósł z ciemności niewielki budyneczek z przysadzistym kominem. Do budynku przylegała szklarnia, osadzona na wysokiej podmurówce. W jednym z okien paliło się światło. Także w szklarni połyskiwało kilka żarówek.

– Chyba jest w domu – mruknął inżynier.

Wyjął kieszonkowy wykrywacz, rozłożył anteny i wycelował w drzwi. Orgon pomiędzy drucikami zabłysł tęczowo i rozmazał się w niewyraźne smugi. Echo było pierońsko silne.

– Siedzi w środku – ucieszył się Chrupek. – Czy mogę? – Zdjął z ramienia futerał altówki.

– Zagraj – przyzwolił inżynier.

Dźwięki rozlały się w chłodnym powietrzu. Gość z Ameryki grał może pięć minut, gdy naga żarówka wisząca nad framugą zabłysła nagle, zachrobotał zamek i na progu uchylonych drzwi pojawił się wampir. Krwiopijca nie wyglądał szczególnie groźnie. Miał szopę rozwianych włosów i niezbyt przytomne spojrzenie szalonego naukowca. Ubrany był w niegdyś biały kitel laboratoryjny, założony na kraciastą flanelową koszulę.

– A co to za koncert? – zdziwił się. – Zabłądzili panowie? Już po godzinach pracy zoo. Do wyjścia trzeba tam. – Machnął ręką gdzieś w mrok.

– Ta melodia nosi tytuł „Requiem dla wampira" – wyjaśnił z godnością agent. – Zazwyczaj gramy ją naszym, można to powiedzieć, podopiecznym, zanim troskliwie się wami zajmiemy.

Wampir poskrobał się z frasunkiem po kudłatej czuprynie.

– Trochę nie rozumiem – wyznał. – Panowie względem czego przyszli?

– Względem likwidacji. – Młodszy łowca opuścił smyczek.

– Likwidacji niby czego? – zdumiał się wampir i naraz w jego oczach błysnął cień jakiejś myśli. – A niech mnie! To wy jesteście te dwa palanty z USA, co tu przyjechały zlikwidować nas na zlecenie Coollenów. – Uśmiechnął się szeroko. – I, jak rozumiem, przed egzekucją waszym ofiarom przysługuje jeszcze koncert?

– Fundacja Van Helsinga – potwierdził jego podejrzenia inżynier.

– To ja wymyśliłem, z tą muzyką – pochwalił się Chrupek. – Świeża tradycja, ale przecież reprezentujemy instytucję, która istnieje od ponad stu lat. Wypada zatem zachowywać się z klasą.

– A ja nieogolony – zawstydził się wampir. – Ale co tak będziemy gadać na przeciągu, zapraszam na pokoje.

Weszli do wnętrza. W pomieszczeniu znajdowało się zaścielone łóżko, biblioteczka zastawiona sczytanymi książkami z dziedziny biologii i zoologii, stół, a na nim podręczne laboratorium. Pośrodku królował archaiczny mosiężny mikroskop.

– Panowie, eee...

– Piotr Chudoba – przedstawił się gość.

– Peter Chrupek – przedstawił się drugi.

– A mnie wołają Profesor. Nie jest to, rzecz jasna, tytuł naukowy, tylko swego rodzaju ukłon w stronę moich pasji naukowych. – Wampir wskazał akwaria, gdzie leniwie przetaczały się pijawki, grube jak węże boa.

– Szkoda wielka, że te ciekawe eksperymenty nie doczekają się kontynuacji, ale przybyliśmy tu w celu pańskiej likwidacji, zatem przejdźmy do konkretów, jak to inżynier z profesorem. – Amerykanin uniósł kuszokołkownicę do strzału.

– To nie będzie bolało – skłamał jego pomocnik, unosząc swoją. – Jakieś ostatnie życzenie?

Wampir poruszył ustami i pokręcił przecząco głową. Chrupek pociągnął za spust. Kołek ze świstem przeciął powietrze, ale nie uderzył w cel, gdyż ten ułamek sekundy wcześniej rozpylił się w chmarę owadów. Bełt uderzył w ścianę i złamał się. Obaj amerykańscy łowcy ze zdumieniem wpatrywali się w wirujący przed nimi rój. Brzęczenie setek tysięcy małych skrzydełek wręcz ogłuszało.

– Co to jest?! – zdumiał się młodszy agent.

– Wydaje się, że to... komary! Chodu! – ryknął inżynier.

Rój zabrzęczał wściekle i ruszył do ataku. Obaj łowcy rzucili się w panice do drzwi. Klamka stawiała opór przez może dwie sekundy. To wystarczyło, by forpoczta spadła im na plecy. Kurtki jakoś tam zabezpieczyły im karki, ale i tak poczuli setki ssawek wbijających się w szyje, uszy, pośladki i uda. Wyskoczyli za próg i zatrzasnęli za sobą drzwi. Przez dłuższą chwilę wściekle klepali się po rękach, twarzach i karkach. Wreszcie odetchnęli z ulgą. Tylko kilka zdezorientowanych owadów brzęczało wokoło. Za to obaj łapy mieli, jakby wyszli z rzeźni, całe pokryte krwią i rozbryźniętymi resztkami nóżek i skrzydełek.

– O ja piernniczę – syknął inżynier. – Wampir zamieniający się w nietoperza to do pewnego stopnia normalne. Tradycja taka... Zresztą sam to przecież widziałeś, razem byliśmy wtedy na akcji w Gotham. Ale żeby w komary?

Brzęczenie za drzwiami nasiliło się.

– Jak mawiają Chińczycy, jedną szpilką słonia nie zakłujesz, ale milionem już tak. Co robimy? – bąknął Chrupek. – Nie mamy jakiegoś spreju na robale?

– Z pewnym wstydem muszę się przyznać do porażki – westchnął jego szef. – Ale wrócimy tu jutro z czymś odpowiednim... Uwaga! – syknął, wskazując asystentowi komary przeciskające się szparą pod drzwiami. – Spadamy!

Ruszyli szybkim truchtem przez uśpione zoo. Co jakiś czas oglądali się za siebie. Na szczęście jesienny chłód zniechęcił owady do pościgu.

Obaj łowcy byli już po śniadaniu i właśnie sprawdzali sprzęt, gdy rozległo się pukanie, a po chwili w drzwiach pokoju hotelowego stanął kapuś.

– Dzień dobry, nazywam się... A zresztą, to nieistotne, jak się nazywam – bąknął Radek. – Przysyła mnie major Nefrytow. Nieoficjalnie...

– A, to zapraszamy. – Inżynier wykonał zachęcający gest.

Agent wszedł do środka. Łypnął okiem na flaszkę z whisky i odruchowo oblizał wargi.

– Czegóż chce od nas twój szef? – zapytał Chrupek.

– Wspominali panowie, że przydałaby się broń... Chcemy pomóc. – Konfident ściszył głos. – Oficjalnie nie możemy kompletnie nic zrobić, ale nieoficjalnie... Tylko to musi zostać między nami, no i oczywiście tak zupełnie gratis się nie da. – Uśmiechnął się przepraszająco.

– Broń... – podchwycił inżynier.

Radek wyjął pudełko i otworzył.

– Dwa pistolety Makarowa, sowieckie, z zeszlifowanymi numerami seryjnymi, do tego tłumiki i po dwa magazynki do każdego. Naboje posrebrzone, w sam raz na wampiry – zachwalał towar jak rasowy sprzedawca. – Przed wyjazdem będziecie musieli je panowie zwrócić.

– Zatem ile?

– Grosze. Trzysta pięćdziesiąt dolarów za każdy.

Prezes Chudoba i agent Chrupek, usłyszawszy tę cenę, wyraźnie się ucieszyli. Zaraz odliczyli siedem szeleszczących banknotów. Radek pożegnał się i wyszedł. Na schodach schował pięć banknotów do prawej kieszeni, a dwa do lewej.

Dla nich to żadna różnica, uspokoił swoje sumienie. Byle tylko major się nie dowiedział. Ale z drugiej strony przecież i ja jako tajny współpracownik powinienem mieć własne fundusze operacyjne!

Godzinę później obaj łowcy zaparkowali furgonetkę przy ulicy Świętego Wincentego. Po dziurach i błocie przetaczały się brudne autobusy. Przed sobą mieli bramę cmentarza.

– Według Coollenów gdzieś tu bytuje stary wampir zwany Dziadkiem Weteranem. Ich dane nie są szczególnie precyzyjne – mruknął inżynier.

– Wampir na cmentarzu... – zadumał się Chrupek. – Zakładam, że zajmuje jeden ze starych, okazałych grobowców. Wampiry cmentarne lubią wygody.

Zapewne ma kryptę podpiętą do cmentarnej sieci wodociągowej i ciągnie na lewo energię elektryczną.

– Proszę nie tłumaczyć mi oczywistych rzeczy – ofuknął go zwierzchnik.

– Przepraszam, tak sobie na głos planowałem strategię. Jak się podpiął do prądu, to grobowiec z pewnością emituje ciepło. Wampir ma żarówki, telewizor, być może ogrzewanie, bo nie wszystkie lubią chłód. Proponuję użyć wykrywacza orgonowego do namierzenia fali telepatycznej, a potem kamery termowizyjnej, żeby zidentyfikować właściwy grobowiec.

– Słusznie. Jak go zlikwidujemy?

– Dawno już nie robiłem „na jamnika". Wpełznę do środka i załatwię go kołkiem w walce wręcz. Gdyby uciekał, będzie pan w odwodzie.

– Aprobuję!

Weszli przez główną bramę i rozejrzeli się dookoła. Cmentarz przecinała szeroka asfaltowa aleja. Na lewo i na prawo ciągnęły się rzędy niewielkich mogił, przykrytych płytami lastryko. Krzyże wykonano głównie z betonu, rzadziej z metalowych rurek.

– Dość dziwne miejsce, jak na kryjówkę wampira – skrzywił się Chrupek. – Ale może to lokalna specyfika? Nasze lubią okazałe grobowce, być może tutejsze zadowalają się takim byle czym?

– To prawdopodobne. W końcu w tym nieszczęsnym kraju bieda aż piszczy.

Agent wyciągnął z plecaka walizkowy komputer. Uruchomił i wręczył go inżynierowi. Podczepił długim kablem wykrywacz, wyposażony w dwie miedziane anteny. Przewiesił go sobie przez ramię, wycelował anteny przed siebie i zatoczył krąg.

– Jest słaby sygnał – zauważył szef. – Ruszamy.

Powędrowali alejką. Sygnał stawał się coraz silniejszy. Minęli grabarza w kufajce, kopiącego nowy grób, gdy nieoczekiwanie sygnał zaczął zanikać. Zawrócili. Poszli równoległą alejką. Znów uzyskali bardzo obiecujący odczyt i znów gdy mijali robotnika, nieoczekiwanie sygnał zanikł.

Zatrzymali się zdezorientowani.

– Może pan przez chwilę przestać machać szpadlem? – poprosił Chrupek grabarza. – Chyba nam to zakłóca odczyt fal.

– Jasne. – Mężczyzna wbił narzędzie w ziemię. – Panowie, jak widzę, nie szukają tu żył wodnych? – zagadnął uprzejmie. – Może coś pomogę. Ja tu od przedwojennych czasów pracuję, znam ten cmentarz jak własną kieszeń. Ale tak w zaufaniu panom powiem, że tu się różne dziwne rzeczy dzieją, a i ja niejedno od starych grabarzy słyszałem... Panowie chyba z daleka...

– Przyjechaliśmy z USA – wyjaśnił inżynier.

Obaj usiłowali zestroić wykrywacz, ale odczyty były coraz dziwniejsze.

– Coś podobnego, taki kawał się tłuc! – zdumiał się robol. – A to na Powązki trzeba panom pojechać, tam jest piękny stary cmentarz, ozdobne grobowce. Tu zwykli ludzie leżą. Nic ciekawego artystycznie ani architektonicznie, ani nekrobiologicznie... A ta maszynka to niby jak działa?

– To taki... wykrywacz – wyjaśnił niechętnie inżynier.

Liczyli, że będą mogli w spokoju pracować, a tu diabli nadali zbędnego świadka, i to jeszcze dociekliwego.

– Toż widzę, że wykrywacz wampirów, pewnie jak nasze, zasilany orgonem, odkrytym przez Wilhelma Reicha... Po prostu anteny dziwaczne, inne niż te, co je znam, więc pomyślałem, że influencyjny, a nie turbodynamiczny.

Obaj łowcy zamarli i wytrzeszczyli oczy.

– Wertykalne namierzanie źródła – kontynuował niezrażony staruszek. – Ciekawe. W polskich to zawsze pracuje na horyzontalnych odczytach pola. No i widzę, że miniaturyzacja urządzeń odbiorczych u was poszła do przodu. Bo te nasze dużo większe są.

– Widział pan coś podobnego?! – wykrztusił starszy łowca.

– Bo to raz? Panowie, czy mogę liczyć na panów absolutną dyskrecję? – Grabarz konfidencjonalnie ściszył głos i rozejrzał się wokoło.

– Oczywiście! – Inżynier Chudoba uderzył się w pierś.

– Panowie są moją szansą... Chcę, żeby kraje wolnego świata dowiedziały się o zbrodniach tych czerwonych bandziorów. Ubecja... no, tajna policja, ma w naszym kraju specjalny wydział. Taki do likwidowania tego, o czym Lenin nie pisał i czego siłą rzeczy w socjalistycznym kraju nie powinno być. Wykańczają wampiry i zombiaki. Hurtowo. Mają wykrywacz, ale nie taki fikuśny, maciupki jak wasz, tylko konkret. Rama dwa na dwa metry, na wysięgniku, montowana do traktora. Jadą alejkami i przesuwają ją nad grobami. Wampir emituje swoiste fale bionekrotyczne, które interferując z falami istot żywych, dają silne echo telepatyczne. Orgon, płynąc przez siateczki z końskiego włosia, rejestruje te drgania, pozwalając namierzyć wampira z ogromną dokładnością. Wtedy odwalają płytę i jak są w dobrym humorze, robią rzeźnię, siekąc seriami z kałacha po trumnach.

– Seriami z karabinu!? Ale to przecież słychać na kilometr! – wykrztusił agent Chrupek.

– Nie, bo na lufę zakładają tłumik, taki na wielkość jak bułka paryska. Tu drzew tyle, że dodatkowo głuszą dźwięki. A nawet jak ktoś na ulicy usłyszy, to co pomyśli? Że polowanie na hieny cmentarne, egzekucja jakiegoś bandyty albo likwidacja opozycjonisty. Lepiej się nie interesować! A potem, jak już wywalą kilka magazynków, całe wnętrze grobu dezynfekują. Znaczy opylają jeszcze azotanem srebra dla, jak to mówią, odkażenia... Tylko okopcona dziura w ziemi zostaje.

– Powiedział pan, że jak są w dobrym humorze? – podchwycił inżynier. – Co miał pan na myśli?

– Bo jak są w złym, to nie ma tej serii z kałacha, tylko od razu rozpylają zawiesinę. Wampir w trumnie pali się żywcem. Czasem to i dwadzieścia minut mija, zanim się wykończy. A uciec nie ma jak, bo biorą widły takie jak do gnoju i dziab w trumnę, żeby biedaka przyszpilić do dech, niby motyla w gablocie. A jak ten nieszczęśnik wyje, płonąc! Mój Boże! Wiem, że wampiry to niebezpieczna swołocz, ale przecież żal, że rozumna istota tak cierpi.

Obaj goście z USA nieco pozielenieli na twarzach.

– Widziałem tych pieprzonych ubeków przy pracy – ciągnął dziadyga. – Z daleka oczywiście, bo oni nie lubią świadków, oj, nie lubią. Jak idą na robotę, to takie mają skórzane fartuchy jak w rzeźni, maski podobne do przeciwgazowych, buciory podbite metalem, z twardej wołowej skóry, sznurowane i prawie pod kolana. A na plecach zbiorniki na wodę święconą. I strzykawki czasem wyciągają, takie duże, weterynaryjne, z igłami grubszymi niż szydło. A w nich kwas fluorokrzemowy.

– Po co im ten kwas!? – zdumiał się Chrupek.

– Tak normalnie używa się go do osuszania zawilgoconych murów. Zachodzi reakcja chemiczna i woda w cegle ścina się w krzemionkę. A oni zastrzykują to zombiakom. Tkanki są wilgotne, wewnątrz ciała robi się kamień, zombie sztywnieje. Nie może się poruszać, ale bardzo długo zachowuje świadomość. A oni siedzą, czekają i gdy skamienieje do końca, tłuką go młotem jak szklankę. Trach i na kawałki. Ale najstraszniejsze jest to, że jeden z łowców zawsze ma ze sobą emaliowane blaszane wiadro.

– Dlaczego najstraszniejsze? – nie zrozumiał inżynier. – Po co mu to wiadro? Na czaszki?

– E, nie, czaszki wampirów pakują normalnie w gazetę i do worków. O co biega z tym kubełkiem, tego dokładnie nie wiadomo. Ale starzy grabarze mówili, że to właśnie jest najgorsze. Że lepiej się nawet nie domyślać. No a nikt nie jest tak głupi, żeby pytać łowców o szczegóły. W każdym razie to fachowcy od mokrej roboty. Nieważne, martwiak czy ciepły, nie daj Boże takim w łapy wpaść.

– I często tak?!

– Regularnie sprawdzają każdy cmentarz w mieście. Bródnowski mniej więcej co kwartał. Tu nic martwego się nie uchowa. A jak coś się zalęgnie... Ubecja się nie cacka. Załatwią każdego. Najdłużej ich kiwał koleś, którego wołali Dziadek Weteran.

Oczy łowców zabłysły.

– Dziadek Weteran? – podchwycił prezes. – Słyszeliśmy o nim.

– No, jeśli panowie chcieli na niego zapolować, to trzy tygodnie za późno przyjechaliście. To był stary warszawski cwaniak, kuty na cztery nogi. Nigdy nie spał dwa razy w jednym grobie. Widziałem go ze cztery razy w życiu. Jeden stary grabarz mi powiedział, że to wampir, bo inaczej za nic bym się nie domyślił. Chytrula ubierał się jak ciepły, gębę smarował sokiem z orzechów i pudrował, żeby wyglądała na opaloną. No i marnie skończył. Ubecy przyjechali swoim traktorem. Nawet nie ryzykowali podnoszenia płyty, wwiercili się do środka młotem pneumatycznym i puścili przez otwór wodę święconą z cysterny, może z tysiąc litrów. Tylko para szczelinami nagrobka poszła, widać aż się zagotowało.

Agent Chrupek odszedł na stronę i puścił pawia.

– Panowie też na nich uważajcie, nie lubią, oj, nie lubią, gdy ktoś im na teren włazi... I nie zapomnijcie opowiedzieć o tym w Ameryce. Niech kraje wolnego świata poznają prawdę o zbrodniach tego ludożerczego reżimu!

– Oczywiście, pańska relacja nie przepadnie – zapewnił go prezes, po czym łowcy pożegnali się i ruszyli do wyjścia.

– Myślałem, że ci z Wydziału Z to jednak mimo wszystko w jakimś tam stopniu nasi koledzy po fachu – powiedział głęboko wstrząśnięty agent Chrupek. – A tymczasem to jacyś pieprzeni czerwoni sadyści. Kursy w NKWD przechodzili czy jak?!

– Na NKWD są za młodzi, ale kto wie czy KGB nie szkoliło ich w Moskwie – mruknął inżynier. – Albo i w jakichś gorszych miejscach... Zatem Dziadka Weterana możemy skreślić.

Wyszli przed cmentarz. Wypogodziło się, ale w powietrzu wisiał chłód. Pora była już jakby obiadowa.

– Zjadłbym coś dobrego – westchnął agent Chrupek. – Hamburgera z McDonalda. Albo jakiś inny fast food.

– McDonalda to tu może otworzą za sto lat. Ale hot dogi chyba mają. – Inżynier wskazał stojącą opodal bramy cmentarza przyczepkę kempingową.

Młody łowca podszedł, zapłacił i po chwili dostał dwie buły w serwetkach. W rozcięciach pieczywa pod warstwą keczupu widać było parówki i nic poza tym.

– A warzywka? – zdziwił się.

– Jakie znowu warzywka!? – zdumiał się sprzedawca. – To przecież hot dog, a nie sałatka!

– Trochę inny standard niż w Nowym Jorku – westchnął inżynier. – No nic, zjedzmy i do roboty.

Usiedli na ławce.

– To zdumiewające – mruknął młodszy agent, żując swoją przekąskę. – Tu jest tylko pół parówki! Nawiasem mówiąc, raczej trzeciej jakości i drugiej świeżości.

Prezes zaciekawiony zajrzał do swojej bułki. Jego parówka też została przecięta wzdłuż na pół.

– Albo to efekt kryzysu, albo cwaniactwa – zadumał się.

– Albo połączenie obu tych czynników. Coś bym jeszcze przekąsił.

– O, ja też. Ta odrobina mięsa tylko podrażniła mi żołądek – przyznał starszy łowca. – To może u konkurencji?

Przeszli na drugą stronę skwerku. Stała tu podobna przyczepka kempingowa. Tylko oferta była trochę inna.

– Oryginalny pomysł – mruknął młody agent. – Podgrzewana buła, a farsz zrobiony z pieczarek chyba.

– Brak mięsa – westchnął prezes. – Muszą zastępować je różnymi wynalazkami. Ja chyba nie mam ochoty.

– A ja się skuszę. Warto od czasu do czasu poznać trochę kuchni lokalnej.

– Jak uważasz.

Kwadrans później zapakowali się do auta i ruszyli.

– Skoro Dziadek Weteran został wyeliminowany, złożymy wizytę w gnieździe wampirów na Szmulkach. Zlikwidujemy je z marszu, a wieczorem wykończymy Profesora – zadecydował prezes. – I zostanie nam już tylko wytropienie tego całego hrabiego. Tylko tym razem bez fuszerki.

– Się wie!

W notatkach od Coollenów nie było podanej precyzyjnej lokalizacji. Obaj łowcy jechali sobie powolutku wzdłuż Kawęczyńskiej. Stary prowadził, młody obsługiwał wykrywacz. W ciasnym wnętrzu pojazdu pachniało orgonem.

– Mamy odczyt – zameldował wreszcie Chrupek. – Bardzo silna emisja, co najmniej trzy sztuki. I raczej są w domu.

– Ha, to by się zgadzało ze szczegółami zlecenia. Idziemy je załatwić! – Inżynier wcisnął hamulec.

Zaparkowali pojazd na chodniku. Wysiedli. Kamienica po drugiej stronie ulicy nie wyglądała na siedzibę wampirów. Paskudna szara elewacja, sypiący się tynk... Wzniesiono ją zapewne na początku dwudziestego wieku. Część balkonów straszyła przerdzewiałymi barierkami i przegniłymi dechami, z innych pozostały tylko stalowe szyny sterczące z muru. Obaj łowcy otworzyli bagażnik.

– Pukamy do drzwi. Gdy otworzą, wpuszczamy do wnętrza trzydziestoprocentowy roztwór wody święconej – zakomenderował inżynier, objuczając pomocnika ogrodowym rozpylaczem. – Na wampiry podziała silniej niż gaz łzawiący na ciepłych. Będą oślepione, na wpół sparaliżowane i niezdolne do stawiania oporu. Wtedy wchodzimy z kuszokołkownicami i dobijamy.

– A jak nie zechcą otworzyć?

– To zapukamy mocniej. – Szef wyciągnął pięciokilogramowy młot kamieniarski na długim, ogumowanym trzonku. – Ruszajmy, dziś będziemy tworzyli historię!

Przeszli na drugą stronę i zaczęli skradać się do budynku jak zwiadowcy zamierzający zaskoczyć wrogiego wartownika. Ale nie udało im się podejść niepostrzeżenie. W oknie obok bramy siedziała jakaś staruszka.

– Panowie względem kogo przyszli? – zagadnęła uprzejmie. – Może ja coś pomogę?

– Eeee... – Inżynier nie bardzo wiedział, jak odpowiedzieć.

– Bo jeśli celem likwidacji tych wampirów, co się tu zalęgły – babinka ściszyła głos – to pod ósemką mieszkają, z bramy na lewo i po schodkach. Na pierwszym piętrze.

Podziękowali i zagłębili się w trzewia budynku. Faktycznie, po lewej znaleźli wejście na klatkę schodową. Zatrzeszczały wysłużone drewniane stopnie. Barierka dziwnie lepiła się do rąk. Zapach gotowanej kapusty wypełniał przestrzeń. Żarówek nie było, albo ktoś je wykręcił, albo się przepaliły i nikt ich nie wymienił. Drzwi z ósemką nie wyglądały szczególnie imponująco. Stare, drewniane, dwuskrzydłowe. Przez ostatnie kilka dekad pomalowano je wieloma warstwami farby olejnej. Farba łuszczyła się, odsłaniając wcześniejsze barwy.

– Lubię takie drzwi – wyznał inżynier. – Otwierają się do wewnątrz. Wystarczy mocno przywalić pod klamkę.

– A ja bardziej lubię wykańczać wampiry na cmentarzu – wyznał Chrupek. – Zawsze to robota na świeżym powietrzu. No i w półmroku mają przewagę... Tak za dnia to jednak odrobinę niesportowo.

– Te wątpliwości przynoszą ci chlubę! Ale teraz nie czas na rycerskie gesty. Musimy wyeliminować pasożyty żerujące na bezbronnym społeczeństwie.

Inżynier założył lekarski stetoskop i przyłożył do desek. Wsłuchał się w dźwięki z mieszkania. Bulgotały rury, ktoś spuścił wodę w ubikacji, echo niosło szum przyciszonej rozmowy.

– Zamówieni klienci są w środku – warknął drapieżnie. – Chcesz, to wyciągaj instrument, zagraj im kołysankę i bierzemy się do pracy.

– Tu jest Polska, to zagram im marsz pogrzebowy Chopina, a potem wywalamy drzwi i robimy rzeźnię – ucieszył się młody.

Wyjął z futerału altówkę. Dźwięki rozlały się po brudnej klatce schodowej. Skrzypnęły rozdzierająco drzwi piętro wyżej. Jakaś staruszka w fartuchu w grochy zeszła do półpiętra, poprawiła okulary, spojrzała na łowców, a potem sięgnęła do kieszeni i rzuciła im dwudziestozłotówkę z Nowotką. Moneta brzęknęła o kafelki, odbiła się i znikła. Gdzieś w trzewiach budynku ponuro zaskowyczał pies. Zawtórował mu drugi.

– Wypad stąd, cygańskie nasienia, to nie, urwał, sala koncertowa – wrzasnął ktoś z dołu.

Ale Chrupek twardo dograł takt do końca.

– Tradycji stało się zadość! – oświadczył z dumą.

– Wiesz co, nie obraź się, ale może trochę zmodyfikujemy ten zwyczaj – zaproponował inżynier. – Zasadniczo jestem zwolennikiem muzyki, ale może porzućmy zbędny romantyzm? Praktyczniej chyba będzie grać już po likwidacji, nad ciałami powalonych wrogów.

– Hmm... niby tak, ale niesportowo. Myśliwi zawsze grają na początku polowania, żeby ostrzec zwierzynę – zgłosił swoje zastrzeżenie młodszy agent.

– No nic, obgadamy to sobie jeszcze na spokojnie po akcji.

– Pukamy?

– Nie, weźmiemy je z zaskoczenia.

Agent schował altówkę i przewiesił futerał przez plecy. Ujął w dłoń dyszę zraszacza. Poprawił pasek, który zaczął go dusić.

– Daj ten instrument! Kusza, kanister i altówka to za dużo, jak na jedne plecy!

– Tylko proszę na nią uważać.

Inżynier złapał trzonek pięciokilogramowego młota, wziął zamach i z całej siły przyładował w zamek. Trzasnęło drewno framugi, a może łamane rygle, i przejście stanęło otworem. Obaj łowcy szparko wskoczyli do wnętrza mieszkania. Na wprost była łazienka, brudna i ciasna, teraz pusta. Po lewej kuchnia – bez okna i też pusta. Drzwi po prawej wykonano z dykty, ustąpiły od jednego kopnięcia.

W salonie przy stole siedziało trzech kolesi. Grali w karty. Słysząc hałas, odwrócili się w stronę nieoczekiwanych gości. Prezes i jego pomocnik zamarli na chwilę, przerażeni widokiem odrażających mord, zniszczonych przez czas i alkohol.

– Czego tu? – burknął barczysty dziadyga z łezką wytatuowaną w kąciku oka.

– Fundacja Van Helsinga – huknął dziarsko starszy łowca. – Przyszliśmy po was. Gińcie, krwiopijcy!

Biesiadujący byli bladzi na gębach jak wampiry, wyglądali trochę jak zombie, cuchnęli nawet jeszcze gorzej, ale chyba jednak byli ludźmi, bo chmura H2Ośw. nie zrobiła na nich żadnego wrażenia.

– Co, ciule, zawędrowało się za daleko od domu? – wycedził ten z przetrąconym nosem. – A tak właściwie czego tu szukacie?

– Fundacja Van Helsinga – powtórzył agent Chrupek. – Dostaliśmy na was zlecenie! Pozdrowienia od rodziny Coollenów. Gińcie! – Uniósł kuszokołkownicę.

I rozpętało się piekło. Inżynier w młodości był karateką. Agent Chrupek przeszedł w Japonii dwuletni kurs spinjitzu. Na wampiry zazwyczaj to wystarczało. Niestety, trzej zakapiorzy okazali się adeptami podwórkowej sztuki walki Szmul-kombat. Amerykanie momentalnie stracili przewagę zaskoczenia i mogli tylko rozpaczliwie parować ciosy, zadawane stołkami, krzesłami, patelnią, garnkiem, pogrzebaczem, kijem od szczotki i butelkami przekształconymi ad hoc w tulipany. A potem nagle okazało się, że mieszkanie jest dla nieproszonych gości po prostu za ciasne. Co gorsza, obaj łowcy w wirze walki popełnili błąd i zamiast wycofać się do drzwi, znaleźli się pod oknem.

– Frajer, mus fruwać – wydarł się jeden z autochtonów i wykorzystując lukę w zasłonie bloków, z rozmachem kopnął prezesa Chudobę w jądra.

Straszliwa siła ciosu oderwała inżyniera od parkietu... Plask! Zarył ciężko w kałuży błota zdobiącej podwórze. Nie zdążył się przetoczyć na bok, gdy agent Chrupek spadł mu na plecy. Szef jęknął i opadł twarzą w wilgotną, cuchnącą mięsistą masę, złożoną z gleby, obierków od kartofli i różnych substancji mniej i bardziej organicznych. Kątem oka spostrzegł, jak błocko obok jego ramienia zmienia powoli barwę. To z nosa podwładnego kapały grube krople krwi.

– I żebym was tu więcej, frajerzy, nie widział, bo powtórzymy lekcję latania, ale tym razem z wyższego piętra – dobiegło ich z góry. – I zabierajcie tę swoją gitarę.

Z okna, koziołkując, wyleciała altówka. Młodszy z łowców ryknął jak lew i zdołał ją pochwycić, nim instrument roztrzaskał się o ziemię. Obaj powoli doszli do siebie. Otrzepali się z co większych brył błota i powlekli do auta. Na szczęście furgonetka stała tam, gdzie ją zaparkowali. Wprawdzie w tak zwanym międzyczasie ktoś urwał wycieraczki i wydrapał na lakierze drzwiczek swastykę, ale nie odkręcono kół, więc łowcy mogli podjąć ewakuację z paskudnej dzielnicy. W hotelu długo moczyli się pod prysznicem i polewali obite twarze lodowatą wodą. Potem wysmarowali się tajną wojskową maścią, niwelującą siniaki i opuchliznę. Wreszcie usiedli w fotelach i nalali sobie po solidnej szklance whisky.

– Chyba pomyliliśmy drzwi – powiedział wreszcie agent Chrupek.

– Albo to była celowo zastawiona pułapka – dodał inżynier. – Coollenowie wspominali, że wampiry z Warszawy to zgrana paczka. Jak zabraliśmy się do Profesora, najwidoczniej pozostałe zaraz się dowiedziały, że trwa polowanie. Takie wieści szybko się rozchodzą, nawet w kraju, gdzie mało kto ma telefon.

I miały czas na przygotowania. Nasz błąd, żeśmy nie skasowali gada za pierwszym podejściem. Ale mówi się trudno, ten się nie myli, kto nic nie robi.

– Co robimy z tymi praskimi? – Młodszy agent wydmuchał z nosa garść krwawych „skwarek". – Żal odpuszczać, mamy namierzoną kamienicę... Najekonomiczniej skasować od razu całe gniazdo. Z drugiej strony ja bym się tam drugi raz nie pakował.

– W żadnym wypadku nie odpuścimy! Tylko trzeba sposobem. Nie da się wytłuc w gnieździe, trzeba je dopaść, gdy opuszczą bezpieczną kryjówkę.

– Ma pan jakiś plan awaryjny?

– Ja zawsze mam jakiś plan! Jak się nie da w miejscu zamieszkania, dorwiemy je w robocie. Zamaskowani jako robotnicy, przenikniemy do wnętrza ich fabryki, zaatakujemy wampiry znienacka, utłuczemy i wycofamy się niepostrzeżenie.

– Brzmi nieźle!

– Tylko najpierw trzeba skombinować robociarskie łachy. A na razie proponuję powetować sobie dzisiejsze niepowodzenia choćby niewielkim, ale konkretnym sukcesem – zaproponował inżynier.

– To znaczy? – zaciekawił się agent.

– Pójdziemy kropnąć Profesora. Kupiłem dwie puszki muchozolu. To będzie bułka z masłem.

Zoo już spało. Ostatni pracownicy dawno wrócili do domów. Zwierzaki porykiwały jeszcze w klatkach. Łowcy zapukali do drzwi szklarni. Wampir zwany

TA
TA
MI
KU
ŁA
JA

Profesorem otworzył i zdumiony gapił się na nich przez jakieś pięć sekund.

– No nie! – westchnął wreszcie. – To znowu wy?

– Nie dokończyliśmy wczoraj pracy – wyjaśnił z godnością prezes.

– Ale tym razem jesteśmy lepiej przygotowani – warknął agent Chrupek.

– A nie możecie po prostu odpuścić? – spytał wampir. – Po co to wszystko? Kołki, przemoc, zabijanie? I jeszcze ta altówka, wilgoć taka w powietrzu, instrument może się zniszczyć. Napiszcie protokół z mojej likwidacji, ja wam pokwituję i zawieziecie tym całym Coollenom. Wilk będzie syty i owca cała.

– Ale jak podpiszesz protokół, jeśli będziesz unicestwiony? – zdumiał się szef łowców.

– Nie będę. Napiszecie, że mnie stuknęliście... ale bez stuknięcia. Normalna kreatywna sprawozdawczość. Nie znacie tego w USA?

Łowcy popatrzyli po sobie zdezorientowani. A potem bezradnie rozłożyli ręce.

– O w mordę. To widzę, że muszę wam to wyjaśnić łopatologicznie. Klient zamawia likwidację wampira. Piszecie protokół, żeście go zlikwidowali, ewentualnie fałszujecie dowody rzeczowe, zgarniacie kasę i po sprawie. Wydział Z zawsze tak robi.

– Jakieś ostatnie życzenie? – zapytał konkretnie agent Chrupek, unosząc kuszę.

– A to niby po co? – Wampir zezował na puszkę muchozolu w rękach prezesa.

– Na komary – zarechotał inżynier Chudoba. – Tym razem to już twój koniec.

– A koncertu nie będzie? Chyba mi przysługuje...

– Zagramy dopiero nad zwłokami.

Wampir poruszył ustami i rozsypał się w stado kotów. Zwierzątka miauknęły wściekle, prychnęły i ruszyły do ataku. Inżynier zdążył wystrzelić jeden kołek, ale i tak nie trafił. Obaj łowcy usiłowali się oganiać, potem w przypływie desperacji podjęli walkę. Ale kopnięte lub trafione pięściami koty odskakiwały tylko na chwilę i znów ruszały do ataku, wściekle gryząc i drapiąc. Zwierzątek nie było dużo, zapewne nie więcej niż setka, ale wbijały się kłami i zaczepiały pazurami. Na miejsce każdego z trudem oderwanego rzucały się kolejne trzy. Prychały przy tym wściekle i miauczały rozdzierająco. Obaj łowcy usiłowali umknąć przez drzwi, ale i to okazało się niełatwe. Koty nie odpuszczały. Gdy doszli do siebie, leżeli na pryzmie koksu za kotłownią. Ubrania mieli w strzępach, z licznych zadrapań i ugryzień kapała krew.

Obok nich stos kotów miauknął, zbił się do kupy i scalił w wampira. Profesor otrzepał ubranie z kociej sierści i popatrzył na powalonych wrogów z wyraźną niechęcią.

– Wypierdalać, frajerzy, ale to już. – Władczym gestem wskazał im bliżej nieokreślony kierunek. – I przestańcie mi się tu szwendać, bo się naprawdę wkurzę. – A jak się wkurzę, to przerobię was żywcem na karmę dla hien. – Klepnął burtę stojącej obok rozdrabniarki. I nikt was nigdy nie znajdzie.

Łowcy, mocno sponiewierani, powlekli się przez chaszcze na kwarantannę.

– Odpuszczamy? – zapytał Chrupek.

– Nie! Jak mówi polskie przysłowie, do trzech razy sztuka! W dodatku... gryzie mnie pewne podejrzenie. Pamiętasz, co gadał ten dziadyga z cmentarza?

– O tym, jak ubecja dopadła Dziadka Weterana?

– No właśnie... Skoro wedle Profesora Wydział Z zawsze fałszuje dokumentację...

– To znaczy, że ten staruch zrobił nas w konia! Zidentyfikował nas jako łowców i krył wampira! Ale żeby ciepły osłaniał martwiaka? – rozważał młody.

– A jeśli to był Dziadek Weteran we własnej osobie? – burknął inżynier. – Pamiętasz, jak odczyt wariował?

– Ale żeby wampir wyglądał jak ostatni dziad?!

– Wydaje mi się, że to możliwe. Kraj biedny, to i wampiry pewnie cienko przędą. Populacja dominujących drapieżników jest w znacznej mierze zależna od stanu ekosystemu. Na przykład w Arktyce, gdy lato jest cieplejsze, pojawia się więcej zooplanktonu i kryla, dzięki czemu rośnie ilość fok, zajęcy, mew... Uczeni już dawno spostrzegli, że w cieplejsze lata Eskimosi dostarczali do faktorii znacznie więcej skór niedźwiedzi polarnych. Tu może zachodzić podobny mechanizm.

– Społeczeństwo biedne, to i wampiry niebogate?

– Dokładnie to miałem na myśli.

Kryzys przyszedł przed północą. Agent Chrupek najpierw dłuższy czas z niewyraźną miną trzymał się za żołądek, a potem pokłusował do łazienki i zatrzasnął się w środku. Sądząc po odgłosach, przeczyściło go i od góry, i od dołu.

– Wszystko gra? – zagadnął inżynier, gdy sytuacja na chwilę się uspokoiła.

– To chyba te parówki albo te pieczarki, albo jedno i drugie – jęknął agent. – O mamuniu, znowu...

– Nie umieraj, zaraz wracam!

Inżynier zbiegł na dół do sklepiku Pewexu. Stanął przed szybą.

– Co potrzeba? – zagadnął sprzedawca.

– Kolega mi się struł. Potrzebuję wódki... Albo rumu może.

– A czym się struł?

– Bułką z pieczarkami... albo hot dogiem.

– Rany boskie... Panowie z daleka, jak mniemam?

– Z USA.

– To niech was ręka boska broni jeść takie rzeczy. Żeby strawić nasze zapiekanki czy hot dogi, trzeba się zaprawiać od małego! To zupełnie inna flora bakteryjna. Tu nie ma co wódką ani rumem leczyć. Uwierz pan mojemu doświadczeniu. Te bakcyle trzeba wypalić czymś znacznie mocniejszym.

– Poproszę zatem spirytus!

– Tu trzeba mocnego samogonu. Najlepiej śliwkowego.

– Samogon... aaaa, bimber! – skojarzył inżynier. – W sklepie tego nie dostaniemy. Czy tu w okolicy jest jakaś... eee... jak to się po polsku nazywa?

– Melina?

– No właśnie, melina.

– W okolicy to z pięćdziesiąt. Robociarska dzielnica w końcu. A że sklepy do dwudziestej, jakoś sobie trzeba radzić. Tu, jak się wie, gdzie szukać, to na każdej klatce się znajdzie. Ale co pan będzie zelówki po nocy zrywał? Pięć dolarów i załatwione.

Łowca wysupłał zielony banknot. Chłopak sięgnął pod ladę i podał mu półlitrówkę zawiniętą w gazetę. Inżynier pobiegł na górę.

Agent Chrupek siedział w pokoju, nieco zielony na twarzy. Dygotał jak w febrze.

– Mam lekarstwo! – Prezes postawił flaszkę na stole. – Prawdziwy polski samogon.

– Dziadek coś wspominał. – Młodszy agent zmarszczył brwi.

Polali sobie do szklanek.

– No to po polsku. Na wdechu i jednym haustem – polecił szef.

Wypili. Przełyki zapłonęły ogniem, w żołądkach poczuli coś w rodzaju iskrzącej świecy zapłonowej, w oczach momentalnie stanęły im łzy. Ale już za moment po ciałach rozlało się kojące ciepło.

– Ostatni raz piłem podobne wynalazki, jak na Islandii znajomi komandosi polali mi rozmrażacza blokad do głowic atomowych – mruknął Chrupek. – Ileż to ma mocy?!

– Siedemdziesiąt procent jak nic – ocenił inżynier, smakując produkt końcem języka. – Ale oczyszczony perfekcyjnie.

Agent nie odpowiedział – znów pokłusował do ubikacji. Walka z objawami zatrucia potrwała do późnej nocy i zakończyła się zdecydowanym zwycięstwem.

Poranek przyszedł i minął... Obaj łowcy wygrzebali się z łóżek dopiero grubo po dziewiątej. W ustach mieli pustynię, przed oczyma latały im zielone cienie, a wewnątrz czaszek krasnoludki waliły młotami w kowadła.

– Co nam się stało? Wyglądamy jak zombie! – przeraził się młody, patrząc do lusterka.

Prezes przestraszony sprawdził, czy ma puls. Na szczęście serce biło normalnie. Odetchnął z ulgą. Jednak byli żywi.

– Obawiam się, że nasze organizmy w tym amerykańskim dobrobycie uległy nadmiernemu wydelikatnieniu – powiedział w zadumie. – Miejscowe jedzenie nas truje, miejscowe napoje wyskokowe też jakby nie dla nas... No ale nic. Jeśli z żołądkiem już wszystko gra, trzeba wypić mocną kawę i do roboty. Wampiry same się nie upolują.

– Kogo dzisiaj?

– Dziś wreszcie wyeliminujemy Profesora! Nie będzie gad śmiał się nam w twarz.

Zajechali furgonetką na parking, kupili bilety i tym razem weszli do zoo przez bramę.

Profesora przydybali na zapleczu hipopotamiarni. Ładował właśnie obornik na taczki.

– Znowu wy? – warknął. – No dobra, sami tego chcieliście.

Łowcy przygotowali się na odparcie kolejnego ataku, a tymczasem w miejscu, gdzie jeszcze przed chwilą znajdował się wampir, w pomieszczeniu zawisło coś w rodzaju chmury. Była podobna do woalu pary wodnej, ale gęściejsza i wyraźnie szarożółtej barwy.

– A niech mnie! Zamienił się w mgłę! – syknął inżynier Chudoba. – Nie sądziłem, że w naszych czasach jakikolwiek wampir to potrafi!

– Tylko czemu ta mgła taka żółta? – zdziwił się Chrupek.

– Nieważne, zaraz ją załatwimy. – Prezes wyciągnął puszkę z wodą święconą i kropidło. – Prosto z rzeki Jordan – pochwalił się i chlapnął na odlew.

Tuman rozpłynął się gładko na boki, unikając kontaktu z sakramentalium. Kropelki wody spadły na podłogę. Mgła zaczęła rzednąć, a jednocześnie szybko wypełniła resztę pomieszczenia i żółtawymi językami ogarnęła łowców. Odruchowo wstrzymali oddech, ale po dwóch minutach musieli jednak zaczerpnąć powietrza. Łzy stanęły im w oczach, w gardle zaszczypało, a potem obaj zaczęli kaszleć jak suchotnicy w ostatnim stadium choroby. Opar cuchnął czadem, siarką, smołą i szeregiem substancji, których nie potrafili nawet zidentyfikować.

– Co to jest? – wyrzęził Chrupek. – Iperyt?!

– To nie jest mgła, to... to... to jest smog krakowski! – ryknął jego mentor. – Chodu!

Wyprysnęli za drzwi i zatrzasnęli je za sobą. Potem długo biegli przez zoo, aż resztki oparu wywietrzały im z ubrań i włosów. To, co osiadło w płucach, zdołali wykaszleć.

Przystanęli dopiero przy bramie.

– Ten pieprzony wampir po raz trzeci zrobił nas w balona! – jęknął agent Chrupek. – Odpuszczamy?

– W słowniku łowców wampirów nie ma słowa „odpuścić" – ofuknął go inżynier. – Po prostu musimy wymyślić sposób, żeby dobrać mu się do skóry! A na razie do wozu i jedziemy na Bródno. Odnajdziemy tego starego grabarza, sprawdzimy, czy to wampir, i zlikwidujemy. A potem ruszamy poszukać sklepu z artykułami budowlanymi. Trzeba skombinować robociarskie ciuchy. Zamaskowani przenikniemy do fabryki i skasujemy te pokurcze z Kawęczyńskiej.

Dochodziła druga po południu. Cela nie była szczególnie duża, do tego brudna i ciemna. Jedyne źródło światła stanowiła samotna żarówka dyndająca pod sufitem. Inżynier Chudoba i agent Chrupek siedzieli na krzesłach przyśrubowanych do podłogi. Na rękach mieli kajdanki.

– Szefie, czy oni nas rozstrzelają? – jęknął młody łowca.

– Spokojnie – mruknął prezes. – To wprawdzie kraj totalitarny, ale przecież nie zrobiliśmy nic złego.

Nieoczekiwanie klucz w zamku zachrobotał. Skrzypnęły wiekowe zawiasy. Do wnętrza wszedł Nefrytow i dwóch milicjantów. Ubek skinął tylko dłonią. Zatrzymanym zdjęto kajdanki.

– No ładnie – westchnął. – Mija raptem czterdzieści osiem godzin pobytu w naszym kraju i już konflikt z prawem. Co konkretnie się panom przytrafiło?

– Jacyś smarkacze urwali nam tablice rejestracyjne – wyjaśnił Chrupek. – Milicja nas zatrzymała, gdy jechaliśmy na cmentarz.

– No, nie dziwię się. – Major pokiwał głową. – Amerykańskie blachy, i to jeszcze z Kalifornii. To u nas chodliwy towar.

– Że niby co?! – zdziwił się inżynier. – Po co komu zagraniczne tablice rejestracyjne?

– Dzieciaki lubią wieszać je sobie na ścianie – wyjaśnił ubek. – A gwiazdki mercedesa urwane z masek samochodów to z kolei dla nastoletniego gówniarstwa ważny element biżuterii, naszyjniki sobie z tego robią. Oczywiście najcenniejszym łupem są te biegnące koniki, które wyrywa się z obudowy chłodnicy forda mustanga. Smarkacz przykręci sobie takiego do drzwi i zaraz ma mir u kumpli. I dziewczyny świetnie się na to podrywa. Sami panowie rozumiecie, każdy taki fant to jakiś okruch tak zwanego *American dream*... Tak czy inaczej, rejestracje panów są nie do odzyskania. Pewnie już dawno spylili je na bazarze Różyckiego.

– To co niby mamy robić? – jęknął Chrupek. – Bez tablic jeździć?

– Niech ręka boska broni! – przestraszył się Nefrytow. – Przecież właśnie się panowie na własnej skórze przekonali, że to u nas przestępstwo, i to grubszego kalibru.

– To co z nami będzie?

– Załatwiłem, że teraz panów wypuszczą. Nie było łatwo, ale zaręczyłem jako major SB, że znam panów osobiście i biorę odpowiedzialność za to, żebyście nic więcej nie wywinęli. Przestępstwo jest ewidentne, ale nie są panowie bandytami, odpowiadać będziecie z wolnej stopy.

– Odpowiadać... z wolnej stopy?! – wykrztusił inżynier. – Ale jak to?

– Nic nie poradzę. Jakby tablice były brudne albo zardzewiałe, to byłby mandat. Ale żeby w ogóle bez nich jeździć... To już zbyt poważna sprawa. Tak więc będzie rozprawa, grzywna... Ale proszę się tym nie martwić! To formalność w zasadzie, kilkaset dolarów, nie więcej. A teraz wracacie panowie do hotelu odpocząć i przespać noc w wygodnych łóżkach. Furgonetkę zholowano na milicyjny parking, po rozprawie ją sobie odbierzecie. Tylko trzeba będzie zapłacić postojowe. Grosze jakieś, kilkanaście dolarów za dzień. A po wszystkim napiszą panowie do wydziału komunikacji podanie, żeby w związku z kradzieżą oryginalnych tablic wystawili panom tymczasowe. Ja dołożę pismo, że to bardzo pilne, i myślę, że najdalej w dziesięć dni będą panowie mieli polskie blachy i odpowiednie zaświadczenie. A na razie musicie drałować na piechotę.

– Wynajmiemy furgonetkę – uspokoił podwładnego szef fundacji.

– No niby jak to: wynająć furgonetkę? – Major aż czknął ze zdziwienia.

– Są tu przecież wypożyczalnie samochodów. Widziałem reklamę na lotnisku.

– Owszem, jest jedna wypożyczalnia samochodów. Państwowa – potwierdził ubek. – Ale półciężarówek ani ciężarówek nie mają przecież na stanie. Uprzedzając kolejne pytanie, można sobie zamówić mikrobus albo nyskę jako taksówkę bagażową, ale to tylko na określony kurs i z cztero-, pięciodniowym wyprzedzeniem. Nie zrozumcie mnie źle, panowie, ale nie jesteście tu bez winy. Kryzys w zakresie środków transportu przynajmniej częściowo jest wywołany przez sankcje waszego rządu i odmowę pożyczek na rozwój naszego przemysłu. Działanie USA wobec naszego biednego kraju to od dawna kopanie leżącego!

– A może dałoby się coś załatwić nieoficjalnie? – Agent Chrupek wykonał palcami gest liczenia pieniędzy.

Major aż zgrzytnął w duchu zębami. Kolejna okazja do sowitego zarobku... Tylko że tym razem był naprawdę bezsilny. Jego wydział nie miał własnych środków transportu, w ogóle z furgonetkami była kompletna krewa, nawet dla milicji brakowało.

– Panowie, ja bym wam nieba przychylił, ale po prostu się nie da. – Nefrytow bezradnie rozłożył ręce.

– A może lipne tablice rejestracyjne? – zaproponował nieoczekiwanie młodszy łowca. – Nie macie w sejfie jakichś takich, na których jeździcie, jak trzeba się gdzieś udać dyskretnie i po cywilnemu?

– No mamy – przyznał niechętnie major. – Ale nie u mnie w wydziale, tylko w centrali. Można spróbować napisać podanie o udostępnienie. Tylko nie wiem, czy się zgodzą, w końcu nie zapominajmy, że są panowie cudzoziemcami, a ta misja jest de facto tajna. No i z tydzień potrwa rozpatrzenie takiego wniosku.

– Mam dość – westchnął inżynier. – Jak wy możecie żyć w takim burdelu?

– Ja bym bardzo prosił nie obrażać mojej ojczyzny ani nie szkalować ustroju sprawiedliwości społecznej – syknął Nefrytow. – Może u siebie, w USA, przywykliście, że tajne służby stoją ponad prawem, używają lewej broni, lipnych tablic rejestracyjnych, a wszystkie pozwolenia na bezprawne działania załatwia się od ręki. Ale u nas mamy państwo prawa. – Wypiął dumnie pierś. – I sprawiedliwości społecznej. Tu milicjant czy ubek traktowani są jak zwykli obywatele. Obowiązuje jedno prawo dla wszystkich. Nie dorośliście do krytykowania ustroju społecznego wyżej rozwiniętego niż wasz! A w ogóle wypraszam sobie takie prowokacje polityczne.

– Ale tu w ogóle nie da się pracować! – jęknął Chrupek.

– Nie chrzań pan głupot. Jak to się nie da? Jestem łowcą wampirów od lat! I mam sukcesy takie, że gdyby to nie było ściśle tajne, to oko by wam zbielało. A jak się wam tak strasznie w Polsce nie podoba, nikt was tu na siłę nie będzie trzymał!

– Nie będzie trzymał? – zdziwił się inżynier.

– Panowie dostaną z depozytu paszporty. – Ubek ściszył głos. – Milicja zawiadomiła prokuraturę, ta powiadomi służby graniczne, żeby panów nie wypuszczać z kraju do czasu rozprawy. Ale informacja musi iść oficjalnym kanałem, to znaczy listem poleconym. Z Pragi na Okęcie to nawet tydzień potrwa. Zaręczyłem za panów, więc jak wyparujecie, natrą mi uszu... Ale z roboty nie wywalą, bo nie ma nikogo na moje miejsce. Jakoś przetrwam tę burzę.

– A furgonetka? – jęknął inżynier.

– No właśnie jest problem z tą cholerną furgonetką – westchnął major. – Jak zgaduję, obie spluwy ode mnie są gdzieś w środku? Bo jutro rano policyjni technicy będą badali cały wóz. Jak je znajdą, obawiam się, że trzeba będzie panów zamknąć na dobre. To już za gruba sprawa się zrobi i w niczym nie będę mógł pomóc.

– Szefie, chrzańmy auto i sprzęt, trzeba stąd spierniczać w podskokach, bo nas wpakują do łagru! – zaskamlał młodszy łowca.

– W Polsce nie ma łagrów – obraził się Nefrytow. – To wymysły waszej propagandy. Owszem, są fermy więzienne i zakłady karne przy kamieniołomach. Nikogo nie zmuszamy do pracy niewolniczej, tylko prowadzimy resocjalizację przez pracę! Ale z tym wpakowaniem to faktycznie, co racja, to racja.

Wieczór był piękny, ciepły i pogodny. Samolot pokołował na pas startowy i po chwili oderwał się od ziemi. Ubek i jego kapuś odprowadzali wzrokiem srebrzystą maszynę, aż zniknęła wśród małych chmurek zdobiących lazurowy błękit nieboskłonu.

– No i wynieśli się w diabły – podsumował major. – Pewnie nieprędko tu wrócą... A najlepiej nigdy.

– Czyli nasza misja zakończyła się sukcesem? – wolał się upewnić Radek.

– Myślę, że możemy tak to odnotować. Sukces jest, i to olśniewający! Przyjęliśmy ich gościnnie, udzieliliśmy wszelakiej możliwej pomocy. Nie tylko oficjalnej, przecież dostarczyliśmy im też nielegalną broń palną. Własne kariery zaryzykowaliśmy...

– Naprawdę? – wystraszył się kapuś.

– E, no nie przesadzajmy... Tak trochę tylko zaryzykowaliśmy. Przecież te spluwy i tak były gówno warte. W dodatku nasz kraj wzbogacił się o amerykańską półciężarówkę! Zasili ona oczywiście kolumnę transportową ZOMO, ale może milicja jakoś się nam zrewanżuje.

– Ale te pistolety?

– Już są u mnie. – Oficer poklepał aktówkę. – Zaraz po aresztowaniu Amerykańców byłem na milicyjnym parkingu i wyciągnąłem oba spod siedzeń. Do tego dostaniemy dla wydziału ich sprzęt. Orgonowe wykrywacze wampirów, duży i kieszonkowy! Przydadzą nam się w pracy.

– Tylko czy aby nie utrudniliśmy rozmów w USA? A jeśli pójdą na skargę do CIA, a przez to towarzysz Pierwszy nie załatwi złagodzenia sankcji ani forsy na dalsze zbrojenia? – zaniepokoił się kapuś.

– Jak nie załatwi, dowiemy się jako pierwsi – westchnął Nefrytow. – Bo jako pierwsi dostaniemy po uszach. Ale ufam naszej dyplomacji. W zasadzie Amerykańcy powinni nam być wdzięczni, w końcu sami się wryli w gówno po uszy, a my uratowaliśmy im tyłki! Siadaj do auta, podrzucę cię do centrum.

Godzinę później Radek wskoczył w tramwaj na Żoliborz. Machina zatrzeszczała, zabrzęczała i ruszyła ze zgrzytem po wysłużonych torach.

W sumie to niewiele z tego wszystkiego rozumiem, westchnął w duchu. Ale z drugiej strony opłaciło mi się, i to sowicie! Dotknął kieszeni, w której tkwiły dwa banknoty studolarowe. Za taką kasę kupię sobie jeansową kurtkę, i to nie na tureckim bazarze, ale prawdziwą, w Pewexie! Szytą żółtą nitką i z mosiężnymi nitami na szwach! Albo radiomagnetofon jakiś lepszy. Może nawet japoński...

Koło dworca do wnętrza wagonu wsiadła jakaś dziewczyna. Rozpoznał Gosię. I nagle tknęła go pewna myśl. Gdyby ją odrobinę ugłaskać...

– O! – Uśmiechnął się do siostry. – Cześć.

– Ja też się cieszę, że cię widzę – skrzywiła się. – Czego chcesz, ciulu?

– Przekaż Markowi wiadomość od majora, że Amerykańcy wynieśli się w diabły. Utrudnialiśmy im życie ile wlezie, aż odpuścili. Można wręcz powiedzieć, że wisicie nam przysługę.

– Pieprzcie się ciepło. To raczej wy nam.

– Oj, nie licytujmy się, kto ma tu większe zasługi, skoro pozbyliśmy się grzybów ze ściany. Słuchaj, tak swoją drogą, to wy zaiwaniliście im te tablice rejestracyjne?

– Może i my, nie twoja rzecz – prychnęła.

– Bo wiesz, tak pomyślałem... – Zrobił proszącą minę. – Nie dałoby się jednej dla mnie? Zrewanżuję się jakoś. To z Kalifornii! Taki mały okruch *American dream*... Powiesiłbym sobie na ścianie w pokoju...

Audyt

Listopad powoli zmierzał ku grudniowi. Jesień tego roku była wyjątkowo paskudna. Lało i lało, a jak akurat nie lało, i tak było zimno i nieprzyjemnie. Radek Brona kurczowo trzymał się uchwytu w autobusie. Wysłużony jelcz podskakiwał na każdej dziurze, rzężąc zużytymi resorami. Okna pojazdu zachlapało błoto, na szczęście siąpiąca plucha trochę rozpłukiwała burą maź, dzięki czemu konfident nie przegapił właściwego przystanku. Drzwi sapnęły hydraulicznymi siłownikami i otworzyły się leniwie. Kapuś zeskoczył po zardzewiałych schodkach, w ostatniej chwili uniknął przemoczenia butów w kałuży i już stał na krzywym, zasłanym rozmoczonymi petami chodniku. Autobus warknął motorem, owiał agenta chmurą zjadliwie cuchnących spalin i odjechał, wyrzucając spod kół leniwe fontanny błotnej brei.

– Powinni to jakoś połatać – burknął Radek pod nosem, patrząc na wyrwy w lichym asfalcie. – W końcu to stolica europejskiego kraju!

Rozłożył parasol i szybkim krokiem ruszył w stronę niepozornego szarego gmachu mieszczącego siedzibę Wydziału Z. Zacinający deszcz szybko przemoczył mu kurtkę. Buty kląskały po wszechobecnym błocie.

Ubecja mogłaby dać mi wreszcie asygnatę na auto, rozmyślał. W końcu jestem bezcennym osobowym źródłem informacji dla najtajniejszego z tajnych wydziałów. Nie musi być od razu polonez, wystarczyłby głupi fiacik! Albo łada... – rozmarzył się.

Zagryzł wargi. Kilka razy próbował podjąć ten temat, ale major zawsze zbywał go półsłówkami. Ojciec coś tam obiecywał załatwić przez swoje dojścia w KC, ale jak na razie z jego obietnic niewiele wynikało.

Co to w ogóle ma być? – użalał się nad sobą agent. Żeby nawet dla rodzin partyjniaków nie zapewniano osobistych środków transportu! Przecież wyprodukowanie auta to dla naszego przemysłu tyle, co splunąć! Towarzysz Pierwszy powinien wydać po prostu rozkaz, żeby robili ich w fabrykach tyle, ile trzeba, i po problemie! A jak im się nie uda, Inspekcja Robotniczo-Chłopska doda im wigoru do roboty. Jesteśmy przecież ósmą potęgą gospodarczą świata!

Wiatr, jakby słysząc jego myśli, zachichotał ironicznie i chyba chciał mu chlusnąć w twarz deszczem, ale Radek zdążył zanurkować w znajome drzwi. Wewnątrz budynku było sucho i ciepło. Stanął przed kontuarem, ociekając wodą, i chwilę grzebał w kieszeni, nim odnalazł przepustkę. Woda kapała na lastryko... Wreszcie wydobył odpowiedni papierek.

– Dajcie kurtkę, towarzyszu – zaproponował portier. – Powiesimy w kotłowni. Dziś akurat palimy zbędne akta – zniżył głos. – Wyschnie w try miga.

– Dziękuję. – Radek z ulgą podał mu przemoczone łachy.

– Gońcie do majora – doradził staruszek. – Chyba jakiś grubszy problem wyskoczył, bo już trzy razy o was pytał.

– Przyjechałem najszybciej jak mogłem – mruknął chłopak. – Autobusami nie da się szybciej. Co innego, jakbym miał choćby głupiego fiacika...

– Oj, niejeden by chciał – westchnął dziadyga. – Ale, jak to mówią, każdemu wedle zasług.

Gdy kapuś wszedł do obskurnego gabinetu, wnętrze wypełniał gęsty woal papierosowego dymu. Niedopałki wręcz wysypywały się z przepełnionej popielniczki. Major siedział za biurkiem, po amerykańsku opierając stopy o kant mebla. Jego czoło przecinała głęboka bruzda, świadcząca o intensywności procesów myślowych kłębiących się wewnątrz łysej czaszki.

– Wreszcie jesteście, Brona, nie mogłem się was doczekać. – Major Nefrytow spojrzał na zegarek i zrobił minę, jakby chciał wygłosić sążnistą reprymendę, ale zamiast tego zaciągnął się raz jeszcze i zgniótł kiepa w palcach.

– Wzywaliście mnie...

– Siadajcie, Brona. – Ubek wskazał krzesło. – Mam dla was zadanie, poufne i przy tym pierońsko pilne. Pojedziecie na Ursynów. Mamy tam swojego człowieka wśród dentystów. Zaufany agent. TW „Biały Kieł". Lata temu, jak był jeszcze w liceum medycznym, zwerbowaliśmy go i pilotowaliśmy karierę. Przeciągnęliśmy go za uszy przez studia, pomogliśmy zdobyć dyplom i tak dalej.

– I teraz po znajomości leczy zęby ubekom? – domyślił się Radek.

– Brona, czy was kompletnie popierdoliło!? – Major ze zdziwienia aż rozdziawił usta, ukazując klawiaturę wymagającą pilnego remontu. – Mielibyśmy powierzać nasze zęby człowiekowi, co do którego mamy stuprocentową pewność, że dentysta z niego jak z koziej dupy trąba?!

– To po co nam on?

– Widzicie, Brona, dostałem od starego przyjaciela poufną informację, że w przyszłym tygodniu będą nas niezapowiedzianie kontrolować. Długo mieliśmy spokój, ale coś tam się dzieje niedobrego na szczytach władzy. W każdym razie naczalstwo zainteresowało się naszymi działaniami. I sami rozumiecie, że kontrola, aby nie obcięto nam budżetu, musi otrzymać konkretne dowody absolutnej niezbędności naszego wydziału. Na ten przykład protokoły likwidacji kolejnych wampirów.

– To się napisze, bo to pierwszy raz? – Radek wzruszył ramionami.

– Z przecieku wiem, że tym razem będzie na poważnie. Komisja prawdopodobnie zażąda też dowodów materialnych. Najlepiej, jakbyśmy wraz z protokołami przedstawili im kilka czach z odpowiednimi zębiskami. I tu się robi kłopot, bo czegoś takiego akurat w magazynie nie mamy.

– A więc mam nareszcie zlikwidować Marka i Igora, no i moją siostrę też? – ucieszył się kapuś. – A potem utnę im głowy i przywiozę, będą czaszki do pokazania kontrolerom.

– Wy, Brona, jesteście jednak skończonym idiotą. – Zasmucony major wyłuskał z paczki kolejnego peta.

– Przyznaję, że nie rozumiem.

– Pomyślcie dialektycznie. Oczywiście, moglibyśmy wykończyć to nasze praskie gniazdko wampirów. W zasadzie od ręki. Mamy ich namierzonych. Wystarczy iść pod adres, zapukać i wpakować przez drzwi serię srebrnych kul z kałacha. Potem wleźć do środka i dobić tałatajstwo osikowymi kołkami. Urżnąć łby poświęconym sierpem... Prosta, rutynowa mokra robota. Wiemy też, gdzie pracują Profesor i Dziadek Weteran. Najtrudniej byłoby namierzyć hrabiego, ale przecież i z tym przy odrobinie wysiłku dalibyśmy sobie radę. I co dalej?

– No, spisać protokół, potem protokół do teczki, teczka do sejfu... raport do naczalstwa.

Major zabębnił palcami po blacie, zaciągnął się głęboko i zaczął mówić spokojnym, przyjaznym tonem, niczym belfer zwracający się do lubianego, ale niezbyt rozgarniętego ucznia.

– Nasz wydział powołano do walki z zagrożeniami ze strony bytów bionekrotycznych. Dopóki te zagrożenia istnieją i czasem dają się społeczeństwu we znaki, wszystko gra. Ciągniemy kasę na zwalczanie, są etaty, środki na cele operacyjne i tak dalej, i tak dalej. Jest resortowa przychodnia zdrowia, sanatorium, ośrodek wypoczynkowy. I lata lecą do stażu pracy, a czasem nawet odznaczenie państwowe wpadnie. A gdy to śmiertelne zagrożenie tak nagle zniknie? Pomyśleliście, co wtedy będzie?

– Eeee?

– Wtedy zlikwidują nasz wydział. Bo po co go utrzymywać, skoro będzie już niepotrzebny?

– No fakt.

– Powiedzcie mi, Brona, taką rzecz... Wy, rzecz jasna, czytaliście „Historię WKP(b)"? Albo zapytam inaczej: czy znany jest wam artykuł Lenina z tysiąc dziewięćset piątego roku o konieczności chwilowego stonowania propagandy antycerkiewnej?

– Oczywiście.

– Znacie zatem pojęcie „mądrość etapu"? Był taki czas po rewolucji, gdy poluzowano śrubę. A potem, gdy zaszła potrzeba, śrubę przykręcono. Sytuacja, wobec której stoimy, jest oczywiście w innej skali, ale nieco podobna do tej, w której Lenin podjął decyzję o wprowadzeniu NEP-u. Nadążacie?

– Eeee... chodzi o to, że aktualna mądrość etapu polega na tym, żeby to nieumarłe bydełko zwalczać intensywnie i ofiarnie, nie szczędząc krwi własnej i cudzej, ale żeby je tak do końca zwalczyć, to w tym momencie niewskazane! To brzmi z pozoru reakcyjnie, ale gdyby się głębiej zastanowić, jest nawet logiczne. Teza, antyteza, synteza, dialektyka!

– Wy, Brona, jednak nie jesteście aż tacy głupi, jak sądziłem – pochwalił zwierzchnik. – A jeśli chodzi o dialektyczne spojrzenie, to chyba na tych waszych studiach jesteście prymusem...

– A gdyby tak zwalczyć ich tylko trochę? Na ten przykład, gdybym kropnął tylko Gośkę? – Radek uśmiechnął się przymilnie. – Wilk byłby syty i owca cała. To znaczy wilki byłyby całe, a owca zdekapitowana – zaplątał się w porównaniach.

– Jak kropniecie swoją siostrę, to się Marek z Igorem wkurzą i kropną was. Albo, co gorsza, nie tylko was, ale na dokładkę jeszcze i mnie – odburknął Nefrytow. – Mieliście kiedyś do czynienia z gniazdem szerszeni? Wisi w szopie, to wisi. Nie zaczepiamy ich, to i one nas nie zaczepiają. Stukniemy kijem i robi się problem. A całkiem zlikwidować tych naszych krwiopijców, jak już mówiłem, na tym etapie nie możemy.

– Skoro nie mogę iść i zdobyć dowodów w postaci materialnej, jak w takim razie poradzimy sobie z kontrolą?

– Ale kto powiedział, że nie możecie zdobyć? – zirytował się Nefrytow. – To oczywiste, że możecie i zdobędziecie. Trzeba skombinować kilka ludzkich czaszek. Nasz człowiek, wspomniany wcześniej dentysta, osadzi w nich odpowiednie zęby.

– Sztuczne? – domyślił się Radek.

– Pogibało was, Brona?! Prawdziwe wsadzi, tylko nie ludzkie, ale przeszlifowane końskie, i nie normalnie, ale na odwrót, ostrym korzeniem na wierzch, to będzie jak kły wyglądało... Zresztą to szczegóły techniczne, niech was o to dupa nie boli.

– Czyli mam wziąć te czaszki i jechać do dentysty.

– No właśnie, cztery, może pięć sztuk. Więcej nie trzeba, bo zawyżymy wyniki i jeszcze podniosą nam normę likwidacji do wyrobienia. Macie tu kartkę z adresem gabinetu, odmeldujcie się i wykonać.

– Tak jest!

Konfident ruszył w stronę drzwi, ale nagle zatrzymał się i odwrócił. Na jego twarzy odmalował się wyraz pewnej konsternacji.

– A czaszki? – zagadnął nieśmiało.

– Co „czaszki"? – prychnął Nefrytow.

– Nie daliście mi czaszek.

– Brona, nie bądźcie dzieckiem, czy was trzeba za rękę prowadzić i wszystko tak detalicznie tłumaczyć? Wam się wydaje, że ja tu trzymam w szafie jakichś truposzczaków? To jest ubecja, a nie kostnica!

– To skąd mam je wziąć?

– No jak to skąd? – zapienił się ubek. – Nie wiecie, skąd się czaszki bierze? Z cmentarza, oczywiście! Wykopiecie, przepłuczecie i zawieziecie.

– Ale ja... – bąknął Radek – ja chyba nie potrafię.

– Brona, nie zapominajcie się! Jesteśmy ubecją. Towarzysz Pierwszy nam ufa. Nie ufa milicji, nie ufa armii, nie ufa partii. Ale nam ufa. A wiecie dlaczego? Bo my wszystko potrafimy. Nie ma dla nas zadań niewykonalnych!

– Tak jest.

Skonsternowany Radek wyszedł i ruszył korytarzem. Nagle, tknięty pewną myślą, zawrócił i raz jeszcze zapukał do drzwi gabinetu.

– No co tak się kręcicie jak gówno w sedesie? – burknął major, chowając pospiesznie flaszkę armeńskiego koniaku do szuflady.

– Obywatelu majorze, przepraszam, tak pomyślałem, że skoro jakiemuś tam dentyście umożliwiliście zdobycie tytułu... Bo właśnie zbliża się sesja i wybaczcie śmiałość, ale jako wasz agent...

– A wy, Brona, myślicie, że niby jakim cudem jesteście na trzecim roku? – odburknął z pewnym politowaniem zwierzchnik. – Grzejcie na cmentarz po czachy i do dentysty!

Radek Brona szedł ulicą nachmurzony. Deszcz na szczęście przestał padać, ale pogoda była pod psem. Tyle dobrze, że kurtkę portier oddał mu ciepłą i suchą jak pieprz.

Też wymyślił, sarkał w duchu. Czaszki z grobów mam wyciągać?! Przecież na tym jest masa zarazków. A poza tym, rozkopując groby, ufajdam się niemożebnie. No i ktoś może mnie złapać. To co wtedy powiem? Że to w służbie kraju? To już lepiej byłoby Gośkę zaciukać. Tylko jak? Dwa razy próbowałem. Skoro przetrzymała przebicie bagnetem na wylot i serię z pepeszy, to chyba już tylko osikowym kołkiem... Nie, cholera, z czachami będzie jednak mniej roboty.

Zagryzł wargi. I naraz na samym dnie rozpaczy błysnął mu genialny pomysł: a kto powiedział, że muszę wygrzebywać osobiście!? Z radości aż zatarł ręce. Trzeba tylko sprytnie podejść tego starego wampira świra, co to kiedyś był partyzantem. Przecież na cmentarzu robi, jest kamieniarzem czy kimś takim.

Na pewno ma w warsztacie kupę ludzkich kości, a nawet jak nie ma, to chyba wie, gdzie można kilka znaleźć.

Zaraz jednak sposępniał. Major od dawna ignorował prośby o pozwolenie na spluwę i przydział broni służbowej. Iść bez choćby głupiej „klamki" na rozmowę z wampirem? Co gorsza, z tego, co doczytał w dossier zebranym przez majora Nefrytowa, Dziadek Weteran był w czterech różnych organizacjach partyzanckich i z każdej go wyrzucano z powodu nadmiernego i niepohamowanego zapału do torturowania i likwidowania szkopów. Miał z nimi na pieńku, bo z tego, co ustalono, Niemcy kilka razy go dopadli i zlikwidowali. Do tego został dwukrotnie rozstrzelany przez LWP, raz po zdobyciu Wału Pomorskiego, a drugi raz po zdobyciu Berlina. Za każdym razem zarzut ten sam – popełnił na wziętych do niewoli Niemcach bliżej nieokreślone „zbrodnie wojenne".

Twardy frontowy dziadyga z łapami ubabranymi we krwi po łokcie, ocenił Radek. Psychopata... Zechce, to i mnie dziabnie! Kuso... Ale dogadać się z nim muszę, przecież sam sobie nie poradzę! Tylko ostrożnie trzeba.

Broni nie miał. Zresztą ze szkolenia i doświadczeń własnych wiedział, że kilka kulek to dla wampira tyle, co nic. Jak niby mógłby się zabezpieczyć? Zmarszczył czoło. Major mówił kiedyś, że warto nosić krzyż, bo wampiry są bardzo zabobonne i się go boją... Konfident podrapał się po ciemieniu. Skąd wziąć krzyż? Coś mu kołatało, że obok kościołów bywają czasem sklepiki z takimi rzeczami. Przyspieszył kroku i niebawem znalazł się obok świątyni na Kamionku. I wypatrzył coś, co faktycznie wyglądało na sklepik.

– No proszę, dobrze pamiętałem. Punkt płatnej dystrybucji emblematów zabobonu religijnego. A więc byka za rogi – westchnął sam do siebie.

Wszedł do środka i aż zatarł z uciechy ręce. Trafił idealnie. W sklepiku były jakieś książki, broszury, obrazy, obrazki, nawet rzeźby. I krzyży do wyboru, a nawet do koloru! Problem w tym, że te do powieszenia na ścianie wydały mu się ciut za duże i zbyt masywne. Pod koszulą trudno taki ukryć, a przecież do wampira trzeba dyskretnie i dyplomatycznie. Nie może krwiopijcy przedwcześnie spłoszyć.

– Dzień dobry – bąknął.

– Na wieki wieków – odpowiedziała odruchowo siostra zakonna siedząca za ladą.

Radek się rozejrzał. W gablocie obok kasy zgromadzono jakieś drobiazgi na łańcuszkach i rzemykach. Leżało tam nawet kilka krzyżyków, ale te jak na złość wszystkie były maciupkie. Radek uznał, że to zbyt mikry kaliber, by przestraszyć wampira. Większe z kolei osadzono na podstawkach. Nie bardzo miał pomysł, jak coś takiego nosić na szyi. Odpiłować czy jak... Westchnął w duchu. Tak źle i tak niedobrze. Ubecja powinna mnie przeszkolić ze znajomości tych zabobonów, pomyślał.

– Czego potrzeba, młody człowieku? – zagadnęła zakonnica. – Proponuję bardzo dobrą książkę o zachowywaniu czystości przedmałżeńskiej.

– Eeee... dziękuję, ale tego raczej nie potrzebuję, mamy w domu bieżącą wodę – wyjaśnił. – Potrzebowałbym czegoś takiego... eee... – nie bardzo umiał sformułować odpowiednie zapotrzebowanie.

– Może obrazek świętego patrona? – podsunęła cierpliwie.

Radek nie do końca wiedział, kto to jest patron, ale pokręcił tylko głową. Rozglądał się, coraz bardziej spanikowany. Fakt, obrazków była tu cała masa. Otaczające go malowane i drukowane oczy zdawały się patrzeć z pogardą i ironią. Konfidenta szczególnie irytowały zdjęcia jakiegoś przyjaźnie uśmiechniętego dziadka w białej czapeczce na głowie.

– No, śmiało – zachęciła go sprzedawczyni. – Proszę powiedzieć, w czym problem. Nie trzeba się bać.

– Wydaje mi się, eee... – bąknął. – Sądzę, że mogę paść ofiarą wampira.

– Wampiry nie istnieją. A przynajmniej oficjalnie nie istnieją. – Zmrużyła oczy. – Nasz diecezjalny egzorcysta ma oczywiście odrobinę inne zdanie.

– A gdyby jednak, tak pytam czysto teoretycznie i nieoficjalnie – wykrztusił.

– Gdyby jednak istniały, proponuję regularnie odmawiać różaniec. To doskonała ochrona przed atakami wszelakich złych mocy.

– A można tu takie coś kupić? – zagadnął.

Siostra zakonna patrzyła na niego dziwnie i wskazała stojaczek obwieszony jakimiś koralikami. Róż jako żywo nie przypominały. Radek skojarzył jednak, że widział już kiedyś coś podobnego. Babcia, gdy agresywnie demonstrowała przywiązanie do zabobonu religijnego, nosiła w ręce jakieś snutki z paciorkami.

– Potrzebowałbym jakiś najmocniejszy... Taki, żeby, wie pani... – Uniósł wzrok ku sufitowi i znów napotkał ironiczne spojrzenie zagadkowego człowieka w bieli.

– W zasadzie nie ocenia się ich „mocy", ale jeśli potrzeba coś nietuzinkowego, to mamy edycję specjalną. Różańce pobłogosławione osobiście przez papieża i poświęcone w Watykanie. – Wskazała białe pudełeczka, ozdobione herbem z kluczami i przewiązane wstążeczkami.

– Ile kosztują?

– No cóż, to rzecz na swój sposób nietuzinkowa. No i niewiele ich do nas trafiło. Dziesięć tysięcy złotych – rzuciła ceną jak cepem.

Wzdrygnął się. Kupa szmalu, dwie dobre tygodniówki. Z drugiej strony na bezpieczeństwie własnego zadka nie ma co oszczędzać.

– Ale naprawdę są niezawodne? – wolał się upewnić.

– A to już zależy od siły wiary i intencji użytkownika. – Świdrowała go wzrokiem coraz intensywniej. – Wiadomo, jak się regularnie odmawia, to siła ducha rośnie.

Radek westchnął i pospiesznie wysupłał z portfela dwa zielone banknoty z Chopinem. Po chwili z łupem w ręce wsiadł do tramwaju. Pojazd zgrzytał i toczył się leniwie po torowisku. Konfident rozsiadł się wygodnie, wyjął pudełeczko z torebki i ostrożnie pociągnął za wstążkę. Poczuł pewien wstyd. Czuł, że Marks i Lenin nie pochwaliliby tego zachowania. Z drugiej strony major mówił przecież, że wampiry są bardzo zabobonne i tego typu rzeczy się boją.

Popełniłem czyn wysoce reakcyjny. Ale z dialektycznego punktu widzenia dopuszczalny! – uspokoił swoje czerwone sumienie i otworzył pudełko.

Skrzywił się, bo krzyżyk był równie malutki jak te, które przed chwilą widział w gablotce. Przez chwilę kapuś czuł się zrobiony w konia. Ale ciekawość zwyciężyła. Skoro miała to być skuteczna broń przeciw wampirom... Oglądał artefakt dłuższy czas. Trącił paciorki końcem palca. Połyskiwały nawet ładnie.

Fikuśne, pomyślał. Coś jak połączenie naszyjnika z krzyżykiem. Ciekawe, swoją drogą, czemu niektóre paciorki są takie jakby większe... Co ta zakonnica mówiła? Że się odmawia i od tego moc rośnie? Znaczy się można to jakoś naładować energią, jak kondensator?

Obejrzał pudełko, odwrócił je nawet na drugą stronę, zajrzał pod wyściółkę, ale nijak nie przybliżyło go to do rozwiązania problemu.

Kościółkowe ciemniaki instrukcji zapomnieli dodać... – westchnął w duchu. Ale w sumie naszyjnik to naszyjnik. Sama nazwa wskazuje, co z nim robić.

Spróbował przełożyć różaniec przez głowę, ale okazał się za ciasny. Sprawdził, czy nie ma jakiegoś zapięcia. Znów poczuł się wyrolowany.

Model dla dziecka mi sprzedała czy jak? – zirytował się.

Zmarszczył czoło. Babcia... ona nie nosiła różańca na szyi, a wyłącznie owinięty wokół nadgarstka... I jakoś tak między palcami. Spróbował na kilka sposobów oplątać go sobie na ręce, ale bez skutku. Westchnął.

Nic dziwnego, że postępowa część ludzkości odrzuciła te zabobony, dumał. Głupi sznurek koralików i tyle z tym problemów, to co dopiero powiedzieć o poważniejszych przedmiotach kultu...

Tramwaj zatrzymał się za wiaduktem. Radek wysiadł. Przed sobą miał parkan z metalowych sztachet, otaczający brzozowy zagajnik. Ruszył wzdłuż niego. W krzakach za ogrodzeniem wypatrzył dwie przewrócone macewy.

Cmentarz żydowski na Targówku, zidentyfikował. Jak plan A nie wypali, wrócę tu w nocy z łopatą i wykopię parę czaszek. Nie, w nocy na cmentarz lepiej nie, zreflektował się. Poza tym nie wiadomo, czy te żydowskie to nie będą jakiegoś innego kształtu... Coś mu w pamięci kołatało. Jakaś scena z filmu o Niemcach mierzących ludziom głowy dziwnymi cyrklami.

Minął okazały drewniany budynek i bramę wiodącą na teren opuszczonej nekropoli. Kilka minut marszu i znalazł się obok jednego z licznych w tej okolicy zakładów kamieniarskich.

– Ha! – mruknął, sprawdziwszy adres.

Tu, u celu, poczuł trochę tremy. Wyjął z pudełka różaniec i przez dłuższą chwilę usiłował go zamotać na nadgarstku, wreszcie zrezygnowany wpuścił w kieszeń. Zamiast tego wyjął milicyjny miotacz gazu. Psiknął sobie odrobinę aerozolu na dłonie, roztarł i dopiero wtedy zapukał do wypaczonych drzwi. Skrzypnęły i stanął w nich dziadyga w spranym i zszarganym mundurze, ozdobionym spłowiałymi baretkami kilku orderów.

– Dzień dobry. Czy to pana wołają Dziadek Weteran? – zagadnął Radek.

– A kto pyta? – burknął wampir. – Czekaj, znam cię przecież, ubecka gnido.

– Radosław Brona, brat waszej kumpeli Gosi – potwierdził.

– Z ubecją nie gadam!

Stary zacisnął dłonie w kułaki. Łapy miał pokryte twardymi węzłami mięśni, żył i ścięgien. Konfident poczuł mimowolną obawę o całość swoich zębów.

– Najmocniej przepraszam, że niepokoję, normalnie nie śmiałbym zakłócać spokoju, ale to sprawa niezwykle pilna. Mamy bardzo skomplikowaną, rzekłbym, dramatyczną i krytyczną sytuację – bąknął.

– A to już chyba nie mój problem – wycedził kamieniarz.

– Obawiam się, że ten problem jest wspólny.

– Hę? – zaniepokoił się wampir, łypiąc podejrzliwie.

– Dowalili nam niezapowiedzianą kontrolę. Mamy się wykazać sukcesami i tym razem nie wystarczy tylko sprawozdawczość na papierze. – Kapuś uśmiechnął się jakby przepraszająco. – Szef kazał mi iść na miasto i zdobyć pięć czaszek wampirów.

– Sukinsyn Nefrytow, czułem, że ta menda narobi nam jeszcze problemów. I że niby ciebie wysłał, żebyś nam głowy poodcinał? Chyba obaj żeście ocipieli. – Kamieniarz z pewnym niedowierzaniem popatrzył na studenciaka. – Dzieciaku, kto ci rączki rozbuja?

– Jak ja sobie nie poradzę, przyśle prawdziwych fachowców i zrobią z was eksponaty, zanim zdążycie mrugnąć. A przecież... Proszę mnie zrozumieć... Z Gośką może nie do końca się dogaduję, poza tym ona nie żyje, ale w końcu to moja rodzona siostra! Przecież rodzina powinna trzymać się razem, a nie polować na siebie! Niech mi pan pomoże. – Radek padł teatralnie na kolana i ukrywszy twarz w dłoniach, zaczął szlochać.

Nitrochlorobenzenu na skórze zostało akurat tyle, by wywołać natychmiastowe i obfite łzawienie.

– Ten rozkaz jest nieludzki – beczał Radek. – Po co w ogóle mamy ze sobą walczyć? Przecież pokojowa koegzystencja jest lepsza.

– A o tym to trzeba było myśleć, jak się zapisywałeś na konfidenta.

– Błagam, jest pan moją ostatnią nadzieją.

Dziadek Weteran na widok spazmującego kapusia z frasunkiem poskrobał się po głowie. Szloch był może trochę teatralny, ale przecież łzy wyglądały na prawdziwe. Wprawdzie serce nie biło mu od siedemdziesięciu lat, ale poczuł, że mięknie. Jeszcze przez chwilę bił się z myślami, wreszcie westchnął ciężko.

– No, tylko bez mazgajstwa, dorosły chłop przecież jesteś! – mruknął już zupełnie innym tonem. – Powiedz lepiej, po cholerę do mnie przylazłeś, to znaczy jak niby miałbym pomóc?

– Potrzebuję czaszek.

– Nie rozumiem? – zdziwił się były partyzant. – Skąd niby wytrzasnę ci czaszki wampirów?! Przecież swojej nie oddam! Że się tak wyrażę, jest mi potrzebna.

– Wystarczą ludzkie. Tu, z tego cmentarza za murem. Mam kumpla dentystę, który zrobi i wprawi sztuczne kły. – Radek nadal obficie ronił łzy, ale w duszy wszystko mu śpiewało. – Dla naczalstwa taki dowód wystarczy.

– No nie wiem... – zawahał się Dziadek. – Grzebać w grobach? To kompletnie niezgodne z prawem i z naszą etyką zawodową. Kamieniarze ani grabarze nie zajmują się takimi rzeczami! No, czasem trafi się jakaś czarna owca i robi lewiznę dla studentów medycyny, ale na pewno nie ja!

– To jeden z największych cmentarzy w Europie. Milion truposzczaków tu leży. Braku pięciu czach nikt nawet nie zauważy – kapuś zakwilił jak ptaszyna polna.

– Chyba żeby... – Stary wampir zmarszczył czoło, jakby coś rozważał. – No dobra, niech będzie i tak. Coś da się zrobić. Poczekaj tu. – Zanurkował do swojego warsztatu, a po chwili wynurzył się uzbrojony w łom, dwa szpadle i worek.

Przebrał się w sprany roboczy drelich. Zmienił też mokasyny na solidne robociarskie trepy. Przez ramię przerzucił skórzaną torbę z jakimiś narzędziami. Na głowę wcisnął wyszmelcowaną cyklistówkę.

– Dobra, młody, idziemy – zarządził.

– Idziemy!? – zdumiał się Radek.

– Nie rób ze mnie frajera. Toż przecież nie odwalę za ciebie całej brudnej roboty.

– Ale tak wieczorem na cmentarz...

– A coś ty taki spietrany? Otworzymy kilka grobów, wyciągniesz sobie czachy, jakie zechcesz. Chyba że się wycofujesz.

– Yyyy... no idę...

Poszli przez chaszcze, minęli dwa konkurencyjne zakłady i niebawem znaleźli się pod cmentarnym murem z czerwonej cegły. W jednym miejscu spływała po nim bujna kaskada dzikiego wina. Wampir odchylił firankę pędów. W mur wpuszczono niewielką metalową furtkę. Była mocno przerdzewiała i wyglądała, jakby nie używano jej od całych dekad. Kamieniarz wyłowił z kieszeni masywny klucz i przez chwilę majstrował przy zamku. Zawiasy sprawiały wrażenie całkowicie zarośniętych korozją, ale uchyliły się bez najdrobniejszego zgrzytu. Droga na cmentarz stanęła otworem.

– Tylne wejście – burknął fachowiec, widząc pytający wzrok kapusia. – A może raczej boczne? W każdym razie zapasowa furtka, coby nie latać co chwila kilometr naokoło przez główną bramę. Tylko nikomu ani pary z gęby. Oficjalnie nie ma tu żadnego przejścia.

– Oczywiście.

Po drugiej stronie przejście też zasłaniała kaskada dzikiego wina... Nekropola powoli pogrążała się w przedwieczornym mroku. Tuje rzucały długie, posępne cienie, pod drzewami było już prawie ciemno. Tylko tu i ówdzie żółtym światłem pełgały pojedyncze znicze. Liście zasłały alejki.

– Ludzi o tej porze już nie będzie, trzeba jednak uważać na strażników. No i na zombiaki – zarechotał ponuro wampir.

– Zombiaki!?

– O tej porze raczej jeszcze nie wyłażą – burknął kpiąco Dziadek. – Ale cholera wie ile nam zejdzie. Pięć czach zaiwanić to nie w kij dmuchał.

– Tu są zombie!?

– A coś ty myślał, partyjniacki synku? Sam powiedziałeś, że milion truposzczaków tu leży. Trup to trup, w większości przypadków spoczywa sobie spokojnie. Ale od każdej reguły jest wyjątek. Nawet jak tylko jedna dziesiąta promila nie ma ochoty grzecznie przebywać w grobie, to przy milionie trumien będzie ze sto sztuk.

Radek nerwowo przełknął ślinę.

– No dobra, nie trzęś tak portkami, zrobiłem cię w ciula, sto sztuk to tu łącznie było może, przez te wszystkie lata od założenia cmentarza. Teraz to nie więcej niż dziesięć, no, może piętnaście. Jakby przyszły pogadać, udawaj wampira – doradził kamieniarz. – Bo jak rozszyfrują, że jesteś od tego debila Nefrytowa, będzie po nas! Mają z nim mocno na pieńku. Ciebie zabiją, łeb rozłupią i mózg zeżrą, a mnie dowalą od serca.

– Mózg?!

– Ludzki, zwłaszcza świeży, najlepiej im smakuje. A nieczęsto jedzą takie delicje, bo na co dzień starają się nie leźć ciepłym na oczy i nie lubią zostawiać śladów swojej obecności. Ale jak kogo obcego dorwą nocą na swoim terenie, nie ma litości. Mózg wyżrą, a trupa wrzucą do pierwszego grobu z brzegu. Był człowiek i nie ma człowieka. Za sto lat przy innym pogrzebie może ktoś zwłoki znajdzie. Albo i nie. Fikniesz im, to przepadniesz jak kamień w wodę. I nie pomoże ci nawet ten papieski różaniec, który tłamsisz w kieszeni.

– Wycofuję się! Zawracajmy.

– Nie cykoruj, ze mną jesteś. Tylko ostrzegam, jakby co, gęba w kubeł i nawet nie piśnij. Ja będę z nimi gadał.

Prowadził kapusia zarośniętymi alejkami. Radek szybko stracił poczucie kierunku. Nie miał pojęcia, gdzie jest ani która droga prowadzi do wyjścia.

Wszystko wydawało się podobne. Ścieżki pomiędzy grobami, cmentarne tuje i stare drzewa. Groby były różnorodne. Zapadnięte ziemne mogiły biedoty, piaskowcowe pamiątki poprzedniej epoki, granity cinkciarzy i badylarzy. Wreszcie zatrzymali się przy zapaskudzonej lastrykowej płycie. Widać było, że od wielu lat nikt tego grobu nie doglądał.

– Ten będzie odpowiedni na pierwszy raz – burknął Dziadek.

Wyjął z torby gumowy młotek, obstukał nagrobek, by puściły cementowe wiązania, potem podważył łomem. Zazgrzytało i ich oczom ukazała się wąska szczelina.

– Razem – polecił wampir.

Odsunęli ciężką płytę, sapiąc z wysiłku. Widać było, że stary ma w tych czynnościach ogromną wprawę. Radek otrzepał rękawice. Kamieniarz rozłożył plandekę. Pracując ciężko łopatami, wyrzucili ziemię, wreszcie obluzowali i rozebrali sklepienie krypty, zrobione z kilku betonowych kształtek. Z ciemnego wnętrza sklepionej piwniczki zionęło wilgocią i stęchlizną. Kapuś zadrżał. Długą chwilę wahał się, nim zajrzał do środka. Grób nie był specjalnie głęboki. Na murowanych ścianach rosły blade grzyby.

– Uszy truposzczaków, tak się je nazywa – powiedział stary. – Trochę trujące, ale podobno jak się je zje, można przeżyć wizje krainy umarłych. Ja tam nie jestem szczególnie ciekaw, ale częstuj się, jak masz ochotę.

Radek w panice pokręcił głową. Trumna była po wierzchu nieco spróchniała, a od spodu nadgniła.

– No to do dzieła. Ja postoję na czatach, a ty otwieraj. – Wampir wetknął kapusiowi siekierę do ręki.

– Ja... ja nie mogę. Nie mógłby pan?

– Nie, nie mógłbym. To twoja wyprawa, młody! Albo wiesz co? – złagodniał. – Faktycznie nie każdemu w smak taka robota. Golnij dla kurażu! – Dziadyga wcisnął mu w rękę flaszkę mętnego płynu.

Radek odkręcił. Woń marnego samogonu rozeszła się w chłodnym przedwieczornym powietrzu. Konfident, ponaglany przez towarzysza, pociągnął łyk zajeżdżającego drożdżami paskudztwa. Potem pociągnął jeszcze jeden. I naraz faktycznie chyba poczuł się już lepiej, to znaczy odważniej. Wychłeptał kolejne cztery łyki, postawił butelkę obok krzyża i przyładował w trumnę, aż echo poniosło się między grobami.

– Co ty, głupi? – zirytował się wampir. – Trumny nigdy nie otwierałeś?

– No... jakoś się nie zdarzyło. To pierwszy raz – wyznał młody, czerwieniąc się jak panienka.

– No fakt, cmentarna dziewica z ciebie. To jest zbite albo skręcone, wal obuchem po krawędzi, to przy odrobinie szczęścia całe wieko zluzujesz i odskoczy. Pracuj spokojnie, rozejrzę się, czy nikt nas nie podchodzi, i zaraz wracam!

Gdy kamieniarz nadszedł, kapuś stał nad kupą strzaskanych desek z nieco przestraszoną miną. Górną część trumny rozwalił na kawałki. Dolna też była tu i ówdzie uszkodzona. Szkielet lokatora grobu leżał sobie w strzępach ubrania na resztkach wyściółki i pustymi oczodołami z zadumą patrzył w ciemniejące jesienne niebo.

– Nieźle poszło, ale za mocno waliłeś. Albo może trumna za słaba była, bo już do cna przepróchniała. No co, młody, wyciągaj czachę i bierzemy się do kolejnego klienta – pogonił Radka stary kamieniarz. – Chyba nie chcesz tu nocować? Bo wiesz, nocą na cmentarzu nie jest bezpiecznie, różne paskudne stwory tu łażą. – Uśmiechnął się ironicznie, pokazując wampirze kły.

– Ale to milicjant jest... to znaczy był. – Chłopak wskazał zetlałe resztki munduru opinające pożółkłe kości.

U boku kościotrup gliniarza miał przytroczoną pałę szturmową ZOMO i poszczerbioną plastikową tarczę. Widać pogrzebano go z ulubioną bronią. Radek się wzdrygnął. Czyżby miał przed sobą ofiarę solidarnościowej ekstremy?

Nie, to chyba niemożliwe, uspokoił sam siebie. Ten trup leży tu już kilka dekad.

– Ech, dzieciaku... A coś ty myślał? Po pierwsze, wrabiasz mnie w lewiznę, to muszę mieć gwarancję, że mnie po wszystkim nie podkablujesz. Obrobienie milicyjnego grobu to sprawa tak gruba, że nawet gdyby to była prowokacja, nie miałbyś żadnych szans się wywinąć. Po drugie, nie myślisz chyba, że dałbym się namówić na kradzież czaszek porządnych ludzi? Pachołek komuchów to jeszcze jak cię mogę, nie żal, ale od zwykłych umarlaków wara! No, golnij jeszcze samogonku i bierz tę czachę, nie ugryzie cię przecież – zarechotał i ponownie jakby od niechcenia zaprezentował kły.

Radek wydoił butelkę niemal do końca. I naraz poczuł zaskakujący przypływ odwagi i opanowania.

Trup w resztkach munduru przestał robić na nim wrażenie. I co z tego, że milicjant? Był człowiek i nie ma człowieka. On już nikogo nie spałuje ani nie aresztuje. A czaszka to czaszka. Ostatni łyk bimbru spłynął gładko do żołądka. Ciśnięta z rozmachem butelka roztrzaskała się o figurę anioła.

– T-t-to f-f-faktycznie-e-e dzia-dzia-działa! – zdziwił się konfident.

Pochylił się i pociągnął. Jakieś resztki zaschniętych tkanek mocowały czerep do kręgosłupa, ale gdy dobrze szarpnął, czacha została mu w ręce.

– Być albo nie być, a najlepiej być i nie pić. A w każdym razie nie aż tyle naraz i bez zagrychy – mruknął wampir kpiąco, widząc, że Radek niczym Hamlet położył łup na dłoni i patrzy w puste oczodoły.

– Cze-e-eść, sta-ary, do-dość te-te-tego le-e-eże-nia w tru-u-m-mnie, so-o-ocjalisty-yczna o-ojczyzna, hik! bę-ę-ędzie mia-ała z-z-z cie-cie-bie je-e-eszcze po-o-ożyt-tek! – wybełkotał kapuś. – *Wstawaj, strana ogromnaja...* – zaśpiewał nieoczekiwanie czysto.

– Zamknij gębę, bo jeszcze nam kogoś na kark ściągniesz. Pakuj drania do worka i idziemy po następnego – ponaglił Dziadek.

– No wstawaj wreszcie, pieprzona hieno cmentarna! – Potrząsanie obudziło Radka ze snu. – Południe za pasem.

Uchylił powieki i zaraz z jękiem je zacisnął. Przed oczyma latały mu jasnozielone cienie, świat chwiał się w posadach. W gardle miał pustynię, w żołądku coś go kłuło, jakby połknął iskrzącą świecę zapłonową.

– Kac morderca nie ma serca? Normalka po podłym samogonie, i to wydojonym bez zakąszania. Ale zaraz poratujemy. Mam dla ciebie sok z kiszonych ogórków i kefir, a potem proponuję mocną kawę – jakiś głos wwiercił mu się przez ucho niczym korkociąg i boleśnie dźgnął w bezbronny mózg. – Klina raczej nie, bo widać, że nie przywykłeś.

Kapuś rozejrzał się półprzytomnie. Leżał w byle jakiej trumnie, postawionej w kącie warsztatu. Otaczały go kamienne i lastrykowe płyty, obok drzemała potężna piła tarczowa do ich cięcia. Ściany wymurowano krzywo z pustaków. Instalacje biegły po wierzchu – jak to zwykle w halach produkcyjnych. Nad stołem roboczym wisiała imponująca kolekcja dłut do granitu i kamieniarskich młotków. Radek wstał z trudem, zatoczył się i przytrzymał ściany. Stało mu się jakoś dziwnie. Spojrzał na swoje stopy. Na nogach miał ewidentnie cudze buty.

– Co to? – wychrypiał.

– Ściągnąłeś z nóg stalinowskiemu prokuratorowi. Niby jemu już niepotrzebne, a za życia był świnią, ale to jednak trochę nieładnie. Próbowałem ci to wytłumaczyć na spokojnie, ale się uparłeś jak dzieciak – wyjaśnił wampir karcącym tonem. – Siekierka za kijek, dobre adidasy wymieniłeś na przegniłe barachło. A w ogóle to tak prywatnie ci powiem, że jak nie umiesz, to nie powinieneś tyle pić. Narobiłeś wiochy na cały cmentarz. Ja tam nikomu nic nie powiem, zombiaki też na szczęście się nie pojawiły, ale mimo wszystko nie powinno się takich szopek przy umarlakach odstawiać.

– Szopek?!

– Truposzczaków trzeba szanować, żeby zasłużyć na życzliwe przyjęcie, gdy sam znajdziesz się po tamtej stronie – gderał stary.

– To mnie nie dotyczy, jestem ateistą – burknął Radek. – Nie ma żadnej drugiej strony, ustają reakcje biochemiczne i pyk. Jedyna szansa to rozwój nauki, wtedy w odległej komunistycznej przyszłości partia zechce wskrzesić najwierniejszych.

– Ateista? No to się nieźle zdziwisz, jak już wyciągniesz kopyta – zarechotał stary. – Tam masz umywalkę i ręcznik, doprowadź się do stanu używalności. Tylko wody z kranu nie pij, bo ujęcie blisko cmentarza, jeszcze ci zaszkodzi. Trupi jad i te sprawy.

Konfident opłukał zmaltretowaną twarz, wyszorował dłonie mydłem i pastą BHP. Sądząc po śladach błota, musiał grzebać w grobach gołymi łapami. Usiadł w kantorku przy stole, naprzeciw kamieniarza, i wychylił kilka łyków soku z kiszonych ogórków. Świat stał się odrobinę bardziej przyjazny. Zapił kefirem. Na kuchence gotował się imbryk z kawą, a obok bulgotał jakiś gar. Cuchnęło czymś paskudnym, smarami i mielonym kamieniem.

– Ale zdobyłem te czaszki? – upewnił się.

– Zdobyłeś. – Dziadek splunął na betonową wylewkę, która robiła tu za podłogę.

Kapuś przekręcił głowę, szukając wzrokiem jakiegoś kubka, żeby nalać sobie obiecanej kawy, i poczuł, że coś go jakby uwiera w szyję. Sięgnął dłonią i pod

palcami wymacał nad kołnierzykiem dwa plastry opatrunkowe.

– Nie obraź się, ale jak poszedłeś w dym, to i ja sobie trochę golnąłem. – Dziadek uśmiechnął się jakby przepraszająco i nalał mu kawy. – Normalnie alkohol na nas nie działa, ale gdy dodamy, że się tak wyrażę, czynnik ludzki... Nic ci nie będzie, normalne podsysanie jest dla ciepłych w zasadzie niegroźne. Będziesz miał małe luki w pamięci i tydzień impotencji, albo i to nie. Za to ci wygotowałem te czaszki, żebyś miał czyściutkie, bez włosów i innych resztek. – Wskazał bulgoczący sagan.

– Yyyy... dziękuję – bąknął Radek.

– Dobra, trzeba to już chyba wyłowić. Weź ten stary durszlak... Gdzie mi rzygasz na stół! Ja pierniczę, co za mięczak!

Student wyszedł z warsztatu skołowany i roztrzęsiony. Na ramieniu niósł parciany worek z pięcioma czaszkami. Łup wręcz go parzył. Czaszki były lekkie, ale jemu się wydawało, że ważą tyle, co kamienie młyńskie. Ranki na szyi pulsowały, ale kac odrobinę zelżał. Po pierwsze, Radek pozbył się butów i skarpetek. Wypłukał stopy w kałuży. Przeszedł na bosaka na drugą stronę ulicy. Makabryczny pakunek obijał mu się o plecy. W sklepie AGD kapuś kupił gumofilce. Były o rozmiar za duże, ale kaloszy ani ogrodniczych chodaków w ogóle nie dowieźli.

W co ja się wpieprzyłem! – jęknął w duchu. No nic, ważne, że mam co trzeba, a że niewiele pamiętam, to może i lepiej! Wynik idzie w świat! A wampir mnie przecież nie sypnie.

Ostrożnie stawiając nogi, dowlókł się jakoś na przystanek. Sięgnął do kieszeni sprawdzić, czy ma bilet miesięczny, gdy nieoczekiwanie pod palcami namacał jakieś kamyczki. Wyciągnął prawie pełną garść. Wystarczyło, że raz na nie spojrzał.

– O urwał... – stęknął i kolejny raz tego ranka puścił pawia, tym razem na trawnik.

Miał kieszeń pełną ludzkich zębów ozdobionych złotymi i srebrnymi koronkami.

Gabinet dentystyczny ulokowany był na pięterku pawilonu handlowego. Radek wszedł i skrzywił się mimowolnie. Poczekalnia była pełna ludzi w różnym wieku. Za drzwiami ktoś darł się wniebogłosy. Kapuś dopytał, kto ostatni, i zajął miejsce na skrzypiącym krzesełku. Worek z czaszkami postawił koło nóg.

– Arbuzy? Może chce sprzedać? – zagadnęła jakaś bazarowa baba w jeansowej kurtce.

W pierwszej chwili Radek nie zrozumiał, ale po chwili spostrzegł jej spojrzenie oblizujące łakomie worek. Widać kuliste czerepy wypychające płótno wydały jej się owocami.

– Nie na sprzedaż – uciął.

– Nie bądź taki kutwa, pięć sztuk masz – dogadała druga, poprawiając odblaskowozielony turecki szaliczek. – Trzy stówki za kilogram dam.

– To nie arbuzy! – warknął.

Nie uwierzyły, ale na szczęście odczepiły się obrażone.

– Widzi pan, młody człowieku, z dyniami to trzeba ostrożnie – zagadnął jakiś prawie bezzębny staruszek. – Niby każdy wie, że trzeba nie więcej niż sto gramów cukru rozpuścić w ciepłej wodzie z drożdżami i zastrzyknąć, ale uwierz pan mojemu doświadczeniu, trzeba rurkę jak do wina wkłuć, a dynię w piwnicy odłożyć, bo jak temperatura fermentacji będzie za wysoka, to dynię rozerwie i gówno będziesz pan miał, a nie zacierek. No i nie może za szybko furknąć, bo pójdzie w stronę acetonu, a nie alkoholu. Tu trzeba czasu i cierpliwości. Dwa do trzech tygodni, a jak piwniczka chłodna, to i cztery nie zawadzą.

– Dziękuję – bąknął kapuś, choć nic z tej przemowy nie zrozumiał. Jakie znów dynie, jaki zacier?

– Jak wazony w dowód wdzięczności... – kolejna kobieta obmacywała worek wzrokiem – to pan doktor lubi kryształowe i w kształcie walca, takie okrągłe to do niczego są.

– Żyrandol też powinien być walcowaty – doradziła inna.

– Mnie to bolą te ostatnie trzonowe – powiedział dziadek od zacieru. – Doktor podejrzewa robaki zębowe.

– Że co!? – zdumiał się kapuś.

– Robaki zębowe. Takie czerwiki, które żyją w zębach i wyżerają je od korzenia. Wie pan, dentyści prawdy nie powiedzą, większość będzie gadać, że to tylko legenda. Ale ja je czuję, o tu. – Otworzył paszczę, prezentując nikłe resztki uzębienia. – Doktor dokładnie mi opisywał, jak przebiega infekcja.

– Jakby naszemu lekarzowi ten żyrandol nie podpasował, to ja chętnie odkupię – zniżyła głos handlara.

Radek w przypływie rozpaczy zasłonił się gazetą. Przez kolejne trzy godziny kolejka praktycznie się nie zmniejszała. Parę osób przyjęto, parę zrezygnowało, kilku cierpiących, usłyszawszy potępieńcze skowyty dochodzące z gabinetu, uznało, że ich ból zębów nie jest jeszcze wystarczająco mocny, by ryzykować wizytę u zębodłuba.

Wreszcie dobrze po południu w drzwiach gabinetu stanął lekarz we własnej osobie. Biały niegdyś fartuch zachlapany miał krwią i ropą aż pod szyję. W ręce trzymał konkretnie wyglądające kleszcze.

– Reszta jutro, dzisiaj fajrant – huknął.

Zebrani w poczekalni popatrzyli na groźne narzędzie tkwiące w rzeźnickiej łapie, potulnie zebrali się i wyszli. Radek został.

– A ty której sylaby słowa „fajrant" nie rozumiesz? – warknął stomatolog.

– Ja... bo ja jestem od majora Nefrytowa – wyjaśnił student.

– A... to czego czekałeś jak ciul, trzeba było przepchnąć się przed frajerów i bez kolejki wejść. Co potrzeba tym razem? Znów zęby wampira?

– Przywiozłem czaszki, pięć sztuk...

Dentysta wyciągnął z worka czerepy. Odszukał żuchwy, dopasował, obejrzał krytycznie jedno i drugie.

– Grubsza robota – burknął. – Marny ten towar. Dawne plomby powsadzane, teraz się takich nie stosuje, fachowiec pozna, że to ze starych grobów wyciągnięte. Muszę to pousuwać, rozwiercić i założyć nowe. W dodatku to z jakichś wiekowych, szczerbatych dziadów. Masy zębów w ogóle brakuje.

– To wampirom zęby nie wypadają!?

– Cholera je wie. A swoją drogą, kto jak kto, ale wy powinniście się znać na takich rzeczach, jesteście przecież zawodowcami. No nic, zrobię to tak, żeby wyglądało w miarę wiarygodnie. Na kiedy ma być?

– Od ręki. A w zasadzie na wczoraj, tylko zdobycie czaszek chwilę musiało potrwać.

– Szlag... Ano, mówi się trudno. – Groźny oprawca zgrzytnął zębami, ale widać ubecja prowadziła go na krótkiej smyczy, bo zaraz położył uszy po sobie. – Dobra. Siadajcie tam, towarzyszu. – Wskazał krzesło w kącie. – Jakby co, przydacie się do podawania narzędzi.

Radek siadł na wskazanym miejscu. Stolik obok zawalony był rozmaitymi przyrządami dentystycznymi. Opodal na biurku stał litrowy słoik z dziwnymi białymi larwami, pływającymi w jakiejś cieczy.

– Robaki zębowe – wyjaśnił stomatolog. – Jak wlezą w dziąsła, to koniec. Wedle pism doktora Zientalaka, gdy się raz zagnieżdżą, trzeba wyrwać wszystkie zęby i zastąpić metalową protezą. Ja jednak sądzę, że istnieje ratunek. Od miesięcy szukam sposobu na te małe gadziny. W czystym spirytusie wytrzymują cholery nawet tydzień. W formalinie ponad trzydzieści godzin. Najbardziej obiecująca wydaje mi się kuracja chininowo-arszenikowa.

– Nigdy nie słyszałem o czymś takim. – Zdumiony Radek obserwował żyjątka.

– Cholernie odporne. Syf z kosmosu, jak przypuszczam. Były znane już w średniowieczu. Ale wśród dentystów panuje zmowa milczenia. Nie jest łatwo przyznać się do bezsilności. A wystarczy poczytać dawne księgi medyczne, jeszcze w dziewiętnastym wieku nikt nie kwestionował istnienia robali, co więcej, próbowano je tępić. Szukam na nie metody, takiej, żeby je zabiło, ale pacjent kurację przetrzymał. A jak się uda, to będzie Nobel z medycyny. – Dentysta wypiął pierś. – No to działamy.

Powietrze wypełniła woń szlifowanej kości. Kapusiowi żołądek podszedł do gardła. Stomatolog pracował szybko i z wprawą. Czerep stalinowskiego prokuratora powoli zamieniał się w dowód rzeczowy potwierdzający absolutną niezbędność istnienia Wydziału Z.

Major Nefrytow otworzył skrzynkę. Radka zemdliło, ale zdołał się jakoś opanować. Ubek wyjął jedną z czaszek. Sprawdził ostrość kła opuszką palca. TW „Biały Kieł" naprawdę się postarał – dorobione zęby idealnie pasowały kolorem i fakturą do pozostałych.

– No, to się nazywa koronkowa robota – pochwalił major. – Ale nie myślcie, Brona, że to koniec zadań. Zobaczcie, nasz główny eksponat, rano dostarczyli. – Wyjął z sejfu tekturowe pudełko i otworzył.

– To krasnoludki są takie duże?! – zdumiał się Brona, patrząc na garść cienkich kosteczek i malutką czaszkę.

– A kij je wie jakie są, o ile w ogóle istnieją. Jak do tej pory żadnego przecież nie złapaliśmy. To szkielet małpki kapucynki, pozyskaliśmy od naszego agenta mającego wtyki w warszawskim zoo. Wykitowała w zeszłym roku, na szczęście dobrze posmarował i przypomnieli sobie, gdzie ją zakopali. Trzeba skombinować do tego kościotrupka odpowiedni strój, a właściwie jego resztki.

– Ale zwierzęta przecież nie chodzą w ubraniach? – nie zrozumiał agent.

– Wy, Brona, skupcie się na chwilę, dobra? Ten szkielet małpki zostanie przez nas ubrany w strój krasnoludka i wsadzony do klatki po papudze. Dzięki temu podczas kontroli będzie udawał szkielet krasnoludka.

– Teza, antyteza, synteza, dialektyka! – ucieszył się kapuś.

– No właśnie, ale przestańcie, Brona, co pięć minut cytować Lenina, bo już cholery od tego dostaję. I wy wiecie, i ja wiem, co to jest dialektyka. Po kiego grzyba drążyć temat?

– Tak jest! Co noszą krasnoludki?

– Czerwone czapeczki z filcu. Co do reszty ubioru, każda bajka podaje co innego, więc macie pewną swobodę artystyczną.

– Bajka... A dane wydziału?

– Khm... No cóż, widzicie, Brona, jak już mówiłem, nasz wydział do tej pory nie zdołał pochwycić żadnego krasnoludka, nie zdołaliśmy też jednoznacznie potwierdzić ich istnienia na drodze obserwacji. Rozkładaliśmy trutkę na skrzaty po lasach, ale albo żaden się nie połakomił, albo była nieskuteczna, albo otrute zostały zabrane przez współplemieńców i pogrzebane gdzie indziej. Zatem, jak mówię, macie znaczną dowolność.

– A jeśli kontrolerzy będą mieli jakieś dane?

– To im powiemy, że złapaliśmy skrzata z innego plemienia, stąd różnice w ubiorze. – Szef najwyraźniej miał już opracowane odpowiedzi na wszelkie ewentualne pytania.

– Hmm... tylko gdzie ja znajdę takie ubranko? Może w sklepach z lalkami?

– Brona, odbiło wam do reszty!? Ta operacja jest ściśle tajna! Sami uszyjecie. Tu macie wskazówki. – Oficer rzucił na blat biurka książkę.

– „Nastolatki szyją z resztek" – odcyfrował tytuł agent. – No cóż, mogę spróbować.

– Nie żadne spróbować, tylko za dwanaście godzin chcę mieć w klatce szkielet krasnala w odpowiednim stroju. I nie zapomnijcie zdobyć klatki. Wykonać!

– Tak jest.

– Albo czekajcie, po klatkę pojedziemy razem. Ja już kończę na dziś, a mi po drodze w zasadzie.

Major golnął strzemiennego i po chwili przetrząsania papierów wygrzebał w szufladzie kluczyki do służbowego fiata.

Zajechali z fasonem przed sklep zoologiczny i zaparkowali na zakazie. Weszli do wnętrza. Facet stojący za ladą nie spodobał się Radkowi od pierwszego wejrzenia. Młody, o rozbieganych oczkach drobnego cwaniaczka. Majorowi też się nie spodobał. Rozejrzeli się po wnętrzu. W klatkach smętnie kitłasiły się chomiki. W akwariach leniwie pluskały rybki. W kącie sklepu w dużej klatce siedziała papuga ara. Podeszli do lady. W kolejce przed nimi stała licealistka w grubych okularach na nosie.

– Chciałabym kupić dwie papużki nierozłączki – wyjaśniła.

Sprzedawca się skrzywił.

– Jest reglamentacja. Możemy sprzedać tylko jedną.

– Ale przecież ich nie wolno rozdzielać! – zdumiała się dziewczyna.

– Nic na to nie poradzę, taki mam regulamin. Jedno zwierzę na osobę, nie więcej. Mnie też kontrolują. Chomika sobie kup.

– Odkładałam na papużki.

– To przyjdź z siostrą albo bratem, kupicie po jednej, w papierach będzie się zgadzało, a co w domu z nimi zrobicie, to już mnie nie obchodzi. Tylko nie na rosół, bo musiałbym zażądać kartek na mięso – zarechotał.

– Ale ja nie mam rodzeństwa.

– A o tym to już musisz pogadać z rodzicami – zaszydził.

Dziewczyna wyniosła się jak zmyta. Sprzedawca przeniósł kpiące spojrzenie na kolejnych klientów.

– Co potrzeba? – zapytał.

– Potrzebowałbym klatkę, taką jak do tej papugi. – Radek wskazał arę, która czyściła sobie piórka.

– Sto pięćdziesiąt tysięcy.

– Ile!?

– Klatek oddzielnie w ogóle nie sprzedajemy. – Ekspedient uśmiechnął się ironicznie. – Są wyłącznie jako opakowanie przy zakupie papugi.

– Papuga mi niepotrzebna.

– To po kiego grzyba ci, człowieku, klatka?

– Tajemnica państwowa – warknął major.

– Że niby co? – Facet wytrzeszczył oczka, ale na jego twarzy odmalował się strach.

– Jak będziesz za dużo pytał, trafisz do nas. – Ubek wyciągnął z kieszeni legitymację. – Potrzebujemy klatki. Bez papugi. Możesz sobie z niej zrobić rosół, nawet bez kartek. Socjalistyczna ojczyzna może wybaczy – zaakcentował to „może".

– Ale ja nie mogę sprzedać, bo wedle rozdzielnika od dystrybucji...

– Spiszesz protokół, że klatka uległa nieodwracalnemu zniszczeniu w trakcie czyszczenia. Zresztą co ja cię będę fachu uczył! A papuga do czasu sprzedaży może sobie mieszkać razem z chomikami. Nie zje ich chyba.

– Chomiki pewnie zje – pokręcił głową Radek. – Ale można ją wsadzić do nierozłączek.

– Yyyy... – wykrztusił sprzedawca. – Ale mi nie wolno...

– Rusz dupę, człowieku, nie mamy całego dnia!

– No, na władzę nie poradzę.

– A tylko byście spróbowali!

Cwaniaczek, poganiany docinkami majora, uwinął się na jednej nodze. Papugę wsadził do klatki z mniejszymi ptakami, a „opakowanie” pospiesznie wyczyścił i zawinął w papier.

– Ja nawet nie wiem, za ile mam to sprzedać – jęknął, patrząc bezradnie na kasę.

– Nie zgrywaj idioty – warknął major, bezceremonialnie pakując Radkowi klatkę w objęcia. – Skoro w protokole będzie, że uległa zniszczeniu, to o jakich pieniądzach w ogóle mówimy?

Popchnął kapusia do wyjścia.

– Dajcie chociaż stówkę na szczęście – zakwilił sprzedawca, ale zignorowali go.

Radek wysiadł przed willą z klatką na papugę pod pachą i pudełkiem zawierającym szkielet małpy. Rodzice gdzieś wyszli, może do teatru. Babcia siedziała w kuchni. Towarzyszył jej wąsaty starzec. Maciejówkę położył na blacie stołu. Na szczęście, zajęci rozmową, nie zwracali uwagi na chłopaka.

– Pani major, to już niemal pewne. Nawis inflacyjny ciągnie gospodarkę jak kamień młyński u szyi samobójcy. Za Bugiem jest jeszcze gorzej. Ruskie leżą i kwiczą. W dodatku Reagan ich docisnął sankcjami. Do tej pory kupowali za złoto kukurydzę w USA, a tu figa. Gdyby Chińczycy nie wspierali ich ryżem, zdychaliby już z głodu. Moim zdaniem, realny socjalizm zbankrutuje w ciągu najdalej dwóch lat.

– Pytanie, mój drogi Macieju, czy to się tak po prostu zawali, czy wcześniej, zgodnie z teoriami walki klasowej, dojdzie do ostatnich bolesnych drgawek starego porządku. Albo i wypraw łupieżczych po żywność.

– To nie do nas raczej. Chociaż kto wie? Tak czy inaczej, trzeba być gotowym na kilka różnych scenariuszy. W tym na próby wprowadzenia kolejnego stanu wojennego. Ale ja myślę, że ten cały Jaruzelski aż taki głupi jednak nie jest i ukręci jakieś porozumienia ze starannie wyselekcjonowanymi opozycjonistami.

Radkowi, gdy słyszał te antykomunistyczne dyrdymały, robiło się zimno. Wiedział, że powinien zameldować majorowi o tym, co babcia i jej gość wygadują, ale zbyt dobrze pamiętał poprzednie spotkanie z przyjaciółmi staruszki. Wzdrygnął się. Te stare świry z AK gotowe mnie jeszcze wykończyć, pomyślał.

Przemknął się do swojego pokoju. Suka Luna leżała na swoim posłaniu ze starego karakułowego futra matki. Na jego widok otworzyła leniwie jedno oko, popatrzyła ironicznie i zrobiła minę, jakby chciała zaszczekać, ale zamiast tego ponownie zapadła w sen. Kapuś zaczął od przestudiowania książki od majora. Wewnątrz znalazł wymiary, wykresy, porady... W trzeciej klasie podstawówki na zajęciach technicznych kilka razy szyli jakieś drobiazgi. Poduszeczki do szpilek i temu podobne. Zresztą w książce narysowano, jak się nawleka igłę, i nawet były schematy kilku podstawowych ściegów.

– Dobra, nie święci garnki lepią – mruknął. – Coś tam się przecież z tych lekcji pamięta. A czego się nie pamięta, można doczytać.

Poszedł na strych, wyszukał pudło z jakimiś szmatkami. Były mocno zetlałe, pocięte przez myszy, pogryzione przez mole i przeżarte kurzem na wylot. Zatarł z uciechy ręce. Dokładnie takie były mu potrzebne. Przemknął się na parter. Z mamusinej szuflady w salonie wziął nożyczki, igły i nitki. Z barku ojca zaiwanił flaszkę whisky. Prace zaczął od nalania sobie szklaneczki. Alkohol przyjemnie go rozgrzał, dodał wiary w siebie. Kapuś zmierzył kościotrupa, zaklął i zaczął rysować ołówkiem na szmatkach odpowiednie wykroje. Nożyczki od dawna nie były ostrzone, trochę się ślizgały na materiale. Nitkę do uszka igły wcisnął z trudem. Przebijając ją przez tkaninę, kilka razy zakłuł się w palec. Ale z zadowoleniem spostrzegł, że nawet jakoś mu to wychodzi.

Pierwsza próba dała efekty kompletnie tragiczne. Koszulka, którą wyprodukował z kawałka starego prześcieradła, nie nadawała się do niczego. Wyglądała nawet nieźle, ale wyszła o wiele za ciasna. Dwie godziny poszły się bujać. Radek hojnie nalał sobie „łyskacza".

– Trzeba było zostawić po centymetrze na szwy! – uświadomił sobie po trzecim łyku.

Zabrał się do roboty po raz kolejny. Szył i szył... W przerwach pociągał whisky. Klął w duchu, ale pomysł majora nabierał kształtów. Spodenki, koszulka, kubraczek... Upchnął kości małpki w ubranko. Przyjrzał się krytycznie. Nawet realistycznie to wyglądało. Szmatki były stare, więc strój od razu wyszedł mocno sfatygowany, jakby krasnal przez wiele miesięcy poniewierał go po lasach. Pasował do tych kości, jak na obstalunek zrobiony. Największy problem był z czapeczką, ale i to zdołał jakoś ogarnąć. Wyciął trochę czerwonego filcu z wyściółki kapci, zszył na okrętkę.

Znalazł nawet mały dzwoneczek od jakiejś zabawki i przyszył go na czubku. Zrobił coś w rodzaju sandałów. Chlapnął jeszcze szklaneczkę i nie żałując kleju Plastuś, upozował trupka w możliwie dramatycznej pozie na dnie klatki.

Luna wstała z barłogu i ziewając, przeciągnęła się leniwie. Podeszła do biurka, trąciła pana zaskakująco zimnym nosem w łokieć. Podniosła się, opierając łapy o blat, łypnęła okiem na klatkę i wyszczerzyła zębiska w psim uśmiechu.

– I co sądzisz, mordo ty moja? Jak to wygląda? – wybełkotał Radek.

– Wygląda jak szkielet niewielkiej małpy, chyba kapucynki, w kiepsko uszytym stroju krasnoludka – mruknął pies. – Nie umiesz sam wydziergać, trzeba się było z Gosią przeprosić. Albo może babcia by pomogła? Matka też to i owo potrafi.

Kapuś zamarł ze szklanką w dłoni.

– Luna, ty gadasz?

– Flaszka whisky na pusty żołądek. Bałeś się iść do kuchni po zagrychę. No i w efekcie schlałeś się tak, że z psem gadasz. Idź lepiej spać, i tak już tego nie poprawisz, partaczu. – Suka pokręciła z politowaniem łbem.

Radek popatrzył na nią podejrzliwie, ale psisko nie odezwało się więcej. Umył ręce i golnąwszy ostatnią szklaneczkę, padł na łóżko jak stał, w ubraniu.

Major spodziewał się trzyosobowej komisji, toteż na widok towarzysza Pierwszego stojącego samotnie w holu kompletnie osłupiał. Nerwowo przełknął ślinę. Skoro generał fatygował się osobiście i bez świadków, zanosiło się na surową połajankę w cztery oczy albo poufne zlecenie wykonania jakiejś szczególnie paskudnej mokrej roboty. Tak źle i tak niedobrze.

– Towarzyszu generale! Major Nefrytow posłusznie melduje Wydział Z gotów do niezapowiedzianej kontroli! – wyszczekał, stojąc na baczność.

– Spocznijcie, proszę. – Towarzysz Pierwszy zdjął ciemne okulary.

Przerażająco błękitne oczy, przecięte pionowymi kreskami jakby kocich źrenic, lustrującym spojrzeniem omiotły wnętrze holu. Major Nefrytow poczuł nieprzyjemne ssanie w żołądku. Przez ostatnie lata dużo słyszał o tak zwanych pastuszkach. Po prawdzie to, co do niego dotarło, stanowiło tylko plotki przekazywane z ust do ust, ale i to wystarczało, by postawić mu włosy na głowie. Telepatia, telekineza, bilokacja...

– To ja zapraszam do mnie, znaczy się do biura – wykrztusił.

– W zasadzie, skoro tu jestem, to faktycznie rzucę okiem.

Ubek wskazał drogę. Znaleźli się w gabinecie.

– W dolnej szufladzie biurka macie flaszkę armeńskiego koniaku – odezwał się towarzysz Pierwszy. – Proszę mnie poczęstować, ale tak nie więcej niż pół szklanki.

– Z lodem?

Major za późno ugryzł się w język. Lodówka popsuła się jeszcze wiosną. Rzucił spanikowane spojrzenie w okno, ale na sople było jeszcze za wcześnie.

– Bez lodu.

Nefrytow poczuł, jak kropla potu spływa mu po karku. Spełnił prośbę dygnitarza, znalazł nawet czystą szklankę. Generał pociągnął nieduży łyk i usiadł na fotelu za biurkiem. Milczał. Wyraźnie coś sobie układał w głowie. Nefrytow stłumił panikę i w przypływie natchnienia postanowił przejąć inicjatywę.

– Proszę, tu są wykresy. – Zakręcił się na pięcie i sięgnął do sejfu po teczkę.

Rozsznurował, wyjął pierwsze karty. Rozłożył papiery przed zwierzchnikiem.

– Jak widzicie, towarzyszu, wykrywalność zombiaków wzrasta. – Wskazał czerwoną linię. – Ich likwidacja także przebiega planowo. Reagujemy elastycznie na zagrożenia.

Niebieska linia podążała ślad w ślad za czerwoną.

– Tendencja wyraźnie rosnąca – mruknął generał jakby obojętnie i krzywiąc się niemiłosiernie, pociągnął kolejny łyk zajzajeru.

– Efekt zatrucia środowiska – zbagatelizował major. – Za to proszę spojrzeć: zatrucie miewa też swoje dobre strony. Syrenki i rusałki prawie już wytępione.

– A krasnoludki?

– Pojedyncze zgłoszone incydenty, w naszych lasach zapewne łatwiej spotkać UFO niż skrzata. Ale ufoki to nie nasz wydział.

Na twarzy generała odmalowała się nieokreślona zaduma. Ubekowi strasznie chciało się zapalić, ale bał się w takim towarzystwie pociągnąć choćby małego dymka.

– Zapalcie sobie – mruknął generał. – Mnie nie przeszkadza.

– A oto plon ostatniego kwartału. – Nefrytow z dumą podniósł sukno, odsłaniając klatkę ze szkieletem małpki. – Proszę! Trup krasnoludka, z pułapki w Lasku Bielańskim. A tu są czaszki ubitych wampirów i protokoły z likwidacji.

Towarzysz Pierwszy wziął w dłoń wykresy na temat zombiaków i protokoły, jednym ruchem cienkich palców przedarł je na pół i wrzucił do kosza. Major zesztywniał z przerażenia, a papieros wypadł mu spomiędzy warg. Ale najwyraźniej generał nie był zły.

– Widzicie, Nefrytow, bardzo podoba nam się wasz entuzjazm, to, jak przykładacie się do roboty, nawet jak to i owo naciągacie i naginacie. – Westchnął. – Powiem więcej. I wy wiecie, i ja wiem, że większość naciągacie i naginacie. Rozumiem, że dla swojego kierownictwa musicie produkować takie śmieci. – Machnął dłonią w stronę klatki z „krasnoludkiem". – Ale teraz powinniśmy pomówić całkowicie szczerze. Jesteście jednym z naszych najlepszych ludzi i dlatego w ścisłym zaufaniu musimy wam powiedzieć, jak wygląda sytuacja... Socjalizm zbankrutował.

– No, to widać tak jakby na każdym kroku, ale to chyba nic takiego? – Major machnął lekceważąco ręką. – Związek Radziecki nie dopuści do takiej kompromitacji i pokryje długi Gierka. Dla naszych sojuszników te głupie kilkaset milionów dolarów...

– Nie kraj zbankrutował, tylko socjalizm zbankrutował. Sojusznicy nam nie pomogą, bo oni też są pod kreską – wyjaśnił generał. – W każdym razie politbiuro zebrało się w Moskwie i od miesięcy kombinuje, jak się wywinąć. Chodzi o to, żeby, jak to mówią, zjeść ciastko i mieć ciastko. Rozumiecie?

– Melduję, że nie.

– Pieriestrojka nie wypaliła. Mówiąc obrazowo, chciano poluzować trochę śrubę, a tymczasem okazało się, że cały gwint jest zerwany. I gdy poluzowano, nakrętka odskoczyła. U nas też.

– A zatem...

– Są nowe dyrektywy, które przekazuję wam w tej chwili ustnie. Koniec polowań na byty bionekrotyczne i wszelkiej maści innych. Mądrość etapu, towarzyszu. W nowej sytuacji nie warto palić mostów między światem żywych a światem tych nie do końca umarłych.

– W nowej... sytuacji?

– Naradziłem się z towarzyszami z KC i skonsultowałem rzecz z Moskwą. Towarzysze w zasadzie są jednomyślni. Uważamy, że sytuacja powoli dojrzewa do tego, żeby dokonać daleko idącej konwergencji – westchnął generał.

Jego mina wskazywała, że także nie jest do końca przekonany do tej koncepcji.

– Eee... konwergencji czego z czym? – nie zrozumiał ubek.

– Chodzi o to, żeby połączyć partyjniaków, byłych partyjniaków i solidaruchów w jeden amalgamat, z którego następnie wiatr przemian dziejowych wytopi czyste złoto. Tak żeby w nadchodzących dekadach cała władza, wpływy i kasa pozostały w zaufanych rękach wybranych towarzyszy, a za to cała odpowiedzialność za kryzys, nędzę i nadchodzące bezrobocie spadły na naszych przeciwników ideologicznych – wyjaśnił generał. – Partia oczywiście wyjdzie z tej transformacji obronną ręką, a opozycję rzuci się na żer motłochowi. Potem nasze znów będzie na wierzchu. To zresztą nie na waszą głowę, Nefrytow. Chodzi tylko o to, że w momencie nadmiernego rozhuśtania emocji ludziom od nadmiaru wolności może palma odbić, zatem warto najcenniejsze kadry naszej ludowej ojczyzny dodatkowo zabezpieczyć.

– Chcecie zrobić z partyjniaków wampiry?! – Teraz dopiero major załapał, do czego zmierza jego zwierzchnik.

– Wampiry, albo nawet zombiaki. No, żeby od razu robić, to byłaby lekka przesada. Ale warto mieć w zanadrzu taką możliwość. Tak czy inaczej, trzeba je teraz trochę udobruchać. Rozumiecie, idzie o to, żeby nie zamykać sobie możliwości owocnej współpracy w przyszłości. Te upolowane – wskazał rząd czaszek – to były miejscowe, warszawskie?

– Nie, jakieś tałatajstwo z daleka.

– A tak poważnie? – Oczy błysnęły złowrogo.

– No, tak poważnie to stare czachy z cmentarza, którym wprawiliśmy odpowiednie zęby – powiedział z rezygnacją major. – Mnie rozliczają z ilości, a tymczasem...

– Zombiaki?

– Mamy w Warszawie nie więcej niż cztery, może pięć sztuk. W zasadzie niegroźne dla otoczenia, tylko śmierdzą.

– Syrenki?

– Sypiemy truciznę do rzeki. Ale po prawdzie z akt wynika, że ostatni egzemplarz zaobserwowali agenci przedwojennej „dwójki". – Nefrytow wił się jak piskorz pod świdrującym spojrzeniem Pierwszego. – To znaczy w sierpniu trzydziestego dziewiątego podobno znaleźli martwy egzemplarz, a z ciała wydobyli kule z niemieckiego schmeissera... Wedle legend syreny w magiczny sposób chroniły miasto, no i zaraz potem...

– Dziękuję, znam historię. Krasnoludki?

– Nie wiadomo, czy kiedykolwiek istniały.

– Ale truciznę po lasach rozkładacie? Tę, co ją kręcicie w laboratorium w piwnicy.

– Melduję, że tak, zasadniczo to rozkładamy, ale tylko pro forma trzy kilogramy rocznie w Lasku Bielańskim i Puszczy Kampinoskiej. Oczywiście na papierze wygląda to odrobinę inaczej.

– Na papierze są trzy tony. I zapewne jest skuteczna jak diabli, skoro nikt nigdy nie widział krasnoludków. A zwierzęta leśne od tego nie pozdychają?

– Melduję, że krochmal zmieszany z barwnikiem spożywczym nie jest dla zwierząt szkodliwy.

– Rusałki?

– Brak danych.

– Ufoludki?

– Wszystkie obserwowane latające talerze to, jak ustaliliśmy, zamaskowane pojazdy zwiadowcze NATO, być może oparte na kradzionych technologiach Trzeciej Rzeszy. Ale to nie mój wydział.

– Diabły?

– Religia to też nie mój wydział.

– No tak. Wilkołaki?

– Cztery rodziny. Pod ścisłą kontrolą, choć to w zasadzie zbyteczne. Wilkołactwo jest uleczalne, to znaczy – poprawił się major – wyrasta się z niego. Wilk żyje krócej niż człowiek i w końcu zdycha, a człowiek żyje spokojnie dalej i już się nie przemienia.

– A wampiry? Mam na myśli te prawdziwe.

– Wszystkie zewidencjonowane i pod kontrolą. Tak po prawdzie można by je zlikwidować, tylko nie ma po co. Są społecznie nieuciążliwe. A nawet pożyteczne, bo prawie wszystkie mimo przekroczenia wieku emerytalnego pracują. No, jedyny problem z Małgorzatą hrabiną Bronawską. Załatwić jej nakaz pracy?

– To córka towarzysza Brony? Nie, jej na razie nie ruszajcie. Wasze zadanie na nadchodzący kwartał to otoczyć wampiry opieką i ochroną, żeby im włos z głowy nie spadł. Uruchomicie kontakty w dyrekcji fabryki. Niech dostaną podwyżkę, speckartki żywnościowe...

– One nie jedzą.

– A... faktycznie. To talony na atrakcyjne produkty. Jakby było trzeba, zamówcie z banku krwi coś ekstra. Macie się z nimi zakumplować, powyciągać różne sekrety, a kiedy już będziecie wiedzieli, jak z partyjniaka zrobić wampira, nawiązujecie kontakt ze mną.

– Tak jest!

Major wyszedł z roboty kompletnie wykończony i skołowany. Marzył już tylko o jednym – wrócić do domu, walnąć setkę czyściochy i poleżeć w wannie pełnej ciepłej wody, z gazetą, paczką zagranicznych petów i filiżanką kawy. Już miał wsiadać do auta, gdy spostrzegł na ławce znajomą postać. Skinął zapraszająco dłonią.

– I jak wyniki kontroli? – zaciekawił się konfident, wsiadając do fiata.

– Sam nie wiem – westchnął major, zapuszczając silnik. – Generał niby nas pochwalił, ale nie do końca. Niby się ucieszył, że sprawnie likwidujemy zabobony, ale też zakazał ruszać tych z Kawęczyńkiej. W ogóle gadał jakieś reakcyjne głupoty. O konwergencji partii i wampirów. W sensie, że niby szykuje się niewąska zadyma o znaczeniu historycznym, a nasze zadanie polega na tym, żeby w krótkich abcugach znaleźć sposób, jak z partyjniaka zrobić wampira.

Radek patrzył na niego i milczał zdumiony. Tylko po pulsowaniu żyłek na skroniach widać było intensywne procesy myślowe zachodzące w jego głowie.

– Partyjne wampiry? – Przez chwilę jakby smakował te słowa. – To arcyreakcyjne. Z drugiej strony, gdyby się nad tym głębiej zastanowić... Teza, antyteza, synteza, dia...

– Zamknijcie się, Brona, bo was palnę! – warknął major. – Jesteśmy ubecją, dla nas nie ma rzeczy niemożliwych. Legendy mówią, że wampirem można się stać na skutek ugryzienia. Ale to chyba lipa, bo z tego, co wiem, wampir musi się nażłopać krwi co najmniej raz w miesiącu. Gdyby w ten sposób infekowały ludzi wampiryzmem, to łaziłoby ich po mieście całe stado.

– Babcia twierdzi, że to jest wrodzone. Mutacja taka. Tego nie da się podrobić.

– No to mamy przerąbane. Chyba żeby... Wasz ojciec jest partyjny. Jest szansa, że gdybyście go kropnęli, odrodzi się jako krwiopijca? Byłby dowód, że z komunisty da się zrobić wampira.

– Mam zlikwidować własnego ojca?! – przeraził się Radek.

– Ech, nie... ubecji nie wolno kasować członków partii – mruknął major. – No chyba że za specpozwoleniem samego prezydium KC. Ale jest przecież „Necronomicon"... Wampiry z Kawęczyńskiej miały tę księgę, ale już nie mają. Z podsłuchów wynika, że przekazali temu całemu Profesorowi, ale on sobie nie radzi z odcyfrowaniem.

– A gdyby tak zaproponować mu pomoc? Ubecja i milicja mają swoje biuro szyfrów i odpowiednich speców – rzucił Radek. – Już nie mówiąc o tym, że połowa uniwersytetu to wasi TW. Z pewnością znajdzie się masa specjalistów, filologów, historyków...

– Tak, tylko problem w tym, że jak oni to odcyfrują, poznają treść. A obowiązuje nas ścisła dyskrecja. Trzeba wymyślić coś innego.

I obaj zatopili się w ponurym milczeniu.

Babcia

Rodzina Bronów zasiadła do niedzielnego obiadu. Nestor rodu powoli wiosłował łyżką w zupie. Potem, zagłębiony w zadumie, spałaszował kotlet. Przy deserze otworzył barek, nalał sobie szklankę whisky. Wyduldał połowę duszkiem. Wszyscy milczeli zaciekawieni, co też chce powiedzieć.

– Słuchajcie, jest taka sprawa – odezwał się wreszcie. – Dostałem ściśle tajną instrukcję z KC.

– Partia się likwiduje i macie się chwilowo przyczaić jako biznesmeni, zanim wyselekcjonowani towarzysze przekształcą ruiny PZPR w kilka teoretycznie niezależnych od siebie partii socjaldemokratycznych – powiedziała babcia i pociągnęła łyk kompotu.

– Skąd mama wie?! Przecież to ściśle tajne! – ryknął Brona.

– Głos Ameryki i Wolna Europa trąbią o tym od trzech dni. Się słucha, to się wie – burknęła. – A takich jak ty powsadzają na prezesów różnych spółek, co to mają rozkraść wszystko i doprowadzić do plajty te gałęzie przemysłu, które mogłyby stanowić konkurencję dla firm z Zachodu, które przyjdą nas kolonizować.

Zapadła niezręczna cisza.

– No, mniej więcej tak to wygląda – przerwał krępujące milczenie Brona. – W ogólnym zarysie. Do tego mamy wszyscy wrócić do prawdziwych nazwisk, chyba że są szczególnie kompromitujące.

– Wrócić do prawdziwych nazwisk? – nie zrozumiała jego żona. – Znaczy zamiast Gruszka mam być Zyngelstein?

– E, panieńskich to chyba nie dotyczy... – zasępił się. – Raczej biega o to, że zamiast Brona mamy być znowu Bronawscy. Hrabiowie Bronawscy – dodał z poczuciem nieśmiało kiełkującej dumy.

Babcia zaśmiała się ochryple, ale nie skomentowała.

– To ja teraz też będę hrabia? – zdumiał się Radek. – Łał!

– I co, myślisz, że dziewczyny z roku polecą na tytuł i nabiorą ochoty, żeby z tobą sypiać? – zakpiła babcia. – Ty, ćwoku, studiujesz filozofię marksistowską, więc prędzej ci tam kolektywnie kocówę spuszczą. Herbu nad drzwiami też nie radzę wieszać – dodała, dobierając sobie szarlotki. – Przecież w willach dookoła żyją sami komuniści. I to tacy prawdziwi, pacany z awansu społecznego.

Trzy dni później

Były towarzysz Brona, kandydat na członka KC PZPR, a obecnie pan prezes hrabia Bronawski, pędził służbową niegdyś ładą przez usiane dziurami uliczki Szmulek. Odrapane elewacje, ostatni raz pomalowane jeszcze za sanacji, straszyły skutymi sztukateriami. Wiaterek przetaczał śmieci po krzywych chodnikach. Ale w powietrzu czuło się napięcie i nadzieję na lepsze. Praski ludek wyległ z bram czynszówek, zbierał się w kilkuosobowe rozdyskutowane grupki. Na jednej ze ścian ociekał jeszcze świeżą farbą napis: „Dla komuny Norymberga!". Dygnitarz odruchowo dodał gazu i uruchomił radio samochodowe. Liczył na chwilę muzyki, ale zamiast tego trafił na program informacyjny.

– W dniu dzisiejszym grupa funkcjonariuszy milicji z wydziału przestępstw gospodarczych została zaatakowana na Żoliborzu – zagdakał lektor. – Do bulwersującego zdarzenia doszło na skwerze obok kościoła pod wezwaniem Stanisława Kostki. Podczas próby wylegitymowania i zatrzymania cinkciarza należącego prawdopodobnie do tak zwanego gangu emerytów milicjanci zostali sterroryzowani bronią palną, rozbrojeni, potraktowani własnym gazem obezwładniającym i dotkliwie obici laskami przez grupę około trzydziestu starców w kominiarkach. Najwyraźniej pokojowe przemiany ustrojowe zachodzące w naszym kraju kolejny już raz sprowokowały elementy chuligańskie...

Zirytowany Bronawski przekręcił gałkę i ponownie dodał gazu.

– Co za czasy, że milicja nie umie sobie poradzić z jakimiś starymi prykami – burknął.

O tym gangu emerytów słyszał niejedno. Podobno staruszkowie nie tylko handlowali walutą i złotem, ale też rozprowadzali w dzielnicy alkohol i papierosy z przemytu. Zaraz jednak skupił się na prowadzeniu auta. Przedwojenny bruk na Kawęczyńskiej dotkliwie dał się we znaki resorom. Bronawski mijał odrapane czynszówki. Oczywiście w czasie studiów w Wyższej Szkole Kadr Partyjnych i na Wieczorowym Uniwersytecie Marksizmu-Leninizmu poznał dość dokładnie historię ruchu robotniczego i wszystko to nadal kołatało mu w głowie. Słuszny bunt mas proletariackich przeciw wyzyskowi w fabrykach, przewodnia rola komunistów, kierujących gniew wyklętego ludu ziemi we właściwą stronę, zdradzieckie knowania socjaldemokratów i kolesi od Piłsudskiego, z których to winy upadła rewolucja 1905 roku. Wreszcie walka partii komunistycznej z sanacją, ukoronowana wspaniałym przejęciem władzy po wygnaniu hitlerowców. Wszystko to poznał teoretycznie, a teraz chwilowy paroksyzm historii nie dość, że wysłał go do fabryki, to jeszcze obsadził w roli znienawidzonego burżuja.

To tylko kamuflaż, mądrość etapu, uspokoił się. Jak mawiał Lenin, jeden krok naprzód, dwa kroki w tył. Przyjemne z pożytecznym. Komunizm ostatecznie zwycięży, a w międzyczasie i przy okazji ja sobie trochę pieniążków uciułam. Posag dla córki mi wprawdzie niepotrzebny, ale temu fajtłapie Radkowi trzeba wreszcie kupić jakieś auto. Fiacika albo poloneza może? Albo nawet coś zagranicznego! Zrobi prawo jazdy, to może mniej będzie mi z barku podbierał.

Wreszcie zakręcił i po chwili zatrzymał ładę na podjeździe bramy Drucianki. Fabryka wyglądała dokładnie tak, jak sobie wyobrażał. Czerwone ceglane mury wyglądały groźnie, niczym obwarowania średniowiecznego zamku. Uliczkę przed zakładem wybrukowano kocimi łbami, widać było, że nawierzchni nie wymieniano od osiemdziesięciu, może nawet stu lat. W powietrzu unosił się zapach rozgrzanego metalu, smarów, dymu... W halach coś trzeszczało, huczało i brzęczało. Produkcja najwyraźniej szła pełną parą.

Ogromna ta fabryka, pomyślał prezes, lustrując wzrokiem swoje przyszłe włości. No i doskonale. Trochę wyzysku, trochę zwolnień podatkowych, importowych i eksportowych, parę umorzonych kredytów w nomenklaturowych bankach i za rok mam na koncie milion dolarów. I to zupełnie na legalu. Szkoda tylko, że w tym kapitalizmie dolary są tak niewiele warte. Gdyby tak pięć lat temu mieć ten milion...

Ponieważ brama nawet nie drgnęła, zaklął pod nosem i zjechał na bok. Zaparkował auto i ruszył w stronę portierni. Furtka prowadząca do wnętrza była zamknięta na głucho. Rozejrzał się i wtedy w zakratowanym okienku pojawiła się jakaś niedogolona gęba.

– Stój, kto idzie?! – huknął stary portier. – Gdzie twoja przepustka? A właściwie to od razu won! Ja tu przecież wszystkich znam!

– Jestem prezesem Drutpolexportu – bąknął były towarzysz Brona. – Ja tu pracuję. To znaczy od dzisiaj jestem tu szefem. Moje nazwisko Bronawski. Hrabia Bronawski – dodał.

Cieciowi na dźwięk słowa „hrabia" chyba przypomniały się przedwojenne czasy, bo w pierwszej chwili stanął na baczność. Ale widać zdrowo strzyknęło go w krzyżu, bo zaraz znów się przygarbił.

– Przykro mi, regulamin jeden dla wszystkich – burknął już trochę grzeczniej, wskazując przynitowaną do furtki metalową wywieszkę. – Tu jest wyraźnie napisane: „Przepustkę okazywać, trzymając papier prawą ręką i bez wezwania". Nie ma przepustki, to ja nic nie poradzę. Regulamin jeden dla wszystkich – powtórzył.

Świeżo upieczony prezes obrzucił go wzrokiem. Cieć dobiegał już wieku emerytalnego, ale jego postawa nadal nosiła ślady charakterystycznej resortowej sztywności. W głosie też pobrzmiewały resztki spiżowych tonów. Sprawiał wrażenie byłego ubeka niskiej rangi albo zomowca dorabiającego sobie do milicyjnej emerytury.

– Yyy... a gdzie mogę uzyskać przepustkę? – jęknął Bronawski.

– W dziale kadr.

– A gdzie znajdę dział kadr?

– W środku, rzecz jasna. – Wachman jakby ironicznie wyszczerzył resztki pożółkłych od nikotyny zębów.

Sądząc po tym, jak złośliwie mrużył oczy i zaciskał kułaki, diagnoza co do poprzednich miejsc pracy wydawała się słuszna.

– A może jakiś konwojent mógłby mnie tam odprowadzić? – zaproponował hrabia.

– Właściwie w uzasadnionych przypadkach taka procedura jest dopuszczalna. – Dziadyga skinął dostojnie głową. – Jeden problemik tyciuchny jest, że konwojenci zwolnieni, bo od sześciu miesięcy trwa redukcja personelu straży przemysłowej zakładu.

W tym momencie do bramy podjechał nowiutki polonez. Wysiadł z niego starszy, szpakowaty mężczyzna w nienagannie skrojonym popielatym garniturze i pod krawatem.

– Niech zgadnę – burknął, taksując Bronawskiego przenikliwym spojrzeniem. – To pan jest tym nowym prezesem spółki, która ma pasożytować na mojej fabryce? Miło poznać. – Uścisnął iście gorylą łapą pulchną dłoń zaskoczonego hrabiego. – Panie Wicku, tego pana trzeba wpuszczać bez przepustki, ile razy zechce wejść, a zwłaszcza gdyby chciał wyjść. On jest tu teraz najważniejszy. To znaczy ważniejszy nawet ode mnie. – W jego uśmiechu było coś ironicznego.

– Plątał się pod bramą i nie miał przepustki. – Cieć wzruszył ramionami. – Nie wiedziałem.

– Ten pan nie potrzebuje przepustki. Gdyby się coś zmieniło, dam znać.

– Tak jest! – zasalutował cieć.

– Khm... ja... – zaczął Bronawski.

– Zapraszam, podjedziemy pod biuro. – Dyrektor gestem zagonił go do samochodu. – Zaraz wszystko sobie obejrzymy.

Po chwili wysiedli przed budynkiem administracji.

– Uprzedzali mnie, że pan przyjedzie, więc kazałem uprzątnąć dawny pokoik straży przemysłowej – nawijał garniturowiec. – Im w każdym razie nie będzie już potrzebny, redukcja zbędnych etatów zgodnie z zaleceniem. Zostaje tylko portier na bramie. Biurko i szafa z aktami już wstawione. To znaczy szafa na akta, które pan wyprodukuje. Jakby było potrzeba więcej pomieszczeń, coś wygospodarujemy.

Zaprowadził hrabiego po schodkach i przekręcił klucz w zamku smutnych, szarych drzwi. Wnętrze powitało ich zapachem świeżej klejówki, zmieszanym z wonią pasty do podłogi. Ściany były wręcz oślepiająco białe. Lśniący miodową barwą parkiet trzeszczał przyjemnie pod stopami. Okna wypucowano, na parapecie stała doniczka z uschniętą paprotką. Listki ktoś pociągnął plakatówką na zielono, wyglądały prawie tak jak wtedy, gdy roślina jeszcze żyła. Na biurku z laminowanej płyty paździerzowej ustawiono komputer Mera, kalkulator mechaniczny i maszynę do pisania z przedłużonym wałkiem. Obok leżała równiutka ryza papieru.

– No i jak? Podoba się panu? – zapytał dyrektor przyjaznym tonem.

– Tak.

– Wywieszkę na drzwi zrobią chłopaki z grawerni, trzeba im tylko powiedzieć, co ma być na niej napisane, a najlepiej samemu napisać na kartce i im przekazać. Tylko dobrze by było drukowanymi literkami, bo to prości robole ze Szmulek i z alfabetem mogą mieć pewne problemy. Dawno szkoły skończyli i trochę odwykli od czytania i pisania. Normalna sprawa. Ale co do maszyn, fachowcy wysokiej klasy. W ogóle ma pan tu świetną kadrę. Najlepsi ślusarze w tej części Warszawy, a narzędziowych to mi każdy zakład zazdrościł. Latami kompletowałem personel, który teraz będzie na pana pracował.

– Yyyy... dziękuję.

– Z komputerami miał już pan do czynienia?

– No, o tyle o ile. – Hrabia wolał nie wspominać, że jego kontakt z podobnym sprzętem sprowadzał się do podpatrywania, jak syn gra sobie w strzelanki na swoim atari 800.

– Więc na wszelki wypadek niech pan nic nie uruchamia przed przeczytaniem instrukcji i podręczników języka programowania. Zresztą wtyczka i tak jest ucięta, bo sobie sekretarki grały w kółko i krzyżyk. – Dyrektor żartobliwie pogroził palcem nieobecnym kobietom. – A zatem proszę teraz zreferować dokładnie, czym chce się pan zająć poza działalnością podstawową, czyli inkasowaniem prezesowskiego wynagrodzenia.

– W ramach dotychczas istniejącego przedsiębiorstwa nastąpiło rozdzielenie kompetencji – wyjaśnił Bronawski. – Fabryka skupi się na produkcji, a powołana właśnie spółka zewnętrzna Drutpolexport zajmie się zapewnianiem finansowania, zbytem produkcji i redystrybucją zysków.

Dyrektor uśmiechnął się krzywo.

– Tak właśnie mi przekazano. Pan będzie prezesem zarządu tej spółki zewnętrznej, jak mniemam?

– Oczywiście.

– Takim, co to inkasuje miliardy na miesiąc za siedzenie i zarządzanie. Rozumiem i nawet to akceptuję.

Hrabia łypnął na niego podejrzliwie.

– Od dawna marzyłem, żeby zająć się wyłącznie produkcją, a te naprawdę poważne problemy przerzucić na kogoś innego – wyznał dyrektor. – Wcześniej część kłopotów zdejmowało mi z karku zjednoczenie, ale teraz, gdy postawiono je w stan likwidacji, z przyjemnością przekażę wszystko panu. W zamian może się pan poczęstować całym zyskiem, o ile jakikolwiek będzie. Pan pali?

– Camele.

– Myślę, że będzie pan musiał od dziś przestawić się na ekstra mocne.

– Co konkretnie chce pan przez to powiedzieć?

– Że towarzysze z nomenklatury zrobili pana w jajo. – Dyrektor przestał się uśmiechać. – Tu nie będzie zysków, które można wpuścić w kieszeń. Obawiam się, że fabryka jest ugotowana. A tak dokładniej mówiąc, jak sobie przejrzałem księgi rachunkowe, ugotowana to ona była już w trzydziestym dziewiątym. Przez cały okres powojenny była deficytowa. Mówiąc po ludzku, panie prezesie – westchnął dyrektor – z próżnego i Salomon nie naleje. No chyba że wdrożymy restrukturyzację i wymyśli pan jakiś fajny program naprawczy, który dziarskim i zwycięskim krokiem wprowadzi nasz trochę podupadły zakład w kapitalizm.

– A konkretnie? – nastroszył się Bronawski. – Czym jest spowodowany ten, eee... deficyt?

– Produkcja wojskowa została niedawno wygaszona. Polecenie ministerstwa. Nie robimy już niewielkich, ale istotnych elementów pewnych urządzeń. Nasi dawni przyjaciele i odbiorcy, rozsiani po świecie, wraz z upadkiem poprzedniego ustroju i Układu Warszawskiego niebawem zapewne staną się naszymi odwiecznymi wrogami.

– Proszę jaśniej.

– Amerykanie zabronili, więc Libia, Korea Północna i Irak już nie kupią od nas elementów wirówek do frakcjonowania izotopów uranu. Co gorsza, nie kupią też małych turbinek będących ważnym elementem silników rakiet przeciwlotniczych i przeciwpancernych. Ani takich większych, przydatnych do budowy na przykład pocisków międzykontynentalnych, zdolnych przenosić to, co udałoby się uzyskać za pomocą turbinek mniejszych w wirówkach do uranu. W ogóle wielu rzeczy już nie będziemy dla nich produkowali. Dopóki Amerykanie byli naszymi wrogami, mogliśmy po cichu ignorować sankcje nakładane przez ONZ i embarga na transfer technologii do krajów Trzeciego Świata. Ale teraz nie wolno i koniec. Nawet pochwalam to posunięcie, bo skoro Arabowie i Koreańczycy teraz są po przeciwnej stronie żelaznej kurtyny, lepiej, żeby nie mieli bomb atomowych ani rakiet do ich przenoszenia. Jeszcze by je nam spuścili na głowy czy coś... Zresztą płacili ryżem i daktylami. Gdy średnia płaca w kraju wynosiła osiemnaście dolarów, kilogram daktyli to była dobra tygodniówka. Ale teraz, wobec widma urealnienia kursów walut, obeżremy się egzotycznym żarełkiem do wypęku.

– Eeeee...

– Zaczepy do rakiet dla migów też szły na eksport. Część do krajów, które zapewne będą nadal zaprzyjaźnione, ale część trafiała do takiego dużego państwa, które teraz strzeli focha i już nie będzie chciało się z nami przyjaźnić. Tak po prawdzie to ta część produkcji nie generowała zysków, bo Sowieci płacili surowcami, a czasem zapominali zapłacić. A na rynku krajowym aż tyle tego nie trzeba, zwłaszcza że nasza dzielna armia już raczej nie planuje wyzwalać Danii. To i migów już tylu nie będziemy potrzebowali. Pewnie na złom pójdą, a nowe samoloty to już od Amerykanów kupimy, a wtedy wytwarzane części z całą pewnością nie będą pasowały.

Były towarzysz Brona czuł się przytłoczony słowotokiem dyrektora, ale jakoś nadążał z przyswajaniem informacji.

– A produkcja cywilna? – wykrztusił.

– A cywilna to jak zwykle. Wszystko idzie pełną parą! I tu jest pierwsze konkretne zadanie dla pańskiej spółki. W magazynach zalega sto dwanaście tysięcy podajników sznurka do snopowiązałek. Należałoby je sprzedać, o ile się uda, a za uzyskane pieniądze dokupić surowca, żeby kontynuować produkcję lub zacząć nową.

– A czemu zaczynać inną? – zdziwił się.

– Bo tych nikt nie chce.

– Co znaczy „nikt nie chce"? Przecież na rynku są kolosalne braki wszystkiego! Podajniki, czy cokolwiek to jest, powinny iść jak świeże bułeczki!

– Nasz odbiorca od dwóch lat nie odbierał bieżącej produkcji. Zatem cieszę się, że to pańska spółka zajmie się teraz ich spieniężeniem. Bo ja kompletnie nie miałem na to pomysłu.

Były komunista ścisnął skronie palcami.

– No ale dlaczego nie odbierał!? – wykrztusił.

– Zapewne dlatego, że produkcja snopowiązałek została u nich wygaszona już pięć lat temu. Przez ostatnie trzy lata brali je już tylko po to, żeby zapewnić serwis gwarancyjny i wsparcie pogwarancyjne odbiorców indywidualnych.

– No jasna cholera! Ale dlaczego przestali je wytwarzać?! Przecież snopowiązałka to potrzebny sprzęt! Nie raz widziałem w polu... To znaczy jak szosą jechałem, to widziałem.

– Dobre to one były trzydzieści lat temu. Tylko sznurka wiecznie brakowało. A dziś, gdy nauczyli się robić nylonowy, jest już po ptokach, bo kto tylko może, przesiada się na kombajn. Stare maszyny idą na złom, nie da się ich remontować w nieskończoność. No i wydajność kompletnie nieporównywalna.

– A gdyby to, co wytwarzamy, po cichu sprzedać... – nowy prezes zniżył głos – prywaciarzom?

– Już próbowaliśmy – westchnął dyrektor. – Nie byli zainteresowani.

– Nikt nie potrzebuje ich do napraw? Jako części zamiennych?

– No cóż, jak by to powiedzieć... Robiliśmy je trochę za dobre. Nie żałowaliśmy surowca, nie kombinowaliśmy z jakością, więc bardzo rzadko się psują. Dostaliśmy za nie osiem złotych medali na różnych targach i pokazach. Uprzedzając ewentualne pytanie, to się tylko tak nazywa „złoty medal", bo w rzeczywistości są zrobione ze złoconego aluminium. Teraz widzę, że ta perfekcyjna jakość to był pewien błąd, ale już tego nie poprawimy.

– A gdyby zamontować je w kombajnach? Nie medale oczywiście, tylko te podajniki.

– Nie da rady. Nie da się ich nawet przerobić, to kompletnie inna konstrukcja. Kombajny w ogóle nie używają sznurka.

– Dlaczego?

– Bo snopków nie robią – tłumaczył z anielską cierpliwością dyrektor. – One tną i wciągają zboże do środka, tam młócą, ziarno idzie do zbiorników, a słomę wywalają tyłem. Potem przyjeżdża prasa, która tę słomę zgarnia i robi z niej kostki.

– Ale te kostki są oplatane sznurkiem?

– Tak, ale tam jest zupełnie inny typ maszyny, z zupełnie innym systemem podajnika. Snopek okręca wokoło, a w kostce ściska słomę i oplata z dwóch stron, wertykalnie i horyzontalnie. Tam dwa sznurki równolegle idą, a w snopku był tylko jeden.

Prezes dłuższą chwilę układał to wszystko w głowie. Do tej pory maszyny rolnicze widział głównie w telewizji, i to filmowane z daleka. Nawet nie wiedział, co mają we wnętrzu. A tu nagle trafił w sam środek pierońsko skomplikowanego procesu. A co gorsza, jako szef całości musiał podjąć jakieś decyzje.

– W takim razie po jaką cholerę wytwarzamy te podajniki? – zapytał. – Skoro są zbędne...

– Zjednoczenie kazało. Pisałem do nich zapytania i wnioski, ale wie pan, dopóki polecenie nie zostaje odwołane, produkcja ma iść zgodnie z tym, co mądrzy ludzie w centrali ustalili. Gospodarka planowa, wszystkie zakłady są jak trybiki wielkiej machiny. Nikt poza kierownictwem zjednoczenia nie ogarnia całości. Coś może się wydawać nielogiczne, ale ja nie wnikam, tylko wykonuję rozkaz. Płacą mi za wykonanie planu, a za przekroczenie jest premia, no to robiliśmy przez ostatni rok po sto dwadzieścia, nawet sto pięćdziesiąt procent normy, aż zabrakło surowca.

– No dobra, u nas snopowiązałki są już przestarzałe, ale istnieją przecież kraje Trzeciego Świata. Z całą pewnością nasze maszyny trafiały na Kubę, do Sudanu, Wietnamu i tak dalej. Może podajniki kupią odbiorcy za granicą?

– Nie mam pojęcia. Trzeba się dowiedzieć w centrali handlu zagranicznego. O ile nie została już zlikwidowana. W końcu wszystko ma być prywatyzowane, a firmy będą handlować z zagranicą na własny rachunek. Ale, szczerze powiedziawszy, nie sądzę, żeby trzcinę cukrową, bataty, sorgo albo ryż zbierano snopowiązałkami.

– Nie?

– Fachowcem od upraw egzotycznych nie jestem, ale ryż to takie miotełki do kolan, a trzcina jest wyższa niż konopie. Snopowiązałka tnie zboża nisko nad ziemią i wiąże. Ryżu w snopek nie złapie, bo sznurek nie obejmie, łodyga za krótka. Trzcinę pewnie nawet zwiąże, ale sznurek będzie dla odmiany za nisko, może w jednej piątej długości łodygi, i do dupy taki snopek, rozpadnie się. Bataty to takie jakby kartofle skrzyżowane z marchwią, to w ogóle w glebie siedzi. Może nasz kombajn do zbioru buraków da sobie z tym radę, a może i nie.

– A sorgo?

– Szczerze mówiąc, nie mam pojęcia, jak to wygląda i jak się zbiera. Nigdy nie widziałem. – Garniturowiec rozłożył bezradnie ręce.

– No dobra... czyli mamy tego draństwa pełne magazyny.

– Część się nie zmieściła, to rdzewieje na placu pod chmurką. To znaczy w przenośnym sensie rdzewieje, bo większość jest zatowotowana, zawinięta w rogożę, upakowana w skrzynkach i pod plandeką, rzecz jasna. Z ostatniego roku to faktycznie korodują na bieżąco, bo zabrakło towotu, skrzynek i rogoży, ale skoro i tak nie schodzą...

– Dobrze. I to wszystko, mam na myśli te wyprodukowane podajniki, to dobra stal...

– Wolałbym użyć określenia metal. Jest bardziej adekwatne do stanu faktycznego. – Dyrektor wyszczerzył zęby. – No, na magnes niby reaguje i w ręku też ciężko wygiąć. Ale stalą to ja bym tego mimo wszystko nie nazywał. Sznurek jest konopny, tam, gdzie szedł, wyszlifował kluzy na wysoki połysk, ale przetrzeć na wylot nie miał szans. Jak mówiłem, pierwszorzędna jakość. Na miarę problemu, oczywiście.

– Dobrze. Mamy zatem surowiec w postaci niepotrzebnego wyrobu. A gdyby tak brać z magazynów te podajniki i wytwarzać z nich coś zupełnie innego? – błysnął pomysłem prezes.

– A na przykład co? – dyrektor okazał żywe zainteresowanie.

– Hmm... coś, co jest ludziom potrzebne, coś, czego się często używa. No to może otwieracze do konserw?

Szef fabryki zadumał się głęboko.

– Wydaje mi się, że to możliwe. Powstanie sporo odpadów, rzecz jasna... Ale tak, to może się udać.

– Czy mamy inżynierów, którzy to narysują i tak dalej?

– Oczywiście do naszej dyspozycji jest ogromne biuro pełne inżynierów. Chłopaki tam projektowali ostatnio łaziki księżycowe, no bo sam pan rozumie, polecenia produkcji przychodziły od lat z gotowymi rysunkami technicznymi.

– To po co biuro projektowe?

– A, z carskich czasów jeszcze zostało. Zjednoczenie nakazało, żeby było, to nie likwidowaliśmy. Tylko co jakiś czas wymienialiśmy kadry na nowe, bo inżynierowie wariowali z nudów. Nie wszyscy i nie mocno, tak ze trzech, czterech rocznie odstawialiśmy do szpitala w Tworkach.

– Dobra. Zagońcie ich do roboty. Otwieracze do konserw, otwieracze do puszek... O, może coś innowacyjnego, niech zaprojektują też od razu otwieracze do puszek z piwem. Bo pewnie niedługo w sklepach będzie jak w Pewexie piwo puszkowane.

– Jest jeden problem. Przestawienie produkcji i przeszkolenie załogi to kilka tygodni.

– A po co to przestawiać? – nie zrozumiał hrabia.

– Elementy podajników wycinamy specjalnymi sztancami z użyciem pras hydraulicznych. Otwieracze będą innego kształtu niż detale podajników. Musimy przygotować matryce do maszyn – tłumaczył cierpliwie dyrektor. – To potrwa. A, jeszcze jedno. Za dziesięć dni robotnicy powinni dostać wypłatę.

– To im zapłaćcie.

– W kasie pusto. A finansowanie produkcji to od wczoraj pańska broszka.

– Kapitalizm, wedle tego, co pisali Marks i Lenin, oznacza bezlitosny wyzysk ludzi pracy. Po prostu im nie zapłacimy i niech się bujają!

Bronawski, wypowiedziawszy te słowa, poczuł się twardy. Twardy jak prawdziwy kapitalista. Było to uczucie nowe, dziwne, niepokojące, ale jednocześnie przyjemnie trącało pewne struny duszy, których istnienia nawet wcześniej nie podejrzewał.

– Zastrajkują.

– Ściągniemy dwie sotnie kozaków z nahajami i rozgonią.

Rozmówca łypnął wzrokiem, by ocenić, czy hrabia nie żartuje.

– Widzę, że gruntownie przygotował się pan do roli – westchnął. – Problem w tym, że tych kozaków z nahajami to po raz ostatni widziano w Warszawie w tysiąc dziewięćset piętnastym, jak wiali do Rosji. Bo jak wrócili w czterdziestym czwartym, to ani koni nie mieli, ani nahajek, no i robotników już nie ganiali.

– Eee... fakt. Kozacy odpadają. To może ZOMO?

– Jest w stanie weryfikacji i reorganizacji. Podobnie jak cała milicja, a właściwie już policja. Teraz to mają być oddziały prewencji, podlegające demokratycznej kontroli cywilnej.

– To znaczy?

– Że już nie będą po jednym telefonie przyjeżdżać i pałować jak popadnie. Nie chcę pana martwić, ale obecna sytuacja jest znacznie bardziej skomplikowana niż w czasach rewolucji przemysłowej. Robotnicy już nie muszą budować barykad i machać czerwonymi sztandarami.

– Nie rozumiem. Jak im nie zapłacę, to co niby zrobią?

– Mają różne możliwości. Na przykład pozwą pana.

– Mnie?! To pan tu jest dyrektorem!

– Ale pan prezesem spółki. Ja w świetle przekształceń własnościowych jestem tylko wynajętym człowiekiem, który realizuje zadania produkcji. I tylko produkcji. Zero odpowiedzialności za sprawy finansowe, księgowość, kadry, zamówienia i pozostałą biurokrację. Nawet nie wie pan, co to za ulga po dwudziestu latach użerania się z tymi papierami.

– Ale czy to w ogóle tak wolno w kapitalizmie, żeby robole pozywali swojego burżuja!?

– Pewnie, że wolno. Wprawdzie sądy zawalone tysiącami podobnych spraw, więc wiadomo, proces to będzie gdzieś za dwa lata, część pozywających do tego czasu zdechnie z głodu, willę zdąży pan przepisać na rodzinę, więc jej nie zlicytują. Prywatnie, na podstawie obserwacji, co się dzieje w innych zakładach, mogę powiedzieć, że plajta na papierze i ucieczka z kasą za granicę to modny obecnie styl robienia biznesu. Ale prawdziwa plajta i ucieczka bez kasy to jednakowoż swego rodzaju frajerstwo.

– Dość! Mamy szansę się wygrzebać i wyprowadzić zakład na prostą? Gdybyśmy szybko zaczęli z tymi otwieraczami?

– Trzeba by skalkulować. Kto wie, może to się i uda? Ale kasę na wypłaty trzeba wygrzebać choćby spod ziemi. Może jakiś bank skredytuje? Można zastawić hipotekę tej ruiny. W końcu grunt jest coś wart. Wtedy jak popłynie pan na otwieraczach, to wprawdzie bank przejmie fabrykę, ale przynajmniej pozostanie pan na wolności.

Prezes zadumał się głęboko i nagle błysnął mu genialny w swej prostocie plan.

– Spylimy to! – rzucił odkrywczo.

– Co niby takiego?

– Te podajniki do snopowiązałek.

– No ciekawe niby komu?

– Połowę, te zatowotowane, schowamy, żeby mieć metal do produkcji otwieraczy, a drugą połowę, rdzewiejące pod chmurką, oddamy po prostu na złom i w cenie złomu! A forsę wydamy na wypłaty. Za miesiąc będzie już normalna kasa z nowej produkcji.

– Fiuuuu... – gwizdnął dyrektor. – Pan to ma głowę! – I z jego twarzy po raz pierwszy znikł ironiczny uśmieszek.

– Tu jest zapewne jakiś dział księgowości i tak dalej...

– Owszem.

– I podlega teraz mnie...

– Zgadza się.

– To im trzeba zlecić operację. Niech znajdą książkę telefoniczną, adres skupu, oddeleguje się ludzi, żeby wpierniczyli to na ciężarówki. Forsa do kasy, w koperty i rozdzielić załodze.

– Jedna uwaga, księgowi przyjdą do roboty dopiero na dziesiątą, to może teraz, żeby się panu nie nudziło, pokażę zakład?

– No, w sumie, jeśli nie mamy nic innego do roboty...

Weszli do jednej z hal. Hrabia rozejrzał się. Jakoś tak się złożyło, że choć należał przez wiele lat do partii mającej w nazwie przymiotnik „robotnicza", jakoś do tej pory niewiele miał do czynienia z robotnikami. Wizyty w fabrykach zazwyczaj ograniczały się do popijawy w budynkach biurowych i szabrowania co ciekawszych wyrobów z wzorcowni. W hali było dość mroczno. Stała tu cała masa cudacznych maszyn, których nazw ani przeznaczenia nawet się nie domyślał. Ogromna rzesza odzianych w drelichy robotników uwijała się przy nich, wykonując jakieś niezrozumiałe dla prezesa czynności. Zapewne wytwarzali te podajniki sznurka do snopowiązałek. Hałas urywał uszy.

Uwagę prezesa zwrócił robotnik, który brał jakieś blachy, umieszczał je w otworze prasy, a potem wciskał dłonią guzik. Masa stali opadała z hukiem, a gdy szła do góry, pracownik zdejmował wytłoczkę i zaraz rzucał kolejny kawałek. Otwór miał opuszczaną kratkę zabezpieczającą, tyle że wisiała na górze, przywiązana sznurkiem. Po lewej i prawej stronie otworu umieszczono guziki, czerwony i zielony, ale ten zielony zablokowano zapałką.

– To zabezpieczenie – wyjaśnił dyrektor, widząc zainteresowanie hrabiego. – Wedle norm BHP trzeba położyć blachę na kowadło, zasunąć kratę, lewą ręką wcisnąć zielony guzik, prawą czerwony i wtedy dopiero maszyna wali ŁUP! Ale moi ludzie trochę to zracjonalizowali. Pomyślcie sami, po co bawić się w spuszczanie krat i podnoszenie, jak w tym czasie można już kolejny detal wytłoczyć. Dwieście procent normy na dzień dobry. Są i tacy, co wyrobią trzysta.

– Hmmm... to po co te zabezpieczenia?

– Bo jak się nie uważa i podłoży rękę pod młot, to do końca życia w nosie dłubie się lewą.

– Połamie?

– Spłaszczy do grubości siedemdziesięciu pięciu setnych milimetra. Nie ma czego zbierać, a na bitki wołowe ludzina się nie nadaje. No i robola bez prawej ręki, wiadomo, odsyłamy na rentę. Wszystkie urządzenia są dostosowane do obsługi przez praworęcznych. Mańkutów w ogóle nie zatrudniamy.

Prezes pokiwał głową. To, co mówił dyrektor, wydało mu się nieco okrutne, ale zarazem pasowało do wizji pracy fabryki, którą ułożył sobie w głowie. Świt nowej epoki wielkoprzemysłowego kapitalizmu. Wyzysk, eksploatacja, łamanie norm BHP, byle tylko wycisnąć z roboli więcej i więcej. „Dwieście procent normy" – to brzmiało naprawdę nieźle. Mimo to jego łagodna partyjna duszyczka wzdragała się na myśl, że obserwowany robotnik w każdej chwili może zostać kaleką.

Na szczęście dyrektor poprowadził go dalej. Za szklanym przepierzeniem jakieś dwa typki w roboczych drelichach spoczywały wygodnie, rozparte na krzesłach. Jeden czytał „Trybunę Ludu", drugi jakiś reakcyjno-wywrotowy periodyk wydawany przez KPN. Na okładce czerwieniał znajomy napis „Dla komuny – Norymberga!". Prezes wzdrygnął się mimowolnie.

– To nasi najlepsi fachowcy, spawacz Igor i ślusarz Marek. – Dyrektor wskazał śmiertelnie znudzonych robotników.

– Wampiry... – zidentyfikował hrabia i wzdrygnął się w duchu.

– Nie ma pan poważniejszych zmartwień? Co z tego, że wampiry? – zirytował się dyrektor. – Może i nie są tak do końca żywi, ale tylko dzięki nim ta fabryka jeszcze jakoś prosperuje. Dla mnie liczy się, jak kto pracuje, a prywatnie to sobie może być, kim zechce. Żyd, mason, cyklista czy wampir, kogo to obchodzi? Ważne, żeby się nie obijał w robocie. Ja nikomu pod kołdrę ani do aktu zgonu nie zaglądam.

– Ale oni nic nie robią?

– Są na dyżurze. To swego rodzaju pogotowie techniczne. Jak tylko któraś maszyna nawali, natychmiast biorą się do jej naprawy. Teraz mają chwilę spokoju, bo zmiana dopiero co weszła na zakład, to, co było zepsute, ponaprawiali wczoraj, wszystko wedle resursów ponaprawczych powinno bezawaryjnie działać jakieś trzy, cztery godziny. To znaczy teoretycznie, takie są średnie. Może wytrzyma osiem, a może zepsuje się za trzy minuty. Szczerze powiedziawszy, sypią się te maszyny na potęgę.

– To ten sprzęt jest aż tak wyeksploatowany!? – skrzywił się prezes.

– Jeszcze bardziej. Ale dzięki naszym asom utrzymujemy go na chodzie.

Bronawski zadumał się. Wprawdzie domyślał się, że w kapitalizmie maszyny powinny być eksploatowane równie bezlitośnie jak ludzie, ale gdzieś w głowie kołatał mu termin „straty przestojowe". Czytał o tym, chyba u Engelsa...

– A gdyby spylić to wszystko na złom i kupić nowe urządzenia? – błysnął pomysłem.

– W zasadzie można. Ale różnica cen jest drastyczna. Za sto złomowanych może kupimy trzy takie mniej używane. Powiedzmy, dziesięcioletnie z RFN-u. – Na twarzy dyrektora odmalował się wyraz rozmarzenia. – A gdyby pan przez kontakty załatwił zwolnienie z cła, to nawet cztery możemy sprowadzić.

– Myślałem, że jak już będziemy wymieniali, to na miejsce złomu wstawimy maszyny nowe.

– Nowe?! – Idea wyraźnie zaskoczyła dyrektora. – Ale jak to nowe?

– No, gdyby wywieźć wszystko, co tu widzimy, i wstawić nowoczesny sprzęt.

– Tu nowe linie produkcyjne ostatni raz zainstalowano chyba jeszcze za batiuszki cara... Koszt w każdym razie byłby horrendalny.

– A jakbym tak wziął kredyt? Tak ze dwa, no, może trzy miliardy złotych?

– Niech pan zapomni. – Dyrektor machnął ręką. – Widział pan kiedyś nowoczesną zachodnią obrabiarkę? To jest obecnie skomputeryzowane, zautomatyzowane, w byle tokarce więcej mikroprocesorów niż w telewizorze z Pewexu. Praca na czymś takim to czysta poezja, ale kosztuje tyle, co mercedes. I to nie taki z autokomisu. Za trzy miliardy może dwie pan kupi, a i to pewnie nie, a tu na jedną halę potrzeba trzysta pięćdziesiąt różnych urządzeń. Do tego materiały eksploatacyjne trzeba sprowadzać z Zachodu. Zakręcimy polski nóż i w konsekwencji następuje utrata gwarancji producenta.

– Cholera...

– W każdym razie ja bym tych zabytków na razie nie ruszał. Jak będą zyski z nowej produkcji, można pomyśleć o stopniowym unowocześnianiu. Jeśli te zyski będą, oczywiście, ale wierzę w pana i pańskie nomenklaturowe układy. Odwiedzimy teraz biuro projektowe. Omówimy sobie z inżynierami, co planuje pan wytwarzać i jakie są możliwości przestrojenia sprzętu.

Za oknem willi szumiały drzewa. Wiosna niosła gorączkę, niepokój, ale też i nadzieję. Ludzie liczyli na lepsze zarobki, otwarcie granic, poprawę zaopatrzenia. A prezes Bronawski liczył na milionowe zyski.

– No więc fabryka nie jest może szczególnie nowoczesna, ale zarobimy na niej miliony – opowiadał przy kolacji nestor rodu. – Biuro projektowe przygotowuje dokumentację pod nową produkcję, w tydzień lub dwa wszystko będzie gotowe, muszą tylko inaczej nastroić maszyny czy jak się to fachowo nazywa.

– I będziemy milionerami? – zainteresował się Radek.

– Będziemy, ale nie jakoś szczególnie szybko, za kilka lat. Na razie zyski trzeba będzie częściowo zainwestować w unowocześnienie parku maszynowego. Ale myślę, że te moje otwieracze będą strzałem w dziesiątkę. Inżynierowie aż oczy wybałuszyli, jak usłyszeli, żeby zrobić takie do puszek z piwem. A to przecież przyszłość, bo cały Zachód pija piwo w puszkach, a otwieraczy nikt w Polsce nie wytwarza. W Europie też nie! To będzie nie tylko przełom na rynku polskiego AGD, ale też potencjalny hit eksportowy. Proponowali, żeby na drugim końcu zrobić taką dziurkę do kapsli, ale powiedziałem, że nie! Bo sami rozumiecie, jakby urządzenie otwierało butelki i puszki, tobyśmy sprzedali jednemu klientowi tylko jeden egzemplarz. A jak będą oddzielnie, musi kupić dwa otwieracze.

– Daruj sobie te biznesy – burknęła babcia. – Gówno z tego będzie. Zielonego pojęcia nie masz o produkcji, popycie, podaży, zbycie, słowem, o całym handlu. Albo cię zaraz fabryczne cwaniaczki przekręcą, albo wyrolują cię odbiorcy, albo sam splajtujesz. Siodło nie pasuje do krowy. Kapitalista z ciebie będzie jak z koziej dupy trąba. A ten pomysł jest idiotyczny. Po kiego grzyba szukać w kieszeni jakiegoś wihajstra, skoro te puszki mają taki pocięgiel i to się jednym ruchem palca zrywa.

– A na otwieraczach będzie wytłoczona nazwa: „Hrabia Bronawski spółka z o.o." – puszył się dalej nestor rodu.

– A to się nie miało nazywać Poldrutexport? – zdziwił się Radek.

– Nie, Drutexpole... eee... Drutpole... – prezes nie mógł sobie przypomnieć nazwy własnej firmy. – Nieważne. „Hrabia Bronawski" brzmi o niebo lepiej. A pod nazwą wytłoczą mój herb. Muszę tylko kupić herbarz i wybrać jakiś fajny.

Babcia, która akurat przełykała kęs schabowego, wydała dziwny dźwięk, chyba zakrztusiła się ze śmiechu. Przez chwilę bezskutecznie usiłowała złapać oddech, a potem spadła z krzesła. Wezwane pogotowie mogło już tylko stwierdzić zgon.

Zanim ludzie z przedsiębiorstwa pogrzebowego zabrali ciało, obiad zdążył wystygnąć. Matka pomarudziła chwilę, ale nikomu nie chciało się czekać, aż kartofle i kotlety podsmażą się na patelni, więc ostatecznie zjedli zimne. Na deser był sernik, a Radek, korzystając z okazji, zjadł dwie porcje, swoją i babci.

– W pokoju po mamie zrobię sobie gabinet – dumał prezes Bronawski. – W końcu jako szef poważnej spółki muszę mieć reprezentacyjne pomieszczenie, gdzie będę przyjmować kolegów prezesów innych nomenklaturowych firm. Muszę tam tylko wstawić barek i stół bilardowy. I taką ozdobną szafkę na cygara, jaka była na filmie „Powrót do Edenu".

– A to się zmieści? – zdziwił się jego syn.

– Jak wywalimy meble, pewnie tak. A na razie trzeba zobaczyć, co też tak właściwie mama tam zachomikowała.

– Ale klucze? – zaczęła matka.

– Wyciągnąłem jej z kieszeni, zanim zabrali ciało. – Ojciec z dumą pokazał pęczek kluczy na rzemyku.

Weszli do skarbca babci. Pokój faktycznie był spory, ale okropnie zagracony. Pod ścianą stało ciężkie rzeźbione biurko. Obok majestatycznie wznosiła się barokowa szafa z intarsjowanymi drzwiczkami. Łóżko nieboszczki i dwa wyścielane fotele wypełniały resztę pomieszczenia. Ale spojrzenia wyrodnych potomków spoczęły na ścianie po lewej. Całą jej powierzchnię zajmował wielki regał bez drzwiczek. Półki aż się uginały od rozmaitych, jeszcze niedawno deficytowych dóbr.

– Tu jest ze trzysta flaszek wódki! – zdumiał się ojciec. – A ręczników frotté chyba grubo ponad setka. Zapasy jak na wypadek trzeciej wojny światowej.

– Wódka się nie psuje, to się przyda, jak będziemy Radkowi wesele wyprawiali – zauważyła trzeźwo matka. – A ręczniki wykorzystamy.

– No ciekawe jak, przecież tu mamy zapas na sto lat. A to wesele to niby kiedy? – Hrabia łypnął wzrokiem na syna.

– Już z pięćdziesiąt razy ci mówiłem, tato, że potrzebuję fiacika. W obecnych czasach ciężko się dziewczyny wyrywa bez auta.

– Fajtłapa jesteś i tyle. Jak byłem w twoim wieku, nie było mi potrzebne żadne auto – zaczął, ale spojrzał na minę żony i uznał, że jednak nie będzie się chwalił zmyślonymi podbojami erotycznymi.

Aby pokryć zmieszanie, otworzył drzwi intarsjowanej szafy. Wewnątrz wisiała garderoba babci, a na półkach w drugiej części spoczywały dziesiątki „sztang" zagranicznych papierosów. Tylko na samej górze stał samotnie elegancki czarny cylinder, a obok wystawała srebrna gałka laski. Nestor rodu zdjął obydwa przedmioty.

– To pewnie po moim ojcu, albo i dziadku jeszcze – wzruszył się. – Z dawnych, hrabiowskich czasów... Z dawnych... dobrych hrabiowskich czasów – dodał z pewnym wahaniem w głosie. – Z czasów, gdy mieliśmy browar.

I naraz zaświtała mu pewna myśl. Założył cylinder i przejrzał się w lustrze wiszącym nad biurkiem. Zrobił marsową minę. Oparł się na lasce.

– Jak na obstalunek zrobiony – pochwalił nakrycie głowy. – I świetnie, przyda się.

– A niby do czego? – zdumiał się Radek. – Karnawał to jeszcze za ponad pół roku.

– Do pracy – powiedział skromnie ojciec. – Jako kapitalista muszę odpowiednio wyglądać. Cylinder, garnitur, laseczka. Jak to Marks z Leninem opisywali... Jak będę chodził po halach Drucianki i nadzorował roboli, to samym wyglądem powinienem budzić respekt. A jak który mi fiknie albo nabluzga, to go obiję laską.

– To może jeszcze przydałby ci się batog w ręce? – zakpiła matka.

– Batoga to akurat tu nie ma – westchnął były towarzysz i na wszelki wypadek, stanąwszy na palcach, obmacał półkę. – Muszę jeszcze chyba sprawić sobie takie wysokie buty jak do konnej jazdy i rękawiczki, cienkie, z cielęcej skórki...

– Czerwiec mamy. W taki dziki upał chcesz w wysokich buciorach i rękawiczkach chodzić? – zirytowała się jego żona.

– No to jesienią może. I szpicrutę, żeby się nią walić po cholewce buta. To pewnie też w sklepie jeździeckim będą mieli.

– Po co to babci było? – zadumał się Radek, obracając w rękach litrową butelkę żytniej. – I jeszcze te papierosy. – Wskazał dziesiątki opakowań marlboro i cameli. – Przecież nie paliła. Chyba że na handel. Pamięta tata tę sprawę ze strzelaniną? I to pobicie milicjantów?

– Szajka emerytów spod kościoła? – zdziwił się nestor rodu. – To ona tam latała nie tylko się modlić, ale i pety kupować? Przecież nie paliła.

– Może kupować, a może... sprzedawać! – odparł Radek. – Przecież to magazyn jak w sklepie.

– Babcia w jakimś gangu handlarzy i cinkciarzy? – roześmiała się matka. – Nie bądź idiotą, synu.

Ale ojciec zmarszczył czoło.

– Zakładając tak czysto hipotetycznie – rozważał na głos – to by oznaczało, że gdzieś tu mogą być ukryte złoto i dolary! – zapalił się.

Jego żona nie wytrzymała i roześmiała się. Radek do niej dołączył. Najdłużej wytrzymał ojciec, ale wreszcie i on uległ.

– No faktycznie, to idiotyzm – westchnął.

Wysunął szufladę biurka i zamarł. Cała trójka w niemym zdumieniu wpatrywała się w słoik typu wek i tkwiący wewnątrz gruby, naprawdę gruby zwitek banknotów. Całą rodzinę ogarnęła gorączka złota. W dwadzieścia minut przekopali cały pokój. Poodsuwali, co się dało, od ścian. Obmacali materac, rozpruli nawet poduszki. Rozwinęli wszystkie ręczniki, zajrzeli pod łóżko... Niestety, znaleźli tam tylko niewielkie pudełko, a w nim kilka złotych łańcuszków i medalików. Przenieśli wek do kuchni i przeliczyli pieniądze.

– Za dużo, żeby przepuścić, a za mało, żeby w coś sensownego zainwestować – zadumała się matka. –

Ale chyba wystarczyłoby na trzy tygodnie w Bułgarii dla całej naszej trójki.

– Słusznie. Coś nam się od życia należy – kiwnął głową ojciec. – Pogrzebiemy tylko nieboszczkę i możemy jechać.

– Bułgaria? – zamyślił się Radek. – To brzmi niegłupio! Tanie arbuzy, rakija i ciepłe morze. Podjadę jutro do biura podróży i zaklepię sprawę.

Suka Luna wyszła spod stołu, spojrzała na nich surowo i zrobiła minę, jakby miała ochotę wygarnąć od serca wszystko, co o nich myśli. Ale zamiast tego skrzywiła tylko mordę i wyszła do przedpokoju. Zapiszczała pod drzwiami, więc Radek wypuścił ją do ogrodu. I tyle ją widzieli.

Bronawscy siedzieli właśnie przy niedzielnym śniadaniu. Z daleka dobiegał drażniący dźwięk kościelnych dzwonów.

– Głupi pies – bagatelizował sprawę nestor rodu. – Pani zabrakło, to nie rozumie, że ona nie żyje, tylko gania i szuka. Jak zgłodnieje, wróci.

– A jak nie wróci, to w sumie też dobrze – zauważyła matka. – Skoro mamy jechać do Bułgarii, nawet lepiej, jak przepadnie bez wieści.

Nieoczekiwanie ktoś zapukał do drzwi. Radek poderwał się i po chwili wprowadził do salonu chudego jak tyczka mężczyznę w garniturze.

– Marek Storm, spółdzielnia prawnicza Storm i Jackowski – przedstawił się nieznajomy. – Jako wykonawca testamentu hrabiny Adelajdy Bronawskiej zajmuję się sprawami pogrzebu.

– To miło – zauważyła matka. – Proszę usiąść. Kawy albo herbaty?

– Poproszę kawy. Na początek informuję, że zgodnie z ostatnią wolą zmarłej ceremonia odbędzie się w kościele na Powązkach, po czym ciało zostanie przeniesione do grobowca rodzinnego hrabiów Bronawskich.

– Ceremonia w kościele? – zdziwił się Radek.

– Zamówiliśmy mszę pogrzebową – skinął głową prawnik.

– Daj se pan siana. Pogrzeb będzie świecki – uciął syn nieboszczki.

– Oczywiście, mogą państwo tak to przeprowadzić, ale w testamencie znajduje się zapis, że w razie takiej decyzji cały majątek przechodzi na Światowy Związek Żołnierzy AK. To oczywiście państwa wybór... Ale mimo wszystko proszę to jeszcze przemyśleć.

– To co robimy? – zapytał Radek. – A może to po prostu olać, jaki tam spadek po biednej emerytce... Parę flaszek, ręczników i graty z pokoju.

– Cały ten dom jest zapisany na babcię szanownego pana – zgasił go prawnik.

Zapadło milczenie. Gość z wyraźną przyjemnością delektował się kawą.

– Nie mamy wyjścia. – Towarzysz Brona sapnął jak rozwścieczona lokomotywa. – Kościółkowy pogrzeb... O ja pierniczę. Jeszcze ktoś ze znajomych zobaczy.

– Jeśli to problem, niech pan sobie wąsy przyklei i ciemne okulary założy – wzruszył ramionami prawnik. – Partyjniacy często tak robią. Mogę panu dać wizytówkę specjalistki, która zajmuje się tym zawodowo. Sam Marks z Leninem by pana nie poznali.

Przed wyjazdem na wczasy prezes Bronawski wpadł jeszcze do fabryki. Gdy znalazł się pod bramą, ta otwarła się gościnnie, a stary strażnik zasalutował. Jadąc przez dziedziniec, spostrzegł, że robole przystają i uchylają czapek. Dygnitarz uśmiechnął się w duchu. Szybko się nauczyli, kto tu jest szefem. A sądząc po licznych oznakach szacunku, najwyraźniej wiedzieli już, komu zawdzięczają skierowanie zakładu na nowe tory. Zaparkował przed biurem. Wysiadł z auta, założył cylinder na głowę. Ujął laskę. Czuł się trochę głupio.

– Po prostu jeszcze nie przywykłem – mruknął. – Ale to nic.

Wyciągnął z kieszeni cygaro, prawdziwe, grube jak marchewka.

Swoją drogą, to dziwne, że cygara z socjalistycznej Kuby trzeba kupować za twardą walutę, pomyślał.

Wetknął je między wargi i pstryknąwszy zapalniczką, usiłował zapalić. Ale coś nie szło. Koniec niby to zaczynał się żarzyć, ale po chwili przygasał. Gdy prezes usiłował się zaciągnąć, by poprawić cug, okazało się, że i to nie idzie. Całkiem jakby cmokał kawałek drewna. W dodatku gdy złapał cygaro wargami, okazało się strasznie ciężkie. Gdy dla odmiany zacisnął koniec zębami, odniósł wrażenie, że ma je za głęboko w ustach. Raz jeszcze podjął próbę zapalenia i znów uzyskał jedynie kilka plamek żaru, które zaraz zgasły.

– To trzeba najpierw obciąć na obu końcach obcinaczką do cygar – rozległ się gdzieś za jego ramieniem życzliwy głos.

Były komunista drgnął, przestraszony jak uczeń złapany w kiblu z papierosem, ale zaraz z ulgą rozpoznał popielaty garnitur dyrektora.

– Poprosi pan chłopaków na warsztatach, zrobią obcinaczkę, jaką pan zechce, ale tak zasadniczo z otwartym ogniem i tak nie wolno wchodzić na zakład. Przepisy BHP. Nie chcielibyśmy tu eksplozji ani pożaru – ciągnął szef produkcji.

– Hmm... no tak. – Skonfundowany prezes wyjął cygaro z ust i aby pokryć zmieszanie, z nonszalancją stuknął laseczką o próg.

Coś szczęknęło, z końca wyskoczyła około półmetrowa klinga szpady. Przestraszony hrabia usiłował ją wcisnąć z powrotem, ale laska niczym sprężynowiec miała jakiś sprytny mechanizm blokujący.

– Fiu, fiu – gwizdnął dyrektor. – To chyba trzeba odblokować, pewnie gdzieś przy rączce jest coś w rodzaju spustu.

Bronawski obmacał gałkę, ale nie natrafił na żaden przycisk.

– To może pociągnąć albo przekręcić? – podpowiedział życzliwie dyrektor. – Zresztą wie pan co, mam taką myśl. Damy to ślusarzowi Markowi, on z pewnością szybko rozgryzie, jak ten mechanizm działa.

– A diabła z tym – burknął hrabia, wrzucając laskę na tylne siedzenie auta.

Przeszli do biura projektowego. Inżynierowie pokazali prezesowi grube pliki jakichś rysunków technicznych, tabele z wyliczeniami parametrów, specyfikacje... Nie miał o tym wszystkim zielonego pojęcia, a oni nawijali i nawijali jak stado brzęczących pszczół. Wynudził się śmiertelnie przez bitą godzinę. Na szczęście wreszcie skończyli. Walnął we wskazanych miejscach ze trzydzieści podpisów, zatwierdzając projekty.

Muszę sobie kupić eleganckie wieczne pióro, pomyślał, chowając długopis do kieszeni. I zachodni zegarek. Sowiecki polot to wprawdzie maszyna nie do zdarcia, ale skoro ma być kapitalizm, koniecznie trzeba wymienić na elektroniczny.

Dyrektor zawlókł go jeszcze do hali, by pokazać, jak robotnicy montują w maszynach sztance, matryce, wykrojniki i inne detale o cudacznie brzmiących nazwach. Wszystko to wyglądało szalenie fachowo i skomplikowanie zarazem, ale pracownicy bez problemu radzili sobie z najtrudniejszymi nawet zadaniami.

Hrabia zadumał się głęboko. Aż do tej pory uważał robotników fabrycznych za ćwoków, którymi partia musi kierować dla ich własnego dobra. Teraz ze zdumieniem przekonał się, że ci, których uważał za prostaków, potrafią jednym rzutem oka rozgryźć skomplikowane schematy, dla niego stanowiące czarną magię.

– Czyli wszystko już na dobrej drodze? – zapytał jeszcze pro forma.

– Oczywiście. Za siedemdziesiąt dwie godziny przewidujemy rozpoczęcie produkcji. Najpierw partia testowa, tak z tysiąc sztuk, a potem, jak to mówią, cała naprzód.

– A to już będę w Bułgarii – zmartwił się.

– Pan wyjeżdża? Dopiero zaczął pan pracę.

– Przecież jestem prezesem! Biorę urlop, kiedy chcę i na jak długo chcę. I sam go sobie udzielam.

– Faktycznie, to pańskie prawo. Po prostu nie przywykłem – sumitował się dyrektor. – No cóż, myślałem wprawdzie, że będzie pan obecny przy rozruchu nowej linii produkcyjnej, ale przecież nie ma takiego obowiązku. W tej sytuacji pozostaje życzyć panu wspaniałego wypoczynku i pogody jak drut. A my już tu o wszystko zadbamy, żeby po powrocie mógł pan cieszyć oczy skrzyniami pełnymi otwieraczy. Będzie pan zadowolony.

– Dziękuję, to właśnie chciałem usłyszeć!

Msza pogrzebowa była dla trójki komuchów nowym i niepokojącym doświadczeniem. Stanęli niepewnie w drzwiach kościoła. Radek spojrzał z ukosa na kropielnicę. Przypomniały mu się straszliwe przygody, gdy major wysłał go po butelkę H_2Ośw.

– Miejsca dla członków rodziny są tam, z przodu, bliżej ołtarza – burknął mijający ich dziadyga w niemodnej marynarce.

Ruszyli po długim, nieco sfatygowanym chodniku.

– Obrazy całkiem jak w Desie – powiedziała matka, rozglądając się na boki. – Żeby tematyka była bardziej świecka, toby nam taki pasował w salonie. I te złocenia gustowne całkiem.

– Żeby zarobić na te złocenia i inne luksusy, księża batogami gnali chłopów pańszczyźnianych do pracy na roli, a feudałów straszyli wiecznym potępieniem i kazali kupować odpusty – warknął były towarzysz i zaraz ugryzł się w język.

Pomyślał o swoich hrabiowskich przodkach. I o fabryce, gdzie już niebawem będzie bezlitośnie wyzyskiwać klasę robotniczą. Naszła go też myśl, że może wypada i jemu kupić trochę odpustów, tylko nie bardzo wiedział, co to jest i do czego służy.

– Ciekawe, po co te budki tu ustawili. – Jego żona przyjrzała się mijanemu konfesjonałowi. – I balkonik jaki fikuśny... – Zahaczyła wzrokiem ambonę.

– Ale jednak prymityw, zobacz, świeczki na ołtarzu palą, zamiast elektryczność założyć. – Hrabia wydął wargi w ironicznym uśmiechu.

– No ale w żyrandolu żarówki przecież są. – Radek pokazał palcem do góry. – To pewnie przesąd jakiś albo rytuał kościółkowy.

– Albo nie umieli kilku metrów przedłużacza pociągnąć, w końcu to kompletnie średniowieczna instytucja – bronił swoich tez ojciec.

Usiedli w pierwszej ławce. Trumna stała na katafalku. Obok ktoś położył okazały wieniec biało-czerwonych róż. Radek dołożył wiązankę czerwonych goździków. Kościół szybko wypełnił się wiekowymi dziadami. Wszyscy wyglądali niepokojąco podobnie – ubrani w niemodne marynarki, wyposażeni w sękate laski, międlili w dłoniach wyświechtane maciejówki. Sprawiali wrażenie watahy starych wilków. Wyleniałych, ale jeszcze zdolnych chapnąć. Radek pociągnął nosem. W powietrzu wyczuł delikatną woń naftaliny, angielskiej oliwy do spluw, spalonego prochu i przemycanych papierosów. Świadomość, że otacza ich legendarny gang emerytów z Żoliborza, sprawiła, że kark pokrył mu się zimnym potem.

W kościele nas nie zaatakują, uspokoił sam siebie. Złamaliby tabu. To ich święte miejsce...

Nadszedł ksiądz. Duchowny był młody, starannie odprasowana sutanna ładnie układała się na szczupłej sylwetce. Oczy płonęły mu ogniem wiary. Stanął na podwyższeniu, odchrząknął, spojrzał na Bronawskich i chrząknął ponownie, jakby karcąco. Rodzinka wymieniła się pytającymi spojrzeniami.

– Eee... może na tacę mamy dać? – bąknął prezes, szukając portfela.

– Kapelusz trzeba zdjąć, to kościół jest – podpowiedział litościwie jeden ze starców.

Faktycznie, wszyscy ściągnęli nakrycia głowy, i to jeszcze przed wejściem. Bronawscy pospiesznie dostosowali się do otoczenia. Zaczęła się msza. Krewni nieboszczki starali się jakoś naśladować nieznane sobie gesty i rytuały. Na szczęście, obserwując kątem oka staruszków, domyślili się, kiedy trzeba powstać, a tylko raz pomylili się i usiedli, zamiast uklęknąć. Adwokat też się pojawił. Stał niby to w bocznej nawie, ale popatrywał na nich, jakby kontrolując, czy dokładnie wypełniają ostatnie życzenie nieboszczki.

– Nawet ładnie to zorganizowano – przyznała matka. – Kwiatki, dekoracja, muzyka z tych rurek na balkonie, i to na żywo leci. I dziewczynki ładnie śpiewają te kościółkowe szlagiery. A wynajęcie tak dużej sali w hotelu kosztowałoby krocie. O, zobacz, poczęstunek nawet jakiś serwują. – Łypnęła okiem na ludzi stojących do komunii. – Może i my...

– Daj spokój, co się będziemy z pospólstwem tłoczyć. Zresztą zobacz, jaka kolejka się ustawiła, dają po kawałku, ale na pewno dla tych ostatnich zabraknie – ofuknął ją mąż.

Wreszcie przyszła pora na złożenie zwłok do grobowca. Na szczęście nie było daleko. Trumnę dziadkowie ponieśli na własnych barkach. Kamieniarze byli już na miejscu. Z tłumu starców wystąpił jeden. Sumiaste wąsiska upodobniały go do Piłsudskiego.

– Dziś odchodzi od nas do krainy wiecznej szczęśliwości hrabina Adelajda Bronawska, pseudonim „Wilczyca", bohaterska major Armii Krajowej, wsławiona licznymi akcjami przeciw Sowietom i hitlerowcom – rozpoczął przemowę. – Już w młodości na własnej skórze poznała dwa ludobójcze totalitaryzmy i obu dzielnie przeciwstawiła się z karabinem w ręce. Miała długie i trudne życie. Doznawała zdrady ze strony najbliższych. Jej jedyny syn okazał się zwykłą partyjną mendą, wnuk został kapusiem ubecji, a nieszczęsna wnuczka, nie mogąc wytrzymać życia w narzuconym jej ateistyczno-komunistycznym światopoglądzie, popełniła samobójstwo w osiemnastej wiośnie życia.

Trzydziestu, a może czterdziestu wąsatych starców w maciejówkach jak na komendę łypnęło wrogo. Bronawski zadrżał. Dziadkowie, jak na swój wiek, trzymali się zaskakująco prosto, a starcze dłonie zaciśnięte w kułaki też sprawiały wrażenie nieoczekiwanie krzepkich. Do tego mieli laski. Do tej pory były towarzysz sądził, że barczyści młodzieńcy snujący się na skraju pola widzenia to milicjanci po cywilnemu, ale naraz zaczął podejrzewać, że dziadkowie zabrali ze sobą synów, a może raczej wnuków.

– Major Wilczyca odchodzi od nas do lepszego świata, nie doczekawszy ostatecznego przebicia osikowym kołkiem hydry komunizmu – grzmiał wąsacz. – Ale my pozostaniemy wierni i wypełnimy jej niepisany testament. A na drzewach zamiast liści będą wisieć komuniści! Precz z komuną i śmierć wrogom Ojczyzny!

– Śmierć, śmierć, śmierć! – podchwycili zgodnie pozostali weterani.

Radek poluzował odruchowo krawat i rozejrzał się wzrokiem zaszczutego zająca. Jego ojciec też minę miał mocno niewyraźną. Ale starcy zachowywali się powściągliwie i tylko zimna nienawiść płonąca w ich oczach wskazywała, że czekają z niecierpliwością na najbłahszy choćby prowokacyjny gest.

Kamieniarze pomajstrowali dłuższą chwilę w zamku i wreszcie otworzyli stalowe wrota grobowca. Dzienne światło wpadło do tumby, wydobywając z mroku szczegóły wnętrza. Komuś wyrwało się ciche przekleństwo. Stare trumny hrabiów Bronawskich zwalono na stos pod najdalszą ścianą. Pokryte zetlałą tkaniną, okute ozdobnymi ćwiekami i aplikacjami w kształcie girland makówek, nadal wyglądały dostojnie i szlachetnie. Najnowsza – ta, w której przed dwoma laty pochowano Gośkę – stała pośrodku bezwstydnie otwarta. Wieko poniewierało się opodal. Ze środka zwisał puchaty kraciasty koc, a na poduszce leżały porzucone byle jak czerwone koronkowe majteczki, stanik do kompletu i jakieś romansidło. Obok ustawiono wazon z cepelii z bukietem sztucznych kwiatków. Ponad trumną w ceglaną ścianę wbito trzy gwoździe. Na pierwszym wisiał zielony szlafroczek frotté, na drugim kasetowy magnetofon, a obok na trzecim gwoździku dyndało pofalowane od wilgoci zdjęcie Limahla. Ale lokatorki grobu nie było tu najwyraźniej od wielu miesięcy, bo wszystko pokryła gruba warstwa kurzu.

Kamieniarze nieco pobledli, wymienili półgłosem jakieś uwagi. Wreszcie zgarnęli wszystkie współczesne śmieci do pustej trumny, przykryli wiekiem i ustawili ją pod ścianą. Jeszcze chwila i trumna babci znikła w krypcie. Stalowe wrota zatrzasnęły się z głuchym łomotem. Ksiądz poświęcił grobowiec i pożegnawszy się, ruszył w stronę kościoła. Starzy akowcy zaczęli składać wieńce i palić znicze. Chór dziewczynek zaintonował kolejną pieśń. Zaraz też do przodu przepchnęły się staruszki z różańcami.

Radek trącił ojca w łokieć, pokazując mu coś. Pomiędzy drzewami stała Gosia z bukietem róż. Ubrała się cała na czarno, a rozpuszczone włosy nadawały jej wygląd wysoce melodramatyczny. Towarzyszyło jej dwóch facetów, w których hrabia bez trudu rozpoznał pracowników ze swojej fabryki.

– Ojojojoj – mruknął – wampiry! I to w biały dzień. Aczkolwiek miło zobaczyć córkę żywą. To jest, chciałem powiedzieć... A ci dwaj tak właściwie to powinni być w robocie i pilnować przestrajania maszyn pod nową produkcję, a nie włóczyć się bez pożytku po cmentarzach! Chyba pojadę im po premii, albo i po wypłacie!

Weterani też spostrzegli intruzów. Jedni odchylili poły marynarek, inni zapuścili dłonie za pazuchy lub do kieszeni. Sucho trzasnęły bezpieczniki. Radek nigdy jeszcze nie widział takiej ilości spluw naraz. A przecież wielokrotnie odwiedzał Muzeum Wojska Polskiego... Marek wyjął z kieszeni białą chustkę i śmiało podszedł bliżej. Trzydziestu dziadów wycelowało w niego odrapane lufy.

– Panowie, tak nie można... – W głosie wampira zabrzmiała jakby nagana. – Proszę o odrobinę godności, powagi i zrozumienia w tych trudnych chwilach. Przecież wnuczka nieboszczki ma chyba prawo do ostatniego pożegnania.

Starcy popatrzyli na niego krzywo. Potem spojrzeli po sobie. Powoli opuścili spluwy, a rysy, dotąd jak wykute ze spiżu, nieco zmiękły. Wreszcie ten podobny do Piłsudskiego westchnął ciężko i wykonał dłonią zapraszający gest.

– Tylko w imię szacunku dla zmarłej, wy zasrani krwiopijcy! Macie pięć minut! – warknął, wyciągając okazały złoty zegarek na grubej dewizce.

Weterani cofnęli się o parę kroków. Gosia podeszła i położyła swoją wiązankę. Atmosfera zgęstniała tak, że siekierę można by w powietrzu zawiesić. Widać było, że wystarczy jeden nieopatrzny gest, żeby nad grobem zaczęła się krwawa jatka. Rodzina Bronawskich, korzystając z zamieszania, wycofała się chyłkiem.

– A teraz łapiemy taksówkę na lotnisko – zakomenderował nestor rodu. – Po tych smutnych przeżyciach należy nam się relaksik na plaży w Bułgarii.

Trzy tygodnie później

Warszawa drżała w lipcowym upale. Marny asfalt miękł pod kołami autobusów. Rodzina Bronawskich wyszła przed budynek lotniska.

– Zrobimy tak – powiedział ojciec. – Zamawiamy dwie taksówki. Ty, Radek, bierzesz walizki i jedziesz do domu, zrób jakieś zakupy i przygotuj coś na obiad. Ja wezmę matkę i podjedziemy na chwilę do fabryki, bo jestem szalenie ciekaw, jak im idzie.

– To mnie wysadzisz koło fryzjera i odbierzesz, wracając – burknęła.

– No to ustalone – kiwnął głową Radek.

Nie minęło czterdzieści minut i prezes wysiadł pod bramą Drucianki. Chwilę spanikowany szukał w kieszeni przepustki, ale nie znalazł. Na szczęście zaraz sobie przypomniał, że przecież zgodnie z poleceniem dyrektora w ogóle nie musi jej okazywać.

– Pan wchodzi, nie ma się co przejmować formalnościami – odezwał się ze swojej portierni pan Wicek. – Dyrektor powiedział, żeby poszedł pan od razu do głównej hali, a on zaraz dołączy. Fajne te otwieracze pan wymyślił – pochwalił. – Fikuśne trochę, ale pierwsza klasa. Od lat takiego szukałem. I z herbem... Aż się czuje na palcach powiew tych lepszych sfer.

– Dziękuję – bąknął prezes.

– I jeszcze ten otwieracz do puszek z piwem, nawet nie wiedziałem, że takie cuda istnieją. Muszę się wybrać do Pewexu na zakupy i wypróbować.

W fabryce było dziwnie cicho, tylko gdzieniegdzie kręcili się jacyś ludzie w drelichach. Sprzątali, demontowali podnośnik, przetaczali puste skrzynki na wózkach. Na hali było pusto i cicho. Tylko sprzątaczka, podśpiewując, zamiatała metalowe strużyny. Prezes Bronawski przeszedł się wzdłuż linii produkcyjnej.

– Jakie to wszystko na swój sposób piękne – mruknął sam do siebie. – Maszyny i klasa robotnicza wytwarzająca wreszcie w pocie czoła coś naprawdę pożytecznego. Tylko gdzie ta klasa się podziała? – Rozejrzał się i poczuł ukłucie nieokreślonego niepokoju. – A, pewnie przerwa obiadowa – uświadomił sobie.

Ze skrzynki z gotowymi wyrobami podniósł otwieracz do konserw. Zważył go w dłoni. Uśmiechnął się, a wypolerowana powierzchnia odbiła uśmiech. Przyrząd był najwyższej klasy, to dawało się odczuć! Wygodnie leżał w dłoni, sprawiał wrażenie bardzo solidnego, ale zarazem wcale nie topornego. Nożyk miał ostry jak brzytwa. Wytłoczony herb i nazwa „Hr. Bronawski & Ska" sprawiały, że wyglądał jak towar zagraniczny, i to z najwyższej półki. Były towarzysz Brona aż ucałował go ze wzruszenia.

– Będą się sprzedawać jak ciepłe bułeczki – szepnął sam do siebie.

Po raz pierwszy w życiu poczuł dumę twórcy. Zrozumiał, że zrobił... a raczej walnie przyczynił się do powstania czegoś naprawdę pożytecznego. Że jego decyzje i polecenia dały w efekcie... no, może nie postęp całej ludzkości, ale z pewnością przyłożył się do rozwoju techniki. A może nawet wyznaczył nową drogę rozwoju branży AGD! Było to szalenie miłe uczucie. Z daleka rozległy się kroki, rozpoznał popielaty garnitur.

– Panie dyrektorze kochany! – Ruszył w jego stronę. – Widział pan? Co ja gadam, z pewnością pan widział. Te wyroby są piękne! Rewelacyjne! Genialne! Ponadczasowe! Tworzymy dziś historię! Proszę pogratulować biuru projektowemu i załodze!

– No fakt, nawet ładnie to zrobili – przyznał dyrektor. – Jak było w Bułgarii?

– Wspaniale, ten piasek, biały i miałki jak cukier. Woda ciepła jak w wannie. A ceny to mają jeszcze z poprzedniego ustroju. Przywiozłem dla pana butelkę prawdziwej rakii. – Bronawski wydobył flaszkę z siatki.

– Dziękuję, jestem wzruszony, że pan pamiętał. Szkoda, że mam dla pana złe wieści... – zasępił się dyrektor.

– Złe wieści? Cóż złego mogło się stać? – Hrabia lekceważąco machnął dłonią.

– Otwieracze... nie schodzą.

– Dlaczego? Przecież są piękne!

– Dlaczego? No cóż... Powodów jest kilka. Trochę pewnie dlatego, że puszek nie otwierają tak, jak trzeba. Nasz inżynier projektował produkcję zbrojeniową, nie przywykł do pokojowych zastosowań tego, co wymyśli.

– Ale jak to nie otwierają?! Przecież na oko widać, że są idealne.

– Na oko to chłop w szpitalu umarł – dyrektor zacytował staropolskie przysłowie. – Idealne może i są, ale nie działają, jak powinny.

– Może to drobna usterka.

– Obawiam się, że nie.

– Czy inżynier przed wdrożeniem produkcji nie sprawdził na prototypach!? Przecież musiał sprawdzić. – Niepokój kolnął boleśnie serce prezesa.

– Sprawdzić sprawdził. Tylko jeden problem, on jest mańkutem. I tak je idiota zaprojektował. Jak się otwiera konserwę lewą ręką, idzie jak złoto. Ale prawą kicha.

– Wycofać z hurtowni, przepakować i sprzedawać jako specjalne otwieracze, pierwsze w Polsce specjalnie dla leworęcznych.

– Mamy natrzaskane pięćdziesiąt tysięcy sztuk. Nie zejdzie, bo tylu leworęcznych nie ma chyba w całej Warszawie. Nie wiem, czy w całej Polsce tylu się znajdzie.

– Dobrze, wycofać z hurtowni. Na maszyny, wykręcić na drugą stronę...

– Nie będzie potrzeby wycofywania. Przez te dwa tygodnie nie sprzedaliśmy ani jednego egzemplarza.

– Dlaczego?!

– Sklepy nie chcą brać. Mówią, że za drogo. Zagraniczne, przywożone z Chin, są w detalu o połowę tańsze niż te w hurcie. Jakość wprawdzie nawet nie umywa się do naszej, ale ludzie teraz chuchają na każdy grosz.

– A gdyby te nasze... przecenić?

– Skalkulowaliśmy już po kosztach surowca.

– Przecież surowiec mamy za darmo, z tych podajników do snopowiązałek.

– Owoż wyraziłem się trochę niejasno – westchnął dyrektor. – Cenę bazową dla odbiorcy hurtowego skalkulowaliśmy tak: wagowo po cenie metalu na skupie złomu plus robocizna.

– A otwieracze do puszek z piwem?

– Tych trochę się sprzedało...

– No i świetnie!

– Konkretnie: trzydzieści jeden sztuk. Stadnina wzięła.

– Stadnina!? Co oni, konie piwem poją?! – zdumiał się Bronawski.

– Nie, ale dyrektor to mój kumpel jeszcze ze szkoły. Wmówiłem mu, że to się nada do czyszczenia końskich kopyt. Kształt faktycznie dobry do tej pracy... Prawie dobry. Sklepy w ogóle nie są zainteresowane. Widzi pan, puszki z piwem mają taką fikuśną blaszkę, za którą się ciągnie palcami. To się jednym ruchem otwiera, bez konieczności szukania po kieszeniach narzędzi.

– Przecież wiem! Po to są otwieracze, żeby nie było potrzeby ciągać jej paluchami, tylko elegancko i ergonomicznie.

– Ludzie wolą palcami.

– A gdyby tak oddać wszystko, co wyprodukowaliśmy, na złom? – Tłumiąc narastającą panikę, prezes szukał jakiegoś rozwiązania.

– I tak nie wystarczy na wypłaty.

– A gdyby zdemontować część najstarszych maszyn i dołożyć te nieużywane, co za Gierka sprowadzono?

– Gdyby zdemontować i sprzedać na złom wszystko, co tu widzimy, to od biedy wystarczy, ale bez premii, i ludzie będą się ciskać, że nie dostaną odpraw. Więc na wszelki wypadek powiedziałem, żeby od poniedziałku już nie przychodzili. Zawsze to kilka dniówek obrachunkowych mniej.

– Przecież mogę wziąć kredyt. – Hrabia nadal rozpaczliwie szukał wyjścia z sytuacji. – Wypłaty damy z tych pieniędzy, a potem odpracują... Skoro otwieracze do puszek nie poszły, to może zrobimy teraz otwieracze do butelek? Musi być na nie zbyt, bo dorośli otwierają piwo, a dzieci oranżadę... Albo może niech ten inżynier mańkut zaprojektuje otwieracze do butelek dla leworęcznych! Tego jeszcze nie było. A przecież leworęczni też chyba lubią piwo?

– Trzeba by sprzedawać tego z pięćdziesiąt tysięcy sztuk miesięcznie. Nie da rady. Rynek AGD jest zawalony towarem.

– A noże? Albo coś innowacyjnego? Otwieracze do butelek z mlekiem! Zamiast palcami dłubać pod aluminiowym kapslem... I noże kuchenne z wbudowanymi w ostrze otwieraczami do butelek! To może być hit. Strzał w dziesiątkę.

– Zakłady Gerlach właśnie wyprzedają za grosze pół miliona maczet, które miały iść na Kubę, ale Kubańczycy zaproponowali w rozliczeniu nie dolary, ani nawet nie ruble transferowe, tylko cukier, którego po zniesieniu kartek mamy na rynku do wypęku. Nikt nie kupi noża za pięćdziesiąt tysięcy, mogąc za dwadzieścia pięć tysięcy kupić maczetę.

– Czyli to... koniec? – przeraził się Bronawski.

– Tak. Nie powiem, trzeba talentu, żeby fabrykę, która przetrwała rewolucję dziewięćset piątego, dwie wojny światowe i nacjonalizację przemysłu, w miesiąc doprowadzić do plajty... W każdym razie oto on. – Dyrektor wskazał duży ebonitowy przełącznik czerniejący na ścianie.

W kilku kierunkach wybiegały z niego kable grube jak kiełbasa sucha krakowska.

– A co to niby jest?

– Rezerwowy główny przełącznik, odcinający zasilanie całej fabryki. Tak żeby w razie na przykład pożaru nie ganiać jak kot z pęcherzem i nie wyłączać piętnastu korków w każdym budynku, tylko jednym ruchem pozbawić prądu wszystkie hale produkcyjne.

– Ale po co mi to pan pokazuje? Przecież nie ma pożaru! – jęknął Bronawski. – A, już wiem! Mamy podpalić fabrykę, żeby wyłudzić odszkodowanie?

– Niezły pomysł – przyznał dyrektor. – Ale kłopot w tym, że fabryka od kwartału w ogóle nie jest ubezpieczona. Jak zaczęło brakować pieniędzy na wypłaty, to i rat na PZU nie odprowadzaliśmy.

– Co niby mam z nim zrobić!? – Prezes popatrzył zdezorientowany.

– Należy zdecydowanym ruchem przekręcić o ćwierć obrotu w lewo. Odwagi, panie hrabio. Jak to mówią, ostatni gasi światło.

Taksówka zajechała przed willę. Radek spojrzał na taksometr i skrzywił się demonstracyjnie. Pożałował poniewczasie, że ubecja nie wystawiała swoim TW legitymacji.

– Tam chyba przed zerem jednego przecinka brakuje – warknął.

– A co? Taka taryfa z lotniska. Nie stać dziada na luksusy, to piechotą trzeba było drałować – odburknął taksówkarz.

Radek nawet się nie odszczeknął – to, co ujrzał za oknem, kompletnie go zaskoczyło. Przez te trzy tygodnie sporo się zmieniło. Na trawniku graniczącym z ich posesją wyrósł spory baraczek, pokryty nowocześnie sidingiem. Co więcej, chłopak nawet stąd mógł spostrzec, że część budynku wcina się głęboko w ogród willi rodziców! Aby go postawić, ktoś wyburzył fragment ogrodzenia. Zniknęła też altanka. Co więcej, na podjeździe do ich garażu stała jakaś furgonetka.

– No, tego już za wiele – syknął Radek.

Zapłacił za kurs, wyskoczył z auta i porzuciwszy walizki, wystawiane przez taksówkarza na chodnik, ruszył w poszukiwaniu wejścia. Od strony ulicy wisiał kolorowy szyld.

„Vampirella – computer system" – odcyfrował kapuś.

Wtargnął do środka jak rozjuszony byk i mimowolnie zatrzymał się w pół kroku. Poczuł, jak szczęka opada mu z wrażenia. To, co zobaczył, wprawiło go w stan kompletnego osłupienia. Sklep był zaopatrzony jak mało który dewizowy. Radia, radiomagnetofony, kolorowe telewizory, wzmacniacze, kolumny, do tego komputery różnych systemów.

– Czym możemy służyć? – z zaskoczenia wyrwał go głos chłopaka siedzącego za ladą.

– Co to, do cholery, za samowola budowlana!? To przecież nasz ogród! – wrzasnął Radek.

– A to już trzeba z panią prezes i zarządem firmy. Proszę do biura. – Chłopak uprzejmie wskazał drzwi prowadzące na zaplecze.

Radek szarpnął za klamkę i wpadł do wnętrza. Nie zdążył nawet się rozejrzeć. Dwie drewniane laski zahaczyły go rączkami jednocześnie za obie łydki i kapuś padł jak długi. Chciał się poderwać z podłogi, ale z tyłu usłyszał trzask repetowanego karabinu i zimna lufa dotknęła mu potylicy.

– Pani major, melduję, że złapałem intruza. – Wąsaty strzec w maciejówce zasalutował. – Może to szpieg od konkurencji?

– Nie, to tylko ta ubecka pokraka, mój wnusio – Radek usłyszał znajomy głos. – Faktycznie, mieli wracać jakoś tak na dniach z tej swojej Bułgarii. Przykujcie go do krzesła i zakneblujcie, żeby nie dziamgolił. Załatwiam teraz kwestie dostaw. Potem pomyślimy, co z nim zrobić.

– Babciu, tak nie wypada, przecież ty nie żyjesz – zakwilił cicho kapuś.

Uniósł głowę i wtedy ją zobaczył. Wyglądała zaskakująco młodo, jakby nagle ubyło jej dobre trzydzieści lat. Popatrzyła na niego, marszcząc czoło.

– Babciu, dlaczego masz takie wielkie zęby!? – wykrztusił, choć tak po prawdzie od razu domyślił się odpowiedzi.

Starcy działali szybko i z widoczną wprawą. W następnej chwili był już fachowo zakneblowany i przykuty do starego dębowego fotela. Ktoś przyniósł jego walizki. Teraz dopiero mógł rozejrzeć się po wnętrzu. Znajdował się w magazynie zastawionym stosami pudeł. Babcia siedziała przy komputerze. Otaczało ją ośmiu krzepkich staruchów. Ubrani byli po cywilnemu, ale w ich postawie było coś wojskowego. Radek przypomniał sobie akcję na cmentarzu, polowanie na siostrę i niedawny pogrzeb.

To ten jej oddział AK, uświadomił sobie z przerażeniem. Ta sama ferajna, która nas straszyła na cmentarzu. Reakcyjne przeżytki poprzedniego ustroju... I to, co gorsza, przeżytki uzbrojone po zęby.

– Dostawa siedmiuset kompletów przyjdzie jutro z Londynu. – Babcia oderwała wzrok od ekranu. – Po trzydzieści pudeł trzeba wysłać od razu do Kielc, Radomia i Rzeszowa. Ten palant z Łowicza nie zapłacił w terminie. Zadzwońcie do kapitana Gryfa, niech mu ostrzegawczo przestrzeli kolano. Jak oddział w Krakowie?

– Marnie, sprzedaż na poziomie nie wyższym niż dwadzieścia tysięcy dolarów. Narzekają, że sklep kupiliśmy w marnym punkcie.

– Zadzwońcie i powiedzcie, że albo się wezmą poważnie do roboty, albo poszukamy na ich miejsce kogoś innego. A... i trzeba kogoś młodego wysłać do Singapuru po towar. Może twój wnuk? – Spojrzała na jednego z podwładnych.

– Wedle rozkazu!

– Kij wie jakiej jakości ta elektronika, niech weźmie partię testową tak za dwadzieścia, no, może trzydzieści tysięcy dolarów, ale nie więcej. Zobaczymy, co to warte. Jak będzie w porządku, zamówimy większą ilość.

– Tak jest.

– Pani major – zameldował się kolejny dziadyga – dzwonił pan Żaba z Poznania. Ma ciekawy towar z branży ozdób choinkowych.

– Co on, zgłupiał? Do świąt jeszcze pół roku. Nie zamrozimy pieniędzy na sześć miesięcy.

– Czasu faktycznie dużo, ale za to cena jest bardzo atrakcyjna. No i możemy dostać wyłączność na południowo-wschodnią Polskę. Może dać nam pierwszą partię w komis.

– A jaki to towar?

– Pierdzące bombki, rozsiewające zapach choinki, działają na fotokomórkę. Robione na tajwańskich podzespołach. Podobno we Francji to hit sezonu.

– Pierdzące bombki... – zadumała się babcia. – Może to i nowoczesne, ale myślę, że się w naszym kraju nie przyjmie. No i jeszcze ta sprawa. – Przeniosła spojrzenie na Radka.

– Mmmm! – wybełkotał ten przez knebel.

– Może zrobimy z niego kasjera? – zaproponował Maciej. – W tych okularkach i garniturze będzie wyglądał jak rasowy buchalter. Albo weźmy go na sprzedawcę. Umie chyba liczyć?

– Mało prawdopodobne – westchnęła babcia. – Mój syn posmarował i łebka przeciągnęli za uszy przez egzaminy wstępne do liceum. Potem znów posmarował, żeby maturę jakoś zdał. A przyjęcie na studia to już przez dział kadr PZPR załatwiali. – Zmarszczyła czoło. – Na studiach jakoś sobie radził, kując klasyków marksizmu na pamięć. Ale to idiota. Inteligencja średnio rozgarniętego burka podwórzowego. W dodatku lubi sobie wypić.

Ja nie zdałbym matury?! – zdumiał się kapuś.

– Ubecja werbowała idiotów? – zdziwił się stary.

– Ubecja werbowała każdego, kto jej się wydawał użyteczny. Ale z tym moim wnusiem to faktycznie się nadziali – zarechotała.

– To może nada się chociaż do sprzątania w sklepie i magazynie? – podsunął ktoś inny.

– To chyba jedyne, do czego może się przydać. I patrzcie mu dobrze na ręce, żeby towaru nie podkradał.

W tej chwili w drzwiach stanął kolejny starzec.

– Jacyś dwaj do pani prezes – powiedział. – Byczki takie, ogolone na łyso, w dresach, chyba z tej całej mafii. – Wykrzywił pogardliwie wargi.

– Prosić.

Kolesi było dwóch. Większy, zbudowany jak jakiś Rambo, ale o bardzo niskim czółku, i mniejszy, o odrobinę inteligentniejszej twarzy. Ubrani byli w ortalionowe dresiki, a na nogach mieli adidasy. Stanęli pośrodku biura. Widok komputerów i innego sprzętu chyba trochę ich zaskoczył. Przez moment kontemplowali też Radka, nadal zakneblowanego i przywiązanego do krzesła.

– Czym możemy służyć? – głos babci Adelajdy wyrwał ich z zadumy.

Uśmiechała się przyjaźnie.

– My przyszliśmy w sprawie pieniędzy – warknął większy.

– Chodzi o haracz za ochronę – dodał ten mniejszy.

– Dziękuję, kochani chłopcy, połóżcie pieniążki tam, na ladzie, w wolnej chwili przeliczę. I weźcie sobie po czekoladzie w nagrodę.

Obu dresiarzy zamurowało na dobre pół minuty. Pierwszy ocknął się mniejszy.

– Nie ściemniaj, tylko dawaj kasę, stara ruro, albo spalimy tę budę! – wrzasnął. – Tysiąc dolców na tydzień albo rozpirzymy to w drobny mak.

Babcia spojrzała na nich znad okularów. Figlarne iskierki w jej oczach nieoczekiwanie stały się czerwonawe, niczym nocna łuna nad płonącymi koszarami NKWD. Rysy stężały jak ołów. Dresiarze nawet się nie domyślali, że stoi przed nimi legendarna major Adelajda hrabina Bronawska pseudonim „Wilczyca", ale po prawdzie, gdyby się nawet domyślili, nic by im to już nie dało. Dwaj byli partyzanci nie czekali nawet na rozkaz. Kolby skróconych kawaleryjskich karabinów Mausera uderzyły jednocześnie w umięśnione karki, obalając osiłków na podłogę.

– Zatłuczcie debili bejsbolami, trupy tradycyjnie do porucznika Groma, niech je zutylizuje na swojej fermie lisów – rzuciła babcia i odwróciła się do ekranu komputera.

– Tak jest, pani prezes.

Radek zamknął oczy i otworzył je dopiero, gdy podkomendni babci wywlekli z biura plastikowe worki z resztkami. Usłyszał w sumie niewiele, coś jakby odgłosy bicia schabu na kotlety i trochę rzężenia. Ale to wystarczyło, by myśli o jakimkolwiek buncie wywietrzały mu z głowy. A zaraz potem podjechali rodzice.

Nad Żoliborzem zapadał już mrok. Babcia poszła zapolować, jej podkomendni w towarzystwie synów i wnuków ładowali do furgonetek paczki z komputerami i elektroniką. W sklepie obsługiwano jeszcze ostatnich klientów. Ale w biurze na zapleczu było cicho i spokojnie.

– Zapytałem dyrektora fabryki o należne mi pieniądze – powiedział były towarzysz Brona oraz również były prezes Drutpolexportu hrabia Bronawski, zmywając mopem krew z wykładziny. – Bardzo się zdziwił i powiedział, że przecież powinna mi je wypłacić moja spółka. Tylko że ja nie wiedziałem, że muszę mieć własny dział księgowości, a księgowa fabryki była już zwolniona, to nawet nie miałem kogo zapytać.

– Tato, czy ci robole nie zrobili cię czasem totalnie w jajo?

– Khm... analizując fakty, rzeczywiście można dojść do takiego wniosku – westchnął ojciec. – Mama chyba miała rację. Zabrakło mi predyspozycji, żeby zostać kapitalistą z prawdziwego zdarzenia. Ale w zasadzie to nie mamy co narzekać. Z komuną już koniec, z partią już koniec, z ubecją też już koniec. Moja spółka nomenklaturowa przepadła wraz z fabryką. A tu konkretna robota jest i wypłatę obiecali. Sto dwadzieścia dolarów miesięcznie to nie w kij dmuchał!

– A moje studia? – zakwilił Radek, skrobiąc szpachelką posokę, która bryznęła aż na ścianę. – Miałem być partyjnym inteligentem, a nie sprzątaczką!

– Szczerze powiedziawszy, te twoje studia w obecnych czasach to o kant dupy potłuc, w tym porąbanym świecie sytych burżujów dyplomowany marksista nie ma czego szukać. A to jest konkret. Babcia, jak widać, nie dość, że ma plan, to jeszcze go konsekwentnie realizuje. I kasą obraca na ciężkie tysiące i dziesiątki tysięcy dolarów. Mądrość etapu nakazuje nam przyłączyć się do najsilniejszego drapieżnika.

– Teza, antyteza...

– Teraz to my mamy wyszorować podłogi oraz oskrobać i pomalować ścianę. Na syntezę i dialektykę przyjdzie może jeszcze kiedyś czas.

Krwiopijca

Wrześniowe popołudnie było ciepłe i jakby senne. Nad warszawską Pragą leniwy wietrzyk przetaczał białe... no, prawie białe obłoczki. W parku tradycyjnie palono stosy liści, nad kominami Drucianki nie widać było jednak najmarniejszego nawet dymku. Bezrobocie dokuczało wampirom jak ucięta ręka. Marek, nie mogąc znaleźć sobie zajęcia, przykręcił do stołu imadło i szlifował pilnikiem jakiś detal, zdaje się, zaczep podajnika sznurka do snopowiązałki. Spawacz Igor wyszedł na trzeszczący balkonik i z frasunkiem oglądał skorodowaną do cna barierkę. Od siedemdziesięciu lat nie miał jakoś czasu zebrać się w sobie raz a dobrze i jej naprawić, a teraz, gdy akurat miał czasu do wypęku, okazało się, że nie ma narzędzi. Żałował poniewczasie, że przed plajtą Drucianki nie wyniósł cichcem z zakładu choćby jednej spawarki.

– Jak będzie kapitalizm, to może wreszcie otynkują te domy? – rozważał, patrząc na rząd kamienic przy ulicy Kawęczyńskiej. – Pamiętam, że właściciele planowali to bodaj na rok czterdziesty, ale nie zdążyli, bo wojna, no a potem nie było jakoś klimatu politycznego... I asfalt by się wreszcie przydał.

Ulicą, podskakując na kocich łbach, przemknęła furgonetka łączności, po wysłużonym torowisku przejechał tramwaj. Szybki w kredensie zadrżały. Kryształowe wazony wydały żałobny brzęk.

– Na zachodzie torowiska tramwajowe wygłusza się specjalnymi matami z syntetycznego kauczuku, a i tramwaje są już pewnie zupełnie inne. Może nawet jest w nich klimatyzacja i drzwi na fotokomórkę... – rozważał. – A w środku z głośniczków muzyka leci.

– Ty się tak głupio nie rozpędzaj w pogodni za luksusami. W kapitalizmie nie ma nic za darmo – zgasił go kumpel. – Zrobić pewnie zrobią. Ale nie zapominaj, że potem wystawią rachunek. I za tynkowanie, i za remont torowiska, i za to, że nam się widok za oknem poprawi!

– No ale komu niby wystawią? – zdziwiła się Gosia, przerywając dzierganie szydełkiem obrusu.

– Nasza kamienica nie ma właściciela, więc pewnie lokatorów obciążą. Lepiej już niech nic nie tynkują i nie leją żadnego asfaltu, póki się ta burza dziejowa nie uspokoi – westchnął Marek. – Za rok, dwa, pięć będzie już wszystko jasne, wtedy niech robią, co chcą.

– A tak właściwie to jest ten kapitalizm czy nie? – zaciekawiła się dziewczyna. – Bo w telewizji ogłosili, ale tak za oknem jeszcze nie widać. No i fabryka zamknięta. A przecież w kapitalizmie powinien was gonić batogiem do pracy burżuj z cygarem w zębach.

– Widocznie kapitalizm już jest, ale kapitalistów zapomnieli dowieźć – wzruszył ramionami ślusarz. – Tak nagle to przyszło, że nie zdążyli pokryć zapotrzebowania. Ale idę o zakład, że kapitaliści, jak poczują pieniądze, to szybko się zlecą jak muchy do padliny.

– Zatem możemy spać spokojnie – zakpił Igor. – Nie pojawią się tu nigdy. Bo na tym śmietniku zamiast pieniędzy mogliby poszukać co najwyżej skarbów moralnych w duszach obywateli, a tutaj efekty byłyby raczej mierne.

Uczone rozważania przerwało pukanie do drzwi. Stukano mocno, ale w innym rytmie niż urzędowy. Igor zrobił minę, jakby nagle przypomniał sobie coś bardzo nieprzyjemnego. Marek też w pierwszej chwili nie kwapił się, by otworzyć. Wymienili spojrzenia pełne troski. Ale wreszcie ślusarz odłożył pilnik i przekręcił klucz w zamku.

Na progu stał wiekowy Żyd w jarmułce. Rozpuszczone pejsy spływały do ramion. Tyle że zamiast chałatu miał na sobie garnitur od Armaniego. Choć upłynęło pół wieku, Marek od razu poznał przedwojennego właściciela kamienicy.

– A niech mnie! Pan Hosenduft! – Wytrzeszczył oczy. – To pan żyje!?

– Żyję, a coście myśleli? Mnie nie tak łatwo się pozbyć. – Gość bezceremonialnie wpakował się do przedpokoju.

– Khm... zatem zapraszamy w nasze skromne robociarskie, to znaczy bezrobotne progi – bąknął gospodarz, wskazując drogę do saloniku.

Igor na widok gościa też niewąsko się zdziwił.

– Ależ się pan zestarzał! To znaczy nie miałem nic złego na myśli...

– A za to wy wcale się nie zestarzeliście – warknął gość, taksując ich wrednym spojrzeniem zawodowego poganiacza niewolników. – Krzepkie, zdrowe chłopy, zdolne do roboty, jak zawsze. A to kto? – Przeniósł wzrok na dziewczynę.

– Nasza wychowanka Małgorzata – wyjaśnił spawacz.

Gosia nie bardzo wiedziała, co ma robić w tej niecodziennej sytuacji, więc wstała i dygnęła.

– Mnie tam rybka, możecie sobie mieszkać we trójkę – burknął przybysz. – Przejdźmy do rzeczy. – Rozsiadł się wygodnie na krześle. – Komunizm się skończył, i to w dodatku zanim jeszcze w ogóle został zbudowany. Realny socjalizm też okazał się niewypałem. Wracają normalne czasy. A ja od wczoraj jestem ponownie właścicielem tej kamienicy.

– To nie wywłaszczyli pana dekretem Bieruta? – zdumiał się Igor.

– Owoż nie mogli, bo byłem już wtedy w łapach NKWD. I przez czterdzieści pięć lat byli absolutnie pewni, że nie wrócę, dlatego nie skorygowali w papierach.

– I przyszedł pan do nas, bo...? – zainteresowała się Gosia.

– Przyszedłem poinformować, komu od pierwszego macie płacić czynsz – wyjaśnił przybysz. – Dużo nie chcę, sto dolarów miesięcznie. Plus opłaty, oczywiście.

– Sto dolarów?! Ty zasrany krwiopijco! – ryknął Marek.

– I kto to mówi? – zarechotał gość.

– Zaraz, zaraz... – Igor liczył coś na palcach. – Ty, koleś, może i wyglądasz podobnie, ale nie możesz być Aaronem Hosenduftem! Jeśli on miał sześćdziesiąt lat w trzydziestym piątym, to dziś miałby...

– Oczywiście, że jestem waszym starym dobroczyńcą. Tym samym, który życzliwie przymykał oko na fakt, że w jego kamienicy gnieżdżą się zasrane wampiry. Tym samym, który cierpliwie znosił, że podkradacie wodę, prąd i węgiel. Tym samym, który godził się z tym, że nigdy was nie ma, gdy trzeba sprzątać wychodki czy łatać dach. Tym samym, na którego wypisywaliście antysemickie świństwa kredą przy murze śmietnika. Co, myśleliście, że nie wiedziałem? – syknął.

– Sto piętnaście! – skończył obliczenia spawacz. – Ludzie tyle nie żyją!

– Ludzie może i nie – zarechotał gość ponownie. – Ale kto powiedział, że zawsze będę człowiekiem?

A potem otworzył usta, prezentując imponujące kły.

– Wampir Żyd?! – jęknął Marek. – Niemożliwe! Wam nie wolno pić krwi! To przecież kompletnie niekoszerne.

– Masz z tym problem, to wio do psychologa. – Gość znowu roześmiał się całą gębą. – Tak czy inaczej, krótka piłka. Sto zielonych miesięcznie albo pakujcie walizki i won.

Igor poczłapał do lodówki, wyjął butelkę krwi nałogowego alkoholika, z serwantki trzy kieliszki, polał czerwonego płynu.

– Napijmy się i porozmawiajmy spokojnie, jak przyjaciele – zaproponował.

Kamienicznik łypnął na niego niechętnie, ale dał się przekonać. Usiedli do stołu, wypili, spawacz polał ponownie.

– No to chlup na drugą nogę – rzucił.

Gość przełknął i chuchnął.

– Uch, alеż to mocne – pochwalił.

– Słuchaj, Arik, pogadajmy normalnie. Te sto dolarów to kwota nieco wyśrubowana. A już w szczególności nie należy takich niebotycznych sum żądać od starych kumpli, w dodatku też wampirów.

– Ale my przecież nigdy nie byliśmy kumplami! – zauważył trzeźwo kamienicznik. – A nawet powiedziałbym, że wręcz przeciwnie.

Spawacz bez mrugnięcia polał trzecią kolejkę.

– Może jednak coś utargujemy? Nasza sytuacja ekonomiczna jest, generalnie rzecz biorąc, katastrofalna – powiedziała Gosia.

– To poszukajcie jakiejś pracy – zakpił Hosenduft. – Jesteście młodzi... khm... no, prawie młodzi, ale za to zdrowi, silni jak woły, łapy macie jak bochny. W metrykę nikt nie będzie wam zaglądał.

– Drucianka zamknięta – zauważył Marek. – Rzeźnia zamknięta. Pollena redukuje personel i wygasza produkcję. Na Pradze wszystko się zwija. Tyle dobrze, że zasiłek dla bezrobotnych nam dali. Ale to na pół roku tylko.

– A to już wasz problem. – Gość podstawił kieliszek i skinął, by spawacz dolał mu jeszcze. – Rowy możecie kopać. A jak wam to nie odpowiada, przypominam, że nie ma obowiązku mieszkania w moim domu.

– A stara Michalakowa? – zirytował się spawacz. – Ona też ma płacić czynsz z tej swojej śmiesznej renciny?

– Oczywiście. Jedno prawo dla wszystkich. Będziecie bulić jak przed wojną, ale teraz w wymienialnej walucie. – Kamienicznik upajał się krwią i władzą. – Nawiasem mówiąc, obszedłem już wszystkie mieszkania i tylko wy macie jakieś wątpliwości.

– I nic nie wynegocjujemy?

– Nic.

– Przepraszam, ale muszę naradzić się z przyjacielem na osobności. – Marek pociągnął Igora do sąsiedniego pomieszczenia.

Gosia wróciła do szydełkowania. Gdyby była ciepła, pewnie ze zdenerwowania trzęsłyby się jej palce, ale ponieważ wampiry nie mają krążenia...

– Obrusik dziergamy? – zagadnął gość. – Niebrzydki nawet.

– Nie na sprzedaż – odgryzła się.

– Zrób dwadzieścia takich i gibaj na Różyca, może ty na czynsz zarobisz, bo na te dwa lenie chyba nie ma co liczyć. Już przed wojną migali się z opłatami i widać nie pozbyli się złych nawyków. A kasę przecież mają. – Łypnął na magnetowid stojący pod telewizorem. – Właściwie to wampiry powinny płacić więcej, przecież odpadają wam wydatki na wyżywienie, ale znajcie moje dobre serce. Sto od mieszkania, jak wszyscy.

Gosia odburknęła coś pod nosem.

– Swoją drogą, ładnie się tu zrobiło – ciągnął Hosenduft. – Bo przed wojną to nora była straszna, a teraz i firanki wyprane, i parkiet wyfroterowany, i kwiatki na oknie... Znać kobiecą rękę.

Wampiry wróciły.

– Co zatem proponujecie? – zapytał gość.

Ślusarz podszedł i nie wdając się w zbędne dyskusje, rąbnął go sierpowym w szczękę. Podskoczył i wykorzystując zaskoczenie, założył przybyszowi nelsona. Igor wydobył z lodówki strzykawkę i złapawszy kamienicznika za przedramię, zaaplikował mu dziesięć mililitrów jakiejś burej mazi. Puścili ofiarę.

– Co wyście zrobili?! – syknął kamienicznik, łapiąc się za rękę. – Co mi wstrzyknęliście?

Pod jego bladymi palcami ukłute przedramię ciemniało, w oczach pokrywając się ładną opalenizną. Puścił je, by złapać się za pierś.

– Krew zombiaka – burknął spawacz.

– Po co?! Jak to? Co wyście zrobili?! – powtórzył kamienicznik. – Serce... serce mi bije! – wrzasnął.

– To nasza tajna broń do eliminowania wampirów świrów. A serduszko wali dlatego, że przestajesz być trupem. – Głos ślusarza ciął jak brzytwa. – Za pięć minut, może dziesięć, nastąpi całkowite odwampirzenie, uczłowieczenie i znowu będziesz zwykłym ciepłym.

Starzec wytrzeszczył oczy.

– Że niby co? Jak to?! Przecież umarłem i wstałem z grobu jako wampir. Nie mogę tak po prostu wrócić do żywych!

– Da się – mruknęła Gosia, kończąc rząd oczek. – Tylko przeważnie nie ma po co.

– Oczywiście nie na długo będziesz ciepłym. Sto piętnaście lat to nie w kij dmuchał. Ludzie tyle nie żyją. Kilka dni i pójdziesz do piachu. Zdechniesz ze starości, tym razem już na zawsze – uzupełnił spawacz.

– Wy świnie!

– Że niby my świnie? A kto chciał z nas drzeć czynsz? Proponowałem, żeby dogadać się po dobroci, to wierzgałeś. No i teraz masz za swoje – burknął Marek.

Proces przemiany wampira w człowieka powoli się kończył. Hosenduft z niedowierzaniem oglądał powykręcane artretyzmem palce. Próbował rozprostować plecy, ale boleśnie strzyknęło go w krzyżu. Łokcie i kolana puchły w oczach. Reumatyzm brał go w obroty, aż miło. Twarz pokryły wątrobowe plamy.

– Ja was, wy gnidy... – Uderzył gniewnie pięścią w stół, ale widać było, że siły ma tyle, co kot napłakał.

– Myślę, że wykończysz się raczej w kilka godzin niż w kilka dni – zauważył Marek. – A teraz słuchaj. To był bat, ale jest też marchewka. Jest dla ciebie jeszcze szansa. Minimalna. Możemy cię ponownie zwampirzyć, chociaż nie za darmo. Gosiu, przynieś maszynę do pisania!

Dziewczyna przydźwigała sprzęt i wkręciła w wałek czystą kartkę. Usiadła wygodnie na krześle, gotowa do pracy.

– Czego chcecie? – wychrypiał kamienicznik.

– Wystawisz nam papier, że wieczyście zrzekasz się jakichkolwiek roszczeń do tego budynku, czynszów aktualnych i zaległych oraz innych opłat. Od nas i od pozostałych lokatorów. A potem dupa w troki i won. W zamian jeszcze trochę pożyjesz jako wampir. Tylko nie właź nam więcej w drogę.

– Dawajcie ten papier! Podpiszę! – jęknął kamienicznik.

– Gosiu, pisz – polecił Marek. – Ja, Aaron Hosenduft, przez samo h oczywiście, zrzekam się uroczyście...

Dziewczyna, posługując się dwoma palcami, powoli wystukiwała kolejne słowa. Pomyliła się kilka razy, odstępy między linijkami też wyszły jej nierówne, ale powoli jakoś skleciła cały tekst. Kwadrans później kamienicznik złożył autograf pod dokumentem. Dłoń trzęsła mu się ze starości, wściekłości i strachu.

– Macie, czego chcieliście. Jesteście wolni. Dotrzymajcie słowa – zażądał. – Chcę odtrutkę!

– Ja zawsze dotrzymuję słowa – obraził się ślusarz, a potem wyciągnął z szuflady spluwę z tłumikiem i strzelił staremu prosto w pierś.

– Oj! – pisnęła Gosia.

– Nic mu nie będzie. A gwałtowna śmierć to jedyna metoda, żeby znowu stał się wampirem – wyjaśnił Igor. – Poleży pół roku w grobie i się odrodzi. Jedyny kłopot, że jak już wylezie z trumny, to zadowolony raczej nie będzie. To twardy żydowski lichwiarz. Na ile go znam, wytnie nam jeszcze jakiś paskudny numer. Najlepiej byłoby go od razu osikowym kołeczkiem potraktować, ale nie będę łamał danego słowa.

– Nie gadaj, tylko goń do piwnicy po łopaty – rozkazał jego przyjaciel.

Ani Markowi, ani Igorowi nie chciało się łazić daleko, więc grób wykopali na podwórzu, koło śmietnika. Mieszkańcy kamienicy początkowo tylko gapili się z okien, jednak gdy krwiopijcy znieśli trupa na parter, rozległy się nieśmiałe oklaski. Dół lokatorzy zasypywali już wspólnie.

Firma

Rok 1989 to był dziwny rok. Wprawdzie nie nadleciała żadna kometa ani nie wybuchła zaraza, ale ludzi ogarnęła dziwna gorączka. Milicjanci i ubecy czuli się nieco zagubieni. Władza najwyraźniej zgłupiała i zaczęła knuć coś do spółki z agenturą, którą miała w Solidarności. Jednocześnie funkcjonariusze otrzymali rozkazy, by nie rozganiać już demonstracji i nie pałować uczestników.

A major Nefrytow złapał grypę. Przewiało go na moście Poniatowskiego, gdy zgodnie z grafikiem, jak w każdy pierwszy piątek miesiąca, sypał do Wisły trutkę przeciw syrenom. Wyziębiony organizm nie oparł się zarazie... Początkowo wydawało mu się, że jakoś ją przechodzi, ale gdy gorączka skoczyła prawie do czterdziestu stopni, powlókł się do lekarza. Ten, nie bacząc na protesty, dał mu dwa tygodnie zwolnienia. Major wrócił taksówką do domu. Przez kolejne dziesięć dni zgodnie z zaleceniami leżał, łykał leki i unikał stresów. No dobra, to ostatnie trochę mu nie wyszło. Co jakiś czas z przyzwyczajenia włączał telewizor. Na widok mord solidarnościowców panoszących się po studiu gwałtownie skakało mu ciśnienie. No i za którymś razem nie wytrzymał. Gdy na ekranie pojawił się Leszek Moczulski, i to – o zgrozo – zaproszony przez prowadzących jako gość, major wyciągnął służbową tetetkę i rozstrzelał telewizor. Następnego dnia rozwalił jeszcze radio. Lejący się z głośników nienawistny reakcyjny bełkot był ponad jego siły. Jeszcze przez kolejne dni aż go podrywało, gdy przypomniał sobie, co zobaczył i usłyszał. Na szczęście za każdym razem wystarczyła szklanka wódy, by mógł wrócić do równowagi psychicznej.

Wreszcie poczuł się na tyle dobrze, aby iść do pracy. Podszedł do budynku, pogwizdując wesoło. Nacisnął klamkę, a potem wdusił guzik dzwonka. Ale, o dziwo, nikt nie otwierał. W końcu po kilku minutach usłyszał kroki i drzwi się uchyliły. Chciał wejść do środka, ale spostrzegł, że drogę blokuje mu łańcuch. W szparze mignęła postać kobiety w garsonce.

Nowa sprzątaczka, a może maszynistka? – przemknęło mu przez myśl.

– Czego? – warknęła kobieta.

– Major Nefrytow – przedstawił się.

– I co? – Przechyliła pytająco głowę.

– Jestem tu szefem, do cholery jasnej! – syknął.

– Może kiedyś pan tu pracował, teraz to prywatny budynek.

– Ale przecież... – Major spojrzał odruchowo w bok, ale przy drzwiach nie było ani godła państwowego, ani czerwonej tabliczki z lipną nazwą urzędu. – To jest moje biuro!

– Nie rozumie po ludzku? Wynocha stąd! – wrzasnęła baba i zatrzasnęła mu drzwi przed nosem.

Nefrytow cofnął się zaskoczony. Zamrugał, spojrzał raz jeszcze na drzwi, aby upewnić się, czy nie pomylił budynków.

– Czekaj, cholero! Ja cię urządzę – warknął.

Pobiegł na skwerek naprzeciwko. Budka telefoniczna na szczęście stała, a automat był na chodzie. Major namacał w kieszeni pięciozłotówkę.

– Już ja ci pokażę, gdzie raki zimują! Własną wątrobą białe niedźwiedzie nakarmisz, ty idiotko!

Wykręcił numer centrali SB. Czekał cierpliwie jeden sygnał, drugi...

– Nie ma takiego numeru, nie ma takiego numeru, nie ma takiego numeru – zagdakała słuchawka.

– Że niby co?! – zdumiał się.

Wykręcił numer alarmowy, a potem numer telefonu zaufania dla kapusiów. Za każdym razem sytuacja się powtarzała. Wreszcie w przypływie desperacji zadzwonił na 997.

– Pogotowie milicji, czym możemy służyć?

– Major Adolf Nefrytow, Służba Bezpieczeństwa – przedstawił się. – Mam problem z dzikimi lokatorami... Co ja gadam! Jakaś baba wdarła się do mojego biura!

– Proszę podać adres, wysyłamy patrol.

Nie minęło czterdzieści minut, a przed siedzibą Wydziału Z zatrzymał się wysłużony polonez. Wysiedli z niego dwaj znudzeni życiem milicjanci.

– Towarzysze, co tak długo!? – Na ich widok major poderwał się z ławki. – Ja tu mchem obrastam...

– Milicja, a właściwie od kilku dni już policja, ma właściwy sobie tryb pracy – wyjaśnił ten wyższy. – W czym problem?

– Jestem majorem Służby Bezpieczeństwa, a jakaś baba nie chce mnie wpuścić do mojego biura! Co ja mówię, nie chce mnie wpuścić do budynku!

Milicjant podszedł do drzwi i zapukał. Uchyliły się na szerokość łańcucha.

– Dzień dobry pani, posterunkowy Kowalski. Dlaczego nie chce pani wpuścić tego tu obywatela do środka? – zapytał uprzejmie.

– Bo to jest mój budynek, a on nie jest zameldowany. – Kobieta wzruszyła ramionami. – Jak mu się wydaje inaczej, niech pokaże jakiś papier.

– Tu jest nasze biuro... Jestem majorem Służby Bezpieczeństwa – próbował się tłumaczyć Nefrytow.

– Służba Bezpieczeństwa została rozwiązana dwa tygodnie temu – wyjaśnił milicjant, oglądając tymczasem ksero aktu własności, które kobieta podała przez szparę. – Ta pani faktycznie jest właścicielką.

– Ale przecież biuro... – zakwilił major.

– Biuro? Pokaż pan umowę spisaną ze mną, że wynajmujesz pan tu jakieś pomieszczenia – zaśmiała się kobieta. – A jak nie, to fora ze dwora, a panowie milicjanci pomogą.

– Ale nasze akta, meble, sejfy...

– A, było coś takiego. – Znów wzruszyła ramionami. – Ale niezabrane w terminie, to pojechało na wysypisko.

– W jakim terminie?! – fuknął major.

– Dałam tydzień na usunięcie tego barachła z mojego podwórza. Nie zabraliście gratów, to się teraz martwcie. Do widzenia panu i nie radzę tu przyłazić, bo pozwę o nękanie. – Kobieta zatrzasnęła drzwi.

– Towarzysze, wyważamy – polecił milicjantom Nefrytow.

Ci uśmiechnęli się tylko pobłażliwie.

– Daj pan spokój – powiedział wyższy. – SB rozwiązana, lokal prywatny, nie możemy pomóc. A z nią faktycznie trzeba uważać, bo może pozwać.

Zapakowali się do radiowozu i odjechali.

– Ale jak to rozwiązano ubecję!? – jęknął oficer. – To absurd! Przecież nowa władza też będzie nas potrzebować. Do trzymania społeczeństwa za mordę, do mokrej roboty, do ochrony przed wampirami...

Przeszedł kilka kroków i zamarł. W jego głowie pojawiły się zupełnie nowe, zgoła nie służbowe myśli: no dobra, przyjmijmy, że ta władza będzie nas potrzebowała. Tylko czy ja mam ochotę wykonywać rozkazy jakiejś solidarnościowej ekstremy? Po co chodzę do pracy? Po to, żeby zarabiać pieniądze. A przecież nie muszę chodzić do roboty, żeby je dostawać! Żegnaj, służbo, witaj, emeryturo! Zatarł dłonie.

Jadąc tramwajem do ZUS-u, z każdą chwilą czuł się coraz lepiej. Ptaszki ćwierkały, drzewa się zieleniły, a on był wolny jak nomen omen ptaszek.

Nowe życie! Żadnych wampirów, żadnych utopców, żadnych wilkołaków. Żadnego użerania się ze śmierdzącymi zombiakami. Żadnego łażenia po lesie i rozstawiania pułapek na krasnoludki. Żadnego żebrania o urlop raz na trzy lata. Mam czterdziestkę na karku i jestem emerytem, czyli wolnym człowiekiem, pomyślał.

Gdy wszedł do gmachu ZUS-u, dobry nastrój trochę w nim przygasł. Kolejki do każdego biura były gorsze niż na poczcie. Odnalazł odpowiedni ogonek i ustawił się na jego końcu. Przeklinał brak legitymacji.

Gdybym nią machnął, wszedłbym pierwszy, przyszło mu do głowy. A nie, guzik. Przecież ubecji już nie ma... A broń służbową muszę oddać czy nie? A jeśli tak, to komu niby, skoro mojego kierownictwa też już nie ma?

Przez trzy godziny wynudził się jak mops. Nie miał nic do czytania. Wprawdzie na krześle pod oknem ktoś zostawił jakąś solidarnościową gazetę, ale Nefrytowa aż odrzuciło, i to już po przeczytaniu pierwszej strony. Ludzie w kolejce wygadywali takie antypaństwowe świństwa, że uszy więdły. Fakt, że nie może ich wszystkich aresztować, dokuczał jak obcięta ręka. Wreszcie męczarnia się skończyła – przyszła jego kolej. Wszedł do pomieszczenia.

Za biurkiem siedział jakiś wypindrzony babsztyl. Drugi, podobny, tkwił przy stoliku nad maszyną do pisania i lakierował szpony.

– No i czego chce? – zapytała urzędniczka.

– Chcę na emeryturę.

– Za młody, brak podstaw, następny!

– Chcę przejść na wcześniejszą emeryturę – uściślił major. – Mam siedemdziesiąt pięć lat przepracowanych w MSW. To znaczy piętnaście lat, ale liczone po stawce pięć za rok z uwagi na ekstremalną uciążliwość i niebezpieczeństwa w trakcie pełnionej służby.

– Nazwisko jakieś ma? – Okulary błysnęły złowrogo.

– Adolf Nefrytow, major.

Kobieta długo przeglądała spis, przerzucała karty w segregatorach, wertowała opasłe skoroszyty. Wreszcie pokręciła głową.

– Nie mamy takiego na liście. Gdzie konkretnie pracował?

– Służba Bezpieczeństwa, Wydział Z.

– A to czego nie mówi, że ubecja! – fuknęła urzędniczka. – To przecież oddzielnie trzymamy!

Znowu długo wertowała papiery. Marszczyła przy tym czoło. Druga malowała paznokietki na czerwono. Ostra woń lakieru wypełniała biuro.

– Wie co? My tu nie mamy w papierach nawet takiego wydziału – powiedziała wreszcie urzędniczka. – Są ci z Wydziału M, spece od mokrej roboty, są z Wydziału K, tego, co to miał dbać o nastroje wśród kosmonautów, gdybyśmy ich kiedyś mieli. Są z Wydziału W, ci od rozsiewania wąglika... Pół alfabetu tu mam, nawet Stowarzyszenie Anonimowych Rakarzy! Ale żadnego Wydziału Z nie widzę. Może coś pomylił?

– Do cholery! Wiem chyba, gdzie pracowałem! O, już mam! Przecież mój wydział był ściśle tajny. Sprawdźcie w zbiorze zastrzeżonym.

– A to czego od razu nie mówi, że w zastrzeżonym?

Urzędniczka, krzywiąc się, poczłapała do sejfu.

– Laboratorium Bakteriologiczne jest, Pracownia Trucizn jest, Nieznani Sprawcy są, nawet Ninja są... Jaki to niby miał być wydział, bo zapomniałam?

– Wydział Z. Z jak zabobony.

– A to czego nie mówi, że na „zy"? Zresztą wszystko jedno. I tak nie ma. A papiery jakieś na tę służbę ma?

– Wszystkie nasze papiery były ściśle tajne, obowiązywał bezwzględny zakaz wynoszenia ich z biura. A legitymacja mi się spaliła – zaczął tłumaczyć major.

– Widzisz, leeeeegitymacja mu się spaaaaliła – rzuciło babsko pod adresem koleżanki.

Ta zachichotała usłużnie.

– No to co mam teraz zrobić? – jęknął Nefrytow.

– Przeprosić i wyjść! Kolejka czeka, a ten dupę zawraca.

– Że co? – Teraz zgłupiał już do imentu.

– Wynocha, naciągaczu. – Urzędniczka władczym gestem wskazała drzwi.

Wyniósł się jak zbity pies.

– Zasrane warszawskie cwaniaczki. Pięć lat temu udawali partyzantów, teraz próbują się podszywać pod ubecję, za kolejne pięć lat zażądają emerytur, że niby jako działacze Solidarności – usłyszał jeszcze przez zamknięte już drzwi.

Major chlał całą noc, zastanawiając się, co właściwie ma teraz robić ze sobą i swoim życiem, aż wreszcie, gdy flaszka zero siedem pokazała dno – wymyślił. Zanotował to pospiesznie, żeby rano pamiętać, i poszedł spać.

Za oknem jesień powoli ustępowała zimie, a w sklepach siermiężna komuna ginęła pod jarmarcznie kolorowymi opakowaniami pierwszych zwiastunów kapitalizmu. Na półkach pojawiły się towary, których nie widziano od lat, takie, których nie widziano od czasów przedwojennych, a nawet takie, których w kraju nad Wisłą nie widziano jeszcze w handlu nigdy. Dla odmiany dni stały się krótsze i znacznie bardziej ponure. W dodatku sytuacja trójki praskich wampirów rysowała się równie posępnie. A nawet jeszcze gorzej.

– To jest granda i podłe świństwo! – burknął Marek znad gazety.

– Co tam znowu? – zagadnął Igor.

– Kurs dolara zwariował! Zobacz sam!

– To zgroza! – zbulwersował się jego przyjaciel, rzuciwszy wzrokiem na szpalty.

– Doszło do tego, że za przeciętną płacę można kupić sto pięćdziesiąt zielonych – pieklił się ślusarz. – Świństwo!

– Ale dlaczego tak się wściekacie? – Gosia oderwała się od robótki.

– Miałem uciułane na czarną godzinę sto dwadzieścia sześć dolców! Dawniej pół roku by człowiek za to przeżył, a teraz to raptem marne trzy tygodniówki! – warknął Marek. – Podłość! I aberracja! Niedopuszczalna inflacja najtwardszej waluty świata.

– Trzeba w końcu znaleźć jakąś robotę – westchnął Igor. – Czynsz nam wprawdzie chwilowo nie grozi, ale za prąd policzą... I za ogrzewanie zimą pewnie też.

– To niech nam ciule odetną! Wielkie mecyje. Będziemy siedzieć przy świeczkach, a ciepłych kaloryferów też nie musimy mieć. Jesteśmy wampirami, nie zaziębimy się, nie czujemy zimna. No, prawie nie czujemy.

– Niby jesteśmy dość odporni, ale jak temperatura spadnie, to grzyb na ściany się rzuci, a jak naprawdę mocno spadnie, posztywnieją nam stawy!

– Grzyb nie jest dla nas szkodliwy, przecież i tak nie żyjemy!

– Ale wygląda obrzydliwie, w dodatku książki się poniszczą i parkiet... I śmierdziało będzie. A bez prądu też kuso. Niby czytać da się przy świecach, ale już video sobie nie pooglądamy. No i umyć się co jakiś czas też trzeba, a tu figa. To znaczy niby można i zimną wodą, ale mydło kiepsko się wtedy pieni – dowodził spawacz. – A prywatnie ci powiem, że jesteś ciężkim idiotą. Było kasę za świeczniki zachomikować, a nie kupować nowiutkiego poloneza.

– Nie moja wina, że go rąbnęli na drugi dzień! W ogóle nie rozumiem dlaczego. Przecież wystawiłem wkupne, starym zwyczajem: dwie skrzynki wódki. Jedna z przodu, druga z tyłu auta.

– Twoja wina, tylko twoja. Tyle razy ci mówiłem, to już nie są kochane stare Szmulki. Zapańszczyłeś ekstrabryką, to cię szybciorem zdemokratyzowali. Złodziejska zasada, że swojak rzecz święta, a na robotę idzie się za Wisłę, jest od dawna martwa. Kiziorski honor już się skończył. Dobre pięć, a może i dziesięć lat temu. Czasy takie, że już wkupne nie pomaga. Podpierdolili auto i bujaj się, frajerze. Twoje szczęście, że fiacika jeszcze nie sprzedałeś.

Zapadła cisza.

– Faktycznie trzeba znaleźć robotę. I tym razem bez wybrzydzania, cokolwiek dadzą – podjął męską decyzję ślusarz. – Ha! W sumie, jak będziemy mieli kasę, to i my możemy kupić dolarów... Chociaż nie wiem, czy warto, bo przecież ich kurs może spaść jeszcze bardziej. – Z potępieniem pokręcił głową.

– Roboty poszukać... No to chyba tylko na czarno. Przecież dział kadr dowolnej firmy zażąda od nas choćby głupich dowodów osobistych. I co wtedy? – zauważyła trzeźwo Gosia. – Macie w ogóle jakieś papiery?

– Ja mam carski paszport, przedwojenny dowód osobisty i hitlerowską kenkartę – westchnął Igor. – Niestety, poszło na nią ostatnie zdjęcie z zapasiku, który zrobiłem sobie, jak jeszcze byłem ciepły.

– Przecież możemy się już sfotografować – zdziwiła się Gosia.

– Tak, ale oczy nie wychodzą na zdjęciu – westchnął spawacz. – Niby mogę coś popróbować... Ale co będzie, jak się urzędnicy skapną, że to fotomontaż? No i jakie dane wpisać we wniosku? Przecież jak podamy prawdziwe, to sprawdzą, że nie żyjemy od rewolucji tysiąc dziewięćset piątego. A nawet jak tego nie mają w papierach, to polegliśmy jeszcze w piętnastym, dwudziestym pierwszym, trzydziestym dziewiątym, czterdziestym piątym... Niby w warunkach wojennych zawsze jest bałagan i problemy z papierami, ale z pewnością za którymś razem odnotowali to w ewidencji. No i oczywiście data urodzenia. Ta prawdziwa nijak się ma do tego, jak wyglądamy. Ktoś się z pewnością czepi!

– Na czarno możemy pracować. – Marek walnął pięścią w stół. – Ubezpieczenie przecież nie jest nam potrzebne. Nie chorujemy. Na emeryturę też się nie wybieramy.

– Tylko komu potrzebni dziś ślusarze narzędziowi czy spawacze od prac precyzyjnych? – westchnął Igor. – Gdybyśmy byli przedstawicielami handlowymi, finansistami, telemarketerami, specjalistami od składu komputerowego... Poza tym bezrobocie jest. Podobno pracę można zdobyć tylko po znajomości. A my mamy niewiele użytecznych znajomych.

– A może Dziadek Weteran nas zatrudni do murowania grobowców albo jako pomocników? Robota na cmentarzu to w sam raz coś dla truposzczaków! – Marka aż nosiło. – No i mamy przewagę nad każdym ciepłym, nie boimy się nieboszczyków.

– Fakt, to poniekąd nasi koledzy... Brzmi niegłupio, ale Dziadek ostatnio marudził, że nie ma zleceń. Nie wiem, czy do czegokolwiek mu się przydamy. Poza tym... obrabiałeś kiedyś kamień? – zagadnął Igor. – Nie mówię nawet o granicie, ale czy ciąłeś piaskowiec?

– Tak po prawdzie to nigdy. Ale w końcu jestem ślusarzem, nie takie rzeczy się obrabiało! Czy stal, czy granit, jedna robota chyba... No, innych tarcz trzeba użyć. I pewnie wodą chłodzić, a nie olejem.

– Daj spokój, nie mamy pojęcia o tej pracy. Obróbka kamienia to nie w kij dmuchał! Tego się nie robi skrawaniem.

– Nauczymy się przecież w try miga! Ja będę ciął granity, a ty spawał ogrodzenia wokół grobów. A jak nie u Dziadka, to może jakiś sąsiedni zakład? Trzeba połazić i popytać. Od siedzenia na dupach roboty nie znajdziemy.

– A ja tobym chciała pracować w butiku z ekskluzywną odzieżą, sprzedawać tureckie jeansowe kurteczki i spódniczki – rozmarzyła się Gosia. – Albo markową bieliznę...

– Żeby założyć własny sklep, potrzeba masę forsy. Ba, co ja gadam, „sklep". Byle jaka szczęka na bazarku też kosztuje krocie. No i towar trzeba skądś zdobyć. Musimy zagrać w totolotka albo wejść w spółkę z kimś, kto ma pieniądze. Problem w tym, że w totolotka trudno trafić, a co do spółek, nie mamy odpowiednich znajomości ani kasy na początek – westchnął Igor. – Niemniej jednak można by zacząć chodzić, pytać... Przejdź się po Wileńskiej albo po bazarkach, namnożyło się ich teraz. Może się zaczepisz. Na modzie się akurat znasz, to może być całkiem użyteczna wiedza.

– Zatrudnijmy się w cyrku! – wypaliła dziewczyna.

– Dziecko, co ty bredzisz? – zdumiał się Marek. – Niby w jakiej roli?

– To zaklęcie z przemianą w wiewiórki! – Oczy Gosi zabłysły. – Przecież to jest wielki numer. Genialny. Jedyny w swoim rodzaju. I żaden ciepły tego nie podrobi, bo to prawdziwa wampirza magia. Niepowtarzalna sztuczka! Cyrki będą się o was zabijały. Publika będzie waliła drzwiami i oknami.

– W namiocie cyrkowym nie ma okien – zakpił spawacz.

– W przenośnym sensie! Wbiegam na scenę, mam na sobie trykot w cekiny. Biegnę, odbijam się i trach w wiewióreczki, które jeszcze mogą pokazać kilka sztuczek. Przez płonącą obręcz skoczą i tak dalej.

– O nie – zaprotestował ślusarz. – Tylko nie wiewiórki. Raz już tego dokonałem i z trudem pozbierałem zwierzaki do kupy, żeby znów stać się człowiekiem! To znaczy wampirem!

– To może wbiegam do klatki i tam trach w wiewiórki? – zasugerowała. – Wtedy się nie rozbiegną. Poza tym czy ty aby nie przesadzasz? Zmieniłeś się tylko jeden raz i już za tym pierwszym razem pierońsko skomplikowane zadanie wykonałeś, a potem odtworzyłeś ludzką postać.

– No, niby tak... – Pokręcił głową, jakby sam zdziwiony.

– Zatem bardzo trudne to nie jest! W dodatku myślę, że to się da wyćwiczyć, dojść do wprawy...

– Hmm... w tym, co gada, jest trochę racji – zauważył Igor. – Wiewiórki to może nie najlepszy przykład, ale jakieś inne zwierzaczki... Koty albo coś większego. Pomyślcie, zamieniamy się w istoty, które zachowują naszą inteligencję. Pamiętacie? Ta kumpela hrabiego, co z Francji przyjechała, umiała się zamienić w czarną panterę! To by było coś. Można zrobić pokaz tresury, jakiego świat nie widział! – Najwyraźniej zapomniał, że jeszcze przed chwilą pomysł dziewczyny wydawał mu się niedorzeczny. – Gdybyśmy zdołali odcyfrować „Necronomicon”...

– Nawet jeśli to wyćwiczymy, obawiam się, że w tym kryzysie mało kto chodzi do cyrku. W ogóle to już nie bardzo pamiętam, kiedy ostatnio cyrk widziałem! – marudził dalej ślusarz.

– Można by też wykorzystać nasze wrodzone zdolności na przykład, skoro nie musimy oddychać, to pięć minut pod wodą... – Gosia szukała nowych idei. – Wyobraźcie sobie przedstawienie. Wtaczacie na arenę wielkie, przejrzyste akwarium. W świetle reflektorów pojawiam się ja. Dziewczyna-syrena. Zrzucam pikowany szlafroczek obszyty futerkiem. Staję w snopie światła. Mam na sobie szałowe skąpe bikini...

– Ojcowie rodzin zaśliniają się po pas, dorastający chłopcy wiedzą już, o czym będą marzyć przed snem, ich siostry krzywo patrzą na twoją figurę, a oburzone matki zasłaniają dzieciom oczy i szykują parasolki, żeby nas wyśledzić i obić – pokpiwał spawacz.

– Zanurzam się w wodzie, a ktoś mierzy czas...

– Bez sensu. Przede wszystkim to zbyt statyczny pokaz, jak na cyrkową arenę. Przedstawienia w cyrku to ruch, feeria barw, dynamika! Wymyśl coś lepszego.

– A może lepiej od razu zostaniemy płetwonurkami? – burknął Marek. – Tylko obawiam się, że utopce nie lubią, jak się włazi na ich teren. My nie czepialiśmy się ich, one nie czepiały się nas. Żyliśmy we wzajemnym poszanowaniu. A jak było trzeba, nigdy nie odmawiały pomocy! Czy to zapchany zlew, czy co innego... Pamiętasz, Igor, jak kiedyś na urodziny majstra załatwiliśmy, że z kranów w Druciance puściły piwo? Dobre chłopaki, przyjazne, i wolałbym, żeby tak pozostało.

– No to może zostaniemy po prostu złodziejami albo bandytami? – podsunęła ich wychowanka. – No, może bandytami niekoniecznie. Ale włamywaczami. Takimi jak ci z „Gangu Olsena"! Tylko że nam się skoki udadzą!

– Jak to sobie niby wyobrażasz? – zirytował się Marek.

– Po wampirzemu! Zamieniamy się w nietoperze, wlatujemy do banku przez wentylację. Jesteś ślusarzem! Otwierasz sejfy, każdy nietoperz bierze w pazurki paczkę banknotów. Latająca chmura kasy opuszcza bank znowu przez wentylację...

– Nie opanowaliśmy przemiany w nietoperze – zauważył Igor. – A do tego nie wiem, czy bezpiecznie robić to zespołowo. A co będzie, jak się nietoperze pomieszają w locie? Składamy się do kupy, a tu na przykład ja mam dwie lewe ręce, a Marek cycki. Albo nóżki nastolatki... albo...

– Odwal się – mruknął ślusarz. – Ale coś z racji w tym jest. Już my się lepiej w nic nie przemieniajmy! Raz w życiu spróbowałem i wystarczy. Zresztą pamiętacie, co się stało z tym nieszczęsnym Coollenem? Pach, kupa stonki i tyle. Trup.

– To dlatego, że nie pił ludzkiej krwi, tylko z sarenek... – zauważyła dziewczyna.

– Czy wiemy to na sto procent? – zadumał się Igor. – Profesor biedzi się nad „Necronomiconem" od dwóch lat, a jak do tej pory gówno odczytał. A to, co odcyfrował, psu na budę można położyć jak na razie. Bez dokładnej znajomości tych procesów i ich ewentualnych skutków ubocznych nie ma co ryzykować! Wiewiórki, komary czy stonka to jeszcze pół biedy. A jak rozpyli nas na salmonellę?

Zapadło ponure milczenie.

– Wyjedźmy za granicę i tam poszukajmy roboty! – wypaliła Gosia.

– O nie! – syknął Igor. – Żadnego „kajakiem do Szwecji"! Nigdy więcej.

– A kto nam każe do Szwecji? – prychnęła. – Ucieknijmy do USA!

– Niby jak? – westchnął Marek. – Dziecko drogie, tam trzeba mieć paszport i wizę. A my z głupim zdjęciem mamy problem.

– Mam plan – powiedziała twardo. – Zakradamy się na Okęcie. Kładziemy się w poczekalni i przestajemy oddychać. Lotniskowi znajdą trupy. Po co im wzywanie policji, zeznania, protokoły, kłopoty... Nie ma ciała, to nie ma problemu. Wsadzą nas cichcem razem z różnymi bagażami do pierwszego samolotu i kilka godzin później jesteśmy w Ameryce!

– Albo w Zimbabwe – uśmiechnął się ślusarz.

– Nasz LOT nie lata do Afryki Środkowej – broniła swojego pomysłu dziewczyna.

– No to w Bangkoku. Albo, co gorsza, w Moskwie! Chyba nie warto ryzykować podróży w nieznane!

– Albo faktycznie pomyślą: nie ma trupów, nie ma problemu, zaniosą nas do kotłowni pod lotniskiem i wpakują do pieca – dodał Igor. – Do dupy ten plan.

I znów zapanowało ponure milczenie. Pukanie do drzwi wyrwało Marka z zadumy. Podszedł, przekręcił klucz w zamku. Otworzył i zamarł. Mrugnął kilka razy, ale widziadło nie znikało.

– A ty tu skąd!? – syknął na widok majora Nefrytowa.

– Można? – Ubek uśmiechnął się krzywo. – Pogadać chciałem.

– Nie gadamy z ubecją! Wy krwawi oprawcy...

– Ale ubecji już nie ma. – Major uśmiechnął się jeszcze bardziej krzywo. – Poza tym nie przesadzajmy z tą krwią i oprawianiem. A już zwłaszcza wy nie macie chyba powodów do narzekań! Od dziesięciu lat chroniłem wam dupę!

– Że niby co?! – zdumiał się Igor.

– Frajerzy złoci. – Ubek już wpakował się do przedpokoju. Teraz dopiero spostrzegli, że w ręce trzyma okazały bukiet róż. – Pomyślcie logicznie. Przecież ubecja od dawna znała ten adres, wiedzieliśmy od wielu lat, że jesteście wampirami. Wydział Z miał twarde rozkazy, żeby likwidować realnie istniejące przejawy zabobonów ludowych. Tak byliśmy zadaniowani. A polecenia szły z samego Komitetu Centralnego. Pomyślcie sami. Gdybym na poważnie przykładał się do pracy, to wysłałbym tu grupę likwidacyjną z kuszokołkownicami. Pięć minut roboty i po was. Zniklibyście bez śladu. Jak kamień w wodę. Kości i popiół do Wisły, czaszki do sejfu, teczka do archiwum, tyle by z was zostało. A od strony prawnej? Oficjalnie i tak wszyscy troje nie żyjecie. Można by z wami zrobić wszystko! A tymczasem tu sobie żyliście... yyy... to jest, chciałem powiedzieć, mieszkaliście jak u Pana Boga za piecem. Nie powiem, ile się nagimnastykowałem, żebyście mieli spokój. Co rusz stopowałem tego frajera, twojego brata - zwrócił się do Gosi. - A i jemu dupę musiałem chronić, boście go przecież przekręcili na swoją stronę, i to szantażem seksualnym. Jakby się inni ubecy dowiedzieli, że dał się tak zrobić w balona, to... - Przeciągnął palcem po gardle. - No i co robicie takie głupie miny, wiedzieliśmy o was wszystko!

– Gówno prawda! - syknął Marek.

– Masz uciułane sto dwadzieścia sześć dolarów. Zgadza się?

– Yyyy...

– Ale gdzie moje maniery... Kwiatek dla gospodyni. - Oficer wręczył zaskoczonej Gosi bukiet róż i wytarł ręce o spodnie. - Wracając do tematu...

– Ty sukinsynu, znów założyłeś tu podsłuch!? Skąd wiesz, ile mam dolarów? - wydarł się ślusarz.

– Stąd, że wszyscy cinkciarze dla nas kapowali. A który nie kapował, momentalnie szedł siedzieć za nielegalny handel walutą i wypadał z branży. W każdym razie w tym mieście nie mieliście sojusznika lepszego niż ja. - Major na potwierdzenie prawdziwości swoich słów uderzył się kułakiem w pierś.

– A to nie było przypadkiem tak, że bardziej się wam opłacało za nami uganiać, niż zlikwidować raz na zawsze? - zagadnął Igor. - Tak jak carska ochrana sama tworzyła komórki rewolucjonistów, a nawet pozwalała im od czasu do czasu przeprowadzić zamach na jakiegoś ministra. Dzięki temu car czuł się zagrożony i dawał tajniakom kasę na działalność.

– Oj tam, oj tam. Nie wywlekajcie mi podobieństw mojej służby do carskiego reżimu! Zresztą co było, to i minęło, oddzielmy przeszłość grubą kreską.

– A jak nie zechcemy dla ciebie pracować? – warknął Marek.

– Ale dlaczego nie? I w zasadzie nie macie wyjścia. Po pierwsze, ta kamienica należy od wczoraj do przedsiębiorstwa wielobranżowego PolEXpol, którego, tak się składa, jestem prezesem i oczywiście właścicielem. Tym samym jesteście moimi lokatorami. A że nie stać was na czynsz, to w każdej chwili mogę was... – Wskazał wymownym gestem drzwi.

– Nasza kamienica jest niby twoja? Jakim cudem? – prychnął Marek.

– Odkupiłem roszczenia reprywatyzacyjne od niejakiego Aarona Hosendufta. Z radością pozbył się tego, jak to określił, „gniazda wampirów i niewypłacalnych emerytów". Chyba jest na was bardzo obrażony... Niby zastrzelenie i zakopanie to dla wampira nic takiego, ale jak się wygrzebał z ziemi, był zdrowo wkurzony. Nawet się nie bawił, żeby wyciąć wam jakiś numer, tylko od razu zaczął szukać kontaktu ze mną.

– Sprzedał nas razem z domem?

– I to za głupie trzy tysiące dolarów.

– Zabiję sukinsyna! Jak go dorwę, to mu pokażę, gdzie tacy zasrani przedwojenni krwiopijcy trafiają po śmierci! – Ślusarz zacisnął pięści.

– Napisał nam papier, że nie rości sobie... – zaczęła Gosia.

– Wiem – uśmiechnął się major. – Ale po pierwsze, co to za umowa bez poświadczenia notarialnego?

A po drugie, on jako właściciel mógł wam odpuścić. Ale dom ma nowego właściciela, umowy ze starym tym samym przestały być ważne.

– I że niby mamy ci teraz czynsz płacić? – prychnął Igor. – Po naszym trupie! A właściwie po twoim!

– Tak, wiem, Hosenduft opowiedział, że dla was podziurawić kogoś kulami to jak nos wysmarkać. Ale to nieistotne, a nawet, skoro gadamy zupełnie szczerze, ta wasza zadziorność mi się podoba. Takich właśnie zuchów mi trzeba! Pogadajmy rozsądnie. Przecież nawet gdybym chciał ten czynsz, to nie znaleźliście przez rok żadnej roboty i zwyczajnie nie macie z czego zapłacić. Ale mam dobrą propozycję, jak z tego wybrnąć.

– O nie! – syknął Marek. – Nie zrobisz z nas konfidentów!

– Panowie, po pierwsze, jakich niby konfidentów, jak SB już nie ma? – Major uśmiechnął się z politowaniem. – Po drugie, na kogo niby mielibyście donosy pisać? Po trzecie, na kiego grzyba mi jakieś donosy, skoro cała Drucianka była naszpikowana podsłuchami? Wiem, że je psuliście, ale wy w dzień psuliście, a nasi nocą zakładali nowe. Po czwarte, Drucianka splajtowała. Po piąte, i tak prawie nikt tego nie czytał. Po szóste, całe tiry tego spaliliśmy w elektrociepłowni, więc nikt się nie dowie, kto kapował, za ile kapował ani co nakapował. To już jakby zamknięty rozdział.

– No to po co żeś przyszedł? – prychnął Igor.

– Po starej znajomości, zatroskany o wasz byt i tak dalej – wzruszył ramionami ubek. – Tyle lat was śledziłem i rozpracowywałem, zżył się człowiek trochę... Syndrom sztokholmski się to fachowo nazywa.

– Gadaj zdrów – parsknął ślusarz.

– No dobra, to teraz na poważnie. Spółka PolEX-pol, której mam przyjemność być prezesem, to przedsiębiorstwo handlowo-usługowe. Proponuję wam nie jakieś głupie i zbędne pisanie donosów, tylko normalną pracę u mnie i mieszkanie służbowe. – Zatoczył dłonią, obejmując gestem salonik. – Wy mi pomagacie, ja odpuszczam czynsze oraz inne takie i muzyczka gra!

– Mamy pracować dla ubecji, i to na etacie!? – warknął spawacz i wyszczerzył kły. – Szukaj sobie innych frajerów.

Na gościu nie zrobiło to większego wrażenia.

– Nie ma już ubecji – przypomniał. – Mam teraz normalną firmę i w niej możecie pracować. Co było, minęło. Gruba kreska i te sprawy, słyszeliście na pewno w telewizji.

Wampiry ponuro pokiwały głowami. Faktycznie, w tv byli komuniści, byli kapusie i byli opozycjoniści gadali o tej grubej kresce jak nakręceni.

– Zatem czujcie się zatrudnieni. Oficjalnie w papierach będziecie moimi wspólnikami, ale to tak dla picu, dla urzędu skarbowego. Szefem będę ja, robotę organizuję ja, wy pracujecie i bierzecie wypłaty. Reszta was nie obchodzi.

– Ale tak właściwie to w handlu mamy pracować czy w usługach? – zaciekawiła się Gosia. – Bo ja bym chciała w butiku z odzieżą. Najlepiej używaną zachodnią, ale może też być turecka. Fikuśne majteczki, bielizna, pończoszki... jak z zagranicznych katalogów – rozmarzyła się.

– No właśnie, zanim się dogadamy, chętnie byśmy się dowiedzieli, co konkretnie mielibyśmy robić – powiedział ślusarz.

– Największą zmorą i przeszkodą w przebudowie kraju na kapitalistyczny są zatory płatnicze i niezrealizowane płatności, czyli po ludzku mówiąc, sytuacja, gdy ktoś wziął towar na krechę, ale nie chce za niego zapłacić. Siłą rzeczy fachowcy, którzy potrafią kolesia zmusić, żeby jednak kasę wyłożył, stają się obecnie po prostu niezbędni. – Nefrytow miał najwyraźniej przygotowane całe przemówienie.

– Czyli mamy gdzieś pojechać i skuć komuś ryja albo i przestrzelić kolana, żeby uregulował długi – uściślił Marek.

– Dokładnie tak. Kilka, maksymalnie kilkanaście razy w miesiącu. Sami widzicie. Praca nietrudna, a przy tym chwalebna i pożyteczna. A co do wynagrodzenia, proponuję na dzień dobry po pięćset dolców miesięcznie. Potem więcej.

– Pięćset dolarów... miesięcznie!? – szepnął Marek w uniesieniu, ale zaraz przypomniał sobie, jak niewiele są obecnie warte dolary.

– Ale czy taka działalność będzie aby legalna? – nastroszył się Igor.

– Teoretycznie nie, ale w praktyce moja służba zachowała wystarczająco dużo wpływów w policji, sądach i prokuraturze, żebyśmy mogli działać zupełnie swobodnie. Panowie, proponuję kwadrans na naradę i liczę na waszą zgodę.

Marek i Igor wyszli do sąsiedniego pokoju. Naradzali się ponad dwadzieścia minut. Gosia obojętnie dziergała sukienkę. Major wyciągnął z teczki poradnik biznesowy i oddał się lekturze. Co jakiś czas przerywał, żeby zanotować coś na karteluszku. Wreszcie obaj krwiopijcy wrócili. Miny mieli bardzo kwaśne, ale wyglądali na pogodzonych z losem.

– Dobra, bierzemy tę robotę – westchnął ślusarz.

– Czułem, że ludzie na poziomie zawsze się dogadają. – Ubek uśmiechnął się szeroko. – Jedna taka sprawa... od dziś, to znaczy od przedwczoraj, nazywam się Adam Nefrytowski i przy ludziach proszę mnie tytułować panem prezesem. W końcu mam być poważnym biznesmenem, a poprzednie nazwisko kiedyś ułatwiało karierę, ale nie bardzo pasuje do nowych czasów.

– Zapamiętamy. – Gosia kiwnęła głową.

– W ogóle wiele starych przyzwyczajeń trzeba będzie zmienić... Skoro się zgodziliście, tu macie ubrania robocze. – Wyciągnął z torby dwa nowiutkie dresiki i po parze adidasów. – A to w prezencie ode mnie. – Dołożył dwa grube złote łańcuchy i dwa sygnety ozdobione herbami.

– Mamy się w to przebrać do pracy? – Marek badał fakturę nowego ubioru.

– Obligatoryjnie.

– A te herby czyje? – Igor ozdobił palec sygnetem.

– Wuj wie. Grawer dał mi książkę, to wybrałem najładniejsze. Wszyscy poważni biznesmeni teraz takie noszą. Zobaczcie, ja też mam. – Podsunął im łapę pod nos.

Faktycznie, serdelkowaty paluch ubeka zdobił masywny złoty pierścień z wygrawerowanym jednorożcem.

– Nasza pierwsza robota. – Świeżo upieczony prezes Nefrytowski rozłożył na stole plik fotografii. – Koleś nazywa się bodaj Grążel, ale bardziej znany jest pod ksywami „Hipopotam” i „Żaba”. Bazarowy cwaniaczek, ale z tych bardziej kumatych. Prowadzi obecnie dużą hurtownię w Poznaniu. Ubecja próbowała go kiedyś zmusić do współpracy, trzech oficerów do dziś nie znaleziono, czwartego niby znaleziono, ale był w takim stanie, że identyfikacja nie jest pewna. W każdym razie miesiąc temu przekręcił jednego ważnego partyjniaka z Krakowa na sto dwadzieścia siedem tysięcy dolarów. Pojedziemy i namówimy go, żeby pieniążki jednak oddał.

– Hmmm... – mruknął Marek. – Trochę brak nam doświadczenia w tej robocie. Wprawdzie przed wojną kilka razy mieliśmy do czynienia z komornikami, ale zawsze jakby od drugiej strony.

– Spokojnie, ja będę mówił, a wy możecie stać i milcząco wywierać presję. A jakby zaczął się stawiać, pokażecie zęby i tyle. Każdy się boi wampirów.

– To nie brzmi jakoś szczególnie skomplikowanie – mruknął Igor.

– Oczywiście spluwy też dostaniecie, na wszelki wypadek.

– Spluwy? – zasępił się Marek. – A pozwolenia na broń?

– Na razie macie dowody osobiste. – Major rzucił na stół plik książeczek.

Wampiry zamarły. Ślusarz przemógł się jako pierwszy. Podniósł jedną, przekartkował.

– Skąd, u diabła, macie moje zdjęcie!? – wykrztusił. – Przecież nie da się sfotografować wampira! Klisze do aparatu są oparte na związkach srebra, a my nie odbijamy się w lustrach ani...

– Wyszukałem w bazie danych najbardziej podobne gębusie, zrobiło się delikatny retusz i gotowe – wzruszył ramionami major. – Daty urodzenia lipne oczywiście, ale przynajmniej wszystko teraz po legalu. No i prawa jazdy. – Rzucił na stół kopertę. – Po co nam problemy z drogówką?

– Dziękujemy – bąknął Igor.

– Trzymajcie się mnie, a nie zginiecie! A wracając do zlecenia... Robota w zasadzie jest prosta jak drut. Tylko że tym razem jest to drut taki trochę kolczasty. Bo niestety, koleś znany jest z tego, że nie daje sobie w kaszę dmuchać. To jego twierdza. – Wskazał zdjęcie. – Odkupił od wojska dawny magazyn, wyremontował i obudował dookoła sklepami, gdzie handlują teraz jego towarem. To znaczy oficjalnie był to magazyn obrony cywilnej, a w rzeczywistości rezerwowe centrum dowodzenia dla dzielnicy. Budynek ma grube ściany, metr lanego żelbetu. Żaba na zewnątrz nie wychodzi nigdy, a biuro, gdzie gada z interesantami i ma sejf z forsą, mieści się pod spodem, w dawnym schronie przeciwatomowym.

– Znaczy się czołgiem tam pojedziemy czy jak? – zirytował się Igor. – Bo jak metr betonu i schron, to bez tego ani rusz.

– Gucio tam czołgiem – prychnął Marek. – Ciężka haubica potrzebna, żeby go wykurzyć.

– Żaba jest znany z tego, że ochrona wpuszcza każdego – wyjaśnił ich szef. – Tylko że wejść a wyjść to jakby dwa różne problemy. Bo było już kilku takich, którzy chcieli uszczknąć jego bogactw albo proponowali mu ochronę... Generalnie budynek jest tak skonstruowany, że można w piwnicy rzucać się granatami, a w sklepie nikt się nawet nie domyśli. Trupy jakoś utylizuje.

– Czyli idąc tam, pakujemy się jak w pułapkę na szczury – skrzywił się Marek.

– Panowie, nikt nie powiedział, że będzie łatwo. To nasza pierwsza robota. Jak poradzimy sobie z tym całym Żabą, to nie będziemy się mogli opędzić od zleceń, a kasa popłynie do nas strugą szeroką jak Niagara.

– Niagara... – Marek przez chwilę smakował to słowo. – Myślę, że można spróbować. Najwyżej nas zastrzelą.

– Nie pierwszy raz i nie ostatni – burknął Igor. – Gorzej, jakby próbowali potem zutylizować. Kiedy wyruszamy?

– Jutro skoro świt! Tak żeby koło dziesiątej rano być już w Poznaniu. – Prezes Nefrytowski zatarł dłonie. – Tu macie umowy o pracę, pieniądze na benzynę...

Twierdza Żaby górowała nad niewielkim bazarkiem. Z pozoru wyglądała jak mały dom handlowy. Do sklepów były wejścia z chodnika, ale szeroka brama prowadziła też do wnętrza. Z magazynów niemal nieustannie wytaczały się wózki załadowane pasiastymi nylonowymi workami, pełnymi wszelakich łaszków.

– Ruch w interesie – mruknął były major. – To i pieniądze pewnie ma. A nawet jak nie ma, to nie nasze zmartwienie.

Wysiedli z auta. Marek w dresie czuł się trochę jak pajac, a trochę jak sportowiec, ale jednocześnie musiał przyznać, że strój jest i ładny, i wygodny. Prezes Nefrytowski tymczasem podszedł nonszalanckim krokiem do ochroniarza stojącego obok bramy.

– Dzień dobry, przepraszam, gdzie tu jest biuro pana Żaby? – zagadnął.

– Dobry... To do środka trzeba. Jak zapłacić za towar, to na lewo, a jak windykatorzy albo mafia względem haraczu, to na prawo.

– Dziękuję.

Weszli do wnętrza. Faktycznie, po lewej za szklanym przepierzeniem kilka kobiet pracowało na komputerach, po prawej był nieduży hol, coś jakby poczekalnia. Za biurkiem siedziała sekretarka w eleganckiej garsonce i szlifowała pazurki.

– Dzień dobry, my do pana Żaby – zagadnął major.

– Dzień dobry, zaraz sprawdzę, czy pan prezes Grążel jest wolny – zaszczebiotała czerwonymi usteczkami i przysunęła sobie interkom. – Szefie, jakieś trzy ciule do pana, gęby zakazane ciutkę, ale ten główny w garniturze jest, a tylko jego przydupasy w dresach. No i normalnie ostrzyżeni, a mafia to goli glacę na łyso. I torbę mają taką ortalionową, „jamnika", jak się początkującym wydaje, że jest dobra do noszenia paczek z banknotami, to pewnie windykacja...

Słuchała przez chwilę.

– Od Walcoka? – zapytała majora.

Ten dostojnie skinął głową.

– Znowu od tego czerwonego pająka Walcoka – zaszczebiotała przez interkom.

Odłożyła słuchawkę.

– Szef przyjmie panów. – Uśmiechnęła się do całej trójki, ukazując białe ząbki. – Po schodkach na dół, a dalej prosto. Wieńce pogrzebowe zapewniamy na koszt firmy.

Żaba faktycznie wyglądał jak żaba, a może trochę jak hipopotam. Miał jakieś trzydzieści lat, ze sto dwadzieścia kilo wagi i strasznie szeroką gębę. Ale jego małe oczka patrzyły na świat przerażająco bystro. Po jego lewej i prawej stronie stali dwaj ochroniarze. Ci dla odmiany przypominali stare, wredne wilki. Szczupli, żylaści, krótko ostrzyżeni, w wojskowych łachach, sprawiali wrażenie weteranów z Afganistanu.

– Czym mogę służyć? – Biznesmen uśmiechnął się szeroko. – To znaczy oczywiście wiem, o co chodzi, ale opowiedzcie własnymi słowami. Po prostu mam taką słabość, że lubię słuchać relacji o własnych sukcesach.

– Przysyła nas towarzysz Walcok z Krakowa. Chodzi o uregulowanie należności za ubrania i elektronikę – wyjaśnił Nefrytow. – Sto dwadzieścia siedem tysięcy dolarów. Myślę, że ta torba będzie akurat odpowiedniej wielkości, żeby pomieścić całą kwotę. – Potrząsnął ortalionowym „jamnikiem”.

Żaba uśmiechnął się całym ryjem.

– Przecież już trzy razy telefonicznie wyjaśniałem towarzyszowi Walcokowi, że skonfiskowałem jego towar na poczet odszkodowań, które należą się mojej rodzinie za straty poniesione w wyniku działań PZPR. To nic osobistego, po prostu oko za oko, panowie... Poza tym prywatnie uważam, że jak ktoś się bawił w komunistę, to niech się teraz nie bawi w biznesmena, tylko raczej leży krzyżem w kościele i błaga o odpuszczenie grzechów.

– Obawiam się, że tym razem trzeba będzie zapłacić – warknął Nefrytow.

– Ech, nie... – Żaba stanowczo pokręcił głową. – Nie nawykłem płacić komuchom. Po prostu mój światopogląd całkowicie wyklucza przekazywanie im jakichkolwiek pieniędzy. I proszę powiedzieć temu całemu towarzyszowi Walcokowi, że jak nie przestanie przysyłać do mnie różnych frajerów, sam się pofatyguję do Krakowa ze swoimi ludźmi i osobiście wyślę go na randkę z Marksem, Engelsem i Leninem. Żegnam was, panowie.

– Ja z kolei, jako wieloletni oficer SB... – Prezes Nefrytowski wyciągnął zza pazuchy pistolet.

Na Żabie nie zrobiło to żadnego wrażenia.

– Ubekom też nie nawykłem płacić. Ba, nawet nie brałem od nich kasy, jak sami dawali... to znaczy próbowali dawać.

– Jesteśmy pracownikami najskuteczniejszej w Polsce firmy windykacyjnej PolEXpol! Płać, dziadu! – major użył ostatecznego argumentu.

– Sasza, zastrzel któregoś z tych palantów, niech ubeckie nasienia zrozumieją, na kogo się porwali – polecił biznesmen jednemu ze swoich ochroniarzy.

– Daj spokój, nie macie na to jaj – prychnął Nefrytowski. – Radzę raczej...

A potem, widząc, jak Żaba rzuca się w kąt za biurko, sam padł na podłogę.

Huk wystrzałów wypełnił pomieszczenie. Po może trzech sekundach palby zapadła głucha cisza. Ubek rozejrzał się. Obaj ruscy ochroniarze leżeli na podłodze podziurawieni jak sito. Obok niego spoczywał Igor. Też oberwał ze cztery kulki. Minę miał nieco wkurzoną, ale najwyraźniej był przytomny. Marek, nieco oszołomiony, siedział w kącie. Potrząsał głową jak ogłuszony. Jedna kula zrobiła mu dziurę w samym środku czoła. Poza tym dostał chyba z dziesięć pocisków. Nefrytowski poderwał się na równe nogi i z bronią w wyciągniętej ręce obiegł biurko. Jednak Żaba też zdążył się pozbierać. Nadal leżał na podłodze, ale w łapie już trzymał gnata, i to konkretnego kalibru. Wycelowali do siebie jednocześnie...

– Kury ci szczać prowadzać, a nie windykować należności! I co teraz, frajerze? – prychnął biznesmen.

– Jak to co? – nie zrozumiał były ubek. – Otwieraj sejf i pakuj forsę.

– A to niby dlaczego? Twoi kolesie zlikwidowani, a ja mam jeszcze piętnastu cyngli tylko w tym budynku. Wydaje ci się, że żywy stąd wyjdziesz? *Nu szto, w poriadkie, riebiata?* – rzucił po rosyjsku.

– Uch... – dobiegło z tyłu.

Major obejrzał się zaskoczony. Obaj ruscy najwyraźniej powoli dochodzili do siebie. Spojrzał na nich podejrzliwie. Zombiaki? Nie wyglądali... Krew? Na marynarkach nie było krwi... Mieli kamizelki kuloodporne! – uświadomił sobie.

Żaba rozejrzał się po biurze i na jego twarzy po raz pierwszy odmalowało się zaskoczenie. Oba wampiry też już się pozbierały do kupy, wstały z podłogi i właśnie otrzepywały dresiki. W ubraniach miały po kilka dziur. Krew wprawdzie nie tryskała, ale widać było, że otwory są konkretne.

– Co jest, kurwa?! – Biznesmen wytrzeszczył na nich małe oczka.

Zawiesił wzrok na dziurze zdobiącej czoło Marka. Zmarszczył brwi, a potem nagle jego rysy stężały, jakby czegoś się domyślił.

– Panowie, a może pokażemy tej kupie słoniny, z kim zadarła? – zaproponował major.

Obaj jak na komendę wyszczerzyli kły. Marek był wampirem od przeszło stu lat. Przez ten czas niejedno przeżył, niejednego wyssał i choć starał się tego unikać, wiele razy stawał z ofiarą twarzą w twarz. Aż do tej pory sądził, że powiedzonko „zzielenieć ze strachu" to tylko taka przenośnia... Rozległo się kilka suchych kliknięć – to ruscy próbowali strzelać, ale najwyraźniej nie mieli już amunicji.

– Dajcie se siana, obezjajcy, ołów nie zabije wampira – syknął do nich Nefrytowski po rosyjsku. – A ty zapamiętaj, bazarowy ciulu, że jak kolejny raz spóźnisz się z zapłatą, to nie będzie żadnych telefonów z prośbą o uregulowanie rachunku, tylko od razu

możesz sobie zamawiać trumnę. I to taką o rozmiar mniejszą, bo po wyssaniu przez wampiry zwłoki są jak wyciśnięta cytryna.

Żaba najwyraźniej już się opanował, bo jego twarz odzyskała normalny kolor. Przez chwilę patrzył na nich, marszcząc lekko czoło. Najwyraźniej coś sobie układał w głowie. Wreszcie wzruszył ramionami, skrzywił się, podszedł do sejfu, otworzył i spokojnie zaczął wrzucać paczki z pieniędzmi do ortalionowej torby podanej przez ubeka.

– Po...po...pokwitować – wycharczał, wręczając majorowi druk.

Ten spokojnie złożył podpis.

– My...my...myślałem, że wampiry to tylko w nocy chodzą – gangster odzyskał głos. Już się nie bał, na jego twarzy gościło wyłącznie zdziwienie.

– To źle myślałeś. A jak ci się wydaje, że jeszcze zakrzaczysz, to dodam, że osikowy kołek i czosnek od razu w dupę możesz sobie wsadzić, na moje wampiry to nie działa. Idziemy, chłopaki, a ty, jak chcesz, żeby reszta twoich cyngli przeżyła, wyprowadzisz nas teraz przed sklep.

Żaba ponuro pokiwał głową. Gdy wyszli z bunkra, w holu stało już co najmniej dziesięciu troglodytów bez karków. Na widok szefa i intruzów zamarli zaskoczeni. Marek i Igor na wszelki wypadek od razu pokazali kły. Cisza stała się o kilka tonów głębsza. Coś stuknęło – to sekretarka siedząca za biurkiem zemdlała.

– Cholera, miałem zapytać, czy nie pożyczyłaby pęsety, bo kule chcę powyciągać – mruknął Igor i od niechcenia wsadził sobie mały palec w jedną z dziur w piersi. – A przecież nie będę nieprzytomnej kobiecie po torebce grzebał. Może jestem wampirem, ale nie złodziejem.

– A ja bym poprosił plasterek z apteczki, bo głupio tak z dziurą we łbie wychodzić na ulicę – dodał jego przyjaciel.

Rozległy się kolejne trzy łomoty – to pomdleli zwykli ochroniarze. Pozostali trzymali się jakoś, choć na spodniach dwóch wykwitły nagle mokre plamy.

– Było małe nieporozumienie, ale już wszystko sobie wyjaśniliśmy – burknął Żaba z bardzo kwaśną miną. – Oni wychodzą, a wy wracajcie do swoich obowiązków. A, byłbym zapomniał. Ze trzech niech goni po mopy, ścierki, gips, farbę i folię budowlaną. Tam trzeba zrobić jak poprzednio mały remont. Łuski pozamiatać, dziury w ścianach pogipsować, zamalować, podłogę umyć i kolegom pomóc się ogarnąć. – Wskazał biuro. – A najlepiej, kto zemdlał, tego docućcie i niech teraz za karę sprząta! – I jakby rozbawiony tym pomysłem uśmiechnął się nieoczekiwanie całą hipopotamią mordą. – Teges, niech ktoś skoczy do kosmetycznego po ten plasterek na czoło dla pana wampira, na koszt firmy.

Ma koleś poczucie humoru, pomyślał Marek. Tyle że dość specyficzne.

Mały fiat połykał kilometry szosy. Marek prowadził, Nefrytowski z gnatem na kolanach „uważał na drogę”, a Igor, wbity w tylne siedzenie, pilnował ortalionowej torby z forsą. Co jakiś czas z niedowierzaniem macał przez tkaninę paczki banknotów.

– Jeśli ludzie Żaby ruszyli za nami w pościg, to skierują się na Kraków – puszył się były ubek. – Firmy z Warszawy nie będą podejrzewali. Podziwiajcie mój fortel.

– Zacznę podziwiać, jak dojedziemy w jednym kawałku – mruknął ślusarz. – Swoją drogą, jak się chcemy tym zajmować na poważnie, to trzeba skombinować lepsze auto, bo mój maluszek, choć trochę go podrasowałem, więcej niż sto trzydzieści nie pojedzie. Jak zaczną nas ścigać, mamy pozamiatane.

– A gdyby inny silnik?

– Tu już jest inny silnik. Po prostu aerodynamika tej trumny na kółkach sprawia, że nie da się więcej wycisnąć.

– Za rok o tej porze kupimy terenowego mercedesa – obiecał major. – A jutro nowe dresiki wam przywiozę.

– I kamizelki kuloodporne – dodał spawacz. – Bo jak za każdym razem tak nas będą dziurawić, to wkrótce będziemy wyglądali jak jakieś zombiaki.

– Zrobi się.

– Mam tylko nadzieję, że reszta dłużników nie będzie taka twarda – burknął Marek. – Zauważyliście, że facet niczego się nie boi?

– No, was się przecież przestraszył.

– Na chwilę. Pozbierał się w ciągu może minuty, przekalkulował, że trzeba jednak forsę oddać. Ale tak naprawdę to jakby wcale jej nie oddał.

– Co ty gadasz? – zdziwił się prezes, klepiąc torbę. – Prawdziwe dolary. Kwota też się zgadza.

– Ale my jeszcze nie dojechaliśmy do domu, a ten cały Żaba już kombinuje, jak te pieniądze wycisnąć z Walcoka po raz drugi, i to z procentem. Niech pan uwierzy mojemu doświadczeniu. Przez sto lat napatrzyłem się na rozmaitych bazarowych cwaniaczków, ten jest najgorszy ze wszystkich, jakich dotąd widziałem. Tacy jak on nie odpuszczają.

Gdy zajechali na Kawęczyńską, było nieco po siedemnastej. Gosia upiekła dla majora pizzę, a na wampiry czekało już po szklaneczce dobrze schłodzonej krwi alkoholika. Ubek siadł za stołem – pałaszował, aż mu się małe uszka trzęsły.

Igor zdjął koszulę i położył się na wersalce, a dziewczyna zabrała się do wyciągania mu kul. Marek miał więcej szczęścia, w większości przypadków przeszły na wylot.

– Z tą windykacją, generalnie rzecz biorąc, świetnie nam poszło – pochwalił Nefrytowski. – Wprawdzie dla nas tym razem tylko dziesięć procent, bo to przysługa dla znajomych, ale robota lekka, łatwa i przyjemna. A do tego zero ryzyka. Bo co to dla was kilka dziurek.

– Gadaj za siebie – odwarknął Igor. – Że coś nas nie zabija, to nie znaczy, że nie boli. No i na wampirach każda taka rana goi się przez wiele miesięcy.

– W każdym razie nasza firma zarobiła właśnie na czysto kilkanaście tysięcy dolarów. Pomyślałem, że może warto zainwestować część zysków i poszerzyć ofertę PolEXpolu.

– To znaczy? – zainteresował się Marek.

– Macie taką kumpelę, co to ją wołacie Ślicznotka.

– Ona nie jest człowiekiem, a w dodatku jest głupia jak but i kompletnie niewyżyta seksualnie – skrzywił się ślusarz. – Choć na przykład, gdybyśmy chcieli reklamować importowane ciuchy, to się nada, bo figurę ma niczego sobie.

– Jakie tam ciuchy – machnął ręką prezes. – Mam znacznie lepszy pomysł. Ściągniecie ją, weźmie się do tego Gośkę i założymy agencję towarzyską.

– Co to niby jest agencja towarzyska? – zdziwiła się Gosia.

– Dom publiczny – wyjaśnił major. – Nie ma co kręcić nosem, moja panno. Jest kapitalizm, kto nie pracuje, ten nie je. Robota jak każda inna, a łatwa, lekka i nieźle płatna. Popędu płciowego i tak nie masz, więc ci obojętne, kto cię bzyka, w ciążę nie zajdziesz, a AIDS i pozostałych chorób wenerycznych się nie boisz, bo i tak nie żyjesz.

Marek westchnął jakoś szczególnie ciężko, a potem wyjął z szuflady pistolet z tłumikiem i dwukrotnie strzelił majorowi w pierś.

– Auć – syknął Igor, bo przestraszona wychowanka niechcący dźgnęła go pęsetą w i tak już przestrzeloną wątrobę.

Uderzenie pocisków wywaliło byłego majora wraz z krzesłem. Leżał teraz skulony pod ścianą i gapił się na nich zdumiony. Z kącika ust pociekła mu krew.

– Od dawna ci się należało, bydlaku – warknął wampir i nie celując, wpakował mu trzecią kulkę.

Oczy ubeka wywróciły się białkami na wierzch, z dziur w piersi i brzuchu tryskała jucha. A potem wierzgnął, zacharczał po raz ostatni i znieruchomiał na zawsze.

– Rondelek jest w szafce, ale butelki na krew trzeba dopiero wyparzyć – powiedział Igor, patrząc, jak kałuża pod ciałem powoli rośnie.

– Daj spokój, brzydziłbym się pić z ubeka – prychnął ślusarz.

Ściągnął z pawlacza swoją specjalną walizkę. Dziewczyna na sam jej widok poczuła dreszcz. Igor domyślnie pokiwał głową. Marek tymczasem założył gumowe rękawiczki, maskę przeciwgazową i jeszcze jedne rękawice – tym razem skórzane. Najpierw wyjął osikowy kołek.

– Poświęcony jeszcze przez biskupa Fulmana z Lublina – pochwalił się i kilkoma uderzeniami młotka wbił go nieboszczykowi w serce.

Potem fachowo podciął gardło sierpem, do dziur po kulach wstrzyknął po sto gramów wody święconej doprawionej azotanem srebra i zatkał ząbkami czosnku, ręce i nogi spętał srebrnym łańcuszkiem, a na koniec wbił w środek czoła srebrny gwóźdź.

– Może to zbyteczna ostrożność, ale wolałem niczego nie zaniedbać – wyjaśnił. – Dzięki tym zabiegom nie ma absolutnie żadnych szans, żeby odrodził się jako wampir. Zawińmy trupa w dywan, i tak dawno już trzeba było kupić nowy. Zakopiemy ścierwo w nocy na wałach... A przed pogrzebem to jeszcze łeb upitolimy sierpem i położymy w nogach.

– I tak nie pasowałby do tych nowych czasów – zauważył filozoficznie Igor, patrząc na zwłoki. – A może wręcz przeciwnie, pasowałby aż za dobrze?

– Ale z czego teraz będziemy żyć? – bąknęła dziewczyna.

– Mamy przecież firmę – wzruszył ramionami Marek. – Zmienimy branżę i zajmiemy się importem ciuchów. Zresztą z zatrudnieniem Ślicznotki jako modelki to akurat miałem chyba dobry pomysł.

– A ja? – pisnęła Gosia.

– Znasz się na modzie, to chyba jedyne twoje zainteresowanie, które może się do czegoś przydać... Będziesz panią menadżer działu zakupów.

– Ale ja też chcę być modelką! – Wygięła usta w podkowę. – Nie jestem brzydsza od Ślicznotki, no, może trochę. Ale figurę mam dobrą i wysoka jestem...

– Nie widzę problemu, możecie sobie we dwie kłusować w bieliźnie po wybiegu – odparł Marek. – I tę swoją drugą kumpelę możesz zatrudnić, też zgrabna, a skoro gra na skrzypcach, to i dreptać do rytmu potrafi. Teraz konkrety. Trzeba wynająć duże biuro, coś porządnego, reprezentacyjnego i w dobrym punkcie, może w tym wieżowcu, co to stoi koło hotelu Marriott. I halę na hurtownię. I sklep. Koniecznie musimy mieć sklep firmowy, na parterze przy Emilii Plater albo w Alejach Jerozolimskich. W ostateczności Nowy Świat. Profesor będzie kierownikiem, personel się zatrudni. Zaczniemy od ciuchów popularnych marek z dodatkiem luksusowych. Jak się biznes rozkręci, a społeczeństwo trochę odkuje, następne sklepy będą już tylko z ciuchami luksusowymi. Ważne, żeby ominąć wszelakich pośredników i zaopatrywać się od razu u zagranicznego producenta. Dziadek Weteran umie jeździć furgonetką, trzeba mu skombinować dokumenty, prawo jazdy i auto dostawcze się kupi. To chyba można na raty nawet, o ile się wpłaci znaczną część ceny gotówką. Mercedesa weźmiemy albo forda może. A z czasem zainwestuje się w tira.

– Marek, czy ty aby nie zwariowałeś na stare lata? – zdumiał się Igor. – Przecież na rozkręcenie takiego biznesu, i to jeszcze na tak ogromną skalę, trzeba mieć kasy jak lodu, a ty właśnie zabiłeś nam szefa, więc znów jesteśmy bezrobotni i kompletnie spłu... – urwał w pół słowa i popatrzył na ortalionową torbę, nadal stojącą koło telewizora. A potem uśmiechnął się szeroko.

Epilog

Na kolorowym ekranie biurowy komputer sam układał pasjansa. Karty przeskakiwały efektownie z kupki na kupkę. Nie było potrzeby nawet klikania myszką – pełna automatyzacja.

– W sumie jakie to szczęście, że ta komuna wreszcie zdechła – mruknął prezes Marek, wygodnie rozparty w obitym skórą fotelu. – Gdzie bym za socjalizmu kupił taki fotel i takie biurko? No chyba że antyk w desie. A taki komputer to chyba tylko w Pewexie... I szkocka whisky we krwi, jak się ofiarę wysysa, jednak lepiej smakuje niż armeński koniak. A na wakacje się do Hiszpanii pojedzie. Corridę zobaczymy, skosztujemy, jak smakuje krew młodej Hiszpanki opitej mohito, nażartej salami i opalającej się toples. A może do tego czasu Profesor rozwiąże jakoś problem braku popędu płciowego u wampirów? Trzeba korzystać ze słoneczka, zanim zacznie nam szkodzić.

Rozparł się jeszcze wygodniej i leniwie przekartkował katalog biura podróży.

– Należą mi się te wakacje jak psu buda – mruknął. – Od dawna mi się należały... Nie żadne wczasy pracownicze w barakach nad zimnym Bałtykiem, tylko hotel z basenem blisko plaży. Zamiast podłej czyściochy dojonej z brudnych szyj fabrycznych roboli kolorowe drinki, buzujące w powabnych ciałkach uczestniczek wczasów *full exclusive.* I żadnych kaowców!

– Panie prezesie, przyszedł ten młody człowiek, który się umawiał przez telefon – zaszczebiotała Gosia przez interkom.

– Prosić... – Były ślusarz zgniótł cygaro w popielniczce i schował butelkę z krwią alkoholika do wbudowanej w biurko miniaturowej lodóweczki.

Drzwi się uchyliły i stanął w nich wypłoszowaty student w niemodnej marynarce. Miał rozbiegane spojrzenie i dziwną fryzurę. Wampir na widok jego cienkiej szyi i pulsującej poniżej ucha żyłki poczuł przyjemne mrowienie w dziąsłach, ale zdołał się opanować.

– Dzień dobry. Panie prezesie... to ja dzwoniłem... Czy zechciałby mi pan poświęcić dziesięć minut?

– Czym możemy służyć, panie Storm? – Marek uśmiechnął się przyjaźnie.

– Szukałem przez wiele miesięcy jakiegoś tropu, aż wreszcie odnalazłem pańską firmę. Coolexit to dawna spółka córka nieistniejącej już firmy Polexit, która była z kolei spółką córką firmy Nextexit, a idąc dalej tym tropem, dotarłem do najstarszej spółki, matki ich wszystkich, czyli agencji PolEXpol.

Gówniarz jest szybszy niż detektywi wynajęci przez urząd skarbowy, zaniepokoił się prezes. Pracuje dla nich? A może chce nas szantażować? E, chyba nie... A jakby co, kupimy go i będzie pracował dla nas. Łebski lisek zawsze się przyda.

– Faktycznie, w pewnym umiarkowanym stopniu jesteśmy spadkobiercami ich tradycji, kadr i nielicznych aktywów, ale o co konkretnie chodzi? – Marek zachowywał kamienną twarz.

– Znalazłem na skupie makulatury kilka bardzo dziwnych teczek. Z nadruków na okładce wynika, że należały do zastrzeżonego zbioru akt tak zwanego Wydziału Z Służby Bezpieczeństwa. Zafascynowało mnie to... A jak zdołałem ustalić, założyciel i pierwszy prezes PolEXpolu Adam Nefrytowski to, sądząc po numerze PESEL, dawny major SB Adolf Nefrytow.

Wampir w pierwszej chwili osłupiał ze zgrozy. Na szczęście dwanaście krzyżyków doświadczenia życiowego pozwoliło mu natychmiast znaleźć wyjście z pozornie beznadziejnej sytuacji.

– I chciałbyś o tym pogadać? Usiądź, młody człowieku, bo to będzie długa i smutna opowieść. – Prezes wskazał studentowi fotel. – Widzisz, nasz zmarły szef nie raz nam o tym opowiadał przy tym biurku.

Nalewał sobie pół szklaneczki wina, płakał i kajał się przed wspólnikami jak na świętej spowiedzi. Całe życie nam opowiedział, cholera wie ile razy. W każdym razie z tą jego pracą w ubecji to dość złożona sprawa. Przed wielu laty, gdy był młody i głupi, szczerze wierzył w socjalizm. Skończył studia na tak zwanym WUML-u, czyli Wieczorowym Uniwersytecie Marksizmu-Leninizmu, szukał jakiejś twórczej i pożytecznej pracy. Uwiodła go, nieszczęsnego naiwnego idealistę, lansowana w kryminałach milicyjnych wizja ubecji jako szlachetnej instytucji stojącej na straży pierwszej linii frontu procesu budowy świetlanej przyszłości. Wstąpił do SB i szybko się zorientował, że to nie żadna zaszczytna służba, tylko bagno i istne gniazdo grzechotników. Ale z tej formacji nie można się było ot tak wypisać, o nie. Już na samym szkoleniu poznał zbyt wiele tajemnic tego ludobójczego systemu, a jak zapewne się domyślasz, były one dobrze chronione. – Przeciągnął palcem po szyi. – Rozumiesz?

– Rozumiem... – przytaknął gość.

– Nie chciał nikomu zaszkodzić, więc wpadł na szatański i zarazem genialny w swej prostocie plan wystrychnięcia komuny na dudka. Stworzył Wydział Z, zaczął fabrykować rozmaite bzdury o wampirach, wilkołakach, zombiakach, utopcach. I wyobraź sobie, debile z KC kupili ten bałach. Co on się biedny namordował, żeby to wyglądało wiarygodnie. Wyciągał trupy z grobów i rozkładał po mieście, niby że zlikwidowane zombie. Znajomy protetyk wstawiał w stare ludzkie czaszki sztuczne kły i pokazywano to naczalstwu niby jako czachy wampirów... A normę mu narzucili dziesięć likwidacji wampirów na miesiąc, i rób, co chcesz. Był jak ten Konrad Wallenrod. – Marek uniósł uduchowione spojrzenie ku sufitowi. – Ogłupiał komunę, wodził za nos ubecję i jeszcze pobierał kasę na cele operacyjne, więc niewykluczone, że uratował życie wielu opozycjonistom, bo jego wydział chłonął forsę jak gąbka i pozostali ubecy nie mieli za co opłacać roboty tak zwanych nieznanych sprawców. Tak, tak, młody człowieku, major Nefrytow był cichym, bezimiennym bohaterem minionej epoki... Pomagaliśmy mu jak mogliśmy, udawało się a to wampira, a to zombiaka... I cały czas drżał ze strachu przed dekonspiracją. Aż dotrwał do końca komuny. Wtedy mógł wreszcie pokazać dawnym towarzyszom zasłużonego „faka" i zacząć żyć jak wolny i uczciwy człowiek. Spełniał swoje marzenia, żeby dorabiać się majątku ciężką, uczciwą pracą. Nie przewidział tylko, że nawet po okrągłym stole ubecja zachowa wpływy. Pieprzone szwadrony śmierci. Zamordowali go, bestie... – Wampir ściszył głos. – My, jego wspólnicy, mieliśmy wiele szczęścia, zmienialiśmy nazwy firmy i branże tyle razy, że w końcu oprawcy stracili nasz trop.

– Czyli wampiry, wilkołaki, utopce, zombie i inne takie nie istnieją? – Młodzieniec wyraźnie odetchnął z ulgą.

– Przecież to wszystko już dawno temu wyjaśniła nauka. W wiekach ciemnoty i zabobonu chorych na porfirię zabijano, sądząc, że to wampiry. *Délire de négation*, czyli banalne zaburzenie psychiczne, znane dziś jako zespół Cotarda, zrodziło legendy o zombie. Nadmierne owłosienie ciała, typowe u osób chorych na hipertrichozę, było powodem do oskarżeń o wilkołactwo. Tak czy inaczej, jeśli mam ci, młodzieńcze, dać dobrą radę, zamiast bać się martwych, uważaj raczej na żywych. Bo to prawdziwi ludzie potrafią być stokroć gorsi od zmyślonych wampirów.

– Ta dokumentacja wyglądała dość wiarygodnie...

– Musiała tak wyglądać, tam przecież chodziło o życie człowieka! O przetrwanie w gnieździe ubeckich szerszeni! W każdym razie byty bionekrotyczne nie istnieją. Nigdy nie istniały, to wszystko kreatywna sprawozdawczość. Czyli, mówiąc po ludzku, kompletne bzdury. Gdy komuna się zawaliła, a SB rozwiązano, major Nefrytow uznał, że nie ma sensu przekazywać tej pseudodokumentacji do archiwów, wszystko wywalili na najbliższy śmietnik. Bo i komu to potrzebne? Do kontenera w kartonach wynieśli i tyle. Szkoda twojego czasu na grzebanie w tych szpargałach.

– Dziękuję za wyjaśnienia. – Storm wstał z fotela.

– Nie ma za co – uśmiechnął się prezes. – Powodzenia, młody człowieku.

KONIEC

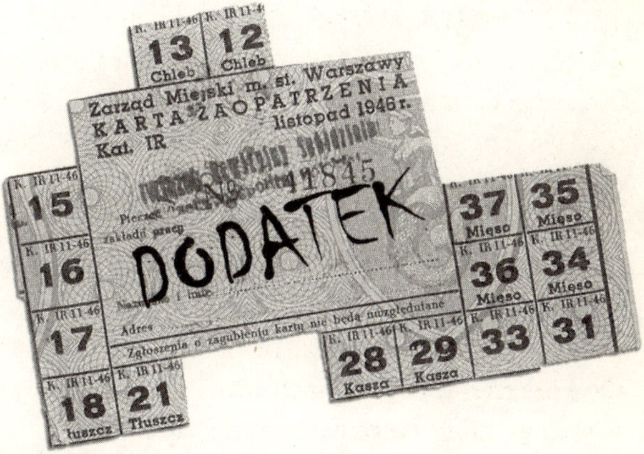
Zarząd Miejski m. st. Warszawy
KARTA ZAOPATRZENIA
Kat. IR
listopad 1946 r.
№ 11845
DODATEK
Adres
13 Chleb
12 Chleb
15
16
17
18
21 Tłuszcz
28 Kasza
29 Kasza
37 Mięso
35 Mięso
36 Mięso
34 Mięso
33
31

Kostucha

Kostucha siedziała w wygodnym fotelu przed kominkiem i grzała gnaty. Za oknem domku na pograniczu światów szalała paskudna jesienna burza. Po krwistoczerwonym niebie wiatr pędził czarne chmury. W oddali połyskiwały światła ciężarówek, wiozących dusze grzeszników do piekła. Co jakiś czas Śmierć wyciągała kościstą rękę i pociągała z kubka niewielki łyk grzańca z piszczelówki, doprawionej arszenikiem. Ulubiony kruk ponuro krakał w klatce. Szczury piszczały pod podłogą. Błogi nastrój głębokiego relaksu przerwało nagłe pukanie do drzwi. Kubek wyśliznął się spomiędzy paliczków Kostuchy i roztrzaskał o kamienną posadzkę.

– Co jest, do cholery?! – zdumiała się Śmierć. Jak świat światem to ona przychodziła do ludzi, a jej nikt jakoś nigdy nie odwiedzał.

Znów zapukano, tym razem jakby mocniej.

– Eeee... proszę wejść! – wykrztusiła.

Zamka nie było, bo i po co? Drzwi otworzyły się z upiornym skrzypnięciem. W progu stanęli dwaj malowniczo obdarci starcy. Niższy miał na sobie waciak i czapkę uszankę. Wyższy odział się w nieprawdopodobnie zszargany mundur.

– Dzień dobry – burknął ten mniejszy, roztaczając wokół intensywną woń nadtrawionego alkoholu i starych skarpetek. – Czekaliśmy i czekaliśmy, w końcu pomyśleliśmy, że sami się pofatygujemy.

– Niech się pani nie przejmuje, każdemu może się zdarzyć drobne przeoczenie, my w każdym razie nikomu nie powiemy. – Wyższy uśmiechnął się do Śmierci jakby konfidencjonalnie.

– Ale o co chodzi?! – Kostucha wytrzeszczyła puste oczodoły.

– No o wypadek przecież – wyjaśnił Wędrowycz.

– Jaki znów wypadek!?

– O nasz wypadek – uściślił Semen. – Samochodowy... to znaczy kombajnowy raczej. Spaliśmy zachlani na polu i kombajn nas skosił.

– Kombajn was skosił? Ale jak to?

– Normalnie! Tam jest z przodu taki kręcioł z kolcami, który zawija zboże, a od dołu takie noże jak w pile. – Jakub pomagał sobie gestykulacją. – Ruszają się, ciach-ciach...

– Mój przyjaciel ma na myśli nagarniacz i podzespół tnący – wyjaśnił kozak fachowo. – Zagarnęło nas i poszatkowało, potem wymłóciło i wywaliło tyłem. Czekaliśmy na panią przy miedzy, ale jakoś się nie doczekaliśmy. No to przyszliśmy sami.

– Zaraz, zaraz. – Śmierć podeszła do biurka rzeźbionego artystycznie w czaszki i zaczęła wertować aktualną księgę zgonów. – Nie mam tu żadnego wpisu. Widocznie nie załatwiło was na amen. Albo reanimacja się udała.

– Nie powiedziałbym – wycedził Jakub. – Generalnie, jak po nas przejechało, to nie było co zbierać. Flaki i inne kawałki rozrzuciło po ściernisku na przestrzeni trzydziestu metrów. Kombajnista, jak to zobaczył, najpierw się porzygał, a potem dopiero zadzwonił gdzie trzeba.

– Biorąc pod uwagę stopień fragmentacji ciał, jest kompletnie niemożliwe, żebyśmy się wywinęli – pokręcił głową jego towarzysz. – Zresztą karetka z Krasnegostawu dojechała po czterdziestu minutach. Nawet gdyby to był lekki wypadek, za późno na jakąkolwiek reanimację.

– A jaki cyrk był, szkoda, że pani nie widziała. Lekarze, zanim się zabrali do wypisywania nam aktów zgonu, najpierw przez kwadrans cucili tego ciula Birskiego. Zemdlał jak panienka – zarechotał Wędrowycz.

– Jakub, nie śmiej się. – Przyjaciel dał mu łagodnego kuksańca.

– Dlaczego?

– Bo wobec śmierci należy zachować pełną godności powagę. Rozumiesz, umieranie, przejście na tamtą stronę, odwieczne, niezgłębione tajemnice bytu i niebytu...

– Ano fakt, przepraszam. – Egzorcysta zdjął papachę i ukłonił się.

– Nic z tego nie rozumiem. – Kostucha podrapała się po czaszce. – Ty! Zostaw to! – ryknęła nagle.

Wędrowycz wyciągnął właśnie z kąta jej ulubioną tytanową kosę i przykładał sobie ostrze do szyi, jakby sprawdzając, czy można się nim ogolić.

– Ale ja tylko... – Jakub odstawił narzędzie na miejsce. – Pomyślałem, że skoro znalazłem, co trzeba, zaoszczędzę pani kłopotu i zrobię samoobsługę.

– Przepraszam za tego buraka, ale musi pani zrozumieć, że ze wsi jest, to i nie umie się zachować w towarzystwie – usprawiedliwiał kumpla Semen.

– Niczego nie dotykać! – Śmierć ponownie wertowała księgi. – Nie rozumiem, co jest grane! Nie mam tu nic ani o was, ani o kombajnie! Nie ma was na liście głównej, nawet na liście rezerwowej – zawyrokowała. Popatrzyła na kalendarz wiszący na ścianie, sprawdziła datę na wyciągniętym spomiędzy żeber smartfonie i ponownie zajrzała do księgi.

– Pierwszy kwietnia – podpowiedział Semen.

– Toż widzę, że pierwszy kwietnia! Co z tego?

– Prima aprilis! – ryknęły zgodnie oba dziady i zaniosły się serdecznym pijackim rechotem.

Kłoda na kominku trzasnęła głośno. Śmierć, nagle wyrwana z błogiej drzemki, rozejrzała się zdziwiona. Chatka była pusta. Kosa stała na miejscu, księga leżała zamknięta na stole...

– Boże, co za koszmar! – westchnęła Kostucha i szczelniej zawinęła się w całun.

Jakub Wędrowycz powróci...

Spis treści

Książki Andrzeja Pilipiuka wydane nakładem Fabryki Słów

Zbiory opowiadań

2586 kroków
Czerwona gorączka
Rzeźnik drzew
Aparatus
Szewc z Lichtenrade
Carska manierka
Reputacja
Litr ciekłego ołowiu
Wilcze leże

Cykl o Jakubie Wędrowyczu

Kroniki Jakuba Wędrowycza
Czarownik Iwanow
Weźmisz czarno kure...
Zagadka Kuby Rozpruwacza
Wieszać każdy może
Homo bimbrownikus
Trucizna
Konan Destylator

Cykl Kuzynki Kruszewskie

Kuzynki
Księżniczka
Dziedziczki
Zaginiona

Cykl Oko Jelenia

Droga do Nidaros
Srebrna Łania z Visby
Drewniana Twierdza
Pan Wilków
Triumf lisa Reinicke
Sfera Armilarna
Sowie Zwierciadło

Cykl Norweski dziennik

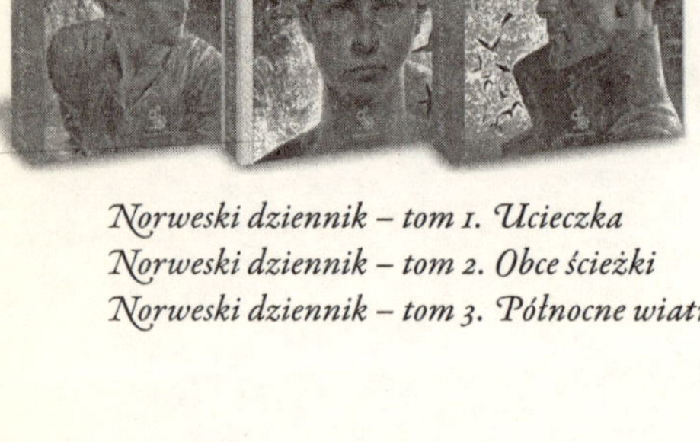

Norweski dziennik – tom 1. Ucieczka
Norweski dziennik – tom 2. Obce ścieżki
Norweski dziennik – tom 3. Północne wiatry

Raport z północy

Cykl Wampir z...

Wampir z M-3
Wampir z MO
Wampir z KC

Operacja
Dzień Wskrzeszenia

Komiksy

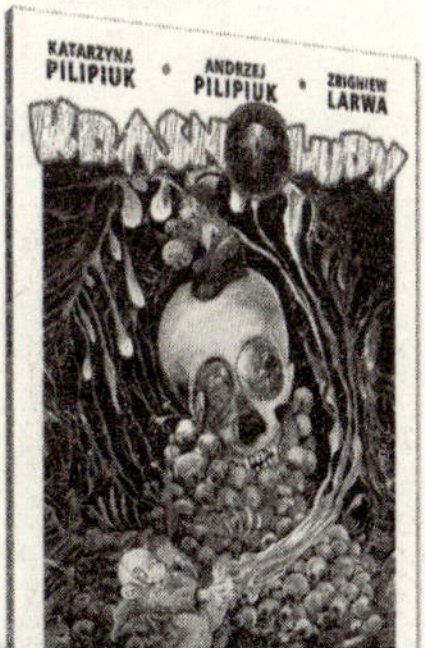

Dobić dziada
Zabójca
Krasnoludy

fabryka słów®
WYDAWNICTWO

WYDAWCA
Fabryka Słów sp. z o.o.
20-834 Lublin, ul. Irysowa 25a
tel.: 81 524 08 88, faks: 81 524 08 91
www.fabrykaslow.com.pl
e-mail: biuro@fabrykaslow.com.pl
www.facebook.com/fabryka

SPRZEDAŻ INTERNETOWA
swiatksiazki.pl

ZAMÓWIENIA HURTOWE
firma księgarska fk J&K Olesiejuk
Firma Księgarska Olesiejuk sp. z o.o. sp.j.
05-850 Ożarów Mazowiecki,
ul. Poznańska 91
tel./faks: 22 721 30 00
www.olesiejuk.pl,
e-mail: hurt@olesiejuk.pl

DRUK I OPRAWA
OPOLGRAF S.A.
www.opolgraf.com.pl

PROJEKT I ADIUSTACJA AUTORSKA WYDANIA
Eryk Górski, Robert Łakuta

GRAFIKA NA OKŁADCE ORAZ ILUSTRACJE
Andrzej Łaski

PROJEKT OKŁADKI
Paweł Zaręba

REDAKCJA
Rafał Dębski

KOREKTA
Magdalena Byrska, Agnieszka Pawlikowska

SKŁAD
Konrad Kućmiński | Grafficon

Wydanie I

ISBN 978-83-7964-312-7